Rosalind James
Willkommen in Neuseeland

amazon crossing

Prolog

Lass ihn bitte, bitte nicht reinkommen. Ich will das nicht machen müssen. Bitte, hilf mir doch jemand.

Kate Lamonica hockte unter ihrem Küchentisch, das abgenutzte gelbe Linoleum kalt unter ihren bloßen Füßen, und betete. Sie verlagerte ihr Gewicht und fiel fast um, als sich ihr Fuß im Stoff ihres Fleece-Morgenrocks verhakte. Das ging so nicht. Sie brauchte Bewegungsfreiheit.

Sie bemühte sich, nicht in Panik zu geraten, während sie das große Messer vorsichtig auf den Sitz des Stuhls neben sich legte. Dann befreite sie den rechten Arm aus dem Mantel, wechselte rasch das stumme Handy in die andere Hand und drückte es sich wieder ans Ohr, bevor sie den linken Arm aus dem Ärmel zog und das störende Kleidungsstück zur Seite schob. Der farbenfrohe Stoff mit dem roten Mohnblütenmuster schimmerte am Rande ihres Blickfelds unangemessen fröhlich in dem trüben Licht. Sie nahm das Handy wieder in die linke Hand, das Messer in die rechte und fühlte sich besser, sobald sie es wieder fest im Griff hatte. Einsatzbereit.

Sie zitterte ein wenig, denn ihr Schlafanzug bot keinen Schutz vor der Kälte des frühen Februarmorgens. Noch immer hörte sie kein Geräusch von draußen und keines aus dem

Handy in ihrer Hand. Sie nahm es vom Ohr, um einen Blick auf das Display zu werfen. Sie war noch immer verbunden. Noch immer in der Warteschleife. Wie konnte der Notruf einen in die Warteschleife stecken?

Heb ab, flehte sie, aber das Handy blieb stumm. Keine kompetente Stimme, die ihr Schutz anbot. Keine Hilfe. Stattdessen ertönten die Geräusche, vor denen sie sich gefürchtet hatte. Das Rütteln an der Klinke der Küchentür und Pauls Stimme, die nach ihr rief.

»Ich weiß, dass du da drin bist, Kate. Zwing mich nicht, dich zu holen. Das macht es nur noch schlimmer für dich.«

Im Geiste ging sie nochmals durch, was sie tun würde, falls er reinkam. Sie würde warten, bis er nah genug war. Dann würde sie unter dem Tisch hervorspringen, auf ihn losgehen und zustechen. Ohne Rücksicht. Ohne zu zögern. Denn wenn er es rein schaffte, steckte sie in echten Schwierigkeiten. Sie musste jede Chance ergreifen. Wenn die Polizei nicht kam, würde sie sich selbst retten müssen.

Wieder ertönte seine Stimme: »Ich wollte dir nicht wehtun. Das weißt du. Ich habe dich geliebt. Aber du hast mich so oft enttäuscht. Du hast mir keine andere Wahl gelassen.«

Sie wusste, welchen Eindruck er auf die ankommenden Polizisten machen würde. Falls sie denn jemals kamen. Seine gebügelte Hose und das ordentliche Hemd, jedes blonde Haar perfekt frisiert. Sein unbekümmertes Lächeln, seine glaubhaften Erklärungen. Er würde darauf beharren, dass sie diejenige mit dem Problem war, diejenige, die einen Rachefeldzug gegen ihn führte.

Stille, dann fiel etwas Schweres auf die Betonplatte. Sie spürte, wie ihr das Herz gegen die Rippen schlug, dann hörte sie, wie etwas über den Boden schabte und am Türrahmen Metall auf Metall traf. Sie starrte unter dem Tisch hervor, als könnte sie um die Ecke sehen, durch die Tür hindurch. Ihre

Hand umklammerte das Messer fester, während sie im Kopf immer wieder ihren Plan durchging. Hochspringen. Auf ihn stürzen. Zustechen.

»Notrufzentrale. Wie kann ich Ihnen helfen?«

Endlich erklang eine Stimme aus dem Handy in ihrer Hand. Sie schrak bei dem plötzlichen Geräusch an ihrem Ohr zusammen, schlug mit dem Kopf schmerzhaft gegen die Unterseite der Tischplatte und hätte in einem verzweifelten Augenblick fast das Telefon fallen gelassen, brachte sich aber dazu, ruhig zu antworten, während ihr Blick noch immer auf die Küchentür geheftet war, die sie nicht sehen konnte.

»Bitte schicken Sie die Polizei. 2111 Fifth Street. Apartment B. Hier ist ein Eindringling. Er hat mich bedroht und will bei mir einbrechen.«

»Befindet er sich gegenwärtig auf dem Grundstück?«, fragte die Person am anderen Ende unerträglich ruhig.

»*Ja.* Das habe ich doch gerade gesagt.« Ihre Stimme klang unnatürlich schrill in ihren Ohren. »Er versucht, durch meine Küchentür einzudringen. Im Erdgeschoss. An der Seite des Hauses.«

Sie atmete keuchend und kämpfte darum, sich wieder unter Kontrolle zu bringen, aber aus ihrer Furcht wurde rasch Panik. »Schicken Sie jemanden? Kommt jemand?«

»Keine Sorge, Ma'am«, versicherte ihr die ruhige Stimme. »Ich habe einen Streifenwagen losgeschickt. Bleiben Sie am Telefon. Legen Sie nicht auf.«

Endlich ertönte aus der Ferne der Klang der Sirenen. Pauls Stimme drang wieder durch die Tür: »Du hättest nicht die Polizei rufen sollen, das macht es nur schwerer für dich. Denn ich werde wiederkommen. Du kannst versuchen wegzulaufen, aber du weißt, dass ich dich finden werde. Es gibt keinen Ort, an dem du dich vor mir verstecken kannst.«

Sie blieb in der schmerzhaften Hocke sitzen, hielt das Messer und das Handy fest, unfähig, darauf zu vertrauen, dass er wirklich verschwunden war. Sie musste bereit sein. Nur für den Fall.

Schließlich klopfte es, und ein Mann, dessen tiefe Stimme sich auf beruhigende Art von Pauls unterschied, stellte sich ihr vor, aber sie hatte Mühe, unter dem Tisch vorzukommen. Ihre Muskeln und Gelenke waren vor Anspannung und Furcht so steif, dass sie sich kaum rühren konnte, und sie zitterte heftig unter der Nachwirkung des Adrenalins.

Nachdem die verständnisvollen Polizisten sie zu ihrem Auto gebracht, den Rücksitz überprüft und gesehen hatten, wie sie die Türen verschloss, zitterte sie wieder, diesmal nicht nur aus Furcht, sondern auch vor Wut. Sie folgte dem Wagen zum Revier, parkte vor dem Gebäude und versuchte, darüber nachzudenken, was sie jetzt tun sollte. Sie konnte es sich nicht mehr leisten, alles zu leugnen. Paul würde zurückkommen. Er könnte bereits wieder bei ihrer Wohnung sein und auf sie warten.

Diesmal hatte sie Glück gehabt, aber *er* musste nur ein einziges Mal Glück haben. Bis dahin würde sie jeden Tag in Angst und Schrecken leben. Von Freund zu Freund ziehen, auf Sofas schlafen und ständig über die Schulter sehen.

Es reicht, dachte sie wütend. Das Maß war voll. Was auch immer nötig war, wie viel es auch immer kosten würde, sie würde verschwinden. Irgendwohin fliehen, wo er sie nicht aufspüren würde, an einen entfernten Ort, an dem sie ihr Leben wieder ganz normal führen konnte. In Frieden.

Neuanfang

Die Schlange an der Passkontrolle bewegte sich nur langsam, während müde Passagiere schicksalsergeben warteten und sich schrittweise vorwärts schleppten. Kate fühlte sich vor Erschöpfung desorientiert, und ihr war schwindlig. Vielleicht lag es am Nachtflug oder daran, wie rasch sie in der vergangenen Woche Entscheidungen getroffen hatte, aber ihr Verstand schien der Wirklichkeit ein Stück hinterherzuhinken. Sie schweifte in Gedanken immer wieder ab und musste sich dazu zwingen, in die Gegenwart zurückzukehren. Sich daran zu erinnern, wo sie war und was sie hier machte.

»*Wo* willst du hin?«, hatte ihr Vater vor ein paar Tagen wissen wollen, als er nach Hause gekommen war und sie beim Packen überrascht hatte.

»Neuseeland«, wiederholte sie geduldig. »Ich habe das Flugticket gekauft und werde übermorgen abfliegen.«

»Das ist doch ganz bestimmt nicht nötig«, widersprach ihre Mutter. »Kannst du dir denn nicht einen neuen Job und eine neue Wohnung suchen, vielleicht in einer anderen Stadt? Oder sogar eine Weile hier bei uns bleiben. Du weißt, wie gern wir dich aufnehmen würden, damit wir wissen, dass du in Sicherheit bist.«

»Das ist es ja«, versuchte Kate zu erklären. »Ich glaube nicht, dass ich hier in Sicherheit wäre oder dass ihr es seid. Es ist nur eine Frage der Zeit, bis Paul auftaucht, um nach mir zu suchen. Es gefällt mir nicht, dass ich euch in Gefahr bringe, selbst wenn ich lediglich ein paar Tage hierbleibe. Ich wäre gar nicht erst hergekommen, wenn ich eine andere Wahl gehabt hätte.«

»Ich hoffe, dass er hier auftaucht«, verkündete ihr Vater grimmig. »Ich weiß schon, was ich mit ihm machen würde.«

»Du kannst nicht vierundzwanzig Stunden am Tag mit der Schrotflinte im Schoß auf der Veranda sitzen, Dad«, seufzte Kate. »Ich weiß, dass du mich beschützen möchtest, aber das kannst du nicht. Nicht länger als ein, zwei Tage. Und länger bleibe ich auch nicht. Außerdem«, sagte sie, setzte sich erschöpft auf das vertraute, schmale Bett ihrer Kindheit und drückte zum Trost ein besticktes Kissen an sich, »kann ich so nicht mehr leben. Vielleicht habt ihr recht. Vielleicht könnte ich in einen anderen Bundesstaat ziehen, oder auch nur in eine andere Stadt in Kalifornien, und das alles wäre vorbei. Vielleicht würde er mich nicht finden. Wer weiß, vielleicht würde er sogar aufgeben. Aber das glaube ich nicht. Stalker sind wie besessen. Das wird sich nicht ändern. Nach allem, was er gesagt hat und was ich inzwischen gelernt habe, weiß ich, dass ich in Gefahr bin. Ich kann so nicht mehr leben«, wiederholte sie, und Tränen stiegen ihr in die Augen. »Ich kann es einfach nicht. Es ist zu viel.«

Ihre Mutter setzte sich neben sie und legte ihr einen Arm um die Schultern. »Du musst tun, was du für nötig hältst, um sicher zu sein. Und auch, um dich sicher zu fühlen. Du weißt, dass wir nur das Beste für dich wollen. Wenn das heißt, dass du nach Neuseeland ziehen musst, dann ist das eben so. Wir helfen dir, so gut wir können.«

»Danke, Mom.« Sie blinzelte die Tränen weg und drückte ihre Mutter fest an sich. »Ihr seid die Besten. Ich liebe euch so sehr.«

»Wer ist diese Hannah in Neuseeland eigentlich?«, hakte ihr Vater nach. »Kann sie dir dort drüben überhaupt helfen? Es klingt nicht so, als würde sie selbst schon allzu lange dort leben.«

»Erst seit zwei Jahren«, bestätigte Kate. »Sie ist eine Freundin von der Arbeit. Natürlich bevor sie nach Neuseeland gezogen ist. Auch wenn es schon eine Weile her ist, seit wir uns gesehen haben, hat sie mir sofort ihre Hilfe angeboten, als ich sie angerufen habe. Sie scheint sich ziemlich sicher zu sein, dass sie und ihr Mann mir helfen können, einen Job zu finden. Offenbar ist er da drüben eine ganz große Nummer. Ein Rugby-Spieler.«

»Wie soll dir ein Rugby-Spieler dabei behilflich sein, einen Job als Buchhalterin zu finden?«, erkundigte ihr Vater sich.

»Das weiß ich auch nicht, um ehrlich zu sein«, gab sie zu. »Aber Hannah war sich sicher. Ich halte das für meine beste Chance, und ich werde sie nutzen.«

»Kannst du auch nach deiner Ankunft für ein paar Tage bei ihnen bleiben?«, fragte ihre Mutter. »Mir gefällt der Gedanke nicht, dass du in einem fremden Land ganz alleine bist.«

»Immerhin spricht man dort Englisch, Mom. Ich komm schon klar. Es ist auf jeden Fall besser, dort als hier zu sein, das ist mal sicher. Und wer weiß, vielleicht macht es sogar Spaß.«

* * *

Die tapferen Worte kamen ihr in der fremden Ankunftshalle dumm vor. Ihre Erfahrung mit Reisen ins Ausland beschränkte sich auf einen einzigen Ausflug nach Kanada. Was machte sie hier nur?

Als sie endlich dran war, gab sie dem Grenzbeamten ihren Reisepass mit den zwei kläglichen Stempeln.

»Work-and-Travel-Visum«, sagte er. »Welchen Beruf wollen Sie ausüben, solange Sie hier sind?«

»Buchhalterin, hoffe ich«, antwortete sie.

Er hob die Augenbrauen. »Das hört man nicht jeden Tag, muss ich sagen. Besser als Kiwis zu pflücken, schätze ich.« Er stempelte ihren Reisepass ab und gab ihn ihr zurück. »Viel Glück. Willkommen in Neuseeland.«

Nachdem sie die beiden Koffer eingesammelt hatte, in denen sich alles befand, was sie aus ihrem alten Leben mitbringen konnte, und die verschiedenen Stopps auf dem Weg zur Ankunftshalle hinter sich gebracht hatte, war sie völlig überfordert. Das riesige Gebäude, die Menschenmenge, die Anweisungen, die man ihr in einem ungewohnten Akzent mitteilte, den sie in ihrem erschöpften Zustand kaum verstand, verlangten ihr einiges ab. Sobald sie ihren Gepäckwagen durch die Automatiktür schob und Hannah sah, konnte sie die Tränen nicht mehr zurückhalten, und sie liefen ihr über die Wangen, als ihre Freundin sie zur Begrüßung in die Arme nahm.

»Oh, Süße. Was für eine schwere Zeit du hattest. Ich bin so froh, dass du hier bist.« Hannah zog ein Taschentuch aus der Handtasche und gab es Kate, die nicht aufhören konnte zu weinen. »Komm«, drängte sie. »Wir trinken einen Kaffee, dann bringen wir dich nach Hause. Nach einer Dusche wird es dir viel besser gehen, versprochen.«

Kate trocknete sich die Augen. »Tut mir leid. Mir geht es schon besser. Was für ein erster Eindruck.« Sie streckte dem großen Mann die Hand entgegen, der neben ihrer Freundin stand. »Hi. Du musst Drew sein. Danke, dass ihr mir helft. Du kennst mich nicht mal, und ich dränge mich einfach so in euer Leben. Ich kann gar nicht sagen, wie sehr ich eure Hilfe zu schätzen weiß.«

»Keine Sorge.« Er lächelte freundlich zu ihr runter. »Wir haben dich schließlich eingeladen, oder? Um die Wahrheit zu sagen, tust du mir auch einen Gefallen. Morgen reise ich für zwei Wochen nach Safa und bin froh, dass du in der Zeit bei Hannah bist. Ich lasse sie nur ungern so lange allein.«

»Südafrika«, übersetzte Hannah. »Auswärtsspiele, zwei hintereinander. Mach dir keine Sorgen, irgendwann verstehst du, was sie sagen.«

»Ich hoffe, es wird dir nicht zu viel, wenn ich bei dir wohne«, sagte Kate, während sie Hannah besorgt betrachtete.

»Ich bin schwanger, nicht krank«, entgegnete Hannah. »Außerdem völlig gesund, ganz egal, für wie zerbrechlich Drew mich hält.« Sie sah ihren Mann liebevoll an, der Kate trotz ihres Widerspruchs den Gepäckwagen abnahm. »Lass ihn den schieben«, riet Hannah ihrer Freundin. »Wir wissen beide, dass du das auch selbst kannst, aber so ist er viel glücklicher.«

Auf dem Weg in die Stadt drehte Hannah sich auf ihrem Sitz um und lächelte Kate an. »Ich kann es kaum erwarten, mit dir Wohnungen anzusehen. Ich habe bereits für Samstag Besichtigungstermine ausgemacht. Hier gibt es so viele tolle Viertel, ich bin mir sicher, dass wir was Passendes für dich finden. Es wird dir gefallen.«

»Es heißt, Bekehrte sind die besten Missionare«, warf Drew ein. »Hannah ist der Beweis. Die beste Cheerleaderin, die En Zed haben kann.«

»Ich bin froh, dass man hier gut leben kann«, sagte Kate. »Es ist nämlich noch völlig unklar, wie lange ich bleiben werde. Ich hoffe nur, dass ich schnell einen Job finde.«

»Dazu hab ich mich bereits umgehört«, versicherte Drew ihr. »Das klappt schon.«

»Glaub mir, er hat Beziehungen«, versicherte Hannah ihr. »Wir beide beschaffen dir einen Job, ehe du dich versiehst. Du wirst dir vermutlich bald schon wünschen, du hättest eine längere Pause gehabt.«

* * *

Am folgenden Samstag sah sich Kate skeptisch in der dunklen, kleinen Wohnung um. Die dritte, die sie besichtigten, und bisher besser als die anderen, wenn auch nur unwesentlich. »Die passt schon.«

»Auf keinen Fall«, widersprach Hannah entschlossen. »Viel zu düster. Wir finden was Besseres. Mt. Eden ist ein schönes Viertel«, erzählte sie Kate auf dem Weg zum Auto. »Aber das war die falsche Wohnung. Außerdem ist es mit dem Bus – oder natürlich mit dem Auto – ganz schön weit bis zum Strand, was nicht gerade ideal ist.«

»Ich hatte einfach nur gehofft, irgendwo zu wohnen, wo man nicht aus einem vorbeifahrenden Auto beschossen wird«, erwiderte Kate. »Ich glaube nicht, dass ich etwas ausschlagen kann, nur weil es nicht am Strand liegt.«

»Klar kannst du das«, widersprach Hannah. »Du wirst vielleicht nicht zu Fuß hinlaufen können, aber wir finden bestimmt etwas, das näher dran liegt.«

»Das wäre ein großer Pluspunkt. Sind alle Strände so schön wie der, an dem wir heute Morgen zum Schwimmen waren?«

»O ja. Jeder von ihnen hat etwas Besonderes. Wart's nur ab. Du wirst schon bald glauben, dass dein Strand der Beste ist, und wirst nicht mehr an meinem schwimmen wollen.«

Am Ende des Tages fühlte sich Kate allerdings entmutigt. »Vielleicht sollte ich doch die erste Wohnung nehmen«, sagte sie beim Abendessen zu Hannah. »Es war die billigste, die wir gesehen haben. Mir war nicht klar, dass eine anständig möblierte Wohnung so viel kostet. Außerdem muss ich mir noch ein Auto kaufen.«

»Musst du nicht«, erwiderte Hannah. »Ich werde dir den Toyota leihen, solange du hier bist. Ich habe ein neues Auto und brauche ihn nicht. Eigentlich wollte ich ihn verkaufen, aber ich bin noch nicht dazu gekommen. Du tust mir einen Gefallen, wenn du ihn mir abnimmst.«

»Macht es Drew denn nichts aus?«

»Ganz und gar nicht. Er gehört sowieso mir. Du wirst für den Warrant of Fitness – eine Art TÜV – bezahlen müssen und brauchst noch eine Versicherung, es ist also nicht komplett gratis. Aber das sollte dir trotzdem helfen. Ich habe das alles auch hinter mir, schon vergessen? Ich weiß, wie teuer es sein kann, hierher zu ziehen.«

»Das wüsste ich sehr zu schätzen. Auf der falschen Seite zu fahren, ist allerdings …«, sagte Kate beunruhigt.

»Wir werden morgen in aller Frühe üben«, versprach Hannah. »Dann kannst du unter der Woche selbst ein paar Wohnungen besichtigen. Du solltest allerdings ›linke Seite‹ sagen, weißt du. Rechts und links. Nicht richtig und falsch.«

»Wird mir trotzdem falsch vorkommen«, meinte Kate. »Aber ich werde es versuchen.«

* * *

Zum Glück lief es danach tatsächlich besser. »Das ist die richtige, meinst du nicht?«, fragte Kate Hannah am Freitagabend.

»Ich denke schon«, erwiderte Hannah, während sie zum Fenster raus auf die Baumwipfel sah. »Auch wenn sie winzig ist.«

»Es ist nur eine Einliegerwohnung«, bestätigte die Immobilienmaklerin, die sie begleitete. »Aber hübsch eingerichtet, nicht wie manche der Apartments, die man so sieht.«

»Außerdem liegt sie nicht im Erdgeschoss, da fühle ich mich gleich viel sicherer«, erklärte Kate.

»Takapuna ist ziemlich sicher«, erwiderte die Maklerin. »Darüber werden Sie sich keine Sorgen machen müssen.«

Kate war mit den Gedanken wieder in jener Nacht, in der sie an ihrem Küchentisch gesessen und sich langsam umgedreht hatte, während sich ihr die Nackenhaare aufrichteten.

Schockiert hatte sie Pauls blasses Gesicht hinter dem Fenster gesehen, der sie durch die Scheibe hindurch angelächelt hatte. Bei der Erinnerung erschauderte sie. Keine Wohnung im Erdgeschoss. Aber diese hier schien ihr sicher genug. Die einzige Eingangstür führte auf einen kleinen Treppenabsatz, und die Fenster ließen sich alle verriegeln. Das hatte sie überprüft.

»Okay, eine Sache erledigt. Jetzt brauche ich nur noch einen Job«, sagte sie entschlossen zu Hannah, sobald sie im Auto saßen und nach St. Heliers zurückfuhren. »Aber ich fürchte, dass das etwas schwieriger wird.«

»Da fällt mir ein: Dazu habe ich auch ein paar Neuigkeiten. Hatte ich ganz vergessen. Drew hat mich heute angerufen und mir gesagt, dass im Büro der Blues eine Stelle in der Buchhaltung frei geworden ist. Ist das zu fassen? Er hat schon mit ihnen über dich gesprochen. Schick ihnen morgen per E-Mail deine Bewerbung, dann bekommst du zumindest ein Vorstellungsgespräch.«

»Die Blues? Meinst du die Mannschaft?«, fragte Kate überrascht.

»Ja, aber das Ganze ist auch ein Unternehmen, weißt du. Nicht ganz dasselbe wie Bekleidung, aber Geld ist Geld, nicht wahr? Ich nehme an, dass es für einen Buchhalter keinen Unterschied macht.«

»Ich bin mir allerdings nicht sicher, ob ich für eine Gruppe Rugby-Spieler arbeiten möchte«, erwiderte Kate unsicher.

»Die sind doch ziemlich nett. Einen von ihnen hast du ja schon getroffen. Drew wirkt nicht Furcht einflößend, oder?«

»Also ein bisschen schon. Tut mir leid. Ich weiß, dass er ein guter Mensch ist, aber große Männer machen mich nervös. Er ist so … keine Ahnung … einschüchternd.«

Hannah lachte. »Zugegeben. Dann geh ich eben zu meinem zweiten Punkt über. Dein Schreibtisch steht hinten im Büro. Die Jungs kommen vielleicht hin und wieder rein, aber du hättest nicht viel mit ihnen zu tun, denke ich. Die meisten, die dort arbeiten, sind Frauen.«

»Ich schau es mir an«, versprach Kate. »Mit ihnen reden kann ich ja mal. Erst wenn sie mir den Job anbieten, treffe ich meine Entscheidung. Ich kann es mir nicht leisten, etwas abzulehnen, ohne es mir vorher angesehen zu haben.«

* * *

Während sie in der darauffolgenden Woche nach einem ersten teuren Ausflug in den Lebensmittelladen Vorräte in ihre neuen Küchenschränke räumte, korrigierte Kate im Kopf ihr Einkaufsbudget und machte sich gerade um ihre rapide sinkenden Ersparnisse Sorgen, als ihr Telefon klingelte.

»Hier spricht Bethany Edmonds von den Blues«, hörte sie. »Ich möchte Ihnen die Stelle anbieten, falls Sie Interesse haben.« Sie nannte ein Gehalt, bei dem Kate weitere rasche Berechnungen anstellte. Am Ende des Monats würde nicht mehr viel übrig bleiben, aber sie konnte davon leben. Sie mochte Bethany, genauso wie die fröhliche, professionelle Atmosphäre, die im Büro der Blues geherrscht hatte. Hannah hatte damit recht gehabt, dass die meisten Angestellten weiblich waren. Außerdem hatte Bethany ihr mitgeteilt, dass sie nur wenig Kontakt zu den Spielern haben würde. Als würde sie deswegen enttäuscht sein. Sie hatte ja keine Ahnung.

Es könnte interessant sein, für eine Sportmannschaft zu arbeiten. Es war auf jeden Fall etwas anderes, sprach sie sich Mut zu. Außerdem brauchte sie einen Job. Wenn es nicht funktionierte, konnte sie sich immer noch nach etwas anderem umsehen.

»Ich nehme die Stelle gern an«, teilte sie der Frau mit. »Eines möchte ich aber noch sagen: Ich weiß, dass Drew eine Menge damit zu tun hat, dass ich den Job bekommen habe, aber ich werde mein Bestes geben, um sicherzustellen, dass Sie es nicht bereuen werden, mir die Stelle angeboten zu haben.«

»Er hatte eine Menge damit zu tun, dass ich mir Ihre Bewerbung angesehen habe«, korrigierte Bethany sie. »Aber danach hing alles von Ihnen ab. Wir halten hier vielleicht viel von unserem Mannschaftskapitän, aber ich hätte Ihnen den Job nicht angeboten, wenn ich Sie nicht für die beste Bewerberin halten würde. Fangen Sie am Montag an, dann sehen wir ja, wie es läuft.«

Schönste Darbietung

»Ich wollte mich sowieso mit Drew zum Abendessen treffen, also habe ich beschlossen, rüberzukommen und nach dir zu sehen«, sagte Hannah. »Die erste Woche ist immer schwierig, ich weiß. Wie kommst du denn zurecht?«

»Soweit ganz gut.« Kate stand von ihrem brandneuen Schreibtisch auf und umarmte Hannah. »Ich muss mich noch einarbeiten, aber es hilft, dass hier alle ziemlich locker drauf sind.«

»Das sind sie immer«, stimmte Hannah zu. »Aber du bist fleißig und lernst schnell. Ich weiß, dass du schon bald alles drauf hast.«

Im großen Raum wurde es plötzlich ganz still, dann wurde überall durcheinandergeredet. Beide Frauen drehten sich um, um zu sehen, wo die ganze Aufregung herrührte. Ein großer, unfassbar gut aussehender junger Mann in Trainingshosen und einem grauen Kapuzenpullover schlenderte durch das Großraumbüro und bedachte die offensichtlich hingerissenen Mitarbeiterinnen, an denen er vorbeikam, mit einem strahlenden Lächeln und ein paar Worten zur Begrüßung.

Sein Siegeszug endete vor Hannah. »Ich habe gehört, dass du da bist, und dachte, ich schau mal vorbei und sag Hallo.« Er ließ mit einem Lächeln Zähne aufblitzen, worauf Grübchen in seinem gebräunten Gesicht erschienen, dann gab er ihr einen kurzen Kuss auf die Wange. »Du siehst wie immer großartig aus. Willst du mit mir durchbrennen?«

Hannah lachte. »Schmeichler.« Dann wandte sie sich an Kate: »Ich stelle euch beide besser vor. Das ist Koti James, Innendreiviertel und Aufreißer erster Güte. Nimm dich also in Acht. Koti, das hier ist meine Freundin Kate Lamonica. Sie hat gerade erst als Buchhalterin hier angefangen, aber wir waren in Kalifornien Arbeitskolleginnen.«

»Was ist das denn für eine Vorstellung?«, beschwerte Koti sich. »Gut, dass du nicht für eine Partnervermittlung arbeitest, Hannah, man hätte dich sofort rausgeworfen.«

Er streckte Kate über den Schreibtisch hinweg die Hand hin – offensichtlich auch, um sie näher zu betrachten. »Wie läuft's? Willkommen bei den Blues. Was führt Sie denn den ganzen Weg hier runter, von Hannah mal abgesehen? Haben Sie hier schon mal Urlaub gemacht? Oder einfach nur gehört, dass die Landschaft wunderschön ist und die Männer attraktiv?«

»Ich war noch nie hier, aber ich hab einen Tapetenwechsel gebraucht«, antwortete Kate und ließ seine Hand rasch wieder los. »Hannah und Drew waren so lieb, mir hier eine Stelle zu besorgen.«

»Kate ist ja auch die Beste«, versicherte Hannah ihm. »Mit ihr hat das Team einen echten Glücksgriff gemacht.«

»Wir freuen uns immer, eine schöne Frau mehr hier zu haben«, bestätigte Koti mit einem weiteren charmanten Lächeln.

Kate versteifte sich und trat einen Schritt zurück. Es war eine übertriebene Reaktion, das wusste sie, aber sie konnte nicht anders.

»Ich denke …«, setzte Hannah an.

»Tut mir leid, dass ich zu spät bin.« Drew trat hinter sie, legte einen Arm um sie und beugte sich runter, um ihr einen Kuss auf die Wange zu geben. »Das Meeting hat sich etwas hingezogen. Ich fürchte, ich muss noch mal für ein paar Minuten zurück, aber ich wollte herkommen und es dir sagen. Schön, dich zu sehen, Kate«, begrüßte er sie. »Findest du dich zurecht?«

»Ja, ganz gut. Danke für deine Hilfe.«

»Keine Sorge. Hannah hat das meiste gemacht. Warum bist du eigentlich hier?«, fragte der Kapitän Koti mit gerunzelter Stirn. »Brauchst du was?«

Der hob protestierend eine Hand. »Ich sage nur Hallo. Kann ich was dafür, wenn du meine Traumfrau geheiratet hast?«

»Deine Traumfrau ist im sechsten Monat schwanger?«, fragte Hannah. »Du hast einen interessanten Geschmack.«

»Jetzt aber mal ganz vorsichtig«, warnte Drew Koti. »Und falls du jemals deine Traumfrau findest, wirst du sie nicht lange halten können, wenn du nicht besser darauf achtest, was sie braucht. Du wirst dich schon besser um sie kümmern müssen. Siehst du nicht, dass Hannah sich hinsetzen muss?« Er griff über einen unbesetzten Schreibtisch und hob einen Stuhl darüber hinweg, um ihn neben seine Frau zu stellen. »Du hältst dir wieder den Rücken«, erklärte er. »Du hast dich nicht ausreichend geschont, das sehe ich. Platz.«

»Wuff«, erwiderte Hannah lachend, während sie sich auf den Stuhl niederließ. »Du hast aber recht, das ist besser.«

»Hältst du noch etwa zwanzig Minuten durch?«, fragte er. »Ich bring es, so schnell ich kann, hinter mich.«

»Ich komme zurecht«, versicherte Hannah ihm. »Geh zurück, und tu, was du tun musst. So kann ich mich mal mit Kate unterhalten.«

Er nickte und ging, nachdem er Koti einen letzten warnenden Blick zugeworfen hatte.

Kate sah ihm nach und drehte sich dann mit gerunzelter Stirn zu Hannah um. »Macht es dir nichts aus, wenn er dir sagt, was du tun sollst?«

»Was, dass er sich um sie kümmert?«, fragte Koti, bevor ihre Freundin antworten konnte. »Was soll daran schlimm sein? Entschuldige«, sagte er zu Hannah. »Ich hätte das selbst sehen und dir einen Stuhl besorgen sollen.«

»Hannah weiß doch sicher selbst, wann sie sich hinsetzen muss und wann nicht«, erwiderte Kate. »Sie müssen es ihr nicht sagen. Auch sonst muss das keiner.«

»Ein Mann darf sich also nicht mal um seine Frau kümmern, so wie Sie die Sache sehen«, entgegnete Koti. »Ziemlich extrem. Läuft das jetzt so in den USA? Bin ich froh, dass ich nicht dort lebe.«

»Das habe ich nicht gesagt.« Kate lief rot an. »Nur, dass es eine andere Form der Dominanz sein kann, wenn man nicht aufpasst. Eine Frau ist kein Kind, um das man sich kümmern muss.«

»Ich nehme an, dass wir mehr wie Frauen sein sollten«, gab er zurück. »Rumsitzen und über unsere Gefühle reden. Gott bewahre, dass wir versuchen, die Frauen zu beschützen, die wir lieben. Es wäre vermutlich besser, wenn wir dieses schockierende Testosteron ganz und gar loswerden würden. Erst holen wir einen Stuhl und halten die Tür auf, als Nächstes wollen wir am liebsten jeden ihrer Schritte überwachen.«

»Wow.« Hannah hielt die Hände hoch. »Auszeit. Drew kommandiert mich nicht rum, Kate. Ganz und gar nicht. Koti, wo ist dein berühmter Charme? Wenn ihr beide darüber streiten wollt, warum macht ihr das dann nicht, wenn ich nicht da bin? Wenn ich es mir recht überlege: Wie wäre es, wenn ihr auch meine Ehe nicht vor mir diskutiert? Seid nett. Macht das hinter meinem Rücken, wie alle anderen auch.«

»Tut mir leid.« Koti wirkte betreten. »Das war daneben.«

»Das war so unhöflich von mir«, sagte Kate verlegen. »Nach allem, was ihr für mich getan habt. Tut mir leid, Hannah, ich habe mich hinreißen lassen.«

Hannah nahm ihre Entschuldigung mit einem Nicken zur Kenntnis. »Danke, dass du vorbeigekommen bist, um mich zu begrüßen, Koti«, sagte sie zu ihm. »Es ist immer schön, dich zu sehen.«

»Abtreten.« Er lächelte reumütig. »Kein Problem.«

* * *

»Was für ein Mistkerl«, bemerkte Kate, nachdem Koti den Raum, gefolgt von den sehnsüchtigen Blicken der weiblichen Angestellten, verlassen hatte. »Er hält wohl ziemlich viel von sich.«

»Er flirtet nur, mehr nicht«, erwiderte Hannah. »Er wird darin auch noch bestärkt, glaub mir, denn die meisten Frauen flirten zurück. Aber hinter der ganzen Show ist er ein echter Schatz.«

»Wenn du das sagst. Ich kann nicht behaupten, dass ich davon viel gesehen habe. Du magst ihn doch nur, weil er nett zu dir ist.«

»Natürlich mag ich ihn deshalb. Wie soll ich sonst jemanden beurteilen, wenn nicht nach seinem Verhalten mir gegenüber?«

»Jeder ist nett zu dir. Sogar ich. Denn alle wissen, dass du ein Engel auf Erden bist, außerdem magst du jeden«, beschwerte Kate sich. »Das ist ein lausiger Test. Wie wäre es, wenn du ihn danach beurteilst, wie er sich mir gegenüber verhalten hat? Was ihn, wart mal, zu einem Mistkerl machen würde.«

»Ich schätze, das war auch nicht gerade dein brillantester Augenblick«, sagte Hannah mit einem schiefen Lächeln.

»Da hast du recht«, erwiderte Kate reumütig. »Dafür möchte ich mich noch mal entschuldigen. Aber, Hannah, du warst immer mein Vorbild, das weißt du. Du warst so stark und unabhängig. Versteh mich nicht falsch«, beeilte sie sich zu sagen. »Ich sehe, wie viel du Drew bedeutest. Aber passt es dir wirklich, wenn er davon spricht, sich um dich kümmern zu müssen?«

»Das stört mich überhaupt nicht. Ich kümmere mich ja auch um ihn. Das geht in beide Richtungen. Außerdem irrst du dich«, erwiderte Hannah sanft. »Ich verstehe, warum du das gesagt hast, nach allem, was du durchgemacht hast. Der Beschützerinstinkt gehört zum Mann dazu, das stimmt. Aber es ist nicht dasselbe, wie jemanden zu dominieren oder zu misshandeln.«

»Wer misshandelt jemanden?«, fragte Drew, der hinter seine Frau trat.

»Du nicht«, versicherte Hannah ihm.

»Das hoffe ich doch«, erwiderte er verwundert. »Bist du so weit?«

»Klar. Bis später, Kate. Danke, dass du mir ein paar Minuten Gesellschaft geleistet hast. Du kommst doch am Freitag mit mir zum Spiel, oder?«

»Das habe ich fest eingeplant. Viel Spaß beim Abendessen, ihr zwei.«

Sie sah den beiden mit einem Seufzer hinterher. Sie wünschte sich, sie könnte daran glauben, dass jemand sie jemals so ansehen würde. Es stimmte, dass sie sich um sich selbst kümmern konnte, aber es wäre schön, jemanden zu haben, der sie so sehr liebte.

»Nehmen Sie sich in Acht.«

Kate drehte sich bei den Worten um. »Wie bitte?«

Ihre Nachbarin Corinne, eine nette Frau Anfang dreißig, nickte ihr zu. »Hübsch anzusehen, unser Koti. Aber er ist ein echter Weiberheld. Hat immer ein Auge auf die neuen Frauen im Büro. Wenn Sie auf ein kleines Techtelmechtel aus sind, ist er Ihr Mann. Es wird aber vermutlich nur eine oder zwei Nächte halten.«

»Das klingt ja so, als hätte er eine ganz schöne Schneise durch die Angestellten geschlagen«, sagte Kate überrascht. »Wenn Sie so viel über ihn wissen.«

»Sagen wir mal, dass es hier eine Menge Frauen gibt, die Ihnen aus erster Hand von seinen Fähigkeiten berichten könnten. Es gibt immer eine, die sich freiwillig meldet, wenn es um ihn geht. Und nicht selten am Ende ein gebrochenes Herz. Deshalb war Ihre Stelle hier auch frei geworden, wissen Sie.«

»Was? Wie das denn?«

»Bridget. Hübsch anzusehen und ein nettes Mädchen. Aber zu lieb. Sie hat ewig für ihn geschwärmt. Als er anfing, mit ihr auszugehen, war sie überglücklich und hörte schon die Hochzeitsglocken läuten. Hat natürlich nicht länger als einen Monat gehalten. Das tut es bei ihm nie. Er hat sich einer anderen zugewandt, und das war das Ende von Bridget. Dieselbe alte, traurige Leier.«

»Er hat sie betrogen?«

»Nicht direkt«, gab Corinne zu. »Hat ihr aber den Laufpass gegeben. Sie hat es danach noch eine Weile hier ausgehalten, aber es wurde schließlich zu viel für sie, ihn ständig zu sehen, also hat sie gekündigt. Soweit ich weiß, werden Sie Ihren Spaß mit ihm haben, wenn es das ist, was Sie wollen. Aber seien Sie gewarnt, mehr wird es nicht sein. Den hält man nicht lange.«

»Danke für die Warnung«, sagte Kate. »Aber ich denke, ich kann Ihnen versichern, dass ich nie Interesse daran haben werde, mit Koti James auszugehen.«

* * *

Beim Klang ihres Weckers schreckte Kate mit einem vertrauten Gefühl der Angst aus dem Schlaf, gefolgt von einem kurzen, erleichterten Seufzer, als ihr wieder einfiel, wo sie war. Sie befand sich sicher am anderen Ende der Welt, rief sie sich ins Gedächtnis. Sie musste sich nicht vor Paul in Acht nehmen oder an ihn denken. Heute Morgen würde sie einfach schwimmen gehen.

Dreißig Minuten später wappnete sie sich gegen die kalte Luft der Morgendämmerung, ging am verlassenen Takapuna-Strand ins Wasser und mühte sich durch die ersten fünf Minuten, die immer der schwierigste Teil waren. In einem Monat müsste sie vermutlich einen Ganzkörper-Neoprenanzug tragen. Zum Glück wurde das Wasser hier nicht richtig kalt. Sie war nie im Eisbären-Club gewesen, dessen Mitglieder ohne Neoprenanzug ins eisige Winterwasser der Bucht von San Francisco sprangen. Oder in das Sommerwasser. Sie besaß nicht genug Körperfett. Damit sah sie vielleicht in einem Badeanzug besser aus, aber im kalten Wasser war es ein erheblicher Nachteil.

Während sie zusah, wie die Dämmerung den Himmel über Rangitoto färbte, der riesigen Vulkaninsel, die sich seewärts erhob, stellte sie fest, dass es seine Vorteile hatte, hierher gezogen zu sein, auch wenn sie es nicht freiwillig getan hatte. In einem Pool zu schwimmen ließ sich nicht mit dem berauschenden Gefühl vergleichen, durch die leichten Wellen zu gleiten, Teil des Ozeans zu sein. Dass sie einfach aus dem Bett fallen und innerhalb weniger Minuten hier sein konnte – das war lediglich das Sahnehäubchen oben drauf.

Beschwingt und hellwach lief sie aus dem Meer zur Kaltwasserdusche am Strand. Sie spülte sich unter dem Strahl ab und hatte wie immer damit zu kämpfen, sich die Neoprenweste über die Schultern zu ziehen, die an ihrer Haut klebte.

»Brauchen Sie Hilfe?«

Beim Klang der Stimme wirbelte sie mit rasendem Herzen herum, während sie noch immer in der Weste festhing. Koti stand ein paar Schritte von ihr entfernt und schaute sie an.

»Nein.« Sie zerrte sich das lästige Ding, so schnell sie konnte, über den Kopf und fühlte sich besser, sobald ihre Arme endlich frei waren. »Was machen Sie hier?« Sie versuchte, gelassen zu klingen, während sie die Dusche abstellte und nach ihrem Handtuch griff, das er ihr hinhielt. Sie wickelte es um sich, dankbar für den Schutz, da sie nur mit ihrem Badeanzug bekleidet war. Es war ein schlichter, sportlicher Einteiler, aber sie fühlte sich trotzdem viel zu nackt in der kühlen Morgenluft.

»Ich wollte nur kurz joggen«, sagte er sanft. »Dachte, ich hätte Sie erkannt.«

»Sie haben mich erkannt, während ich mir die Weste über den Kopf gezogen habe?«, sagte sie steif. »Sie haben ein gutes Gedächtnis.«

»Für hübsche Frauen schon.« Er lächelte breit.

»Ich muss los. Viel Spaß beim Joggen.« Sie nahm die Tasche mit ihren Sachen und ging zu ihrem Auto, ohne noch mal zurückzuschauen.

* * *

Koti blickte ihr verwirrt nach. Was sollte das denn? Frauen liefen normalerweise nicht vor ihm weg. Er war schließlich nicht irgendein Schwachkopf, der sich am Strand an sie rangemacht hatte. Obwohl er das normalerweise vermutlich durchaus getan hätte, musste er zugeben. Sie sah in dem Badeanzug gut aus, vor allem in der Kälte. Das war ganz besonders nett gewesen. Sie war so klein, wie er gestern vermutet hatte, aber die Proportionen stimmten. Die schmale Taille ging oben wie unten in schöne Kurven über. Er würde darauf wetten, dass er ihre Mitte mit den Händen umfassen konnte.

Allerdings müsste er zunächst an diesem Schutzwall vorbeikommen, den sie um sich errichtet hatte. Das war es vermutlich nicht wert. Er zuckte die Achseln und lief weiter. Obwohl er in ein paar Stunden zum Training musste, genoss er es immer, hier in der frühmorgendlichen Stille in den Tag zu starten.

* * *

»Bist du immer noch sauer wegen der Standpauke, die Mac dir gehalten hat?«

Koti sah von der Bank hoch, auf der er mit den Händen auf den Knien saß, und entdeckte Hemi Ranapia, der zu ihm runterblickte.

»Nein, ich denke nur nach.«

»Hey, Mann.« Der altgediente Gedrängehalb setzte sich neben ihn. »Du hast den Dreh fast raus, aber du musst dich im Training mehr anstrengen. Du musst besser achtgeben, was im Spiel passiert, was du beitragen kannst, wie du deine Stärke da einsetzen kannst, wo sie benötigt wird.«

»Ich war heute der Schnellste bei den Laufübungen«, warf Koti ein. »Wie an den meisten Tagen. Verstehe nicht, wie du – und Mac – behaupten könnt, dass ich mich nicht anstrenge.«

Hemi runzelte die Stirn. »*Kaore te kūmara e whaakii ana tana reka*. Soll ich dir das übersetzen?«

Koti lief rot an. »Nein, ich versteh's schon. Mein Onkel Nepia hat das auch immer gesagt. ›Die *kūmara* spricht nicht davon, wie süß sie ist.‹«

»Ich schätze, es gibt einen Grund dafür, warum wir beide dir dasselbe sagen. Wir alle haben Augen im Kopf. Wir wissen, was wir sehen und was wir nicht sehen. Wir wissen, dass du schnell bist. Das musst du uns nicht sagen. Aber was ist mit dem Tackling? Wie würdest du dich da einschätzen?«

Koti zuckte die Achseln. »Ich gebe zu, dass das nicht meine Stärke ist. Wir haben alle unsere Stärken und Schwächen.«

»Aber du wirst nicht immer derjenige sein, der den Ball trägt«, betonte Hemi geduldig. »Es gibt Zeiten, da musst du für uns auch mal tackeln. Und all die Dinge tun, durch die man nicht unbedingt im Rampenlicht steht.«

»Ich gehöre zur Hintermannschaft, nicht zu den Stürmern«, wandte Koti ein. »Dafür bin ich nicht da.«

Hemi sah ihn ungläubig an. »Dafür sind wir alle da, wenn wir gewinnen wollen. Der Sieg ist das, was zählt. Die Punkte sind am Ende unwichtig. Die Versuche spielen keine Rolle, wenn wir verlieren. Es ist ein Mannschaftssport, kein Einzelwettbewerb. Es gibt keine Trophäe für die schönste Darbietung. Du musst dich abhärten und das Beste fürs Team geben, ob es nun etwas ist, was dir gefällt oder nicht. Wenn das Team gut dasteht, stehst du auch gut da. Wenn nicht, wenn wir nicht gewinnen …«, er zuckte die Achseln, »dann siehst du auch nicht mehr so gut aus, nicht wahr? Ganz egal, wie schnell du läufst.«

* * *

Zwei Tage später dachte Koti noch immer über das Gespräch nach, während er über den Strand joggte und die friedliche Stille des Morgens genoss. An Spieltagen brauchte er dieses Ritual noch mehr als sonst. Die Weite des Meeres und des Himmels beruhigten ihn und halfen ihm, mit klarem Kopf in den Tag zu starten.

Als er auf das Meer hinaussah, entdeckte er einen Schwimmer, der auf den Strand zuhielt. Aus dieser Entfernung ließ es sich nur schwer sagen, aber er vermutete, dass es Kate war. Er sah nicht oft jemanden zu so früher Stunde im Wasser.

»Guten Morgen«, grüßte er fröhlich, als sie aus dem Wasser stieg. Er reichte ihr das Handtuch, das er bei ihren Sachen gefunden hatte. »Sie schwimmen wohl fast jeden Tag hier.«

Sie wickelte sich hastig ins Handtuch und starrte ihn an. »Warum sind Sie zur selben Zeit hier wie ich? Verfolgen Sie mich?«

»Was?«, fragte er ungläubig. »Natürlich verfolge ich Sie nicht. Ich jogge nur ein bisschen, dehne die Muskeln, wie jeden Morgen.«

»Warum an diesem Strand?«, beharrte sie. »Das ist meiner.«

»Das bezweifle ich.« Er hatte es ihr die ersten paar Male durchgehen lassen, aber allmählich ging sie ihm auf die Nerven. »Das ist ein öffentlicher Ort, genau wie jeder andere Strand in Neuseeland auch. Außerdem wohne ich in Takapuna. Ich könnte genauso gut fragen, was Sie an *meinem* Strand verloren haben.«

»Dann suche ich mir wohl besser eine andere Zeit«, murmelte sie. »Ich fühle mich nicht wohl, wenn Sie jedes Mal auftauchen, wenn ich da bin.«

»Das ist doch verrückt.« Er spürte, wie die Wut in ihm hochkochte. »Sie sind nicht mal mein Typ. Zu klein. Zu dunkel. Ich schätze, ich werde einfach nicht mehr mit Ihnen reden, wenn ich Sie sehe. Ich werde auch den Blick abwenden. Glauben Sie mir, das wird mir nicht so schwerfallen.«

»Meinetwegen«, fuhr sie ihn an. »Joggen Sie einfach weiter und lassen mich in Ruhe.«

* * *

Sie griff sich ihre Tasche und marschierte davon, um zu duschen, wobei sie ihm absichtlich den Rücken zukehrte, ehe sie doch noch mal kurz zurückschaute, um sich zu vergewissern, dass er auch wirklich verschwand. Sie riss den Kopf wieder rum, als sie feststellte, dass er ihr noch immer nachsah. *Geh weg,* flehte sie, während sie sich dazu zwang, sich ganz natürlich zu geben.

Sie drehte sich noch mal um und registrierte, dass er wieder losgelaufen war. Auch wenn ihr Puls noch immer raste, atmete sie erleichtert auf. Als sie aus dem Wasser gekommen war und ihn dort entdeckt hatte, war die Angst in ihr hochgekrochen. Das alles konnte nicht noch mal passieren. Das wäre ein zu großer Zufall.

Dennoch beschloss sie, Hannah davon zu erzählen. Nur für alle Fälle.

Früheres Trauma

»Was?«, fragte Hannah überrascht, nachdem Kate ihr beim Abendessen in der Stadt von den Begegnungen erzählt hatte. »Ich bin mir sicher, dass Koti dir nicht nachstellt. Er ist ein guter Mensch, Kate.«

»Woher weißt du das?«, ließ Kate nicht locker. »Stalker können wie ganz nette, normale Typen aussehen. Darin sind sie gut. Ich sollte das wissen. Diese Männer sind doch auch brutal, oder nicht? Ich meine, das ist ihr Job.«

»Kate.« Hannah runzelte die Stirn. »Du redest hier auch von meinem Mann. Das ist dir schon klar, oder?«

»Tut mir leid«, sagte Kate rasch. »Ich meine nur, dass es doch viel wahrscheinlicher ist, dass sie solche Probleme haben. Wo sie doch einen so aggressiven Sport betreiben?«

»Nicht, dass ich wüsste. Ich würde sogar sagen, dass bei den meisten von ihnen das Gegenteil der Fall ist. Ich schätze, sie bauen ihre Aggressionen auf dem Spielfeld ab. Sie lassen sie dort zurück. Tatsächlich sind sie oft sogar mit den Gegenspielern befreundet. Wenn man zusieht, wie sie sich da draußen gegenseitig vermöbeln, könnte man meinen, sie wären die schlimmsten Feinde. Aber vergiss nicht, dass manche von ihnen bei den All Blacks Mannschaftskameraden sind oder in der Vergangenheit zusammen in einem Team waren. Nach einem Match besuchen sie einander in der Umkleide und gehen zusammen ein Bier trinken. Tatsächlich«, fuhr sie nachdenklich fort, »wärst du mit einem der Spieler vermutlich sicherer als mit irgendeinem Typen, den du hier kennenlernen würdest, da sie sich nicht verstecken können. Wenn einer von ihnen so ein Problem hätte, hätte man davon gehört. Ich auf jeden Fall. Dieses Land ist zu klein, um so etwas zu vertuschen. Die Welt des Rugby ist sogar noch kleiner.«

»Ich wollte es dir zumindest sagen. Nur für den Fall, dass du dich irrst«, beharrte Kate.

»Ich verstehe, warum du so argwöhnisch bist. Ich weiß aber, dass Koti tatsächlich in Takapuna wohnt. Einige der Spieler leben aus demselben Grund, aus dem es dir dort gefällt, in North Shore. Es ist eine schöne Gegend mit einigen der besten Strände. Meine Freundin Reka wohnt dort, gar nicht so weit weg von dir. Wir sollten sie heute Abend sehen. Sie ist Hemi Ranapias Frau. Hast du ihn schon getroffen?«

»Noch nicht, glaube ich zumindest. Ich habe bisher nur wenige Spieler kennengelernt.«

»Ich glaube, du wirst sie beide mögen. Sie sind Maori, wie Koti, und sie haben ihn gern. Das wäre nicht der Fall, wenn mit ihm etwas nicht stimmen würde. Weißt du, weder Drew noch Hemi – überhaupt keiner der älteren Spieler – würde es ignorieren, wenn einer der Spieler eine Frau misshandelt. Ganz besonders, wenn es um meine Freundin geht. Glaub mir, keiner der Jungs wird dir blöd kommen.«

»Da wären wir wieder bei der Sache mit dem Beschützerinstinkt«, sagte Kate. »Du erzählst mir, ich solle keine Angst davor haben, dass mir ein Mann wehtun könnte, weil ein anderer Mann *ihm* wehtun würde. Wie soll ich mich da besser fühlen, wenn die Gewalt eines Mannes mich vor der Gewalt eines anderen beschützen soll?«

»Du wirst natürlich auch vom Gesetz geschützt«, sagte Hannah ihr mit einem Lächeln. »Aber ich persönlich würde auf Drew wetten. Seine Reaktionszeit ist viel kürzer.« Sie fuhr etwas ernster fort. »Ich verstehe natürlich, wie du dich fühlst. Es fällt dir schwer, den guten Absichten eines Mannes zu vertrauen. Aber weißt du, dieses gewalttätige Verhalten ist eine Anomalie, weit jenseits der Grenze für normale Männlichkeit. Die meisten Männer sind nicht so. Vor Paul bist du doch auch noch keinem wie ihm begegnet, oder?«

»Nein. Du hast natürlich recht, aber jetzt sehe ich das überall.«

»Ich bin mir sicher, dass das für jemanden in deiner Lage normal ist. Aber ich hoffe, dass du genügend gute Männer hier triffst, dass sich deine Sichtweise ein wenig ändert.«

»Es ist nicht nur das«, gab Kate zu. »Dass ich glaube, alle Männer wären potenzielle Stalker. Ich weiß, dass das nicht stimmt, zumindest vom Kopf her. Aber ich traue auch meinem eigenen Urteilsvermögen nicht mehr. Seien wir doch mal ehrlich. Ich bin freiwillig mit Paul ausgegangen. Niemand hat mich dazu gezwungen. Anfangs fühlte ich mich zu ihm hingezogen. Wenn ich so zurücksehe, so sind mir die Warnsignale nicht früh genug aufgefallen – ganz besonders das mit dem Besitzanspruch. Erst nachdem er es laut und deutlich für jeden sichtbar gezeigt hatte.«

»Wie hat er das gemacht? Wann ist dir aufgefallen, dass etwas mit ihm nicht stimmt?«, fragte Hannah. »Wenn es okay ist, das zu fragen.«

»Ist schon in Ordnung. Ich habe mir schon so lange deswegen Vorwürfe gemacht, dass es vielleicht ganz gut ist, wenn ich dir davon erzähle und deine Sicht der Dinge höre. Es begann, nachdem wir fünf oder sechs Monate lang miteinander ausgegangen waren. Die Dinge liefen nicht so gut, und ich fing an, an der ganzen Sache zu zweifeln. Eines Abends bin ich mit zwei meiner Freundinnen zum Abendessen ausgegangen, nur um mich zu amüsieren, weißt du. Bis er auftauchte. Dann ging alles ganz schnell den Bach runter.«

Sie zog ihre Strickjacke fester um sich, während sie Hannah die Geschichte erzählte, denn der Schrecken und die Angst, die sie in jener Nacht empfunden hatte, kehrten zurück und ließen sie zittern.

* * *

»Was will er denn hier?«, hatte ihre Freundin Molly mit gerunzelter Stirn gefragt, nachdem ihr Essen gebracht worden war.

»Wer?« Kate drehte sich um und sah, wie sich ihnen ein großer Mann näherte, der in dem weißen Hemd und der dunklen Hose so elegant wie immer aussah. »O nein.«

»Was ist los?«, fragte sie, sobald Paul an ihrem Tisch stehen blieb. »Stimmt was nicht?«

Er zuckte die Achseln, und sein Blick wanderte über die Gruppe. Laura und Molly erwiderten den Blick ohne ein Lächeln. »Alles in Ordnung. Ich war selbst unterwegs und dachte, ich schau mal vorbei und sag Hallo.«

Kate seufzte. »Ich muss mit dir reden. Lass uns kurz rausgehen.«

Kaum standen sie auf dem Parkplatz, drehte sie sich zu ihm um. »Hör mal, ich habe dir doch erklärt, dass ich Zeit mit meinen Freundinnen verbringen will. Ich sehe sie kaum noch, seit wir miteinander ausgehen. Heute Abend wollte ich mit ihnen zusammen sein. Ich verstehe nicht, warum du damit ein Problem hast. Oder warum du hier bist.«

»Ich finde, dass sie dir nicht guttun«, erklärte er ihr, und sein finsterer Blick verzerrte sein attraktives Gesicht. »Ganz besonders Laura. Sie mag mich nicht, das weiß ich.«

Sie atmete tief durch. »Sie hat ein Problem mit dir, da hast du recht. Sie hält dich für zu besitzergreifend und findet, dass du mich zu sehr kontrollierst. Ehrlich gesagt, glaube ich das allmählich auch. Es stört mich, dass du heute Abend hergekommen bist, um mir nachzuspionieren. Denn genau deshalb bist du doch hier, oder etwa nicht? Du willst sicherstellen, dass ich wirklich bei meinen Freundinnen bin und nicht bei einem anderen Mann. Das gefällt mir nicht.«

Er lief rot an und machte einen Schritt auf sie zu, bis er über ihr aufragte. »Du hast Glück, dass du mit ihnen zusammen bist. Es gefällt dir also nicht? Mir gefällt es nicht, dass du eine Einladung zum Abendessen mit mir ausschlägst, nur damit du Zeit mit einem Miststück wie ihr verbringen kannst, die vermutlich dasitzt und dir einredet, dass du mich verlassen sollst.«

Sie trat erschrocken einen Schritt zurück. »Ich lasse nicht zu, dass du so über meine Freundinnen redest. Und ich bin mir nicht mehr so sicher, dass sie unrecht hat. Denn es passt mir nicht, dass du dich zwischen mich und meine Freundinnen stellst oder mich überprüfst. Es wird Zeit, dass wir das Ganze noch mal überdenken.«

»Nein.« Er griff nach ihrem Arm. »Wir müssen gar nichts überdenken, außer die Wahl deiner Freundinnen. Wir passen zusammen. Wir gehören zusammen. Das weißt du.«

»Lass mich bitte los.« Sie sagte es so ruhig und gelassen, wie sie nur konnte, auch wenn ihre Verärgerung langsam zu etwas anderem wurde. Sein Gesicht wirkte zu angespannt. Ihr wurde allmählich mulmig, allein mit ihm auf dem dunklen Parkplatz zu stehen. »Mein Abend ist noch nicht vorbei. Ich werde mit meinen Freundinnen zusammen essen, und wir reden morgen darüber.«

»Nein, wir reden jetzt darüber. Du kommst sofort mit mir nach Hause.« Er umklammerte ihren Arm noch fester und zerrte sie zum Auto.

»Hör auf.« Sie versuchte erfolglos, ihren Arm aus seinem Griff zu befreien. »Lass mich los, Paul. Ich gehe nirgendwohin mit dir.«

Seine Antwort bestand darin, noch fester zuzupacken und sie mit sich zu schleifen. Jetzt war sie wirklich wütend, bekam aber langsam auch Angst. Sie zog an ihrem Arm, holte mit der Handtasche in der anderen Hand aus und schlug nach ihm. Die Bewegung brachte sie aus dem Gleichgewicht, und sie stolperte auf ihren Stöckelschuhen, aber sie hatte keinerlei Wirkung auf ihn. Sein Griff wurde fester, und er zerrte so heftig an ihrem Arm, dass sie vor Schmerz aufschrie.

»Alles in Ordnung?«

Paul wirbelte beim Klang von Lauras Stimme rum. »Dein Essen wird kalt«, sagte Laura nüchtern, während ihr Blick zwischen Kate und Paul hin und her wanderte. »Wir wollen nicht länger auf dich warten.«

»Geht wieder rein«, befahl Paul ihren Freundinnen schroff. »Kate kommt mit mir nach Hause. Wir fahren.«

»Nein, tun wir nicht.« Sie versuchte wieder, sich von ihm zu lösen. »Ich bleibe hier und esse zu Abend. Lass mich los, Paul. Sofort.«

»Klingt so, als wäre es ihr ernst«, teilte Laura ihm mit. Sie trat einen Schritt näher, Molly aber blieb zurück. »Ich denke, du solltest besser verschwinden.«

»Warum kümmerst du dich nicht um deinen eigenen Kram, Schlampe«, fuhr er sie an. »Das hier betrifft nur uns beide.«

»Okay. Das reicht«, erklärte Laura. »Kate, du musst dieses Arschloch abservieren.«

»Da hast du recht.« Sie sagte das so fest und entschlossen, wie sie konnte, obwohl sie innerlich zitterte. »Paul, das mit uns ist vorbei. Du solltest jetzt gehen.«

»Was?« Er starrte zu ihr runter. »Du kannst mit mir nicht Schluss machen.«

»Das habe ich gerade. Also lass mich sofort los, sonst ruft Laura die Polizei.«

»Ich bin schon dabei«, sagte Laura, die ihr Handy rausholte.

Paul stieß Kate von sich, und sie stolperte wieder. Sie stürzte und schrammte sich die bloßen Knie auf dem rauen Asphalt auf. Während sie wieder auf die Füße kam, sah sie, wie Paul Laura das Handy aus der Hand riss und über den Parkplatz warf, wo es scheppernd aufschlug. Dann ging er auf Laura los, drückte ihr die Hand ins Gesicht und stieß sie nach hinten, sodass sie hinfiel.

Kate eilte zu Laura, und zusammen mit Molly half sie ihr auf die Beine. Eine Gruppe, die lärmend zu ihren Autos lief, sorgte für die Ablenkung, die sie brauchten. Sie huschten hinter die Gäste, die das Restaurant verließen, und eilten in die Sicherheit des kleinen Vorraums. Mit zitternden Händen holte Kate ihr eigenes Handy aus der Tasche und wählte den Notruf.

»Hältst du das für eine gute Idee?«, fragte Molly nervös. »Wird ihn das nicht noch wütender machen?«

»Das ist mir egal«, erwiderte Kate heftig, während Laura sich die schmutzigen Knie ihrer Hose abklopfte. »Er hat uns da draußen wehgetan. Das melde ich.«

* * *

»Wie du siehst«, sagte Kate zu Hannah, nachdem sie ihre Geschichte beendet hatte, »war es ziemlich dumm von mir, mich überhaupt mit so jemandem einzulassen. Er hat immer mehr geklammert, aber ich hätte niemals damit gerechnet, dass er gewalttätig werden könnte. Nachdem ich ihm den Laufpass gegeben hatte, dachte ich, es wäre vorbei, dass ich einfach nur einen Fehler begangen hätte, aber jetzt mit meinem Leben weitermachen könnte. Offensichtlich hatte ich mich da gründlich getäuscht. Ich hatte keine Ahnung, wie gestört er ist. Mit meiner Antenne muss was nicht stimmen, dass ich das nicht bemerkt habe, meinst du nicht?«

Hannah betrachtete sie nachdenklich. »Ich bin keine Psychologin, aber ich glaube, manche Leute sind darin gut, ihr wahres Ich zu verbergen, zumindest anfangs. Du bist mit Sicherheit nicht die erste Frau, die auf einen miesen Typen reingefallen ist. Hast du mit jemandem darüber geredet?«

»Nein«, gab Kate zu. »Ich habe mich völlig eingeigelt. War damals nur aufs eigene Überleben fixiert.«

»Und jetzt?«

»Du meinst also, dass ich Hilfe brauche, was? Vielleicht hast du recht. Ich dachte, es wäre vorbei, wenn ich wegziehe, aber ich habe noch immer Albträume und bin die ganze Zeit angespannt. Ich scheine nicht darüber hinwegkommen zu können.«

»Du hast Schreckliches hinter dir. Jeder würde danach Hilfe brauchen. Es wäre keine schlechte Idee, sich mal umzusehen. Aber jetzt essen wir besser auf und machen uns auf den Weg zum Stadion, damit du Männern dabei zusehen kannst, wie sie aggressiv werden. Ist vielleicht nicht der beste Plan heute, wenn ich es mir recht überlege. Aber die gute Nachricht ist, dass sie alle die Regeln kennen, und sobald das Spiel vorbei ist, ist auch die Aggression verflogen.«

Zurechtstutzen

»Hier sitzen wir, im WAG-Bereich«, verkündete Hannah eine Stunde später, sobald sie ihre Sitze in der Nähe vom Mittelfeld in Eden Park gefunden hatten, dem großen Stadion der Blues in Auckland.

»Was?«

»Wives and Girlfriends, die Spielerfrauen. Ich weiß«, lachte sie, als Kate das Gesicht verzog, »es klingt schrecklich. Ich mag es immer noch nicht. Aber da ist Reka.« Hannah stand auf, um die umwerfende dunkelhaarige Frau zu umarmen, die auf sie zukam, und stellte sie dann Kate vor.

»Wie läuft's, Kate?« Reka gab ihr mit einem Lächeln die Hand. »Sie wollen sich also ansehen, worauf Sie sich mit den Blues eingelassen haben?«

»Es ist wohl besser, wenn ich ein bisschen was über das Spiel lerne.« Kate versuchte, ihre unruhige Stimmung abzuschütteln und sich auf den bevorstehenden Abend zu konzentrieren. »Ich habe gehört, dass es heute ein gutes Spiel wird.«

»Sollte es auch, gegen die Brumbies«, bestätigte Reka.

»Die sind aus Australien, richtig?«, fragte Kate. »Fünf Mannschaften jeweils aus Australien, Südafrika und Neuseeland, die alle gegeneinander antreten, so viel habe ich schon rausgefunden. Da reisen sie bestimmt viel rum.«

»Im Super Rugby findet die Hälfte der Spiele zu Hause statt, der Rest außerhalb«, erwiderte Reka. »Die Spiele in En Zed und an der Boomerang Coast in Australien sind nicht so schlimm, aber es ist ziemlich weit bis Perth, und nach Safa fliegt man einen ganzen Tag lang. Man kann nicht allzu anhänglich sein, wenn man mit einem Rugby-Spieler verheiratet ist, da man einen großen Teil der Saison alleine verbringt.«

»Es gibt da etwas, was ich noch nicht so ganz verstehe«, sagte Kate ihr. »Ich höre immer wieder von den All Blacks. Wo ist das Team? Ein paar der Spieler der Blues sollen auch bei den All Blacks sein. Wie geht das?«

»Das ist ganz einfach«, antwortete Hannah. »Es ist eine Auswahlmannschaft. Alle Länder, die Rugby Union spielen – im Gegensatz zu Rugby League – haben eine Nationalmannschaft, die aus den Besten der Erstliga-Mannschaften bestehen. Diese Mannschaften treten gegeneinander an, zusätzlich zu den Spielen, die die Profis zu Hause mit ihren Teams während der regulären Saison bestreiten. Das sind eine Menge Spiele, mit nur einer kurzen Pause dazwischen«, fügte sie hinzu, während Reka zustimmend nickte.

»Erste Liga im Gegensatz zu den unteren Ligen? Und was auch immer Rugby League ist?«, fragte Kate.

Reka lachte »Richtig. Zu viel Rugby, was? Keine Sorge. Denken Sie nur dran, dass Rugby Union gemeint ist, wenn jemand von Rugby spricht. Den Rest können Sie vorerst ignorieren.«

»Abgesehen von den All Blacks, die sind wichtig«, sagte Kate.

Beide Frauen mussten darüber lachen. »Jap«, bestätigte Reka. »Die mächtigen All Blacks. Auch daran sollten Sie denken. Besonders bei Hannah und mir.«

* * *

»Wartet ihr nicht auf die Jungs?«, fragte Kate, als Hannah und Reka aufstanden, um nach dem Spiel das Stadion zu verlassen.

»Da müssten wir lange warten«, erwiderte Hannah. »Glaub mir, es dauert eine Weile, bis sie sich umgezogen haben und ihre Verletzungen versorgt sind. Aber ich wollte euch beiden sagen, da wir gerade hier sind, dass wir am nächsten Sonntagnachmittag bei uns grillen wollen. Passt euch das?«

»Wird *er* auch da sein?«, fragte Kate zurückhaltend, während sie das Stadion durch ihren Ausgang verließen.

»Ich fürchte ja«, teilte Hannah ihr verständnisvoll mit. »Koti«, erwiderte sie auf Rekas fragenden Blick. »Sie verstehen sich leider nicht besonders gut.«

»Sie und *Koti?* Da sind Sie in einer Minderheit, die nur aus einer Person besteht. Frauen zu gefallen ist seine Spezialität.«

»Hm.« Kate zuckte die Achseln. »Ich schätze, das ist an mir vorbeigegangen. Ich muss sagen, dass er mir eher wie ein Mistkerl vorkommt.«

»Er kann ein *tall poppy* sein«, gab Reka zu. »Aber er ist trotzdem ein guter Mensch. Es steckt bei ihm nicht viel dahinter, das kann sein, aber er schadet auch niemandem. Der Schein trügt, wie man so schön sagt. Aber was für ein Schein, oder?«

»Tall poppy?«, fragte Kate.

»Das habe ich auch lange nicht verstanden«, sagte Hannah ihr. »Die grundlegende Bedeutung ist ziemlich einfach. Der hochaufragende Mohn wird zurechtgestutzt. Wenn man sich zu weit aus dem Fenster lehnt, zu viel von sich hält, wird man in die Schranken verwiesen. Arroganz ist hier eine Todsünde. Es geht immer um Bescheidenheit. Ganz egal, wie gut du in dem bist, was du tust, du darfst nicht zu sehr auffallen. Nachdem ich von zu Hause kenne, wie die Sportler posieren und prahlen, muss ich zugeben, dass es ganz schön ist, einen Sport ohne diese Selbstbeweihräucherung zu sehen.«

»Ein tall poppy«, lächelte Kate. »Das klingt gar nicht mal so verkehrt. Denn Koti James muss auf die richtige Größe zurechtgestutzt werden.«

»Viel Glück dabei«, lachte Reka. »Die Kiwi-Knüppelmaschinerie hat es noch nicht geschafft, dabei hat sie es oft genug versucht. Das wäre ein neuer Ganztagsjob. Sie wohnen in unserer Nähe in Takapuna, oder?«, wechselte sie das Thema. »Sollen wir Sie am Sonntag mitnehmen? Bei drei Kindern werden wir allerdings nicht allzu lange bleiben. Wenn Ihnen das nichts ausmacht, können Sie sich die lange Fahrt sparen und auch ein oder zwei Gläschen trinken. Ich bin der Fahrer.«

»Danke«, sagte Kate überrascht. »Das ist echt nett von Ihnen.«

»Kein Problem«, versicherte Reka ihr. »Passt schon. Dann können wir uns noch ein wenig unterhalten.«

* * *

Am nächsten Sonntag wählte Kate ihr Outfit fürs Grillen mit Bedacht. Um ehrlich zu sein, hatte es ihren Stolz ein wenig verletzt, als Koti ihr gesagt hatte, sie wäre nicht sein Typ. Eigentlich wollte sie nicht anziehend auf ihn wirken und suchte auch gar nicht nach einem Freund. Wenn es um Männer ging, nahm sie sich eine Auszeit. Aber sie würde dennoch dafür sorgen, dass sie gut aussah.

»Warum sind so viele der Frauen in Schwarz erschienen?«, fragte sie Hannah leise, sobald sie das wunderschöne Haus mit der Terrasse betrat, von dem aus man einen atemberaubenden Ausblick auf die Bucht von St. Heliers und das glitzernde Wasser des Waitemata-Hafens hatte. »Ist jemand gestorben?«

Hannah lachte. »Aus irgendeinem Grund tragen sie hier immer viel Schwarz. Nicht nur, um das Team zu unterstützen, die All Blacks, ganz in Schwarz, die ganze Zeit. Es sieht ein wenig nach Trauerkleidung aus, nicht wahr? Vor allem in einem so verregneten Land. Man möchte meinen, dass sie das tägliche Grau etwas beleben wollen würden.«

»Dir als Blondine würde es stehen, aber ich sähe wie eine italienische Großmutter aus. Klein, dunkel und plump.«

»Du siehst toll aus, so wie du bist«, versicherte Hannah ihr, während sie Kates schlichtes, tomatenrotes Etuikleid bewunderte, zu dem sie wie immer Stöckelschuhe trug. »Du fällst auf.«

»Wunderbar«, erwiderte sie missmutig. »Ich wollte etwas attraktiver aussehen, stattdessen komme ich mir vor, als hätte ich eine Hose mit Leopardenmuster an. Ich werde aber nicht aufhören, leuchtende Farben anzuziehen. Ich muss mich wohl damit abfinden, anders zu sein. Was soll's. Zeit, mich unter die Leute zu mischen. Zum Glück kenne ich ein paar von ihnen schon.«

* * *

Etwas zu spät, dachte Koti schuldbewusst, als er vor das Haus fuhr. Hoffentlich würde Hannah ihm verzeihen, aber er hatte mit einer Frau geplaudert, die er am Strand getroffen hatte, und dabei völlig die Zeit vergessen. Jedenfalls hatte er jetzt ihre Handynummer, vielleicht würde er sie heute Abend noch anrufen, um zu sehen, ob sie Lust auf einen Drink hatte. Oder auf ihn.

Vielleicht auch nicht, dachte er, sobald er das Wohnzimmer betrat und eine hübsche Gestalt in einem roten Kleid sah. Sie stand mit dem Rücken zu ihm und unterhielt sich mit Reka, Hemi und ein paar anderen Gästen. Sie war mit niemandem zusammen, es sei denn, sie war neu hier. Das würde er sich mal genauer ansehen.

Er schlenderte rüber, um die Gruppe zu begrüßen, aber seine Hoffnung sank, als sich die Brünette umdrehte und er merkte, dass es Kate war. Er hatte das glänzende dunkle Haar wiedererkennen sollen, ganz zu schweigen von ihrer Figur. Ihr finsterer Blick überraschte ihn nicht.

»Wie läuft's, Kate?«, begrüßte er sie. »Wie ich bemerke, sind Sie wie immer bester Laune. Sind Sie schon so weit, mich zurechtzuweisen, oder soll ich nachher noch mal wiederkommen?«

»Hannah meint, ich sollte mich entschuldigen. Mal wieder.« Kate entfernte sich von den anderen. »Es tut mir leid, dass ich Ihnen vorgeworfen habe, Sie würden mir nachstellen. Ich schätze, ich sollte das erklären.«

»Das zu wissen, wäre gut. Es sei denn, Sie sind immer so übellaunig.«

»Wir geraten irgendwie immer aneinander«, räumte sie ein. »Aber das ist nicht alles. Zu Hause hat mich jemand gestalkt, deshalb bin ich hier. Darum bin ich auch so schreckhaft. Ich weiß, dass ich überreagiert habe, und es tut mir leid, dass ich Sie ungerechtfertigt beschuldigt habe. Das war wirklich nicht fair von mir.«

»Nein, war es nicht. Ich dachte, so etwas passiert nur Stars.«

»Leider nicht. Sie wären überrascht, wenn Sie wüssten, wie oft das vorkommt. Und wie wenig man dagegen tun kann.«

»Wer war es denn?«, hakte er nach. »Jemand, der von Ihrer reizenden Persönlichkeit restlos hingerissen war?«

»Okay, vergessen Sie es.« Sie drehte sich weg.

»Entschuldigen Sie. Das war unpassend«, sagte er hastig. »Ich will es wirklich wissen. Verraten Sie es mir.«

Sie drehte sich unwillig zu ihm um, war noch immer verärgert. »Das war kein Scherz. Ich versuche, Ihnen eine Chance zu geben, denn Hannah und Reka schwören, dass Sie ein anständiger Mensch sind, aber ich muss Ihnen mitteilen, dass es mir nach allem, was ich gesehen habe, schwerfällt, das zu glauben. Ich höre immer wieder, wie sehr die Frauen Sie lieben, aber ich kann nur sagen, dass die Frauen in Neuseeland wohl nicht besonders wählerisch sind. Beschert Ihnen dieses charmante Verhalten wirklich so viele Dates?«

»Ich weiß nicht, woran es liegt, Sie bringen das Schlimmste in mir zum Vorschein. Normalerweise bin ich gar nicht so. Tut mir leid.«

»Ich schätze, dass ich mir noch mal Ihre Verführungskünste ansehen muss. Offensichtlich wissen Sie nicht, wie man anders mit Frauen spricht.«

»Das ist nicht fair«, widersprach er. »Sie haben doch mitbekommen, dass ich zu Hannah nett war, oder nicht? Ich bin auch zu Reka nett, das werden Sie noch erleben. Sie sind Freundinnen von mir. Glauben Sie mir, die verführe ich nicht. Ich hänge zu sehr an meinem Leben.«

»Sie sind Freundinnen«, sagte sie trocken. »Klar. Ich wette, dass Sie noch nie in Ihrem Leben mit einer Frau befreundet waren. Die Ehefrauen Ihrer Mannschaftskameraden zählen nicht«, kam sie seinem Einwand zuvor. »Ein richtiger Freund, der eine Frau ist. Nennen Sie mir eine. Also?«, drängte sie ihn.

»Ich denke noch nach«, beschwerte er sich. »Na klar. Meine Cousinen.«

»Nein.« Sie schüttelte den Kopf. »Keine Verwandten.«

»Aber das sind die Frauen, die ich kenne. Meine *whānau*.«

»Ihre was?«

»Meine Familie, im weiteren Sinne. Das sind die Mädchen, mit denen ich aufgewachsen bin, die ich kenne.«

»Aber Sie gehen mit keiner von ihnen aus, oder? Sie sind tabu, wette ich.«

»Vielleicht. Einige von ihnen«, gab er zu. »Aber das heißt nicht, dass ich nicht mit einer Frau befreundet sein kann, nur weil ich es noch nicht oft war.«

»Doch, genau das bedeutet es«, beharrte sie. »Sie wissen nur, wie man mit einer Frau umgeht, wenn sie zu einem Mann gehört, den Sie kennen, verwandt mit Ihnen ist oder Sie versuchen, sie ins Bett zu kriegen. Darüber hinaus haben Sie keine Ahnung. Sie könnten keine zwei Wochen mit einer Frau befreundet sein, ohne sich an sie ranzumachen.«

»Natürlich könnte ich das. Total einfach. Ich würde drauf wetten, dass ich das schaffe.«

»Na klar«, höhnte sie. »Wie sollen wir das beurteilen? Soll eine Ihrer Damenbekanntschaften mir sagen, dass Sie ein toller Freund für sie waren? Weil Sie sie jeden Morgen nach Hause fahren?«

»Sie halten wirklich nicht viel von mir, oder?« Auch er wurde immer wütender.

Sie zuckte die Achseln. »Ich gebe nur wieder, was ich beobachte. Und höre. Sie sind nicht gerade diskret.«

»Was auch immer das heißen soll. Dafür, dass Sie mich nicht mögen, sind Sie ganz schön an meinem Leben interessiert. Aber ich werde Ihnen beweisen, dass Sie falsch liegen. Ich schlage Ihnen folgende Wette vor: Einen Monat lang werde ich Ihr Freund sein. Nein, sechs Wochen lang. Einen besseren Test kann ich mir nicht denken. Wenn ich mit Ihnen befreundet sein kann, kann ich es wohl auch mit jeder anderen Frau. Wir werden Zeit miteinander verbringen, dann werden Sie es mit eigenen Augen sehen.«

»Sie wollen darauf wetten, dass Sie das sechs Wochen lang schaffen, ohne einen Annäherungsversuch?«, fragte sie skeptisch.

»Kein Problem. Ich verdiene mir mit meinen Händen den Lebensunterhalt, oder etwa nicht? Ich werde es wohl kaum riskieren, dass sie mir abgebissen werden. Es gibt zwar keine Tollwut in Neuseeland, aber Sie könnten diejenige sein, die sie einschleppt.«

»Das fängt ja wirklich super an«, bemerkte sie. »Aber ich nehme die Wette an, dass Sie eine Freundschaft keine sechs Wochen lang durchhalten. Was ist der Einsatz?«

»Wenn ich gewinne, werden Sie mich im Büro vor allen dort küssen und mir sagen, wie wundervoll ich bin.«

»Klar. Das wird auf jeden Fall passieren. Aber da ich weiß, dass Sie verlieren werden, mache ich mir keine Sorgen. Wenn ich gewinne, worauf ich übrigens zähle … Mal überlegen.«

Sie stand eine Weile nachdenklich da. Himmel, sie nahm das wirklich sehr ernst. »Ich weiß«, beschloss sie. »*Sobald* ich gewinne, tragen Sie einen rosa Kapuzenpullover. Den ganzen Tag lang, außer wenn Sie gerade trainieren.«

Er zuckte zusammen. »Das wäre total peinlich. Da gewinne ich wohl besser.«

»Ich gewinne auch, wenn Sie aufhören, Zeit mit mir zu verbringen«, stellte sie klar. »Ich prophezeie Ihnen, dass das ziemlich schnell passieren wird. Denn es wird Ihnen viel zu langweilig werden. Wir müssen auch … mindestens einmal die Woche etwas unternehmen. Das sollte nicht so schwer sein, da wir so nahe beieinander wohnen.«

»Einverstanden«, bestätigte er und streckte ihr die Hand hin. »Händeschütteln zählt übrigens nicht. Es muss eine echte Anmache sein. Was nicht passieren wird, vertrau mir.«

Seine Hand legte sich um ihre, während er über ihr aufragte, da sie so winzig war. Sie richtete sich zu ihrer vollen Größe von fast einem Meter fünfundsechzig auf und sagte in hochfahrendem Ton, den er lustig fand: »In Ordnung. Abgemacht. Was ist unsere erste Verabredung als Freunde?«

»Äh, keine Ahnung.« Er dachte nach. »Schwimmen, schätze ich.«

»Du gehst gern schwimmen?«, fragte sie überrascht.

»Ich bin ein Kiwi, natürlich schwimme ich gern. Wir treffen uns also nächsten Sonntag um neun Uhr früh am Takapuna-Strand. Danach gehen wir einen Kaffee trinken. Das sollte dir ausreichend Zeit geben, um mir zu sagen, was du von mir hältst. Passt dir das?«

»Okay«, stimmte sie zu. »Um neun auf den Stufen.«

»Ich bin so froh, dass ihr beide miteinander redet«, sagte Hannah, als sie neben sie trat. »Ich weiß, dass ihr einen schlechten Start hattet, aber ich hoffe, ihr könnt euch miteinander anfreunden.«

»Keine Sorge«, sagte Koti mit breitem Lächeln. »Daran arbeiten wir gerade.«

Eine wandelnde Reklametafel

Kate trat ungeduldig von einem Fuß auf den anderen und schaute sich wieder um, ehe sie auf die Uhr blickte. Zehn nach neun. Sie hatte allmählich den Eindruck, als würde Koti sie gleich bei ihrem ersten Treffen versetzen. Sah so aus, als wäre das die leichteste Wette, die sie jemals gewonnen hatte. Noch fünf Minuten, beschloss sie. Mehr würde sie ihm nicht gewähren.

Um Viertel nach neun gab sie auf und marschierte zum Ufer, verärgert, weil sie überhaupt so lange gewartet hatte. Nach dem Schwimmen war sie allerdings nicht mehr so gereizt. Sie hatte nur fünfzehn Minuten des Tages vergeudet, und sie könnte sich jetzt nicht so entspannen, wenn er hier bei ihr wäre.

Nachdem sie die Wette abgeschlossen hatte, hatte sie sich gefragt, was sie sich dabei gedacht hatte. Warum sollte sie Zeit mit ihm verbringen wollen? Er hatte sie einfach genervt, das war alles. Jedenfalls war es kein Verlust, seine Gesellschaft nicht genießen zu können. Heute war sie einfach ihr eigenes Date und würde allein einen Kaffee trinken gehen.

Nachdem sie sich in dem Café am Strand mit einem Himbeermuffin und einem Cappuccino an einen Tisch gesetzt hatte, klingelte ihr Handy, und sie zuckte zusammen. Sie kramte in ihrer Tasche, bis sie es schließlich fand. Natürlich war es Hannah. Nur fünf Leute hatten ihre Nummer, und zwei davon waren ihre Eltern, rief sie sich ins Gedächtnis.

»Hi, Kate. Ich habe gerade einen eigenartigen Anruf von Koti James erhalten«, teilte ihre Freundin ihr mit. »Ich wusste gar nicht, dass du mit ihm ausgehst.«

»Tue ich nicht. Ich *hätte* heute Morgen mit ihm schwimmen gehen sollen, aber er ist nicht aufgetaucht. Was auch kein Verlust ist.«

»Also, er will mit dir reden. Er hat mich angerufen, wollte deine Nummer haben. Ich habe sie ihm natürlich nicht gegeben, aber ich habe seine, falls du ihn zurückrufen willst.«

»Nein, danke«, erklärte sie. »Daran habe ich wirklich kein Interesse. Sagen wir einfach, dass ich von ihm noch immer nicht beeindruckt bin. Tut mir leid, dass du an deinem Sonntag gestört wurdest.«

Sie legte auf. Dann sah sie auf ihr Handy. Sie musste aufhören, ständig zu erschrecken, wenn sie jemand anrief oder sie eine Nachricht bekam.

Kann es kaum erwarten, dich sterben zu sehen.

Sie war hier. Sie war in Sicherheit. Das war vorbei. Sie steckte das Handy bewusst weg. Dann holte sie sich eine Modezeitschrift vom Zeitungsständer, setzte sich zu ihrem Kaffee und dem Muffin und sah sich Klamotten an, die sie sich nicht leisten konnte. Das Schwimmen hatte Spaß gemacht, der Tag war herrlich, und sie war allein. Sie musste vor niemandem auf der Hut sein. Niemand war bei ihr. Weder einer, der ihr Angst machte, noch einer, der sie nervte, noch sonst jemand.

In den folgenden Tagen verdrängte sie den Vorfall. In ihrem neuen Job gab es so viel, was sie noch lernen musste, dass sie keine Zeit oder Energie dafür hatte, sich wegen einer Primadonna mit fehlendem Zeitgefühl Gedanken zu machen. Selbst die Angst ließ nach, während sie sich immer mehr in ihre Arbeit vertiefte.

Am Dienstagnachmittag saß sie an ihrem Schreibtisch und war völlig in ihre Aufgabe versunken, einer besonders verzwickten Werbekostenspur nachzugehen, als sie von einer Männerstimme unterbrochen wurde.

»Äh, Kate. Kann ich kurz mit dir reden?«

Sie sah mit einem Stirnrunzeln hoch, legte die Zettel beiseite, die sie studiert hatte, und betrachtete Koti kühl. Sein Kapuzenpullover war heute marineblau. Er hatte anscheinend eine wirklich sehr begrenzte Garderobe.

»Ach, du bist das«, sagte sie wenig begeistert. »Ich bin ziemlich beschäftigt. Wenn du hier bist, um mir zu sagen, dass du die Wette verloren hast, so habe ich das schon mitbekommen.«

»Ich habe versucht, dich zu erreichen«, erklärte er verärgert. »Es tut mir leid, dass ich zu spät war, aber ich habe versucht, dich anzurufen. Ich hatte aber deine Handynummer nicht, und Hannah wollte sie mir nicht geben. Hat sie dir meine Nachricht nicht übermittelt? Ich hatte erwartet, dass du mich zurückrufst oder mir zumindest eine SMS schreibst.«

»Oh, sie hat es mir ausgerichtet, aber ich hatte kein Interesse. Ich war bereits schwimmen gewesen und hatte meinen Kaffee vor mir. Sagen wir einfach, du wurdest nicht mehr benötigt, als ich dann schließlich von dir gehört habe.«

»Du hättest mir aber eine Chance geben sollen, das zu erklären«, wandte er ein.

»Okay. Erklär es jetzt. Ich schätze, dass du keinen Autounfall hattest oder von Terroristen als Geisel genommen wurdest. Aber lass hören.«

»Ich wurde aufgehalten«, setzte er ein wenig verlegen an. »Habe das Zeitgefühl verloren. Habe es, wenn du es genau wissen willst, bis um zehn oder so vergessen. Aber sobald es mir eingefallen ist, habe ich versucht, dich zu erreichen.«

»Aufgehalten«, sinnierte sie. »Lass mich raten. Du warst … beschäftigt. Mit jemand anderem. Was, hmm, ein *bisschen* verlockender erschien, als mit einer anstrengenden Frau schwimmen zu gehen, die dich nicht mal leiden kann.«

»Möglich.« Sie sah, wie er sein charmantestes Lächeln ausprobierte. »Aber jetzt, da ich dich wiedersehe, frage ich mich, was ich mir dabei nur gedacht habe. Vor allem, da es eine Verabredung zum Schwimmen war. Ganz wunderbar, mit dir. Was meinst du? Willst du mir an diesem Wochenende noch mal eine Chance geben?«

»Wow, das ist aber nahezu unwiderstehlich. Lassen Sie mich darüber nachdenken. Hmm … nein. Du hast verloren.« Sie nahm einen Stift und klopfte damit auf ihren Schreibtisch. »Passt dir das mit dem Kapuzenpullover morgen?«

Er lief rot an, der Charme verpuffte. »Warum bist du deswegen so zickig? Ich habe mich doch entschuldigt. Was willst du denn noch?«

»Auch wenn du dich entschuldigst, ändert das nichts an deinem Fehlverhalten. Hat dir das noch nie jemand erklärt? Du glaubst, du könntest dieses Lächeln aufblitzen lassen, mir mit diesen Schlafzimmeraugen einen verführerischen Blick zuwerfen und damit hat sich's? Alles vergeben, hier hast du deinen Freibrief?«

Er drehte sich zu Corinne am Nachbartisch um, die ihr Lachen kaum unterdrücken konnte. »Mir war nicht klar, dass wir Zuhörer haben.«

»Tut mir leid«, sagte Corinne mit einem breiten Grinsen. »Aber ich würde sagen, sie hat ins Schwarze getroffen. Tut mir gut, das zu hören. Gut gemacht, Kate.«

Kotis Kiefermuskeln spannten sich an. »Ich bin noch nicht bereit, aufzugeben. Lass uns von vorn anfangen. Machen wir zwei Monate draus, ab dem kommenden Wochenende. Wenn ich es noch mal so vermassle, gewinnst du, keine Widerrede. Können wir es so machen?«

»In Ordnung«, stimmte Kate widerstrebend zu. »Aber nur, weil ich zur Zeit viel zu wenig Abwechslung habe. Außerdem gefällt mir der Gedanke, dir noch einmal gepflegt die Meinung zu sagen.«

* * *

»Um Himmels willen«, murmelte Kate am nächsten Samstagnachmittag, als sie die breiten Stufen zum Takapuna-Strand runterstieg. Koti stand am Fuß der Treppe, und trotz des unvermeidlichen Kapuzenpullovers war es ihm nicht gelungen, seine Anonymität zu wahren, denn er ließ sich gerade mit zwei jungen Frauen ablichten.

»Soll ich später noch mal wiederkommen?«, fragte sie, während sie sich dem Grüppchen näherte, gerade als eine der Frauen aufgeregt den Platz mit der Fotografin wechselte, um noch ein Foto zu schießen.

»Das ist das letzte, meine Damen«, sagte Koti mit einem Lächeln. »Ich muss los.«

Auf dem Weg über den ausgedehnten Strand zum Ufer verdrehte Kate die Augen. »Was für einen Fanclub du da hast. Ist bestimmt nett.«

»Findest du?«

»Erzähl mir nicht, dass du das nicht genießt? Es hat nämlich ganz den Anschein.«

»Das gehört zum Job«, erwiderte er mit einem Achselzucken. »Das heißt nicht, dass es mir immer gefällt.«

Sie näherten sich der Flutmarke. »Ist es hier gut?«, erkundigte er sich. »Willst du bis zu dem Punkt dort und wieder zurück schwimmen?«

Bei ihrem Nicken streifte er sich die Flipflops von den Füßen und zog sich Kapuzenpullover und Hemd über den Kopf, bevor er alles zusammen mit dem Handtuch in den Sand warf.

»Das ist doch ein Scherz«, sagte Kate und starrte ihn an.

»Was? Schlechter Platz?«, fragte er verwirrt. »Ich dachte, es passt dir?«

»Nein, ich meine dich. Das ist doch … das ist doch lächerlich. Die Tätowierung, die Kette, alles. Du bist ja praktisch eine wandelnde Reklametafel für Neuseeland.«

»Meine Tätowierung ist nicht lächerlich«, antwortete er ehrlich beleidigt. »Mein *moko* ehrt meine Vorfahren. Und für meine Kette gilt das ebenso. Es ist kein Schmuck. Du machst dich über mein *mana* lustig.«

»Das tut mir leid«, sagte sie rasch. »Ich wollte niemanden beleidigen. Ich meine, ich verstehe es jetzt. Du hast ja bisher immer den Kapuzenpullover getragen, das ist alles. Mir war nie klar, wie du aussiehst, und ich bin ein wenig geblendet. Im wahren Leben ist mir noch nie jemand unter die Augen gekommen, der so durchtrainiert ist.«

Er seufzte. »Das bin ich nun mal, dafür werde ich mich nicht entschuldigen. Ich spiele und trainiere schon fast mein ganzes Leben lang Rugby, weißt du. Außerdem bin ich Maori. Ich bin nun mal groß und habe Muskeln, daran wirst du dich einfach gewöhnen müssen.«

»Ich hätte besser meine Sonnenbrille aufsetzen sollen«, murmelte sie.

»Willst du nicht auch bald mal die Klamotten ausziehen, damit wir ins Wasser können?«, beschwerte er sich. »Ich frier mir hier den Hintern ab.«

»Nein, ich glaube, eher nicht«, beschloss sie. »Ich fühle mich gerade ziemlich unsicher. Vergessen wir das Ganze und gehen stattdessen Kaffee trinken.«

»Rückzieher beim ersten Versuch, was?«, neckte er sie. »Will sich gar nicht erst der Herausforderung stellen. Ich schätze, ich habe schon gewonnen.«

Sie reckte das Kinn. »Okay. Aber sieh bloß nicht dabei zu, wie ich mich ausziehe. Schau lieber kurz zu Rangitoto oder so, denn das hier ist mir gerade ziemlich unangenehm.«

Er kehrte ihr mit einem Seufzen den Rücken zu. »Das hier ist lächerlich«, teilte er ihr über die Schulter mit. »Ich habe dich bereits zweimal in Badesachen gesehen, schon vergessen? Ich weiß noch ganz genau, wie du aussiehst.«

»Das habe ich nicht vergessen.« Sie richtete sich die Schwimmbrille und ging ins Wasser. »Ich bin nicht dein Typ. Zu klein und zu dunkel. Das ist in Ordnung. Es reicht, wenn einer von uns so schön ist.«

Sie stieß sich ab und schwamm los, bevor er etwas erwidern konnte. *Ist mir recht*, dachte er und folgte ihr. Er war sich nicht sicher, ob es darauf eine gute Antwort gab. Wenn er ihr sagte, was er wirklich dachte, würde sie ihm vermutlich den Kaffee vergiften. Oder ihn ertränken.

* * *

»Das ist schon besser«, sagte Kate mit zufriedenem Nicken, als sie ihn eine Dreiviertelstunde später vor der Umkleide traf.

»Was jetzt?«

»Ich habe beschlossen, dass du mir bedeckt lieber bist. Der Kapuzenpulli und die Sonnenbrille reduzieren das Strahlen.«

»Dann lass uns Kaffee trinken gehen, damit wir uns aufwärmen können«, sagte er. »Dabei kannst du gleich meinen Charakter weiter zerpflücken.«

Sie gaben ihre Bestellung im Strandcafé auf und setzten sich an einen Tisch, um zu warten. Er hatte zu ihrem Verdruss darauf bestanden zu bezahlen. »Du hast mich also nicht gegoogelt«, bemerkte er nachdenklich. »Sonst hättest du Tätowierung und das alles schon gesehen.«

»Natürlich habe ich dich nicht gegoogelt. Soll ich mir im Internet Nacktfotos von dir ansehen? Das wäre gruselig. Du hast mich doch nicht etwa gegoogelt, oder?«, fragte sie, plötzlich alarmiert.

»Es gibt keine Nacktfotos von mir. Das eine oder andere halb nackte, vielleicht. Und, nein, ich habe dich auch nicht gegoogelt. Das würde mir die Überraschung verderben, wenn ich vorher schon zu viel herausfinde. Ich würde über deine Vergangenheit als Tierbändigerin lieber von dir selbst erfahren, mir von dir die ganze Geschichte erzählen lassen, wie du mit Klapperschlangen angefangen und dich dann raufgearbeitet hast. Aber ich schätze, du warst nicht immer so kratzbürstig. Hat das was mit dem Stalker zu tun?«

»Wahrscheinlich. Aber nicht alles. Ein Teil davon kommt, weil ich so klein bin, noch dazu so zierlich. Alle finden mich süß.« Sie warf ihm einen finsteren Blick zu.

»Keine Sorge, ich mache mir da nichts vor«, versicherte er ihr. »Du bist furchterregend.«

Darüber musste sie lächeln. »Wie ein fieser, kleiner Köter, genau das ist mein Ziel. Aber du hast recht. Ich schätze, ich bin zurzeit noch fieser. Ich bin nur so wütend«, versuchte sie zu erklären. »Darüber, dass jemand einfach daherkommt und mein Leben ruiniert, ohne dass ich etwas dagegen tun kann.«

»War das ein Partner? Ein Ex?«

»Ja. Nichts Ernstes, zumindest nicht für mich. Da lag ich offensichtlich falsch. Ganz und gar falsch. Denn jetzt bin ich hier, auf der anderen Seite der Welt, noch dazu mit einer negativen Einstellung, wie du am eigenen Leib zu spüren bekommen hast.«

Sie trank ihren Kaffee aus und stellte die Tasse hin. »Wie auch immer, ich muss los. Ich habe dieses Wochenende viel vor, und ich bin mir sicher, du auch. Das hier war nicht so schlimm, wie ich erwartet hatte, muss ich zugeben. Was meinst du?«

»Solange meine Impfungen aktuell sind, ist es okay. Das Gleiche nächsten Sonntag?«

»Wenn du glaubst, dass du es schaffst, aufzutauchen. Ich warne dich, ich warte nicht länger als zehn Minuten. Wenn du später kommst, verlierst du.«

»In Ordnung. Ich werde da sein.«

»Nächstes Mal bezahle ich den Kaffee. So macht man das unter Freunden«, beharrte sie, als er den Kopf schüttelte. »Du kennst dich eindeutig nicht mit den Regeln aus, ich hingegen schon. Wir wechseln uns ab.«

»Dann werde ich wohl wieder den Kapuzenpullover tragen müssen. Viel zu peinlich«, beschwerte er sich.

Das S-Wort

Sie hätte einen Ausflug für heute planen sollen, überlegte Kate am nächsten Morgen. Stattdessen lag ein weiterer langer, ereignisloser Sonntag vor ihr.

Sie würde ihn mit einer Joggingrunde beginnen, beschloss sie. Dabei könnte sie auch gleich Takapuna etwas erkunden. Und sich was Schönes für den Nachmittag einfallen lassen.

Nach der ihr jetzt vertrauten Strecke zum Strand lief sie in ein vornehmeres Wohnviertel in der Nähe und bewunderte die modernen Häuser und historischen Villen, die von großen Gärten voller Spätsommerblumen umgeben waren. Ein Pärchen, das sich vor ihr auf dem Bürgersteig küsste, bot ebenfalls einen interessanten Anblick. *Es wäre vielleicht eine gute Idee, wenn ihr euch ein Zimmer nehmt,* dachte sie amüsiert und mit einem Anflug von Neid. Da ging es ganz schön zur Sache.

Das Paar trennte sich. Die Frau warf beim Einsteigen ins Auto die blonde Mähne nach hinten und ließ lange, gebräunte Beine in einem kurzen Rock aufblitzen, und der Mann beugte sich runter, um ihr durch das offene Fenster einen letzten Kuss zu geben. Dann schlug er zum Abschied mit der Handfläche auf das Dach, und sie fuhr davon. Während sie auf ihn zulief, erkannte Kate erschrocken, wer es war, aber es war zu spät, um die Straßenseite zu wechseln. Wie unangenehm.

Sie musste ihre Einschätzung korrigieren, als Koti sie mit seinem üblichen ungezwungenen Lächeln begrüßte. Ohne die geringste Verlegenheit.

»Kate. Wie läuft's? Schon wieder beim Sport, was?«

Sie blieb stehen. Er sah wie immer gut aus, dachte sie verärgert, obwohl er offensichtlich gerade erst aus dem Bett gestiegen war. Unrasiert, das Haar ein wenig zerzaust. Über den breiten Schultern spannte das ausgeblichene T-Shirt, die kurze Khakihose hing ohne Gürtel tief auf den schmalen Hüften.

»Hi, Koti. Ja, ich starte gerade in den Tag.«

»Ich wollte selbst gerade Joggen gehen, den Kopf freibekommen«, sagte er. »Muss nur noch Laufschuhe anziehen. Wartest du so lange?«

Eine Bemerkung über seinen Kopf lag ihr auf der Zunge, aber sie hielt sich gerade noch rechtzeitig zurück. Das ging sie nichts an. Sie wollte nicht, dass er dachte, es würde sie kümmern, was er so trieb.

»Ich bin mir sicher, dass du nicht in meinem Tempo laufen willst«, erklärte sie stattdessen fröhlich. »Ich wünsche dir aber viel Spaß. Bis nächste Woche.« Sie warf ihm ein knappes Lächeln zu und joggte weiter.

* * *

Er sah ihr nach. Eigentlich wäre er liebend gern in ihrem Tempo gelaufen. Denn sie hatte einen Weltklasse-Hintern. Er hätte gern diesen Anblick in der hautengen Laufshorts ein paar Kilometer lang genossen.

* * *

»Sieht so aus, als wäre das heute unser Tag.«

Kate drehte sich in der Schlange vor dem Empanada-Stand des Sunday Market um und entdeckte Kori hinter sich, diesmal frisch rasiert und wieder im Kapuzenpullover.

»Warte kurz«, sagte er, als sie von dem argentinischen Verkäufer ihre spinatgefüllte Teigtasche entgegennahm. »Ich bestell noch schnell meine, dann komm ich zu dir.«

»Drei verschiedene Sorten, was? Du hast ganz schön Hunger«, bemerkte sie, während sie versuchten, sich einen Weg aus dem Gedränge zu bahnen.

»Habe heute Morgen eine Menge trainiert«, erklärte er mit breitem Lächeln.

Zu ihrer Verärgerung lief sie rot an. Warum war sie so verlegen? Ihr Morgen war völlig unschuldig gewesen.

»Komm«, sagte er. »Ich gebe dir einen Kaffee aus, dann suchen wir uns eine Stelle, an der wir essen können. Wir haben schließlich keine andere Wahl, oder?«, fügte er hinzu, nachdem sie zögerte. »Wenn wir das hier nicht jetzt hinter uns bringen, treffen wir uns noch heute Abend bei den Tiefkühlerbsen im New World.«

Darüber musste sie lächeln. »Sieht ganz danach aus, oder? Ich nehme den Kaffee. Danke. Allerdings sollte ich ihn bezahlen.«

»Nächste Woche«, rief er ihr ins Gedächtnis. »So lautet die Abmachung.«

Sie setzten sich auf eine Bank, wo sie ihr spontanes Mittagessen einnahmen. »Wie ich sehe, hast du die glamouröse Lebensart der Kiwis übernommen«, bemerkte er. »Erst Joggen, dann ein Besuch auf dem Takapuna Market. Wenn du noch ein wenig die Vögel beobachtest, qualifizierst du dich für die Staatsbürgerschaft.«

»Ich bin mir sicher, dass es hier vieles gibt, was man unternehmen kann«, widersprach sie. »Ich freue mich schon darauf, das alles zu auszuprobieren, jetzt, da ich eine Wohnung und einen Job habe.«

Er lachte. »Na ja, man kann viel machen, solange man sich gern im Freien aufhält, schätze ich.«

»Glaub mir«, erwiderte sie, »ich brauche zurzeit keine Aufregungen in meinem Leben. Ein wenig Ruhe ist mir ganz recht.«

Das ernüchterte ihn. »Hannah hat mir gesagt, dass du eine schwere Zeit hinter dir hast. Tut mir leid, dass ich mich darüber lustig gemacht habe. Es war mir nicht klar.«

Sie nickte. »Danke. Ich weiß die Entschuldigung zu schätzen. Aber ich sollte jetzt los. Bis nächsten Sonntag.« Sie nahm einen letzten Schluck aus ihrem Becher, sammelte ihre Einkäufe ein und stand auf, um den Müll in die Tonne zu werfen. »Noch mal danke für den Kaffee.«

Und die Aussicht, fügte sie ein paar Minuten später im Stillen hinzu, während sie zusah, wie er über die Straße joggte. Er war wirklich viel zu attraktiv für ihren Seelenfrieden.

* * *

»Ich bin heute so angespannt«, sagte sie ihm, als sie sich die Woche danach am Strand trafen. »Ich muss mich heute verausgaben. Hast du Lust auf eine längere Schwimmtour?«

»Wie lange schwebt dir denn vor?«

Sie zuckte die Achseln. »Fünfundvierzig Minuten? Ich weiß, dass das für dich eine lange Strecke wird, da du doppelt so schnell schwimmst wie ich. Du musst nicht so lange im Wasser bleiben, wenn du nicht willst. Wir können uns auch danach im Café treffen.«

»Ich schwimme die Strecke mit dir«, versprach er. »Letztes Mal hat es mir gutgetan. War eine super Entspannung nach dem Spiel.«

Sie schwammen und liefen danach zu den Umkleiden, um zu duschen. Dort wartete er wieder auf sie. »Du brauchst einen besseren Neoprenanzug«, erklärte er. »Du zitterst immer noch.«

»Ich war zu lange im Wasser«, erwiderte sie. »Ich habe versucht, mich ein wenig abzuhärten, aber ich habe wohl nicht genug Masse, nehme ich an. Mir wird sehr schnell kalt, das war schon immer so. Wenn ich etwas Heißes zu trinken bekomme, geht es mir gleich wieder besser.«

»Du bist echt winzig«, stimmte er auf dem Weg zum Café zu. »Darf ich das sagen?«

»Nenn mich nur nicht süß«, warnte sie ihn. »Sonst kann ich für nichts garantieren.«

»Das war nicht das S-Wort, an das ich gedacht hatte. Störrisch, vielleicht. Stur. Spöttisch. Störend. Und noch ein paar mehr, die mir ohne Zweifel später noch einfallen. Auf keinen Fall süß.«

»Beeindruckender Wortschatz«, sagte sie mit einem Lächeln. »Gut gemacht. Oder hast du schon länger darüber nachgedacht?«

»Nein, aber mir waren schon ein paar Wörter eingefallen, allerdings fing davon keines mit S an.«

Sie lachte. »Darauf wette ich. Auf dich passen definitiv auch ein paar S-Wörter. Und selbstherrlich ist das einzige, das man in der Öffentlichkeit laut aussprechen kann.«

Er sah zu ihr runter. Es war das erste Mal, dass sie in seiner Gegenwart lächelte. Ihr ganzes Gesicht strahlte, wenn sie das tat, und verwandelte sie von einer attraktiven Frau in eine atemberaubende. »Du solltest häufiger lächeln«, sagte er. »Dann siehst du einfach umwerfend aus.«

Dann seufzte er. »Und da ist es auch gleich wieder verschwunden. Vergiss es.«

* * *

»Erzähl mir von dem Typen«, bat er, sobald sie mit ihrem Kaffee am Tisch saßen. »Der, vor dem du wegläufst. Hat er dich richtig gestalkt? So was passiert wirklich?«

»Es gibt leider gestörte Menschen, und wenn so jemand dann von einem besessen ist … Ich hätte nie mehr als einmal mit ihm ausgehen sollen. Wenn ich die Sache gleich beendet hätte, wäre es gar nicht so weit gekommen. Ich habe schon früh erkannt, dass etwas nicht stimmte, aber er sah gut aus und war charmant. Wie du.«

»Ich hoffe nicht«, erwiderte er erschrocken.

»Ich auch. Er hat schon bei unserem ersten Date über Dinge gesprochen, die wir im Monat darauf tun könnten. Ich war mir aber nicht sicher. Ich dachte, ich wäre vielleicht zu streng. Das bin ich manchmal.«

»Was du nicht sagst.«

»Ja, na ja, in diesem Fall hätte ich einfach streng sein und meinen Instinkten vertrauen sollen. Ich schätze, seine Aufmerksamkeit und sein Interesse haben mir zunächst geschmeichelt. Aber dann wollte er, dass ich jeden Augenblick mit ihm verbringe. Er wollte immer wissen, was ich gerade tat, jeden Tag. Ich hätte mit ihm Schluss machen sollen, sobald er damit anfing, aber das habe ich nicht.«

»Was ein weiterer Fehler war«, ermunterte er sie, weiterzureden, nachdem sie verstummt war.

»Auf jeden Fall. Allerdings bin ich mir da jetzt nicht mehr so sicher. Ich weiß nicht, ob ich irgendetwas hätte tun können, nachdem er so besessen war. Ich habe mir wegen dem, was ich getan habe, und dem, was ich nicht getan habe, solche Vorwürfe gemacht. Aber wenn ich zurückblicke, glaube ich allmählich, dass es doch nicht meine Schuld war.«

»Warum solltest du daran schuld sein?«, wandte er ein.

Sie zuckte die Achseln. »Keine Ahnung. Aber es fällt mir schwer, nicht so zu denken. Es gibt Leute, die sagen Sachen wie: ›Es gibt keine Opfer, nur Freiwillige.‹ Da fragt man sich, ob man etwas getan hat, ob man etwas an sich hat, um das heraufzubeschwören. Außer mir kenne ich niemandem, dem so etwas passiert ist.«

»Klingt für mich eher so, als hättest du einfach nur Pech gehabt, mehr nicht.«

»Danke. Dafür kriegst du ein paar Pluspunkte. Und ich bin bereit, einzuräumen, dass du vielleicht doch so nett bist, wie Hannah und Reka behaupten.«

»Danke. Aber was ist passiert? Was hat er getan?«

Sie zögerte kurz, bevor sie antwortete, wobei sie die Serviette zwischen den Fingern zerknüllte. »Er wurde furchterregend. Gewalttätig. Da habe ich mit ihm Schluss gemacht. So klug war ich wenigstens. Aber er ist nicht verschwunden. Er hat mich noch angerufen, mir dauernd geschrieben. Zwanzig, dreißig Mal am Tag. Während ich bei der Arbeit war. Zu Hause. Überall. Ich konnte ihn nicht dazu bringen, damit aufzuhören. Er ist einfach … Es ist einfach immer schlimmer geworden.«

Sie verstummte und sah auf die zerrissene Serviette in ihren Händen. »Ja. Na ja.« Sie atmete aus und sammelte die Schnipsel auf. »Genug für heute. Ich will nicht mehr darüber nachdenken. Und ich bin mir sicher, dass du es auch gar nicht hören willst, außerdem muss ich nach Hause. Wollen wir schon was für nächste Woche ausmachen?«

Er streckte die Hand über den Tisch nach ihr aus, zog sie aber wieder zurück. »Ach ja, nächste Woche. Da sind wir in Christchurch und spielen am Samstag. Wir kommen also erst am frühen Sonntag zurück. Wir könnten am Sonntagnachmittag spazieren gehen.«

»Aber du wirst doch sicher erschöpft sein. Ich weiß, dass wir uns auf einmal die Woche geeinigt hatten, aber wenn du nächste Woche lieber Mittwochmorgen mit mir schwimmen willst, wäre das vielleicht einfacher.«

»Ich hatte eigentlich an etwas gedacht, was nicht so anstrengend ist. Vielleicht North Head in Devonport. Warst du schon mal dort?«

»Nein, was ist das?«

»Ursprünglich war es ein Maori *pā*. Dann eine Verteidigungsanlage zum Schutz des Hafens. Es macht Spaß, das zu erkunden. Die Aussicht ist auch wunderschön, und von hier fährt man nicht lange. Wir können spazieren gehen und danach im Naval Museum einen Kaffee trinken. Was meinst du?«

»Klingt gut. Gefällt mir.«

»Okay. Gib mir deine Adresse, dann hole ich dich ab. Passt dir Sonntag um zwei?«

»Wie wäre es, wenn wir uns stattdessen hier treffen?«

»Du willst nicht, dass ich weiß, wo du wohnst?«, fragte er mit hochgezogenen Augenbrauen.

»Das habe ich auf die harte Tour gelernt. Nichts gegen dich, ich versuche nur, ein paar Sicherheitsregeln einzuhalten.«

»Du wirst mir aber trotzdem deine Handynummer geben müssen«, erwiderte er. »Ich gebe dir im Gegenzug auch meine. Nur für den Fall, dass was dazwischenkommt.«

Sie lenkte ein, aber er sah, dass sie es nur widerstrebend tat. »Du hältst die Trümpfe in der Hand«, erklärte er. »Du musst es nur Hannah sagen, wenn ich etwas mache, was dir nicht passt. Sie hat Drew um den kleinen Finger gewickelt. Ich hänge an meiner Karriere – und an meinem guten Aussehen. Ich möchte keins von beidem gefährden.«

»Das hat sie auch gesagt. Mit weniger Worten«, fügte sie bei dem überraschten Ausdruck auf seinem Gesicht rasch hinzu. »Nur, dass die Spieler aus genau diesem Grund vermutlich die sichersten Männer hier sind.«

»Dann hast du jemanden gefunden, der mutiger ist als ich? Verrat mir, wer es ist, dann kann ich dir sagen, ob er in Ordnung ist. Und ob er eine Freundin hat. Hannah wird das nicht notwendigerweise wissen.«

»Natürlich nicht.« Sie sah ihn finster an. »Im Moment habe ich kein Interesse daran, mit jemandem auszugehen, ganz zu schweigen davon, mich mit jemandem einzulassen. Ich bin dafür noch nicht bereit, falls du das noch nicht bemerkt haben solltest. Reden wir nicht weiter von meinem nicht vorhandenen Liebesleben und kehren lieber zum Thema zurück. Wie wäre es, wenn ich zu deinem Haus komme? Ich weiß allerdings nicht genau, welches es ist.«

»Woher soll ich wissen, dass du mich nicht stalken wirst? Ich sage den Leuten auch nicht, wo ich wohne.«

»Das ist doch lächerlich.«

»Nicht lächerlicher als der Gedanke, ich könnte dich stalken.«

»Dann bleibt es bei Plan A. Wir treffen uns hier«, entschied sie. »Vor dem Café. Um zwei.«

»Okay«, seufzte er. »Nimm Licht mit. Für die Tunnel«, erklärte er bei ihrem verwirrten Blick.

»Oh. Eine Taschenlampe. Schon klar. Bis dann.«

Waffen und Tunnel

In der nächsten Woche stieg Kate stöhnend in Kotis Auto.

»Alles in Ordnung?«, erkundigte er sich, während er wartete, bis sie sich angeschnallt hatte. »Hast du dich mit etwas angelegt, das zurückgebissen hat?«

»Sehr lustig«, sagte sie. »Nein, ich habe gestern Surfunterricht genommen. Das war anstrengend. Ich habe solchen Muskelkater, dass ich mich kaum bewegen kann.«

»Wie ist es denn gelaufen?«, erkundigte er sich.

»Schrecklich.« Sie schüttelte den Kopf mit einem reumütigen Lächeln. »Ich konnte nicht mal auf dem Brett stehen bleiben, egal, wie sehr ich mich bemüht habe. Ich bin jedes Mal runtergefallen und musste zurück zum Strand schwimmen, während ich das nutzlose Surfbrett hinter mir hergeschleppt habe, nur um dann wieder rauszupaddeln und erneut runterzufallen. Das war anstrengend.«

»Es ist nicht leicht, wenn man nicht damit aufgewachsen ist«, erklärte er mitfühlend.

»Sag bloß, surfen kannst du auch.«

»Natürlich kann ich surfen. Es ist dir vielleicht noch nicht aufgefallen, aber in En Zed gibt es nicht viel zu tun, außer, man verbringt seine Zeit im Freien. Warum, glaubst du, haben wir diese ganzen Extremsportarten erfunden? Nicht nur, weil wir stark und mutig sind.«

»Ganz zu schweigen von schüchtern und zurückhaltend, wie in deinem Fall, vergiss das nicht. Aber ich wünschte, ich wüsste, wie man auf dem Brett stehen bleibt. Es war ziemlich peinlich. Alle anderen haben es wenigstens ein Mal geschafft. Zumindest war der Lehrer nett und geduldig, auch wenn ich mir sicher bin, dass er zu Hause über mich gelacht hat. Er hat mir gesagt, dass ich am nächsten Wochenende wiederkommen soll, dann zeigt er es mir noch mal. Er hat mir sogar einen großen Rabatt auf eine Privatstunde angeboten. Ganz offensichtlich bin ich ein hoffnungsloser Fall.«

Er lachte. »Nein, das liegt eher daran, dass er auf dich steht.«

»Woher willst du das wissen? Du warst nicht mal da.«

»Kein Problem, ich muss nicht da gewesen sein, um das zu wissen. Du siehst gut in Badesachen aus, er wollte dich nur noch mal anschauen, das ist alles. Vielleicht auch ein bisschen mehr.«

»Du bist in solchen Dingen offensichtlich überaus bewandert. Ich beuge mich deiner überlegenen Fachkenntnis.«

»Aus meiner langjährigen Erfahrung im Flirten kann ich genauso gut auch mal Nutzen ziehen«, stimmte er ihr zu, »und dir helfen. So, da wären wir auch schon in North Head«, verkündete er, als sie das offene Tor passierten und den gewundenen Pfad den Hügel hinauffuhren. »Die Zeit verfliegt ja förmlich, wenn man über Sex redet.«

»Wir haben nicht über Sex geredet«, stellte sie ärgerlich richtig, bevor sie nach ihrer Tasche griff und aus dem Auto stieg.

»Natürlich haben wir das, es ist dir nur nicht aufgefallen.«

»Egal. Ich will lieber wissen, wie du es schaffst, so mühelos aus dem Auto springen, wenn ich mich kaum rausquälen kann«, beschwerte sie sich. »Du bist derjenige, der gestern Abend Rugby gespielt hat. Warum liegst du heute nicht auf der Couch?«

»Ich bin etwas kaputt, das stimmt schon. Heute Morgen war ich kurz im Spa, nachdem ich zu Hause angekommen war, aber ein Spaziergang ist das Beste gegen Muskelkater. Dir wird das auch guttun.«

»Tut mir leid, dass ihr gestern Abend verloren habt. Aber du hast gut gespielt, ich war ganz schön beeindruckt. Gratuliere zu dem gelungenen Versuch.«

»Danke. Schade, dass wir nicht gewonnen haben. Du hast es dir also angesehen, was?«

»Ich muss zugeben, dass ich alle Spiele geschaut habe. Es ist viel interessanter, seit ich die Spieler kenne, auch wenn ich nicht immer verstehe, was passiert. Es sieht aber ziemlich schmerzhaft aus, so ganz ohne Schutzpolster. Hast du nach dem ganzen Tackling keine Verletzungen? Du bist so schwer gestürzt, ganz zu schweigen von den anderen Typen, die in dich reingerannt sind.«

»Ich habe hier drunter jede Menge Prellungen«, erklärte er mit breitem Grinsen und zeigte auf die Trainingshose und den unvermeidlichen Kapuzenpullover. »Willst du mal sehen?«

»Das wäre dann Flirten, was nicht gestattet ist«, rief sie ihm ins Gedächtnis.

»Nein, vom Flirten hast du nie etwas gesagt. Ich darf mich nicht an dich ranmachen, aber ich flirte am besten ohne jede Berührung.«

»Ich wechsle jetzt das Thema«, beschloss sie. »Wo wollen wir langgehen?«

»Wir besuchen zuerst die Tunnel. Da gehen alle am liebsten hin.«

* * *

»Ich fasse nicht, dass die so leicht zugänglich sind«, sagte sie, während sie vorsichtig durch das erste Labyrinth gingen und sich mit den Taschenlampen den Weg leuchteten. »Hat man keine Angst, dass hier drin jemand verloren gehen oder sich verletzen könnte, und er dann alle verklagt?«

»Hier kann man niemanden verklagen. Das ist nicht gestattet. Dafür haben wir das ACC.«

»Was ist das?«

»Die Accident Compensation Corporation – die Unfallentschädigungsbehörde. Wenn man aus dem Flieger aus den USA steigt, stolpert und sich dabei den Knöchel verstaucht, ist man versichert. Bis hin zu schweren Verletzungen.«

»Man kann also nicht mal dann jemanden verklagen, wenn derjenige fahrlässig handelt? Das scheint mir nicht richtig.«

»Man kann so jemanden immer noch strafrechtlich verfolgen, aber man bekommt keine Entschädigung, es werden nur die Arztkosten und die Fehltage im Job entschädigt. Man bekommt nicht das große Geld wie in den Staaten, allerdings erhalten auch nicht die Anwälte die Hälfte davon. Es ist nur eine andere Art, damit umzugehen. Ich denke«, fuhr er fort, als sie wieder ins Sonnenlicht traten, »dass es das Leben im Großen und Ganzen einfacher macht. Als ich in den USA war, war ich wegen der ganzen Regeln und Schilder total überrascht, die einem überall gesagt haben, was verboten ist. Und die ganzen Erklärungen, die man unterschreiben muss, bevor man überhaupt etwas tun darf. Hier gehen wir davon aus, dass die Leute die Risiken selbst einschätzen können, für sich oder für ihre Kinder. Einige Kiwis glauben aber trotzdem noch, dass wir unterdessen viel zu viele Vorschriften haben.«

»Wirklich? Wie das denn? Ich verstehe nicht, wie man das denken kann, wenn man die Leute in diese Tunnel lässt.«

»Du darfst nicht vergessen, dass Neuseeland von Menschen besiedelt wurde, die von allem weit entfernt waren und sich auf sich und ihre Nachbarn verlassen mussten, um alles zu schaffen. Das gilt für die Maori, aber auch für die europäischen Siedler. Wir sind für gewöhnlich ziemlich vernünftig, aber wir mögen es nicht, wenn man uns sagt, was wir tun sollen. Oder was wir nicht tun dürfen.«

»Du machst dir mehr Gedanken, als ich angenommen hatte«, verriet sie ihm, als er neben einer Geschützstellung stehen blieb, die über den Hafen blickte. »Das überrascht mich irgendwie.«

»Weil ein gut aussehender Mann nicht klug sein kann? Das meinst du doch. Du ziehst offenbar gern voreilig Schlüsse.«

Sie errötete. »Das habe ich wohl verdient. Ich wäre ziemlich wütend, wenn ein Mann das über eine schöne Frau sagen würde. Und jetzt muss ich mich wieder entschuldigen. Das ist mir echt unangenehm, bitte, erlöse mich aus meinem Elend. Erzähl mir, was das hier ist.«

»Das ist ein Verteidigungsposten. Das war es von Anfang an, selbst als es noch ein Maori *pā* war.«

»Was genau ist ein *pā*?«

»Ein befestigtes Dorf. Die Menschen haben hier oben gelebt. Man kann noch immer die Vorratsgruben für *kūmara* sehen – für Süßkartoffeln –, die in die Vulkankrater rund um Auckland gegraben wurden. Diese ganzen grünen Hügel dort hinten«, er zeigte zum Horizont, »sind alles erloschene Vulkane, und sie waren alle *pā*, denn man wollte immer die am höchsten gelegene Stellung.«

Er lächelte sie an. »Da die Maori sich ständig gegenseitig bekämpft haben, ist das sehr wichtig. Wie bei den schottischen Burgen, immer an der Küste oder auf einem Hügel. Oder beides, wie hier. Damit man den Feind kommen sieht und ausreichend Vorräte an Nahrung und Wasser anlegen kann, um einer Belagerung standzuhalten.«

»Okay. Was ist mit den Waffen und den Tunneln?«

»Siehst du die Aussicht, die wir hier haben? Nicht nur über den Waitemata-Hafen, sondern über den ganzen Hauraki-Golf bis zum Pazifik. Kriegsschiffe kommen nur auf diesem Weg nach Auckland.«

»War das jemals nötig? Neuseeland wurde noch nie angegriffen, oder?«

»Es ist zu weit weg und viel zu klein«, erklärte er lächelnd. »Es hat keine strategische Bedeutung. Das geht uns ständig so. Seit dem Zweiten Weltkrieg ist das hier ein Schutzgebiet, ein Park. Die Kanonen werden nur abgefeuert, wenn wir hohen Besuch bekommen.«

»Es ist schön hier. Können wir nach ganz oben gehen?«

»Und am Strand entlang. Das ist einer meiner Lieblingsorte«, vertraute er ihr an. »Eine der schönsten Aussichten auf die Stadt und den Golf. Man kann in jede Richtung unglaublich weit sehen.«

* * *

»Du hattest recht«, gestand Kate ihm, während sie nach ihrem Spaziergang am Fuße des Hügels im Café des Naval Museums saßen und noch einen Kaffee tranken. »Mir geht es wirklich schon etwas besser. Ich bin weniger steif. Wie ist es mit dir?«

»Es tut immer gut, nicht daran zu denken«, stimmte er zu. »Etwas anderes zu machen und den Schmerz zu vergessen, ist die beste Medizin.«

»Hier ist es so schön, mit dem Blick aufs Meer. Die ganze Stadt ist schön.«

»Stimmt. Da ich aus Cambridge stamme, weiß ich die Aussicht zu schätzen.«

»Das liegt im Landesinnern, richtig?«

»Nur zwei Stunden weiter südlich«, nickte er.

»Aber du bist während deiner Kindheit trotzdem viel auf dem Wasser gewesen? Wie kann das sein?«

»Es war nicht weit weg. Raglan, einer unserer besten Surf-Strände, liegt nur etwa eine Stunde entfernt. So groß ist En Zed nicht.«

»Ich glaube nicht, dass ich das Surfen je richtig lernen werde«, seufzte sie. »Ich hatte diese Vorstellung, dass ich richtig gut darin werden würde. Dass es so schwer ist, hätte ich nicht gedacht.«

»Willst du nächstes Wochenende mit mir rausfahren? Mich musst du schließlich nicht mit Händen und Füßen abwehren. Du musst mich auch nicht bezahlen, weder mit Geld noch mit anderen Dingen.«

»Ich bin mir immer noch nicht sicher, ob du damit recht hast. Er hat vermutlich nur nach einer neuen Kundin gesucht. Außerdem willst du doch sicher nicht deine Zeit damit verbringen, mir etwas beizubringen, oder? Ich weiß nicht, wie viel Spaß das machen würde, wenn du ein guter Surfer bist, worauf ich wette.«

»Wir müssen ein Freundschafts-Date ausmachen, da können wir genauso gut auch surfen gehen.« Er zuckte die Achseln. »Außerdem habe ich jetzt eine Herausforderung. Ich muss doch sehen, ob ich besser darin bin, dich dazu zu bringen, auf dem Brett stehen zu bleiben, als dieser nutzlose Lehrer.«

»Wohin würden wir fahren? Ich muss dich warnen: Ich bin noch nicht gut genug, um etwas Schweres zu machen. Wobei ich auch nicht gut genug bin, um etwas Einfaches zu machen.«

»Wir sehen uns einfach mal um und suchen nach einem Ort, an dem man gut surfen kann, ohne dass es zu schwer für dich wird. Es gibt bei Auckland eine Menge Möglichkeiten, von denen wir uns eine aussuchen können. Zum Beispiel die ganzen Strände an der Westküste, das sind die echten Surf-Strände, die berühmten, von denen du schon gehört hast. Sie sind für Anfänger noch etwas zu wild, also werden wir die vorerst meiden. Die Strände an der Ostküste, wo wir jetzt sind, sind sanfter. Die sind besser, wenn man gerade erst anfängt.«

»Ich würde es gern noch mal versuchen. Ich wusste gar nicht, dass diese Wette auch Surfunterricht mit einschließt«, erwiderte sie dankbar. »Vielleicht bist du ja doch ein besserer Freund, als ich dir zugetraut habe. Darf ich dich um noch einen Gefallen bitten?«

»Klar.«

»Erzählst du mir nächstes Mal alles über deine Tätowierung? Ich würde dich ja bitten, sie mir zu zeigen, aber ich möchte keine Herzinfarkte verursachen, wenn du deinen Oberkörper in der Öffentlichkeit entblößt, solange hier so viele Menschen sind. Ich möchte es aber wissen. Was es bedeutet und so. Ich habe ein schrecklich schlechtes Gewissen wegen dem, was ich letzte Woche gesagt habe.«

»Das hat mich schon ein wenig getroffen«, gab er zu. »Aber ich habe verstanden, was du gemeint hast, nachdem du es erklärt hattest.«

»Dass dein herrlicher Anblick mich überwältigt hat«, erläuterte sie.

»Was du, wie du vielleicht bemerkt hast, schon ein paar Mal erwähnt hast«, stellte er fest. »Ich dachte, ich wäre derjenige, der angeblich von seinem Aussehen besessen ist.«

»Aber es steht mir nun mal jedes Mal vor Augen. Ich muss mich einfach daran gewöhnen. Vielleicht sollte ich mir ein Poster von dir kaufen, damit ich mich desensibilisieren kann. Ich wette, es gibt eins. Vermutlich mehr als nur eins.«

»Was für ein langweiliges Thema. Können wir los?«

»Wenn ich mein Poster heute noch kaufen will, dann mache ich es besser gleich, bevor die Läden schließen«, stimmte sie zu.

* * *

Als sie später am Tag mit ihren Eltern redete, war Kate allerdings nicht mehr zum Lachen zumute.

»Ich will dich nicht beunruhigen«, sagte Isabel Lamonica. Die Videoübertragung auf Kates Monitor zeigte allerdings nur allzu deutlich, wie besorgt sie war. »Aber ich glaube, du solltest wissen, dass Paul uns angerufen hat. Zumindest sind wir uns ziemlich sicher, dass er es war.«

»O nein.« Die vertraute unheimliche Angst zerrte sie wieder nach unten. »Ich hatte gehofft, dass er aufgegeben hat. Was ist passiert?«

»Er hat unter einem anderen Namen angerufen und so getan, als wäre er dein Vorgesetzter. Er hat behauptet, du wärst nicht zur Arbeit erschienen und würdest nicht ans Telefon gehen. Auch, dass er deine Adresse nicht hätte, da du wohl umgezogen wärst. Er hat mich gebeten, ihm deine Adresse zu geben, damit er nach dir sehen kann.«

»Natürlich wussten wir, dass das nicht echt war«, warf ihr Vater ein. »Offenbar hat er gehofft, wir würden automatisch antworten, da wir uns Sorgen um dich machen würden. Die gute Nachricht ist, dass er anscheinend nicht weiß, dass du das Land verlassen hast.«

»Du hast sonst niemandem gesagt, wo du bist, oder?«, fragte ihre Mutter ängstlich. »Ich weiß, wie schwer es war, so zu verschwinden, aber ich bin mir nicht sicher, ob du dich darauf verlassen kannst, dass andere dein Geheimnis bewahren.«

»Keine Sorge. Ich habe es niemandem erzählt. Ich bin davon ausgegangen, dass man es nicht versehentlich ausplaudern kann, wenn man es gar nicht weiß. Aber, Mom«, platzte es aus ihr raus, »das ist alles so schwer. Ich hänge hier drüben fest, von meinem eigenen Leben abgeschnitten. Jedes Mal, wenn ich daran denke, werde ich wütend. Ich weiß nicht, was ich tun soll.«

»Das kann doch nicht für immer so bleiben, oder?«, fragte ihre Mutter. »Wenn du ihn nicht weiter darin bestärkst, nicht auf ihn reagierst, muss diese Besessenheit doch sicherlich aufhören.«

»Sollte sie eigentlich. Aber wenn er euch immer noch anruft … Woher soll ich wissen, wann es sicher ist, wieder nach Hause zu kommen?«

»Es ist vielleicht am besten, ein ganzes Jahr dortzubleiben«, riet ihr Vater ihr. »Ich weiß, dass es dir lange vorkommt, Liebes, aber wir wollen, dass du in Sicherheit bist. Wenn du mehr Geld dafür brauchst, werden wir dir helfen. Du weißt, dass du dich auf uns verlassen kannst.«

»Oh, Dad«, erwiderte sie und musste schwer schlucken, um nicht loszuheulen. »Ich vermisse euch so sehr. Es ist schwierig, alleine stark zu sein.« Ein paar Tränen fielen, bevor sie tief durchatmete und sich zusammenriss. Sie sah den Schmerz in den Gesichtern ihrer Eltern und hasste es, die Ursache dafür zu sein. Es ärgerte sie, dass sie all das hier durchmachen mussten.

»Sorgt euch nicht«, bat sie und bemühte sich um einen zuversichtlichen Tonfall. »Ich habe genug Geld, ich komm schon klar. Ich versuche, es als mein verspätetes Auslandsjahr zu betrachten. Neuseeland ist toll. Wenn ich freiwillig hergekommen wäre, hätte ich es bestimmt geliebt.«

»Schatz, dein Dad und ich haben uns überlegt, dass wir runterkommen und dich besuchen könnten. Ganz sicher können wir das machen, ohne dass Paul davon erfährt. Woher soll er wissen, wo wir unseren Urlaub verbringen?«

»Weil ihr euren Nachbarn sagen werdet, wohin ihr fahrt«, seufzte Kate. »Ich weiß, dass es weit hergeholt klingt, aber er macht mir solche Angst. Wenn ihr allerdings in den nächsten Monaten nichts von ihm hört, können wir es versuchen. Darauf würde ich mich freuen. Weihnachten am Strand vielleicht, das wäre toll.«

»Wir werden nichts tun, was dich in Gefahr bringt, ganz egal, wie unwahrscheinlich es ist«, erklärte ihr Vater entschieden. »Deine Sicherheit ist uns wichtiger als alles andere. Ich glaube, dieser Bastard ist zu allem fähig. Es macht mich so unglaublich wütend, dass ich dich nicht vor ihm beschützen konnte. Ich würde am liebsten sofort zu ihm gehen und dem ein Ende setzen.«

»Dad, sei vorsichtig«, warnte sie ihn. »Es wird mir nicht helfen, wenn du verhaftet wirst. Ich schaff das schon.«

»Aber du bist jetzt vorsichtig, nicht wahr?«, fragte ihr Vater. »Mit Männern, die du dort triffst?«

»Keine Sorge. Ich habe meine Lektion gelernt. Außerdem habe ich kein Interesse daran, mit jemandem auszugehen. Die einzigen Männer, die ich überhaupt sehe, sind die Spieler, und Hannah meint, dass ich mir bei ihnen keine Sorgen machen muss. Sie werden viel zu genau beobachtet, um so ein Risiko einzugehen.«

»Ich glaube nicht, dass ich dich mit einem Rugby-Spieler zusammen sehen will«, bemerkte ihr Vater alarmiert.

»Dad, ich hab dir doch gerade gesagt, dass ich daran kein Interesse habe«, erwiderte sie geduldig. »Außerdem sind sie gar nicht so schlimm«, fuhr sie fort und überraschte sich damit selbst. »Zivilisierter als man erwarten würde.«

* * *

Nach dem Telefonat blieb sie eine Weile sitzen und versuchte, das Chaos ihrer Gefühle zu ordnen. Sie war wütend auf Paul. Wie konnte es sein, dass er der Schuldige war, aber sie diejenige, der die Freiheit genommen wurde, zu leben, wo und wie sie wollte, während ihm keinerlei Konsequenzen drohten?

Sie sehnte sich nach ihren Eltern und ihren Freunden. Sogar nach ihrer kleinen, nicht unbedingt traumhaften Wohnung in ihrem heruntergekommenen Viertel. Das war ihr Zuhause. Das hier nicht, ganz gleich, wie schön es war. Zunächst war es eine große Erleichterung gewesen, fort zu sein, in Sicherheit, und es hatte sie nicht gestört. Aber jetzt, nachdem sie nun eine Weile hier war, wurde ihr ihre Einsamkeit und die Isolierung von allem, was ihr vertraut war, immer deutlicher bewusst.

Sie überlegte, Hannah anzurufen. Nein, heute hatte Drew frei, und sie würden die Zeit zusammen verbringen. Sie wünschte sich, sie würde mehr Leute kennen. Vielleicht sollte sie Mitglied in einem Fitnessstudio werden und dort Kurse belegen, statt ständig alleine schwimmen zu gehen.

Sie würde nächste Woche Gretchen von der PR-Abteilung zum Mittagessen einladen, beschloss sie. Ganz allgemein würde sie sich mehr bemühen. Wenn sie Freunde wollte, würde sie schon rausgehen und sich welche suchen müssen.

Erschrocken stellte sie fest, warum sie sich in den vergangenen Wochen nicht ganz so einsam gefühlt hatte, wie sie dachte. Wegen der Wette mit Koti konnte sie sich an jedem Wochenende auf wenigstens einen Ausflug verlassen, und sie freute sich sogar schon auf ihre Verabredung zum Surfen.

Das war ganz und gar nicht gut. Sie musste sich definitiv Freunde suchen.

Auf dem Brett

»Ich bin nicht in der Mannschaft?« Koti starrte Peter King, den Cheftrainer der All Blacks, am folgenden Mittwoch ungläubig an. »Warum nicht?«

»Es gibt vor dir noch zwei, die auf der 13 spielen können«, erklärte der Trainer. »Wir rufen dich an, wenn wir dich brauchen, keine Sorge. Du bist dann sowieso fit, hast nur ein paar Wochen frei.«

»Ich spiele doch genauso gut wie letztes Jahr«, wandte Koti ein. »Da war ich jedes Mal dabei. Was hat sich geändert?«

»Ein paar der anderen haben sich seitdem verbessert«, sagte King. »Du weißt, dass gegen ein Team wie das aus Wales die Spieler ausgewählt werden müssen, die am besten in Form sind.«

»Was stimmt nicht mit meiner Form? Du weißt, dass ich in der letzten Saison aus England zurückgekommen bin, um in den ABs zu spielen. Wenn ich länger als dieses Jahr bleiben soll, dann musst du mir sagen, was ich tun muss, um ausgewählt zu werden.«

King seufzte. »Du bist ein guter Innendreiviertel, Koti. Du könntest sogar großartig werden. Aber du läufst nicht so viel, wie du solltest. Du musst dich mehr anstrengen, konsequenter arbeiten, wenn du es jedes Mal in die Mannschaft schaffen willst. Du bist auch nicht bei allem dabei. Du tackelst nicht genug und bist nicht oft genug am Offenen Gedränge beteiligt.«

»Das ist doch aber gar nicht meine Aufgabe«, wandte Koti ein. »Keiner wirft bessere Pässe als ich, das weißt du. Es sind auch nur wenige schneller als ich.«

»Das stimmt, mit dem Ball in der Hand machst du deine Arbeit, aber ohne Ball sehe ich dich nicht so schwer schuften. Wenn du im Rugby Union spielen und für jede Spielreihe der ABs ausgewählt werden willst, dann musst du dich mehr anstrengen, so einfach ist das. Außerdem solltest du dich stärker auf das Team als auf deine eigenen Höhepunkte konzentrieren.«

Es hatte keinen Sinn, noch weiter zu streiten, merkte Koti. Was auch immer er von der Entscheidung hielt, sie war gefallen. Er drehte sich um und ging in die Kabine, ohne sich umzusehen. Nach dem Spiel am Samstag lagen drei Wochen vor ihm, in denen die All Blacks gegen Wales spielten. Aber er würde nicht dabei sein.

Er konnte nicht mal ins Ausland reisen und Urlaub machen. Um sich die Wunden zu lecken, wie er zugeben musste. Er musste hierbleiben und mit den Blues trainieren.

»Hab's grad erst gehört, Cousin«, begrüßte ihn Hemi mitfühlend, als Koti die Mannschaftskabine betrat. »Da hast du echt Pech gehabt. Du wirst mir fehlen«, fügte er hinzu und schlug dem jüngeren Spieler auf die Schulter.

Koti schüttelte den Kopf. »Das war kein Pech, es liegt an meiner Form. Ich weiß, du hast versucht, es mir zu sagen, ich bin aber immer noch anderer Meinung.«

»Geh duschen und verschwinde von hier«, schlug Hemi vor. »Nimm dir etwas Zeit, darüber nachzudenken. Du weißt nie, wann sie dich ins Team rufen. Du kannst immer noch in dieser Spielreihe dabei sein.«

»Nein, ich wünsche niemandem eine Verletzung. Ich hoffe, dass mein Mannschaftsgeist noch so weit reicht.«

* * *

In den nächsten zwei Tagen stürzte er sich ins Training und lieferte am Samstag sein bisher diszipliniertestes Spiel ab, um zu zeigen, dass die Absage sein Engagement für die Blues nicht im Geringsten beeinflusst hatte. Aber selbst der Sieg gegen die Chiefs, der auch wegen eines Versuchs seinerseits errungen wurde, half ihm nicht dabei, die schlechte Laune abzuschütteln, mit der er am Sonntag aufwachte. Es war einfach zu viel, die Spieler zu sehen, die für die All Blacks ausgewählt worden waren, und den Gedanken zu ertragen, sich die Spiele alleine im Fernsehen anzusehen.

Er überlegte, den Surfunterricht mit Kate abzublasen. Er wäre heute keine gute Gesellschaft, besonders nach dem anstrengenden Spiel und nur wenigen Stunden Schlaf. Aber er musste mal rauskommen und etwas tun. Es hatte keinen Sinn, zu Hause zu hocken und sich selbst zu bemitleiden. Am besten sollte er irgendwas unternehmen und eine Zeit lang nicht ans Team denken. Eines war sicher: Er konnte sich darauf verlassen, dass Kate ihm Kontra geben und ihn von seinen Sorgen ablenken würde. Er musste zugeben, dass er es genoss, sich diese verbalen Gefechte mit ihr zu liefern.

»Guten Morgen«, begrüßte sie ihn, als er vor dem Café die Autotür aufmachte. »Ich fasse es nicht, dass du mich für halb sieben herbestellt hast.«

»Wenn ich dich an deiner Wohnung abholen dürfte, hättest du noch etwas länger schlafen können«, hielt er halbherzig dagegen. »Am frühen Morgen surft es sich am besten, da sind auch nicht so viele Schwimmer im Wasser. Du bist noch nicht gut genug, um ihnen auszuweichen.«

»Danke, dass du das eigens so erwähnst«, erwiderte sie säuerlich. Dann betrachtete sie ihn genauer. »Bist du von gestern Abend noch zu erschöpft? Ist es nicht ein bisschen zu früh nach deinem Spiel für das hier? Du hast dich so verausgabt.«

»Nein. Ich musste mal raus. Wo ist deine Ausrüstung?«

»In meinem Auto dort drüben.«

»Den Toyota RAV4 hatte ich vorher noch gar nicht gesehen. Schick«, bemerkte sie, nachdem ihre Ausrüstung umgeladen war.

»Auf den Schotterstraßen ist der Allradantrieb nützlich, außerdem hat er ein Abschleppseil und so.« Er schnürte das Surfbrett neben seinem auf dem Dachgepäckträger fest. »Sind wir so weit?«

»Stimmt etwas nicht?«, fragte sie, als sie losfuhren. »Ich meine, ich bin bereit, dich zu drangsalieren, aber sogar ich würde niemals jemanden treten, der schon am Boden liegt. Wir müssen das hier nicht machen, das weißt du.«

Er stöhnte. »Ist es so offensichtlich?«

»Also, ja, der Glanz ist heute Morgen etwas matt. Komm schon, erzähl es mir. Was ist los?«

»Ich wurde in dieser Spielreihe nicht für die All Blacks ausgewählt. Für die Test Matches gegen Wales.« Es hatte keinen Zweck, es geheim halten zu wollen, sie würde es früh genug erfahren.

»Im Ernst? Aber du hast gestern Abend so gut gespielt. Und du hast doch auch das ganze letzte Jahr gespielt, oder nicht? Was ist passiert?«

Er zuckte die Achseln. »Man wird nicht automatisch genommen, selbst wenn man schon mal in der Mannschaft war. Die Entscheidung liegt bei der Jury. Sie wählen die Spieler aus, von denen sie glauben, dass sie das stärkste Team gegen die Mannschaften ergeben, gegen die die ABs spielen werden. Da gehöre ich nicht dazu.«

»Wow. Wie ich sehe, ist dir das wichtig«, erklärte sie mitfühlend. »Tut mir leid.«

»Kannst du jetzt wieder kratzbürstig werden? Ich glaube, so gefällst du mir besser. Mit diesem ganzen Mitgefühl komme ich nicht klar«, sagte er in dem Versuch, das Ganze auf die leichte Schulter zu nehmen. »Ich werde es überleben. Es ist nur gerade ein wenig deprimierend, das ist alles.«

»Ich weiß, wie sich das anfühlt«, erwiderte sie. »Soll ich dich ablenken, indem ich dir von meiner lausigen Woche erzähle?«

»Lass hören. Die Fahrt bis nach Long Bay dauert ohnehin etwas länger.«

»Also gut. Als Erstes habe ich die wunderbare Nachricht erhalten, dass Paul – der Typ, der mich gestalkt hat – meine Eltern angerufen hat, um an meine Adresse zu kommen.«

»Was?« Er runzelte die Stirn. »Sie haben sie ihm nicht genannt, oder?«

»Die Gefahr besteht nicht. Aber das heißt, dass er mich noch immer sucht. Ich hätte gedacht, dass er mittlerweile aufgegeben hätte, da ich, wie du mir immer wieder ins Gedächtnis rufst, nicht gerade das Zeug zur idealen Seelengefährtin habe.«

»Das habe ich nie gesagt«, widersprach er. »Nur, dass du kratzbürstig bist.« Er warf ihr ein strahlendes Lächeln zu. »Ich schätze, ein paar Männern gefällt das. Hält sie auf Trab.«

»Dann werde ich wohl nach dieser seltenen Sorte die Augen offen halten müssen. Unterdessen heißt das, dass ich noch immer von meinen ganzen Freunden und meiner Familie abgeschnitten bin, von meinen Eltern einmal abgesehen, da ich außer ihnen niemanden damit belasten kann, meinen Wohnort geheim zu halten. Keiner würde es ihm verraten wollen, da bin ich mir sicher, aber er ist ziemlich intelligent und kann sehr glaubwürdig und überzeugend sein. Er würde es einem entlocken, wenn man es wüsste.«

»Soll das heißen, dass du hergekommen bist, ohne es irgendjemandem zu sagen?«, fragte er erstaunt. »Außer deinen Eltern? Seitdem hast du auch mit niemandem zu Hause gesprochen?«

»Nein.« Sie schüttelte den Kopf. »Das ist einer der Gründe, warum ich so zickig bin. Lagerkoller. Oder Freundeskoller, was auch immer man bekommt, wann man zu sehr von allem abgeschnitten ist.«

»Ist dieser Typ wirklich so gefährlich, dass du so weit gehen musst, um ihn loszuwerden?«

»Ja«, antwortete sie nüchtern. »Das ist er. Aber darüber will ich nicht sprechen. Eigentlich soll ich dich ja aufmuntern, und das hier ist nicht amüsant, glaub mir. Okay, auf zum nächsten Punkt auf meiner Liste. Ich war also Sonntagabend ziemlich niedergeschlagen. Keine Familie, keine Freunde.«

»Außer mir«, sagte er.

»Natürlich. Außer dir. Wie konnte ich das vergessen? Keine Freunde ohne Hintergedanken, meinte ich. Also hab ich beschlossen, dass ich mir neue Freunde suchen muss.«

»Okay. Und weiter?«

»Ich habe eine der Frauen aus dem Büro zum Mittag eingeladen, weil ich sie mag. Ich habe beschlossen, dass ich mir mehr Mühe geben muss, um die Leute näher kennenzulernen. Die einzige Person, die ich kenne, ist Hannah, und sie hat mit ihrem eigenen Leben genug zu tun, da das Baby bald kommt. Ich kann mich also nicht darauf verlassen, dass sie mein Sozialleben ersetzt.«

»Du hast also jemanden zum Mittag eingeladen. Was ist daran so schlimm?«, hakte er nach.

»Auch wenn sie eine sehr nette Frau ist, so ist sie offenbar lesbisch. Sie dachte, ich sei an Experimenten interessiert. Was?«, beschwerte sie sich, als er in Gelächter ausbrach. »Es war mir so peinlich, ihr das erklären zu müssen. Ich kam mir total albern vor. Ich schätze, dass ich ganz schön aggressiv rangegangen bin, so wie ich sie eingeladen und ihr gesagt habe, dass ich sie näher kennenlernen möchte. Kein Wunder, dass sie dachte, ich hätte etwas anderes gemeint. Ich glaube, dass Neuseeländer etwas langsamer vorgehen als Amerikaner. Außerdem habe ich absolut keinen Lesbenradar«, fügte sie seufzend hinzu.

»Ich schätze, da bleibe nur ich.« Mit breitem Grinsen bog er auf den Parkplatz des riesigen Long Bay Regional Park ein.

»Großartig«, erklärte sie finster. »Mein einziger Freund.«

»Der auch noch ein verdammt guter Surf-Lehrer ist«, rief er ihr ins Gedächtnis und schnallte die Bretter vom Toyota los.

* * *

»Gehen wir nicht ins Wasser?«, fragte sie überrascht, als sie in ihrem Neoprenanzug aus der Umkleide kam und sah, dass er am Strand stand und die Bretter vor ihm lagen.

»Wir werden erst mal deine Technik trainieren.«

»Ähm … Wie soll ich das auf dem Sand trainieren?«

»Indem du mir zunächst einmal zuhörst. Ich bin der Lehrer, schon vergessen?«

»Richtig. Tut mir leid. Was soll ich machen?«

»Zeig mir mal, wie du auf dem Brett liegst.« Er streckte sich auf seinem eigenen Brett neben ihr aus. »Zeig mir mal, wie du rauspaddelst.«

Er sah ihr zu, während sie seiner Aufforderung folgte. »Wechsel dich mit den Armen ab«, korrigierte er sie. »Sonst ermüdest du zu schnell. Jetzt bist du da, wo du die Welle brechen siehst. Dort solltest du dich aufs Brett stellen. Wie machst du das?«

Er beobachtete sie wieder. »Es liegt an deiner Technik beim Aufstehen«, sagte er. »Das ist das Problem. Ich zeig es dir.«

Unter seiner erstaunlich geduldigen Anleitung übte sie, sich vom Brett abzustoßen, die Füße in einer geschmeidigen

Bewegung unter sich zu ziehen, sich hinzuhocken und dann mit ausgestreckten Armen aufzustehen.

»Das scheint jetzt besser zu gehen«, gab sie zwanzig Minuten später zu. »Nicht mehr ganz so ungelenk, nicht wahr?«

»Das machst du großartig«, versicherte er ihr. »Jetzt gehen wir ins Wasser und versuchen es dort.«

Die ersten fünf Male fiel sie immer noch runter. Immer wieder paddelte sie unter seiner Führung mit dem Brett zu der Stelle, an der die Welle brechen würde. Stieß sich ab, benutzte ihre Arme und Rumpfmuskeln, um die Füße unter sich zu ziehen. Stürzte wieder und landete in der Brandung, während das Brett an ihren Knöchel geleint hinter ihr her trieb.

»Werde ich das jemals schaffen?«, seufzte sie nach dem fünften missglückten Versuch, als sie sich wieder mühselig auf das Brett zog, um erneut hinter die Brandung zu paddeln.

»Das wird schon. Du bist besser geworden, versuch es noch mal.«

Wieder paddelte sie los. Stieß sich ab. Konzentrierte sich, so sehr sie konnte, die Füße in einer fließenden Bewegung unter sich zu ziehen, und hockte sich auf das Brett.

»Ich hab's geschafft«, rief sie triumphierend. Und fiel prompt runter.

Sie hörte sein Lachen hinter sich, als sie in der Nähe des Ufers wieder auf das Brett kletterte.

»Gut gemacht«, ermutigte er sie, während er zu ihr kam. »Nächstes Mal solltest du aber versuchen, dich ein wenig aufzurichten, statt es mir zu sagen. Nicht ganz aufrecht. Bleib ein wenig in der Hocke, dann wirst du surfen.«

Zum siebten Mal an diesem Morgen paddelte sie mit schmerzenden Schultern raus, bis hinter die Brandung. Stieß sich ab. Kam auf die Füße. Ging in die Hocke. Erhob sich ein Stück. Und surfte.

Es war eine kleine Welle, und es dauerte nicht lange, bis sie den Strand erreichte, aber sie fühlte sich, als wäre sie vor Hawaii gesurft. Sie ließ sich triumphierend auf ihr Brett fallen und drehte es wieder zum Meer und einem strahlend lächelnden Koti um.

»Ich hab es geschafft«, jubelte sie. »Ich bin gesurft. Ich fasse es nicht.«

»Jetzt bist du gar nicht mehr so erschöpft, was?«, neckte er sie.

»Nein. Ich will es noch mal machen«, lachte sie.

Sie übte es immer wieder, bis sie häufiger stehen blieb, als dass sie fiel. Schließlich ließen ihre Schultern sie unmissverständlich wissen, dass es für heute genug war.

»Ich bin fertig«, sagte sie Koti, nachdem sie ein weiteres Mal am Strand angekommen war. »Ich werde duschen und mich umziehen. Warum gehst du nicht und surfst selbst ein paar Runden? Ich weiß, dass es hier nicht besonders aufregend für dich ist, aber lass dir ruhig Zeit.«

»Mach ich. Pass aber auf, dass du dich warm anziehst. Wenn du dich nicht weiter ständig bewegst, wirst du sonst im Wind zu sehr auskühlen.«

Nachdem sie wieder am Strand war, setzte sie sich auf einen Picknicktisch und legte die Arme um die angewinkelten Knie, wickelte sich fester in die Jacke und genoss es, Koti beim Surfen zuzusehen. Es fiel ihr schwer, es ihm übel zu nehmen, dass es bei ihm so mühelos aussah und er darin so gut war, so lächerlich koordiniert, nachdem er großzügig so viel Zeit damit verbracht hatte, ihr zu helfen.

Er war ein echter Meister. Es war ein reines Vergnügen, zu verfolgen, wie er sich mit seinem durchtrainierten Körper hinhockte und durch das Wasser pflügte. Vielleicht sollte sie sich doch das Poster kaufen. Oder mehr Zeit damit verbringen, ihn zu beobachten. Denn ganz gleich, ob er mit dem Ball rannte, surfte oder schwamm, er sah dabei unglaublich gut aus.

Schließlich verließ er das Wasser, klemmte sich das Surfbrett unter den Arm und kam über den Strand zu ihr.

»Du solltest nicht auf dem Tisch sitzen«, erklärte er mit einem Stirnrunzeln.

»Was? Warum nicht?«, fragte sie verwirrt, als sie runterkletterte und die Oberfläche betrachtete. »Ist er schmutzig?«

»Nein, aber das macht man im *maoritanga* nicht. Hintern und Essen mischt man nicht, warum, liegt auf der Hand. Das ist eine der Gewohnheiten, die wir übernommen haben. Es gehört sich auch nicht, sich an einen Tisch anzulehnen.«

»Tut mir leid. Das wusste ich nicht.« Sie lief rot an. »Davon hatte ich noch nicht gehört. Ich hoffe, ich habe es nicht zu oft gemacht.«

»Deshalb dachte ich, sollte ich es dir lieber sagen, weil du es vermutlich nicht weißt. Ich war schockiert, als ich das erste Mal im Ausland war. Ich weiß noch, wie ich eine Werbung im Fernsehen gesehen habe, in der ein Kind auf einer Küchenbank saß. Mein Zimmergenosse und ich haben einander entsetzt angestarrt, weil wir es nicht fassen konnten. Manchmal ist uns nicht klar, wie klein unser Land ist und dass nicht viele Menschen unsere Gewohnheiten teilen.«

»Aber eine Bank? Warum soll das schlecht sein? Gibt es da besondere Regeln?«

»Bank. Auf der man das Essen zubereitet. Die Arbeitsfläche«, erklärte er.

»Oh, mir geht ein Licht auf: der Küchentresen. Ja, ich verstehe, dass es sich wirklich nicht gehört, auf dem Küchentresen zu sitzen, wenn das eine der Regeln ist. Gibt es noch so etwas, was ich wissen sollte? Du machst mich ganz paranoid.«

»Mir fällt nur ein, dass man sich nicht auf ein Kissen setzen sollte. Der Kopf ist *tapu*. Heilig. Derselbe Grundgedanke, Hintern und Köpfe.«

»Danke, das werde ich mir merken.«

»Keine Sorge. Ich spring schnell unter die Dusche und ziehe mich um, dann gehen wir Mittagessen. Hier gibt es ein gutes Café. Ich bezahle.«

»Du wirst mir nicht ein ganzes Mittagessen ausgeben. Wir wechseln uns nur mit dem Kaffee ab.«

»Na gut. Dann nehmen wir ein anderes Kriterium. Wir machen es vom Einkommen abhängig. Ups. Wer hätte das gedacht, ich bezahle.«

Darüber musste sie lachen. »Na gut, Krösus. Nächstes Mal bin ich aber dran. Ich bin so hungrig, dass ich nicht darüber streiten will.«

* * *

»Eigentlich isst du ziemlich viel dafür, dass du so winzig bist«, bemerkte er, nachdem sie ihr Essen erhalten hatten und er sah, wie sie das große Sandwich verschlang.

»Reger Stoffwechsel«, pflichtete sie ihm bei. »Und ein italienischer Gaumen. Gute Kombination.«

»Solange du später nicht fett wirst.«

»Das wird nicht passieren, meine Mom sieht genauso aus wie ich. Und du stellst mal wieder deinen umwerfenden Charme unter Beweis, wenn du davon redest, dass ich fett werden könnte.«

»Ich weiß nicht, woran das liegt«, seufzte er. »Vielleicht ist es gefährlich, wenn ich anfange, ehrlich zu einer Frau zu sein. Ich lasse wohl nach. Aber das erklärt deinen Teint. Italienische Herkunft.«

»Stimmt. Erklärt auch das Temperament«, erwiderte sie mit breitem Lächeln. »Süditalienisch. Zwar zu weniger als fünfzig Prozent, aber es scheint zu reichen.«

»Ich bin auch nicht viel mehr als Halb-Maori«, sagte er. »Ich geb dir aber recht, dass es genügt.«

»Die Tätowierung ist auch Maori, stimmt's? Worüber ich so gut wie nichts weiß. Erzählst du mir davon? Wir sitzen hier recht geschützt, da kann ich das Strahlen deiner Schönheit vor dem gierigen Publikum verbergen.«

Er verdrehte die Augen, gab aber nach und schob den Ärmel nach oben, um das komplexe Design zu zeigen, das seine Haut wie ein Ärmel vom Unterarm bis zur Schulter überzog. »Es ist ein bisschen wie ein Stammbaum, könnte man sagen. Es steht für mein *whakapapa* – meine Vorfahren, meine Abstammung, von unten bis oben. Hier sind meine Eltern und meine Schwestern«, er zeigte auf seinen Oberarm. »Auf der Schulter vollzieht sich meine eigene Reise. Alles auf einem *tā moko* hat eine Bedeutung. Zum Glück wird heute einfach nur tätowiert. Früher hat man es ins Gesicht, auf die Pobacken und die Oberschenkel gekratzt. Es war nicht nur eine Tätowierung, sondern hinterließ Narben.«

»Autsch.« Kate zuckte zusammen. »Darüber will ich gar nicht nachdenken. Aber erzähl mir von der Kette«, fuhr sie fort, sobald es ihr gelang, den Blick von den durchtrainierten Muskeln seines Arms und dem sich windenden Design, das ihrer Form folgte, loszureißen. »Die steht auch für etwas, oder?«

»Es ist ein *pounamu*, neuseeländische Jade. Es gibt verschiedene Formen mit verschiedenen Bedeutungen, aber die meisten Maori tragen sie, wie du sehen wirst. Meiner ist ein *hei toki* – das Blatt eines Querbeils, das Symbol für Kraft und Kontrolle. Mein Onkel hat ihn mir gegeben, bevor ich zur Universität gegangen bin, ich schätze, um mich daran zu erinnern, wie man sich benimmt.«

»Warum ist das alles so wichtig? Das verstehe ich nicht so recht.«

»Die Sprache der Maori wurde nur mündlich überliefert, es wurde zunächst nichts aufgeschrieben. Das bedeutet, dass unsere Kultur über die Jahre nur dank der Lieder und Legenden weitergegeben wurde. Und über Symbole. Deshalb finden sich auch überall die gleichen Symbole. Maori *moko* sind zum Beispiel alle so gewunden wie meines, in der Form des *koru* – ein sich entrollender Silberfarnwedel. Wenn du dich mal umschaust, wirst du den überall entdecken. Er symbolisiert neues Leben, Neuanfänge, die Veränderungen im Leben. Aber alle Symbole stehen für unsere Verbundenheit zum *maoritanga* und zu unseren Vorfahren. Was heißt, dass du unser *mana* beleidigst – unsere spirituelle Kraft –, wenn du die Symbole missachtest. Es ist uns wichtig, da musst du aufpassen.«

»Wow. Ich habe Glück, dass du noch mit mir redest, schätze ich, nach dem, was ich gesagt hatte. Ich muss mich noch mal entschuldigen, ich wollte dich wirklich nicht beleidigen. Du bist einfach nur ein wahr gewordener Traum.«

»Sind wir schon wieder bei dem Thema«, erklärte er grinsend. »Du lebst wirklich gerne gefährlich.«

* * *

»Danke für heute«, sagte er ihr auf der Rückfahrt nach Takapuna. »Das hat geholfen.«

»Mir auch. Wie gesagt, eine ziemlich lausige Woche, wenn auch nicht so schlimm wie deine. Was machen wir als Nächstes?«

»Da ich nicht spielen werde«, sagte er, wobei er das Gesicht verzog, »habe ich mehr Freizeit. Wollen wir es am Samstagmorgen noch mal mit dem Surfen probieren?«

»Meine Schultern könnten sich bis dahin wieder erholt haben. Im Moment tun sie unglaublich weh.«

»Willst du eine Massage?«, fragte er mit breitem Lächeln.

»Nein, danke, Mr Unwiderstehlich. Ich begnüge mich mit einem Bad.«

»Darf ich zusehen?«

»Nein«, lachte sie. »Du bist wirklich unmöglich. Außerdem bin ich nicht dein Typ, schon vergessen?«

»Ich könnte meine Meinung ändern«, bemerkte er nachdenklich.

»Na klar«, schnaubte sie. »Hannah ist deine Traumfrau, das habe ich nicht vergessen. Falls du es nicht bemerkt haben solltest: Ich bin ihr überhaupt nicht ähnlich, weder vom Aussehen noch von der Persönlichkeit her. Ganz zu schweigen davon, dass ich über dreißig Zentimeter kleiner bin als du, was einfach unmöglich ist.«

»Unmöglich? Inwiefern? Interessant, vielleicht, denn da gibt es Mittel und Wege«, sagte er mit einem weiteren breiten Grinsen von der Seite. »Ich werde darüber nachdenken. Du vielleicht auch.«

Kate verdrängte entschlossen das Bild, das vor ihrem inneren Auge erschien. »Darüber werden wir nicht reden«, beschied sie ihm streng. »Es sei denn, du willst den rosa Kapuzenpullover tragen. Machen wir lieber was für Samstag aus.«

»Es sei denn, du hast schon was mit deiner neuen Freundin vor.«

»Erinner mich nicht daran«, stöhnte sie. »Es ist viel wahrscheinlicher, dass du ein Date mit deiner hast.«

»Ich habe nichts vor. Im Moment gehe ich mit niemandem aus.«

»Wie bitte? Was ist mit der Frau, die ich vor ein paar Wochen gesehen habe? Als ich joggen war«, erklärte sie, da er sie verständnislos ansah.

»Oh.« Er zuckte die Achseln. »Das ist nicht meine Freundin. Nur eine … eine Bekannte.«

»Klar«, sagte sie trocken. »Versteh schon. Du gehst mit niemandem aus, sondern nur … mit jemandem ins Bett. Falls diese Person besonders süß ist.«

»Das kommt vor«, stimmte er fröhlich zu. »Wenn ich keine Freundin habe. Aber nicht nur mit irgendjemandem. Ich bin jetzt schon seit ein paar Jahren Rugbyspieler. Die Hörner habe ich mir vor einer Weile abgestoßen.«

»Oh, vielen Dank für diese Info.« Sie schüttelte den Kopf. »Ich wechsle wieder mal das Thema. Das scheine ich oft zu machen. Wie lange spielst du schon?«

»Als Profi? Das ist mein fünftes Jahr. Im ersten Jahr war ich im Team der Chiefs in Hamilton, danach zwei Jahre in England. Hauptsächlich wegen des Geldes, aber Neuseeland hat mir gefehlt. Meine Familie, meine Freunde, das Meer. Das Land. Alles eigentlich. Außerdem wollte ich ein All Black sein, das am allermeisten. Also bin ich zurückgekommen. Das hier ist meine zweite Saison bei den Blues.«

* * *

»Nächstes Mal«, sagte er ihr, als er wieder auf den Parkplatz fuhr und ihr dabei half, ihre Sachen in ihr eigenes Auto zu laden, »werden wir über dich reden. Ich weiß gar nicht, warum ich dir immer wieder das Ohr abkaue.«

»Weil du dich nicht so sehr auf andere Dinge konzentrieren musst, deshalb. Ich wette, dass du normalerweise nicht einfach nur mit den Frauen sprichst.«

»Hey«, warf er ein, »ich kann mehrere Sachen gleichzeitig tun.«

»Das bezweifle ich. Wir wissen doch beide, wohin deine Gedanken abschweifen, wenn ich dir eine Gelegenheit dazu biete. Bis nächste Woche.«

Er grinste, als er davonfuhr, das Bild ihres Lächelns noch vor Augen. In letzter Zeit versuchte er immer wieder, sie zum Lachen zu bringen, nur um zu sehen, wie sich ihr ganzes Gesicht aufhellte. Allerdings brachte auch sie ihn zum Lachen.

Er verstand nicht, warum sie ihn so amüsierte. Vielleicht lag es an ihrer ausgeprägten Streitsucht und der wilden Entschlossenheit, wie sie sie heute während des Surfunterrichts gezeigt hatte, die in diesem winzigen Körper steckten. Hübsch verpackt. Selbst im Neoprenanzug gefiel ihm ihr Anblick. Alles an ihr war vielleicht klein, aber sie besaß auch unglaubliche Kurven. Die winzige Taille machte ihm jedes Mal zu schaffen, und er war allmählich besessen von dem Gedanken, die Hände darum zu legen.

Wie würde es sich wohl anfühlen, in diese aufbrausende Lebenskraft einzutauchen? Er beschloss, dass er es so oder so herausfinden würde. Sie gab vielleicht vor, sie hätte kein Interesse, aber ihm war nicht entgangen, wie ihr Blick auf seinem Arm verweilt war, als er ihr seine Tätowierung gezeigt hatte. Er musste zugeben, dass er ihre Freundschaft mehr genoss, als er gedacht hätte. Aber er hatte das Gefühl, dass es ihm noch viel besser gefallen würde, mit ihr ins Bett zu gehen.

Keine Freundin

Kate sah aus dem Bürofenster und fluchte leise. Keine Frage, der Winter hatte Einzug gehalten, jetzt, da es Juni war. Man hatte ihr schon gesagt, dass es in der Stadt viel regnete, aber sie hatte nicht ganz verstanden, was das hieß. Es war noch immer recht sonnig, aber an den meisten Tagen gab es Schauer.

Allerdings war das nicht einfach nur Regen. Dieser Teil des Landes war so schmal, nur wenige Kilometer breit, dass es sich manchmal anfühlte, als wäre man auf einem Schiff auf hoher See, statt an Land. Ganz besonders in Zeiten wie diesen, wenn die Insel von einem Sturm durchgerüttelt wurde, der von der Antarktis rüber wehte. Der Weg zur Bushaltestelle sah im Moment ganz und gar nicht verlockend aus.

Sobald sie das Gebäude verlassen und den einen Block zur Haltestelle gelaufen war, war ihr Haar völlig durchnässt, und das kalte Wasser rann ihr über den Hals unter die Kleider. Der perfekte Tag, um den Regenschirm zu vergessen.

Sie fluchte wieder, als ein Auto durch eine Pfütze neben dem Bordstein fuhr und ihre Stiefel nass spritzte. Das Auto hielt vor ihr am Straßenrand an, und die Rücklichter leuchteten in der Abenddämmerung. Sie erkannte das sportliche Modell erst, als sie sah, wie Koti auf der Fahrerseite die Tür öffnete.

»Komm, ich nehme dich mit«, rief er.

Dankbar ließ sie den strömenden Regen hinter sich und stieg ein. Ah, beheizte Ledersitze. Viel besser.

»Es schüttet ganz schön«, sagte er nachdenklich. »Morgen solltest du besser deinen Regenschirm einstecken.«

»Danke für den Tipp, da wäre ich von allein gar nicht drauf gekommen.«

Er lachte. »Du könntest ruhig dankbar sein, dass ich dich mitnehme. Auf dem Weg nach Hause?«

»Ich hatte überlegt, eine Kunstgalerie zu besuchen, da ich gerade einen so tollen Anblick biete. Danach gehe ich vielleicht ins Ballett.«

»Du siehst wirklich ganz schön mitgenommen aus«, gab er ihr recht. »Wie wäre es, wenn du erst einmal mit mir zur Quay Street kommst? Wir könnten zusammen ein Bier trinken.«

»Ich weiß nicht«, sagte sie zögernd. »Ich bin ganz schön durchweicht, und es war ein langer Tag.«

»Dann erst recht«, sagte er entschlossen. »Da kannst du mich auch gleich ein bisschen anpflaumen. Das gefällt dir doch bestimmt. Um ehrlich zu sein, kann ich die Gesellschaft gerade gut gebrauchen, und du bist immer eine schöne Ablenkung.«

»Also, wenn es ein Akt der Nächstenliebe ist«, lenkte sie ein. »Ich schätze, da kann ich mir auch von dir ein Bier spendieren lassen.«

Die Fahrt auf der Schnellstraße ins Geschäftszentrum von Auckland verlief im strömenden Regen langsam und zäh, aber Kate war dankbar, dass sie nicht zitternd im Bus sitzen musste. Schließlich fuhr Koti auf einen Parkplatz gegenüber eines historischen Gebäudes, das am Wasser lag.

»Hier gibt es ziemlich gutes Bier«, erklärte er, während er ihr die große Eingangstür aufhielt. »Und an einem regnerischen Abend ist es gemütlich. Wir können auch Tee trinken. Ich habe

Hunger, und da ich gesehen habe, wie du zulangst, wette ich, dass du auch gern etwas essen würdest.«

»Schön, dass mein Ruf als zartes Pflänzchen bei dir sicher ist«, teilte sie ihm mit, als er mit zwei Bieren in der Hand zurückkehrte, nachdem er ihre Bestellung für Cheeseburger und Pommes aufgegeben hatte. »Ich hätte wohl besser einen Salat genommen.«

»Nein, warum? Ich mag es nicht, wenn ich mit einer Frau ausgehe und sie wie ein Vögelchen isst. Als würde ich allein angesichts ihres winzigen Appetits ihre feminine Seite erkennen. Dabei ist es viel wahrscheinlicher, dass ich sie für magersüchtig halte, oder?«

»Es wäre vielleicht was anderes, wenn du mit normalen Frauen ausgehen würdest. Schon gut«, räumte sie ein, als er sie mit fragendem Lächeln ansah, »vielleicht habe ich dich mittlerweile gegoogelt. Du hast ständig eine große, schlanke, austauschbare Blondine an deiner Seite, soweit ich das sehen konnte.«

»Ich stecke ein wenig im Trott fest, meinst du? Da könntest du recht haben. Es wird Zeit, dass ich meinen Horizont erweitere, scheint mir.«

»Ja, das wird sicherlich passieren. Aber wenn ich deinen Ruf nicht völlig ruinieren soll, werde ich mich mal etwas herrichten müssen.« Sie berührte ihr feuchtes Haar, das ihr, wie sie vermutete, wenig attraktiv am Schädel klebte. »Bin gleich zurück.«

* * *

Als sie aus der Kabine auf der Toilette trat, musste Kate einer atemberaubenden Frau mit der großen, schlanken Figur eines Models ausweichen. Sie lehnte an der Ablage, streckte die endlosen Beine in eng sitzenden, dunklen Jeans und Stöckelschuhen vor sich aus und nahm in dem engen Raum einfach viel zu viel Platz ein. Ihre spektakuläre Oberweite war im Ausschnitt einer violetten Chiffonbluse bestens zur Schau gestellt, und langes, lockiges rotes Haar umrahmte markante Wangenknochen und grüne Augen, die Kate mit kaum verhohlener Feindseligkeit betrachteten.

»Hallo.« Kate nickte ihr zu und wusch sich die Hände. Sie drehte sich nach einem Papiertuch um, aber wieder wurde ihr der Weg versperrt. Was hatte die Frau für ein Problem? »Entschuldigung?«, sagte sie, während sie sich bemühte, ihren Ärger zu unterdrücken.

»Wer sind Sie?«, wollte die Rothaarige wissen. »Was machen Sie mit Koti hier?«

»Ich esse mit ihm zu Abend«, erwiderte Kate knapp. Sie hatte keine Lust auf eine Konfrontation, aber sie würde auch nicht vor einer Amazone kuschen, die sich so aufführte.

»Hat er Ihnen gesagt, dass er schon vergeben ist? Hat wohl vergessen, mich zu erwähnen, was?«

Kate seufzte. »Wir sind nur Freunde. Sie müssen sich keine Gedanken machen.«

Die Rothaarige betrachtete Kate verächtlich von Kopf bis Fuß. Wut und Neid verzerrten ihre Züge, und sie sah nicht mehr besonders hübsch aus. »Ja, klar. Sie haben sowieso nicht viel zu bieten. Ich kann mir nicht vorstellen, dass Sie länger als eine Nacht durchhalten.«

Kate stellten sich die Nackenhaare auf. Sie hatte nichts falsch gemacht, und sie würde nicht vor dieser Feindseligkeit, die sie nicht verdiente, klein beigeben, auch wenn die andere gut zwanzig Zentimeter größer war als sie.

»Wenn er wirklich mit Ihnen zusammen ist, sollte es Ihnen keine Sorgen bereiten, dass er mit mir befreundet ist. Wenn er es nicht ist, so kann ich Ihnen versichern, dass das nichts mit mir zu tun hat. Ich fürchte, das müssen Sie unter sich ausmachen. Wenn Sie mich also jetzt bitte entschuldigen würden, ich möchte zu meinem Abendessen zurück.«

Sie konnte förmlich sehen, wie es im Kopf der Rothaarigen rotierte, während sie versuchte, zu verstehen, was Kate gerade gesagt hatte. Sie konnte genau erkennen, wann sie aufgab, sich wieder auf ihre Mission konzentrierte und verkündete: »Ich denke, Sie sollten hier besser verschwinden.«

Kate starrte sie an. »Sind Sie verrückt? Ich habe Ihnen doch gerade gesagt, dass ich mit einem Freund zu Abend esse. Was wollen Sie dagegen tun? Mir die Augen auskratzen? Wollen Sie sich wegen einem Kerl mit mir auf der Toilette prügeln? Sind wir hier in der achten Klasse?«

»Dann soll er sich entscheiden«, beschloss die Rothaarige. »Jetzt sofort.«

»Um Himmels willen«, seufzte Kate. »Das ist doch absolut lächerlich. Ich habe kein Interesse, bei Ihrer kleinen Show mitzuwirken. Hören Sie, ich bleibe fünf Minuten lang hier. Nur los. Gehen Sie raus, und reden Sie mit ihm, wenn es das ist, was Sie wollen. Nehmen Sie ihn mit nach Hause, haben Sie hemmungslosen Sex mit ihm, und sorgen Sie dafür, dass er niemals wieder ohne Sie irgendwohin geht. Wenn er weg ist, sobald ich rauskomme, werde ich mit dem Bus nach Hause fahren.«

Sie sah, wie die andere Frau zögerte. »Auf geht's«, drängte sie sie. »Legen Sie los.«

* * *

Genau fünf Minuten später kehrte sie an ihren Tisch zurück. Koti war aufgestanden, und die Rothaarige war an seiner Seite, die Hand auf seinem Arm. Kate wurde schwer ums Herz. Er würde mit ihr gehen. Sie hätte es ihm hoch angerechnet, wenn er einen besseren Geschmack gehabt hätte. Sicherlich war sie nur deswegen bei dem Gedanken, dass er sie hier allein zurücklassen würde, so niedergeschlagen.

»Kate.« Er wirkte erleichtert. »Ich wollte schon die Suchhunde losschicken. Dena hat gesagt, ihr hättet euch getroffen.«

»Ja, ich hatte das Vergnügen, Denas Bekanntschaft zu machen, auch wenn ich ihren Namen nicht erfahren habe.«

Er drehte sich mit einem wenig höflichen Lächeln zu Dena um. »Danke, dass du Hallo gesagt hast. Wir sehen uns.«

Denas Blick verfinsterte sich, sie öffnete den Mund, um etwas zu sagen, überlegte es sich aber anders und schloss ihn wieder. Sie warf Koti in stummer Wut einen finsteren Blick zu und stelzte dann auf ihren Stöckelschuhen davon, während sich die Köpfe anderer Männer nach ihr umdrehten. Selbst wütend bot sie einen herrlichen Anblick, musste Kate zugeben.

»Wo warst du?«, wollte Koti wissen. »Wie konntest du mich nur so schutzlos hier zurücklassen?«

»Was?« Sie starrte ihn an. »Die Frau hat mir quasi vorgeworfen, ihre Beziehung mit dir zu gefährden. Ich dachte schon, ich würde die Romanze des Jahrhunderts zerstören, wenn ich mich zwischen euch dränge.«

»Davon träumt sie vielleicht«, sagte Koti knapp.

»Junge, das ist echt unterhaltsam.« Sie setzte sich hin und sah erwartungsvoll zu ihm hoch, während sie den Cheeseburger von ihrem Teller nahm, der in ihrer Abwesenheit serviert worden war. Er war fast schon kalt, aber das machte ihr nichts aus. »Und da warte ich extra auf der Toilette, damit sie ihre große Liebesszene hat«, beschwerte sie sich. »Was habe ich verpasst?«

»Nichts«, brummte er, bevor er sich endlich wieder setzte und seinen eigenen Burger nahm. Er schaute sie an, als sie gerade begeistert in ihren biss. »Außer, dass sie versucht hat, mir weiszumachen, ich hätte ihr etwas versprochen, und dann einen Wutanfall bekommen hat.«

»Wer ist sie?«, fragte Kate, nachdem sie runtergeschluckt hatte. »Wenn sie nicht deine Freundin ist, hat sie wohl Wahnvorstellungen, was ich aber kaum glaube.«

Er zuckte die Achseln. »Ich bin hin und wieder mit ihr ausgegangen, wodurch ihr Foto in der Zeitung erschienen ist. Ich schätze, dass sie das nicht verlieren will. Sie ist ein Model, und die Werbung hat ihrer Karriere gutgetan.«

»Offensichtlich dachte sie, dass zwischen euch mehr läuft als das. Sie war ganz und gar nicht glücklich, dass ich hier bin. Sie war sogar bereit, sich wegen dir mit mir anzulegen. Ich hatte schon fast erwartet, dass sie auf mich losgeht.«

Er lachte. »Eine Schlägerei auf der Damentoilette. Herrlich. Ich wünschte, ich hätte das gesehen. Ich hätte definitiv auf dich gewettet.«

»Na ja, du weißt ja, was man sagt. Es geht nicht um die Größe des Hundes im Kampf, sondern um die Größe des Kampfgeists im Hund. Sie ist vielleicht ein paar Zentimeter größer als ich, aber ich bin zäher.«

»Ich weiß«, erwiderte er lächelnd. »Sobald sie sich einen Nagel einreißt, war's das für sie. Du hingegen würdest dich wie ein Pitbull bis zum bitteren Ende in ihren Arm verbeißen.«

»Hm, tut mir leid, dich enttäuschen zu müssen, aber ich bin noch nicht so weit, mich deinetwegen zu prügeln. Ich habe ihr gesagt, dass sie rausgehen und sich nach Kräften bemühen soll, wenn sie sich so sicher ist, dass ihr beide zusammen gehört. Ich hatte schon fast erwartet, dass du mit ihr gegangen wärst.«

»Keine Sorge, das wird nicht passieren. Das ist übrigens keine hohe Meinung, die du von mir hast, wenn du glaubst, dass ich dich hier sitzen lassen würde, um mit einer anderen Frau abzuhauen.«

Sie runzelte die Stirn. »Ich bin mir nicht sicher, ob du das verstehst, Koti, aber das hier ist kein Date. Hier gelten nicht dieselben Regeln.«

»Du bist aber auch nicht irgendein Kumpel, den ich einfach hier lasse, weil ich in der Kneipe eine aufgerissen habe. Schließlich bist du immer noch eine Frau, oder nicht? Das würde ich nicht machen.«

»Das ist nicht nötig, aber ich weiß deine Umsicht zu schätzen. Ich glaube allerdings nicht, dass sie dir noch mal zur Verfügung steht, wenn du sie das nächste Mal anrufst. Sie ist ein ziemlich wütendes Model.«

»Das passt schon, da ich sie nicht anrufen werde«, sagte er entschlossen. »Das ist vorbei.«

* * *

Es stimmte, dachte er überrascht. Er war gern mit Dena ausgegangen und wusste das Bild, das sie abgaben, zu schätzen, denn ihr umwerfendes Aussehen betonte sein eigenes. Der Sex war auch nicht so schlecht gewesen, wenn auch nichts Weltbewegendes. Aber er hatte ihre Beziehung nie vertiefen wollen.

Auch sie hatte nie das Verlangen gezeigt, ihn näher kennenzulernen. Es war kein Verlust, sie gehen zu sehen, so schön sie auch war. Die Show, die sie abgezogen hatte, war absolut peinlich gewesen. Er war noch nie so froh gewesen, Kate zu erblicken, auch wenn er sich noch immer wünschte, es wäre wirklich zu einem Kampf gekommen. Er hatte das Gefühl, dass er beeindruckend geworden wäre.

Besitz nicht gestattet

Der Spaß, den er mit Kate gehabt hatte, hielt jedoch nicht lange an. Am nächsten Tag hatte Koti wieder schlechte Laune. Das Training kam ihm sinnlos vor, da das nächste Spiel der Blues erst in drei Wochen stattfinden würde. Er hatte das Gefühl, als würde er mit der B-Mannschaft arbeiten, da diejenigen, die bei den All Blacks waren, woanders trainierten.

Er brauchte eine Ablenkung, beschloss er. Er würde mit Kate reden. Mit etwas Glück würden sie sich wieder streiten und ihn so auf andere Gedanken bringen.

Es gefiel ihm nicht, Kevin McNicholl an ihrem Schreibtisch zu sehen, als er das Büro betrat. Der junge Außendreiviertel hätte schon längst das Gebäude verlassen sollen, statt Kates Zeit zu verschwenden.

»Wie läuft's, Kate?« Koti blieb vor ihrem Schreibtisch stehen. »Kevvie«, er nickte ihm zu, »was machst du hier?«

»Ich unterhalte mich«, teilte ihm der andere Mann mit, wobei seine gut gelaunte Miene einer unverkennbaren Herausforderung wich.

»Kann ich was für dich tun, Koti?«, erkundigte sich Kate.

Koti warf beiden einen finsteren Blick zu. »Ich wollte nur gerade mit dir über Samstag reden.«

»Koti gibt mir Surf-Unterricht«, erklärte sie Kevin. »Ich komme wie letztes Mal zum Café, okay?«, fragte sie Koti. »Wann willst du loslegen?«

»Äh …« Er hielt verlegen inne und sah wieder zwischen den beiden hin und her. Kevin verschränkte die Arme vor der Brust und erwiderte den Blick. Ganz offensichtlich würde er nicht so bald verschwinden.

»Ich schick dir eine SMS«, sagte er schließlich.

»In Ordnung«, erwiderte sie fröhlich. »Bis später dann.«

* * *

Als Koti sich umdrehte und wieder ging, musste Kate sich ein Lachen verkneifen. Wer hätte gedacht, dass einmal zwei Rugby-Spieler um ihre Gunst wetteifern würden? Koti war unverkennbar verstimmt und verärgert. Es tat ihm mal gut, nicht im Mittelpunkt zu stehen, beschloss sie, als sie sich wieder Kevin zuwandte. Sie war sich sicher, dass das eine neue Erfahrung für ihn war.

Aber als Koti die Sache ansprach, kaum dass sie am Samstagmorgen in seinem Auto saß, fand sie das Verhalten nicht mehr so amüsant.

»Warum war Kevvie am Donnerstag bei dir?«, fragte er sie abrupt und fuhr vom Parkplatz auf die Hauptstraße, bevor sie ihre Frage darüber, wie es wohl werden würde, unter diesen windigen Bedingungen zu surfen, zu Ende stellen konnte.

»Warum wohl? Er wollte mit mir ausgehen. Offensichtlich glaubt nicht jeder Mann in Auckland, dass ich die Maul- und Klauenseuche habe. Ich schätze, ich sollte dein Angebot lieber annehmen.« Sie konnte nicht widerstehen, ein wenig zu sticheln. »Du wolltest mir doch etwas über die Spieler erzählen. Gibt es da was, das ich wissen sollte? Hat er ein paar heiße Freundinnen, die mir auf der Damentoilette auflauern könnten? Sollte ich mich auf einen Überraschungsangriff von seiner Frau und seinen drei Kindern gefasst machen?«

»Du solltest überhaupt nicht mit ihm ausgehen«, erwiderte er mit finsterem Blick. »Er passt nicht zu dir.«

»Er ist also unfreundlich, was?«, sagte sie nachdenklich. »Hmmm, vielleicht wird er mich beleidigen. Das *würde* meine Gefühle verletzen. Aber weißt du was, ich glaube, ich werde es riskieren. Er schien ziemlich nett.«

»Verdammt noch mal, Kate, ich glaube nicht, dass du mit einem dieser Kerle ausgehen solltest. Du weißt nicht, wie die drauf sind.«

»Aber das werde es rausfinden, wenn ich mit ihnen ausgehe, oder nicht?«, erwiderte sie sachlich. »Sei ehrlich, Koti, du bist nur eifersüchtig. Du willst mich zwar nicht für dich selbst, aber der Gedanke daran, dass man mich mit einem anderen sehen könnte, verletzt deinen männlichen Stolz. Ich will dich noch einmal daran erinnern, dass ich nicht deine feste Freundin bin. Du hast mir nicht reinzureden, mit wem ich ausgehen darf.«

»Wer hat gesagt, dass ich dich nicht will?«

»Das wäre dann wohl … du selbst«, rief sie ihm ins Gedächtnis. »Zu fies, zu klein, zu dunkel, zu aggressiv …«, zählte sie an den Fingern ab. »Fehlt noch was?«

»Ich habe ein paar Sachen erwähnt. Ein paar Charakterfehler. Das heißt aber nicht, dass ich dich nicht mag. Gehst du also mit ihm aus, oder nicht?«, wollte er wissen.

Ganz plötzlich war sie das Thema leid. Zunächst war es amüsant gewesen, aber er ging ihr allmählich auf die Nerven. »Ich bin nicht dein Eigentum, Koti, und ich schulde dir auch keine Erklärung. Lass das Thema einfach fallen, okay?«

»Ich habe dir von Dena erzählt und die Situation erklärt. Freunde reden miteinander.«

»Nicht darüber. Nicht, wenn du dich deshalb so idiotisch aufführst.«

»Aber ich muss es wissen. Um sicherzugehen, dass du … dass du okay bist.«

»Ich habe schon genug männliche Besitzansprüche über mich ergehen lassen, dass es mir für zwei Leben reicht. Wir sind nicht in einer Beziehung, und deine Eifersucht geht zu weit. Lass es.«

»Das ist nicht sehr nett«, wandte er ein. »Ich bin nicht eifersüchtig, ich mache mir nur Sorgen um dich.«

»Du kannst sofort damit aufhören. Diese Diskussion ist beendet. Um genau zu sein, reicht es mir«, beschloss sie. »Bring mich bitte zurück zu meinem Auto.«

»Was? Wir wollen doch surfen.«

»Nein, wollen wir nicht.« Sie sah die Bushaltestelle vor sich und verspürte plötzlich den Wunsch, sofort auszusteigen. »Fahr hier ran.«

»Was? Du steigst aus? Warum? Du hast doch nicht mehr alle Tassen im Schrank«, stotterte er. »Wenn du so dringend zurückmöchtest, kein Problem. Du bist im Moment auch nicht gerade meine Lieblingsperson, weißt du.«

»Halt … sofort … an«, verlangte sie mit wütender Stimme, und er gehorchte mit erstaunter Miene. Sie schnappte sich ihre Tasche und öffnete die Tür, um auszusteigen.

»Du kannst meine Sachen zurückbringen. Geschieht dir recht«, erklärte sie ihm, bevor sie die Tür hinter sich zuschlug.

* * *

Koti blieb verblüfft sitzen, bis der Fahrer des Busses hupte, als er ihn in der Haltestelle parken sah, und er reflexhaft zurück auf die Straße fuhr, um Platz zu machen. Was sollte er jetzt tun? Das war doch albern. Sie hatte wegen seiner ganz vernünftigen Sorge um ihre Sicherheit völlig überreagiert. Gut, dann würde er eben alleine surfen. Das war sowieso besser, wenn er nicht ständig auf sie aufpassen musste.

Er hielt es allerdings nur eine Stunde lang aus. Irgendwie war es nicht so befriedigend, wie er gedacht hatte. Er hatte sich darauf gefreut zu sehen, wie sie sich nach dem Unterricht letzte Woche auf dem Brett anstellte. Allmählich war es ihm peinlich, wie er sich verhalten hatte. Jetzt, da er sich etwas beruhigt hatte, sah er ein, dass er zu weit gegangen war. Ihm gefiel der Gedanke, dass sie mit Kevin ausgehen könnte, immer noch nicht, aber das hätte er ihr vermutlich nicht sagen sollen.

Am nächsten Morgen schluckte er seinen Stolz runter und rief sie an. Er hatte daran gedacht, ein Feigling zu sein und ihr eine SMS zu schicken, aber er hatte das Gefühl, dass das nicht funktionieren würde.

»Hallo, Mr Supercharmant«, begrüßte sie ihn am anderen Ende der Leitung. »Du rufst besser an, um dich zu entschuldigen.«

»Ich schätze, ich sollte froh sein, dass du meinen Anruf noch entgegennimmst«, seufzte er. »Wie sehr muss ich vor dir auf dem Boden kriechen? Können wir uns darauf einigen, dass ich ein Spacken war, und das Ganze vergessen?«

»Vielleicht. Wenn ich das Wort nachschlage und es ausreichend schlimm ist.«

»Ich wollte fragen, ob du mir vergibst und vielleicht heute mit mir surfen gehst. Du hast mir gestern gefehlt. Ich wollte noch mal sehen, wie du runterfällst.«

»Oh, guter Versuch. Du sammelst hier wirklich Punkte. Hast du meine Sachen denn nicht zurückgebracht?«

»Nein. Bevor du wieder auf mich losgehst: Ich werde sie heute zurückbringen und die Gebühr für den zusätzlichen Tag zahlen. Es ist ja meine Schuld, das weiß ich. Kommst du also noch mal mit mir mit?«

»Ja. Aber ich gebe dir nur deshalb noch eine Chance, weil ich rausgefunden habe, warum du gestern so schlechte Laune hattest. Ich wette, die ist abends nicht besser geworden, oder?«

»Es war nicht besonders schön, das Spiel zu sehen«, gab er zu. »Du hast recht, ich brauche eine Ablenkung von meinen Problemen. Kann ich dich in einer Stunde zu Hause abholen?«

»Du bist verrückt, wenn du glaubst, dass ich dir nach der Show, die du abgezogen hast, sage, wo ich wohne«, beschied sie ihm streng. »Wir treffen uns wie immer beim Café.«

* * *

Nachdem sie bis zur Erschöpfung gesurft hatten und völlig ausgekühlt, aber glücklich im Café saßen, um noch einen Kaffee zu trinken, sprach Kate das Thema an, von dem sie wusste, dass es ihm nicht aus dem Sinn ging.

»Ich habe gestern Abend das Spiel gesehen. Ich kann dazu aber nicht viel sagen, da ich die unerfahrenste Rugby-Zuschauerin Neuseelands bin. Außer, dass es schade ist, dass die All Blacks verloren haben.«

Koti lächelte schmerzlich. »Ich hätte dich zu mir einladen sollen, damit wir es zusammen anschauen können. Das wäre dann vielleicht zumindest etwas unterhaltsam geworden.«

»Ja, das wäre ich vermutlich gewesen. Aber wenigstens macht die Mannschaft das Beste gleich zu Beginn und fängt die Sache richtig gut an, bevor ich gar nichts mehr verstehe. Der *haka*«, erklärte sie, als er sie fragend ansah. »Davon hatte ich zwar schon gehört, aber als ich ihn gesehen habe, hab ich richtig Gänsehaut bekommen. Das ist ganz schön beeindruckend.«

»Ich will ja nicht sexistisch sein, aber ich denke, das gefällt allen Frauen am Spiel am meisten. Muss an dem ganzen ungezügelten Testosteron liegen. Die Herausforderung, das Einschüchtern des Gegners. Ich schätze, die Frauen sind genetisch darauf programmiert, das zu mögen.«

»Wirklich? Ich dachte, es liegt daran, dass so viele der Spieler gut aussehen, und diese Shorts, die ihr tragt, sind so … kurz.

All diese muskulösen Oberschenkel. Was? Das fällt halt auf«, beschwerte sie sich bei seinem breiten Grinsen. »Aber es gibt da etwas, das mich wundert: Macht es dir nichts aus, dass so viele Spieler, die keine Maori sind, dieses traditionelle Ritual aufführen?«

»Nein. Der *haka* wurde von Anfang an von den All Blacks aufgeführt, seit mehr als hundert Jahren, und Maori waren schon immer in der Mannschaft dabei.«

»Es gab in der Vergangenheit keine getrennten Mannschaften?«

Er schüttelte den Kopf. »Neben den Maori und den *pākehā*, den Europäern, gibt es auch noch die ganzen anderen Insulaner, die Samoaner und Tongaer. Die sind so groß und kräftig wie ich«, sagte er mit einem Lächeln, als sie wie erwartet die Augen verdrehte. »Aber der *haka* gehört zu den Dingen, die uns zusammenhalten, durch die wir uns als Neuseeländer identifizieren, ganz gleich ob wir nun Maori sind oder nicht, und ganz gleich, wie lange es her ist, dass unsere Familien hierhergekommen sind«, fuhr er ernster fort. »Mit den All Blacks ist es genauso. Es ist mehr als nur eine Rugby-Mannschaft.«

»Das ist mir schon aufgefallen. Aber das ist auch schwer zu übersehen.«

»Sie nennen es unsere nationale Religion«, erklärte er. »Das heißt nicht, dass alle im Land Rugby lieben, aber wir spielen es seit unserer Kindheit. Die All Blacks sind … das ultimative Rugby-Team. Die erfolgreichste Rugby-Nationalmannschaft der Welt, und das schon seit Jahren. Das ist so ziemlich das Einzige, das uns weltberühmt macht. Wir bekommen nicht viel Raum auf der Weltbühne, also wissen wir das zu schätzen. Wenn man ein Kiwi ist, aber nicht hinter den All Blacks steht … Na ja, das sollte man nicht in einer Kneipe verraten. Frag irgendeinen Jungen in En Zed, was er werden will, wenn er groß ist. Ein All Black, wird er sagen.«

Er rutschte unruhig auf seinem Stuhl hin und her, und sie hatte plötzlich Mitleid mit ihm. »Ich wette, dass es dir gestern schwergefallen ist, das Spiel anzusehen.«

Er nickte. »Ich konnte erkennen, wo meine Möglichkeiten gewesen wären. Ich hätte den Versuch in der zwanzigsten Minute schaffen können. Ich war so wütend, dass ich nicht dort war.«

»Was genau haben sie gesagt? Warum wurdest du nicht ausgewählt?«

Sie hörte seinem widerstrebenden Bericht zu, dann nickte sie. »Dann musst du also diese Fähigkeiten verbessern, Tackeln und die Arbeit im Offenen Gedränge. Ich weiß zwar nicht wirklich, was das ist, aber es geht im Grunde darum, den Ball an sich zu bringen, oder? Quasi der harte Teil des Spiels. Klingt für mich so, als würden sie sagen, dass du beim wenig ruhmreichen Teil mitmachen sollst, als Teamplayer. Als würdest du als Rampensau rüberkommen.«

Er zuckte zusammen, musste ihr aber recht geben. »Ja, ich soll mich auf andere Dinge konzentrieren, und nicht nur den Ball tragen und Pässe werfen. Meinetwegen. Aber das sind nun mal meine Talente, da bin ich richtig gut drin. Daher verstehe ich das nicht.«

»Sieht so aus, als wollten sie dir damit sagen, dass du mehr als das können musst, damit das Gesamtpaket stimmt. Was willst du deshalb unternehmen?«

»Keine Ahnung«, erwiderte er niedergeschlagen. »Ich könnte einfach wieder dort spielen, wo man mich zu schätzen weiß. Ich bin mir nicht sicher, ob es sinnvoll ist, sich jetzt noch ändern zu wollen, ganz besonders wenn ich nicht weiß, ob mir das überhaupt gelingen wird. Könnte mir umsonst den Arsch aufreißen. Das erscheint mir nicht sehr sinnvoll.«

»Kannst du denn niemanden um Rat fragen? Irgendjemanden, dem du vertraust?«

»Ich könnte mit Hemi reden«, gab er widerwillig zu. »Ich schätze, dass er bereit wäre, mir zu helfen.«

»Was du aber nicht tun willst«, erriet sie, »weil du dann zugeben müsstest, dass du Hilfe brauchst. Dass du nicht so perfekt bist, wie dein Fanclub denkt.«

Er warf ihr einen finsteren Blick zu. »So viel halte ich gar nicht von mir. Ich glaube auch nicht alles, was ich über mich lese. Aber es ist nicht leicht, um Hilfe zu bitten, denn Hemi hat mir schon mal gesagt, dass ich an meiner Form arbeiten muss. Ich müsste dann zugeben, dass er recht hatte.«

»Das weiß er doch aber schon. Er weiß, dass du nicht ausgewählt worden bist, und er weiß auch, warum. Warum sollte er weniger von dir halten, wenn du ihn jetzt um Rat bittest? Mir scheint es, dass eher das Gegenteil der Fall sein wird, wenn du so viel Einsicht zeigst. Du kannst das. Immerhin hast du es heute auch geschafft. Das war eine richtig gute Entschuldigung, und ich bin ziemlich streng.«

»Ich wusste, dass ich dich ganz und gar verliere, wenn ich es nicht tue. Ich habe verstanden, dass ich nur eine einzige Chance hatte, um es wiedergutzumachen.«

»Man muss den Leuten zeigen, wie man behandelt werden möchte. Das hat mir mal jemand gesagt, und es ist hängen geblieben«, erklärte sie ihm. »Das hat für mich bisher ganz gut funktioniert, von einer offenkundigen Ausnahme abgesehen. Du hast dich so gut entschuldigt und es heute so wunderbar unterlassen, mich infrage zu stellen, dass ich dir etwas schenken werde. Ich will dir etwas erzählen, das dich glücklich machen wird«, fügte sie hinzu, denn sie fand, dass er etwas zum Lachen gebrauchen konnte.

»Was denn?«, fragte er mit gespitzten Ohren.

»Ich bin gestern Abend mit Kevin ausgegangen, und es war eine ziemliche Katastrophe. Er ist einfach zu nett für mich. Ist es nicht schlimm, wenn man so etwas zugeben muss?« Sie lachte. »Ich dachte, er wäre perfekt, um wieder mit dem Daten anzufangen. Ich meine, ihn wird wohl niemand als gefährlich bezeichnen, oder? Er ist ganz eindeutig einer der Guten. Zu gut für mich, schätze ich. Ich habe mich den ganzen Abend über zurückgehalten, um ihn nicht zu verschrecken, und er hat mir offensichtlich die Nummer vom süßen, kleinen, lieben Mädel abgekauft, aber ich wusste gleich, dass das niemals funktionieren wird. Ich würde ihn zu Hackfleisch verarbeiten.«

»Ich wette, dass du ihm das auch gesagt hast«, sagte Koti breit lächelnd.

»Das habe ich.« Sie erwiderte sein Lächeln. »Ich habe mich bei ihm bedankt, ihm versichert, dass er ein toller Typ ist, aber dass ich wohl zu viele Ecken und Kanten für ihn habe. Ich habe bemerkt, wie erleichtert er war, auch wenn er natürlich viel zu nett war, um es auszusprechen. Und jetzt kommt das, was wirklich schrecklich ist«, gestand sie. »Die ganze Zeit, die wir zusammen waren, habe ich mich gefragt, was du wohl tun würdest. Wie du lachen würdest, wenn du uns sehen könntest.«

»Ich muss schon beim bloßen Gedanken daran lachen«, stimmte er zu. »Egal. Wenn man so viel explosive Kraft in ein so kleines Paket schnürt, dann kann nur ein Spezialist damit umgehen. Kevvie ist ein guter Kerl, aber mit dir war er völlig überfordert, schätze ich.«

»Oh, und du bist wohl so gut darin?«, gab sie zurück.

»Ich stehe noch, oder etwa nicht?«, fragte er herausfordernd. »Trotz deiner vielen Versuche, mich zurechtzustutzen.«

»Ich werde mich wohl stärker bemühen müssen, nehme ich an.«

»Oh, nein«, stöhnte er. »Vergiss, was ich gesagt habe. Ich bin mir nicht sicher, ob ich es überstehe, wenn du dir noch mehr Mühe gibst.«

Freunde bleiben

Es überraschte Kate nicht, dass Koti auf sie wartete, als sie am Mittwochmorgen an den Strand kam. Er wusste mittlerweile, an welchen Tagen sie schwimmen ging, und hatte angefangen, ihr ein oder zwei Mal in der Woche dabei Gesellschaft zu leisten. Sie musste zugeben, dass es sie aufmunterte, wenn er da war.

Sie spürte, dass auch er sie brauchte, die Ablenkung von den eigenen Gedanken. Es erforderte Konzentration, sich bei dem stetigen, kalten Wind durch die Wellen zu kämpfen. Danach fühlte sie sich jedes Mal besser, auch wenn sie das Schwimmen selbst nicht besonders genossen hatte, und sie dachte, dass es ihm genauso ging.

Allerdings war es nie sehr angenehm, sich danach abzuduschen, und sich in der kühlen Morgenluft aus dem feuchten Neoprenanzug zu kämpfen, war selbst unter besten Bedingungen kein Spaß. Heute schien sich der Anzug zur Wehr zu setzen. Sie hatte Mühe, den widerspenstigen Reißverschluss runterzuziehen, und verrenkte sich beinahe den Arm, um besser ranzukommen. »Dämliches Ding«, murmelte sie.

»Hier.« Sie spürte den Druck, als er die Hand an den Reißverschluss legte und ihn runterzog, während seine andere auf ihrer Schulter ruhte. Sie versteifte sich, schlug dann seinen Arm weg und befreite sich aus seinem Griff.

»Keine gute Idee. Ich denke, wir haben bereits festgestellt, dass ich hier eine Grenze ziehen muss. Das gehört mir. Hände weg.«

»Bist du sicher? Mir scheint es, dass du durchaus schon daran denkst, wenn es dir so viel ausmacht. Ich weiß, dass ich daran denke.«

»Koti.« Sie drehte sich zu ihm um. »Versteh das doch. Wir sind nicht zusammen. Wir sind Freunde, mehr nicht.«

»Oh, wir sind zusammen«, versicherte er ihr. »Wir haben vielleicht keinen Sex, aber wie nennst du die Zeit, die wir miteinander verbringen? Du denkst doch genauso oft daran wie ich, das merke ich. Du zuckst jedes Mal zusammen, wenn ich dich berühre, und mir ist nicht entgangen, wie du mich ansiehst.«

»Schon, aber das ist ja quasi meine Bürgerpflicht. Jede Frau in Neuseeland sieht dich auf diese Art an. Das heißt ja nichts. Außerdem kannst du gar nicht so tun, als wärst du ernsthaft an mir interessiert, ganz egal, wie sehr du mich deswegen neckst. Ich bin nicht dein Typ, schon vergessen?«

Mit vorgetäuschtem Desinteresse widmete sie sich wieder dem Neoprenanzug und ließ sich Zeit damit, sich das Handtuch umzubinden. Sie war nicht bereit, ihm zu zeigen, welche Wirkung sein prüfender Blick und die Nähe seines halb nackten Körpers auf sie hatten, aber mit dem bis zur Hüfte ausgezogenen Neoprenanzug, der braune Haut und durchtrainierte Muskeln enthüllte, sah er einfach viel zu gut aus.

Er stöhnte. »Wann wirst du endlich vergessen, dass ich das gesagt habe? Ja, ich bin an dir interessiert. Verdammt interessiert. Ich denke die ganze Zeit daran. Ich mache kein Auge zu, weil ich ständig daran denke.«

»Du kannst aufhören, daran zu denken«, fuhr sie ihn an und sammelte ihre nassen Klamotten ein. »Denn es wird nie passieren.«

Noch während sie das sagte, erkannte sie, dass es längst überfällig war, das direkt anzusprechen. Dieses ganze Flirten geriet langsam außer Kontrolle. Jedes Mal, wenn er eine anzügliche Bemerkung machte oder ihre Hand berührte, klopfte ihr Herz schneller, und sie verspürte das Verlangen, näher an ihn ranzurücken, seinen Arm zu streicheln, seine Schulter, nur um zu sehen, wie sich seine Haut unter ihren Händen anfühlte. Dann überlegte sie, wie es wäre, wenn er den Arm um ihre Taille legte, wenn er sie an sich drückte. Wie es wäre, ihn zu küssen, während er den Kuss erwiderte. Sie musste reinen Tisch machen, für sie beide.

Sie holte tief Luft und sagte: »So sieht es aus: Glaub mir, niemanden überrascht das mehr als mich, aber ich genieße es, Zeit mit dir zu verbringen. Man hat Spaß mit dir, und, ja, du bist auch nett anzusehen. Ich mag dich, und ich fühle mich zu dir hingezogen, aber ich habe kein Interesse daran, eine von vielen Frauen zu sein, mit denen du geschlafen hast, und ich will auch nicht, dass unsere Freundschaft darunter leidet. Du weißt genau, dass das geschehen würde. Wenn ich wieder eine Beziehung mit jemandem eingehe, möchte ich, dass sie mehr als das hier ist.«

»Warum sollte unsere Freundschaft leiden? Warum sollte es nicht besser werden?«, widersprach er. »Ich weiß, dass es auf jeden Fall Spaß machen würde.«

»Siehst du? Das ist der Grund. Genau deshalb«, versuchte sie, ihm zu erklären. »Ich habe kein Interesse an beiläufigem Sex oder an einer Freundschaft mit Vorzügen, aber das ist alles, was du zu bieten hast. Also, vielleicht bin ich schon daran interessiert, aber ich werde es nicht tun. Ich kenne mich und weiß, dass das nicht funktionieren würde. Ich werde also mit dir nicht so weit gehen. Wenn das heißt, dass du keine Zeit mehr mit mir verbringen willst, weil Sex vom Tisch ist, na ja, darum ging es bei der Wette ja schließlich, nicht wahr? Ich schätze, dann verlierst du.«

»Die Wette ist mir völlig schnurz«, erwiderte er verärgert. »Die verliere ich mit Vergnügen. Hier und jetzt. Du musst es nur sagen. Woher willst du überhaupt wissen, was ich zu bieten habe und was nicht? Wenn beiläufiger Sex bedeutet, dass wir hin und wieder miteinander schlafen, habe ich da auch kein Interesse dran. Ich will mehr als das. Du brauchst dir keine Sorgen zu machen, ich treffe mich zurzeit mit niemand anderem. Ich mag dich auch. Ist irgendwie verrückt, aber es ist wahr.«

»Das geht so nicht«, sagte sie, während sie in der Kälte zitterte. »Frag mich nicht, warum es mir wie eine gute Idee vorgekommen ist, dieses Gespräch zu führen. Das mit uns kann einfach nicht funktionieren. Wir haben schon zwei Strikes gegen uns. Ich bin noch nicht bereit für eine Beziehung. Außerdem bin ich ganz sicher nicht bereit, mit jemandem zusammen zu sein, der so viele Probleme mit sich bringt wie du.«

»Was für Probleme? Außerdem frierst du. Lass uns gehen, damit du dich umziehen kannst. Ich verstehe kaum, was du sagst, weil deine Zähne so klappern.«

»Deine bewegte romantische Vergangenheit«, erklärte sie, während sie sich zu den Umkleidekabinen aufmachten. »Ich kenne mich mit Risikoanalysen aus, und du bist ein viel zu großes Risiko. Ganz zu schweigen davon, wie eine Beziehung mit einem Pin-up-Model aussehen würde, dem Traum aller Frauen. Wie bei all diesen armen Typen, die mit Marilyn Monroe verheiratet waren. Das würde mich zum Aushängeschild für ›Frauen, die schlechte Entscheidungen treffen‹ machen. Als ob ich das nicht ohnehin schon wäre.«

»Ich bin kein Pin-up-Model und auch kein Traum«, widersprach er. »Nur ein Mann. Was erwartest du von mir? Dass ich hässlich werde, damit du dich besser fühlst?«

Sie seufzte. »Ich erwarte gar nichts von dir, Koti. Du bist in Ordnung. Großartig sogar. Sei einfach mein Freund, okay? Such dir ein neues Model, mit dem du ausgehen kannst. Nenn mich ruhig feige, aber mein Selbstvertrauen ist nicht groß genug, um mit dir was anzufangen. Aber du hast recht: Ich friere, und ich muss zurück zur Arbeit. Bis später.«

Sie huschte in die Umkleide. Davonlaufen traf es besser, dachte sie schuldbewusst. Sie hoffte aber, dass sie reinen Tisch gemacht hatte. Sie war so selbstsüchtig, dass sie nicht aufhören wollte, sich mit ihm zu treffen. Vielleicht juckte es sie in den Fingern, diesen fantastischen Körper zu berühren, den er jedes Mal enthüllte, wenn er den Neoprenanzug auszog. Vielleicht hatte sie nachts unanständige Gedanken, vielleicht sogar hin und wieder einen Traum, über den sie später nicht nachdenken wollte. Zumindest nicht allzu oft. Aber das hieß nicht, dass sie ihren Gefühlen nachgeben sollte. Im Moment hatte sie schon genug Probleme in ihrem Leben, sie brauchte nicht noch mehr. Sie würde diese Gedanken einfach verdrängen. Sie konnte ganz rational bleiben. Ganz bestimmt.

* * *

Koti marschierte entnervt zu seinem Auto zurück. Er zog sich mit abrupten Bewegungen den Neoprenanzug aus und warf ihn mit unnötig viel Kraft in den Kofferraum, wickelte das Handtuch um sich, ließ den Motor an und schaltete die Heizung ein. Dann blieb er sitzen und starrte vor sich hin, ohne loszufahren.

Verdammt noch mal, war sie frustrierend. Ihr kurviger, sportlicher kleiner Körper, die goldene Haut, das glänzende Haar schienen wie für ihn geschaffen zu sein, luden ihn dazu ein, sie mit den Händen zu liebkosen. Diese kratzbürstige Aufrichtigkeit, ihr wacher Verstand und ihre wilde Unabhängigkeit steigerten sein Interesse noch. Seit Wochen träumte er schon davon, sie in seinem Bett zu haben. Oder außerhalb des Bettes. Wenn er zusah, wie sie den Neoprenanzug auszog, wollte er weitermachen und ihr auch den Badeanzug abstreifen, sie an sich drücken, um sie zu wärmen, um zu spüren, wie sie die schlanken Arme und Beine um ihn legte.

Am meisten wollte er in ihr sein, ihre Hitze um sich spüren. Es wäre so leicht, dachte er, in sie zu gleiten. Sie war klein, er könnte sie halten, sie auf sich ziehen. Er hatte schon so oft daran gedacht, dass es ihm vorkam, als hätte er es schon getan. Hatte er aber nicht. Und wie es aussah, würde er auch nie eine Gelegenheit dazu erhalten.

Stöhnend legte er den Kopf auf das Lenkrad. Er steckte in Schwierigkeiten. Seit er sich mit vierzehn in Miss Johnston, seine Mathelehrerin, verliebt hatte, war er nicht mehr so heiß auf eine Frau gewesen, die er nicht haben konnte. Einen Monat lang war er ständig erregt gewesen und hatte sich auf nichts anderes konzentrieren können. Das hier war nicht besser. Schlimmer sogar, denn jetzt wusste er recht genau, wie es mit Kate wäre.

Reiß dich zusammen, Junge, ermahnte er sich. Er sollte sich eine andere suchen. Er könnte es auch, das wusste er. Sogar Dena. Egal, was Kate dachte, er war sich ziemlich sicher, dass er Dena zurückhaben könnte, wenn er sich bemühte. Das Problem war aber, dass er weder sie noch eine andere wollte. Er wollte Kate.

Schließlich legte er den Gang ein und fuhr vom Parkplatz. Immerhin wollte sie noch mit ihm befreundet sein. Das würde er ausnutzen. Es war offensichtlich, dass sie auch an ihm interessiert war. Er hatte genug Erfahrung, um zu erkennen, wenn eine Frau ihn auf diese besondere Weise ansah, sich zu ihm hingezogen fühlte. Er musste es einfach weiter versuchen, das war alles. Schließlich hatte sie ihm nicht zu verstehen gegeben, dass er verschwinden sollte. Das musste ein gutes Zeichen sein.

* * *

»In Ordnung«, sagte er ihr am nächsten Tag am Telefon. »Wie wäre es, wenn wir etwas mit anderen Leuten unternehmen, um das Risiko zu reduzieren, dass wir übereinander herfallen?«

»Klingt gut«, stimmte sie vorsichtig zu. »An was hast du dabei gedacht?«

»Willst du mit mir drüben in Waitomo auf eine Höhlenrafting-Tour gehen?«

»Höhlenrafting? Wie unterscheidet sich das vom Wildwasserrafting? Ist das wieder so etwas, was man nur in Neuseeland machen kann?«

»Ja, genau. Höhlenforschung als Adrenalin-Sport. Herrlich. Könnte ein bisschen unheimlich sein, aber man wird gut auf dich aufpassen, da läuft nichts ohne einen Führer. Die komplette Tiki-Tour.«

»Ich habe mir vorgenommen, vor nichts zurückzuschrecken, und Platzangst habe ich auch nicht. Höhlenforschung klingt nach einer Menge Spaß. Was gehört denn dazu?«

»Wir werden zwei Stunden Richtung Süden fahren und ein paar Stunden damit verbringen, eine Höhle zu erkunden. Du brauchst nur deine Badesachen und ein Handtuch. Passt dir Samstag?«

»Tut mir leid«, sagte sie zögernd. »Da habe ich schon was vor.«

»Was …«, setzte er an. »Stimmt. Ich frage nicht. Wie wäre es mit Sonntag?«

»Gut, dass du das nicht tust«, lobte sie ihn. Er musste nicht wissen, dass sie etwas mit ihren Arbeitskolleginnen geplant hatte. Sollte er doch denken, es wäre ein Date. »Sonntag passt mir gut. Wann geht's los?«

»Die Tour dauert etwa fünf Stunden. Ich könnte dich gegen halb acht abholen. So können wir unterwegs noch was essen und sind vor elf dort. Wir wären allerdings erst abends zurück. Du müsstest also vielleicht deine Prinzipien überdenken und diesmal gestatten, dass ich dich von zu Hause abhole. Ich verspreche, dass ich deine Adresse sofort wieder vergesse.«

»In Ordnung«, gab sie nach. »Es kommt mir allmählich ein wenig albern vor. Was auch immer ich sage, ich weiß, dass du ungefährlich bist.« Dennoch war es ein großer Schritt für sie, ihm ihre Adresse zu nennen.

»Na toll, ungefährlich«, sagte er düster. »Bis Sonntag halb acht dann. Ich bin auch ganz brav.«

Steh zu deinem Mann

»Ich war noch nie beim Karaoke«, sagte Kate den drei Arbeitskolleginnen nervös, als sie am Samstagabend das belebte japanische Restaurant betraten. »Ich habe auch keine gute Stimme. Muss ich singen?«

»Nicht, wenn du nicht willst«, erklärte Corinne mit breitem Lächeln. »Aber nach ein paar Drinks will ich irgendwie immer. Die Männer sehen heißer aus, und meine Stimme klingt besser, wenn ich mir alles schöngetrunken habe.«

»In diesem Sinne«, sagte Heather. »Die erste Runde Wein geht auf mich. Danach wird es leichter.«

Wie sehr hatte sie das vermisst, dachte Kate, während sie an ihrem Glas Sauvignon Blanc nippte und dem unbeschwerten Geplauder der Frauen lauschte. Sie hatte fast schon vergessen, wie es war, mit einer Gruppe Frauen auszugehen, albern zu sein und zu lachen, bis ihr die Tränen kamen.

Der Karaoke-Teil des Abends wurde von einem jungen Mann in hautenger Jeans und einem leuchtend gelben T-Shirt mit einem Aufdruck für Dinosaur Comics eingeleitet, auf dem der Slogan stand: »Feelings are boring. Kissing is awesome« – Gefühle sind langweilig. Küssen ist klasse. Das blonde Haar fiel ihm in die Stirn, während er so leidenschaftlich »Billy Jean« sang, dass die Menge lachte und klatschte.

»Das war großartig. Na los. Wer will als Nächstes? Kein Grund, schüchtern zu sein«, drängte der DJ.

»Was soll's.« Brenda trank ihren Wein aus und sprang auf die Bühne.

Wie Kate neidvoll feststellte, machte ihre freche, selbstsichere Darbietung den Mangel an guter Stimme leicht wett, während sie vor begeistertem Publikum »Stand By Your Man« schmetterte. Weitere folgten ihrem Beispiel. Der DJ drehte die Lautstärke runter, wenn es für die Ohren besser war, aber die Menge applaudierte auch den schwächeren Auftritten gutmütig.

»Soll ich es versuchen?«, fragte Kate nach einem weiteren Glas Wein.

»Auf jeden Fall«, ermutigte Corinne sie. »Sind ja nur wir. Morgen werden wir davon nichts mehr wissen.«

»Sing aber bloß nicht ›I Will Survive‹«, riet ihr Heather. »Das singt jeder.«

»Ups. Danke für den Tipp, das hatte ich mir eigentlich ausgesucht. Okay, ich versuch es mit ›Mamma Mia‹. Laut und schnell, dann läuft's. Wünscht mir Glück.«

Ein paar Takte später verlor sie allerdings schon ihre Selbstsicherheit. Was machte sie nur hier oben? Sie konnte doch gar nicht singen. Der DJ drehte die Lautstärke runter, während sie sich verhaspelte, und Kate sah sich panisch um.

Der junge Mann, der als Erstes gesungen hatte, sah ihre Not und sprang auf die Bühne, legte einen Arm um sie und sang mit. Kate lachte laut auf und sang erleichtert weiter. Schon bald ließ sie sich so sehr mitreißen, dass sie mit ihm tanzte. Wenn Pierce Brosnan seine Würde riskieren konnte, indem er so sang wie in diesem einen Film, dann konnte sie es auch, ganz besonders wenn sie dabei solche Unterstützung bekam.

Nach ihrem großen Finale warf sie die Arme um ihren neuen Freund, der begeistert ihre Umarmung erwiderte und ihr einen schmatzenden Kuss verpasste, dank dem sie die Bühne mit einem breiten Lächeln und unter Jubelrufen aus dem Publikum verließ.

»Ich weiß nicht, wer das war«, sagte sie der Gruppe, als sie hochrot und lachend an den Tisch zurückkehrte, »aber er hat mir das Leben gerettet.«

»Trink noch ein Glas Wein«, sagte Brenda und goss ihr wieder ein. »Du hast es dir verdient. Jetzt, da du nicht mehr so nüchtern bist, kannst du uns auch erzählen, was da zwischen dir und Koti läuft. Na los, spuck's aus.«

»Du bist echt schlimm, Brenda«, rügte Corinne sie. »Wir waren alle zu höflich, um sie deswegen zu fragen. Aber jetzt, da Brenda es schon angesprochen hat, müssen wir es unbedingt erfahren.«

»Himmel. Dann sollte ich mir wohl was einfallen lassen. Irgendetwas Aufregendes. Wir sind aber nur Freunde. Tut mir leid.«

»Aber wie ist das passiert?«, fragte Corinne. »Ich kann mir irgendwie nicht vorstellen, dass er auf eine Frau zukommt und sagt: ›Hi. Willst du heute Abend mit mir befreundet sein?‹«

Kate lachte mit den anderen mit. »Nein, vermutlich nicht. Wir wohnen beide in Takapuna, also haben wir uns am Strand getroffen. Und wir gehen beide gern schwimmen, also …« Sie zuckte die Achseln. Sie hatte noch keinem von ihrer Wette erzählt und würde das auch jetzt nicht tun.

»Du gehst mit ihm schwimmen?«, fragte Brenda, während sie sich mit der Hand Luft zufächelte. »O mein Gott. So heiß. Ich hab's direkt vor Augen. Du hast ihn in Badehose gesehen und bist noch nicht über ihn hergefallen? Wie kannst du ihm widerstehen? Willst du ihn nicht einfach von oben bis unten ablecken?«

Alle vier brachen in Gelächter aus. »Schönes Bild«, sagte Kate. »Danke. Das hilft mir weiter. Darauf kannst du wetten, dass er in Badesachen heiß aussieht. Ich kann nicht behaupten, dass mir der Teil nicht gefällt. Aber ich bin Buchhalterin, wir sind von Natur aus vorsichtig. Wir wägen erst mal alle Optionen ab, ehe wir eine wohl durchdachte Entscheidung treffen.«

»Also, ich bin Presseagentin. Ich würde meine Optionen abwägen und ihn dann von oben bis unten ablecken«, verkündete Brenda und brachte wieder alle zum Lachen.

»Ich weiß nicht«, meinte Corinne. »Abgesehen von dem Risiko, das er darstellt, bin ich mir nicht sicher, ob ich mit jemandem ausgehen würde, der hübscher ist als ich oder der mehr Zeit damit verbringt, sich hübsch zu machen.«

»Das stimmt eigentlich nicht«, verteidigte Kate Koti. »Ich meine, klar, er weiß, dass er gut aussieht. Es wäre schon schwierig für ihn, es nicht zu wissen. Aber er bildet sich nicht viel auf sich ein. Er starrt nicht ständig in den Spiegel, um seine Frisur zu richten.«

»Okay«, sagte Heather. »Einen Einspruch hätten wir schon. Warum bist du dann noch nicht über ihn hergefallen?«

»Zum einen weil ich lieber nicht mit jemandem ausgehen möchte, mit dem ich zusammen arbeite oder in dessen Nähe ich arbeite. Denn dann hat man den Salat, oder nicht? Wenn es nicht klappt, wird das ein großes, unangenehmes Problem. Wie ihr alle wisst.«

»Hmm. Groß vielleicht. Nicht so unangenehm«, widersprach Heather. »Für ein bisschen Spaß würde ich das Risiko eingehen. Allerdings bin ich schon vergeben«, seufzte sie bedauernd. »Er wäre nicht so begeistert. Aber theoretisch.«

»Du bist doch auch gar nicht bis in alle Ewigkeit hier, oder?«, fragte Corinne. »Nur so lange, bis dieser Idiot aufgibt, der dir nachgestellt hat, denn dann fährst du ja wieder nach Hause, oder? Das wäre dann eher eine ÜE für dich.«

»Was?«

»Eine Übersee-Erfahrung«, klärte Heather sie auf. »Hast du das nach der Uni nicht gemacht? Kiwis gehen gern für ein oder zwei Jahre ins Ausland, wenn sie jung sind, damit sie die Welt sehen, bevor sie hier irgendwo sesshaft werden.«

»Und jeder weiß«, fuhr Brenda fort, »dass man während der ÜE alle möglichen Erfahrungen sammelt – diese *speziellen* Erfahrungen. Aber man spricht nicht darüber.«

»Hmm.« Kate trank noch einen Schluck von ihrem Wein. »Habe ich nicht gemacht. Aber das behalte ich im Hinterkopf.«

»Allerdings müssten wir dich dann hassen«, sagte Brenda. »Ach, was soll's«, beschloss sie. »Du solltest dich trotzdem an ihn ranwerfen.«

»Allerdings müssten wir sie noch mehr hassen«, rief Heather Brenda ins Gedächtnis, »weil sie Amerikanerin ist. Es ist eine Sache, wenn man eine Kiwi-Frau sieht, die mit einem Spieler ausgeht, selbst wenn es eine aus dem Büro ist, was ja vorkommt.« Die anderen Frauen nickten zustimmend. »Aber ich kann dir sagen, dass Hannah nicht besonders beliebt war, als sie sich Drew unter den Nagel gerissen hat.«

»Wir würden sie auch gern hassen«, sagte Brenda. »Aber sie ist so unglaublich nett, dass wir es nicht können. Wie hat sie sich ihn geschnappt, weißt du das? Mir hat das bisher niemand erzählt.«

»Ich weiß auch nicht viel darüber. Tut mir leid«, antwortete Kate. »Ich bin keine besonders gute Quelle für Gerüchte. Aber nach allem, was ich gehört habe, war es nicht sie, die ihn geschnappt hat, sondern es lief eher umgekehrt. War das wirklich eine so große Sache?«

Die anderen Frauen tauschten einen Blick und lachten wieder. »Das kann man so sagen«, erwiderte Corinne. »Die Frauen von Neuseeland haben wochenlang in Selbstmitleid gebadet. Wenn du uns auch noch Koti wegnimmst …« Sie schüttelte den Kopf. »Ich schätze, dann müssen wir was am Visa-Programm ändern.«

»Also, keine Sorge«, versicherte Kate ihnen. »Er ist überraschend nett, aber ich habe nicht vor, mit ihm zu schlafen, das wird also kein Problem werden. Die großen, blonden Models der Welt können ihn haben.«

»Da gab's doch eine Rothaarige, oder?«, fragte Heather. »Sind sie noch zusammen?«

Kate lachte. »Nein. Wie es aussieht, ist das vorbei. Sie war nicht allzu glücklich darüber«, fuhr sie schadenfroh fort, da der Wein ihr die Zunge lockerte. »Ich war dabei.«

»Erzähl schon«, drängte Corinne.

Kate rückte mit der ganzen Geschichte raus, und die Frauen kreischten vor Lachen.

»Es ist schrecklich von mir, dass ich das lustig finde«, schloss Kate, während sie sich die Augen wischte. »Aber sie war so eklig zu mir, dass ich nicht anders kann. Ganz zu schweigen davon, dass ich es hätte mit ihr aufnehmen können«, fügte sie selbstsicher hinzu. »Dass sich zwei Frauen wegen ihm prügeln, ist allerdings das Letzte, was Koti braucht. Ich glaube nicht, dass sein Ego wirklich so groß ist, wie die Leute glauben, aber es muss nicht noch größer werden.«

»In Ordnung«, beschloss Brenda. »Da er noch zu haben ist, unterhalte ich mich mal mit ihm, wenn er das nächste Mal ins Büro kommt. Falls es dir nichts ausmacht.«

Kate hielt inne. Der Gedanke gefiel ihr ganz und gar nicht, aber wenn sie und Koti nur Freunde waren, dann ging sie sein Liebesleben nichts an. Es hatte ihr nicht gepasst, als er so einen Wirbel gemacht hatte, weil Kevin mit ihr ausgehen wollte, da konnte sie sich schlecht hierüber aufregen.

»Natürlich, wenn du willst«, erwiderte sie schließlich.

»Hmm.« Brenda betrachtete sie nachdenklich. »Das hat etwas gedauert. Bist du dir sicher?«

Kate stöhnte und stützte den Kopf in die Hände. »Ich hoffe, dass es nur zu viel Wein war. Ich scheine nicht klar denken zu können. Aber ich gehe nicht mit dem Typen aus. Wenn du willst, tu dir keinen Zwang an. Kümmere dich nicht um mich.«

* * *

Halb acht kam am nächsten Morgen viel zu früh.

»Du siehst nicht wirklich wach aus«, bemerkte Koti, als Kate völlig verschlafen die Tür öffnete, nachdem er geklingelt hatte. »Hast du gestern einen draufgemacht? Oder warst du nur mit dem Hexenzirkel unterwegs? Waren wohl etwas zu eifrig mit den Besen zugange, was?«

»Du hältst dich vielleicht für witzig, bist es aber nicht«, antwortete Kate mit finsterem Blick, bevor sie vorsichtig in sein Auto stieg. »Aber du hast recht. Es ist gestern ziemlich spät geworden, und ich habe einen oder zwei zu viel getrunken. Warum kommt einem das zu dem Zeitpunkt immer wie eine gute Idee vor?«

Er lächelte. »Die ewige Frage.«

»Warum bist du überhaupt so fröhlich?«, beschwerte sie sich. »Du solltest doch eigentlich der Rugby-Spieler mit dem ausschweifenden Leben sein. Wie kannst du nur schon so früh am Morgen so putzmunter sein?«

»Weil ich nicht zu viel trinke«, erwiderte er fromm. »Was?«, beklagte er sich, als sie spöttisch schnaubte. »Ich trainiere. Ich gebe es nicht ganz auf wie einige der Jungs, aber während der Saison beschränke ich mich auf ein oder zwei Bier. Was auch immer du von mir hältst, ich nehme meine Karriere ernst.«

»Ich bin zu müde, um mich mit dir zu streiten«, seufzte sie. »Ich liege punktetechnisch nicht gern hinten, aber du wirst es mir heute mal durchgehen lassen müssen.«

»Meinetwegen. Warum schläfst du nicht ein bisschen? Wir frühstücken unterwegs. Ich wecke dich dann, keine Sorge.«

* * *

Als sie schließlich den winzigen Ort Waitomo erreichten und die Rafting-Information betraten, fühlte Kate sich schon besser. Obwohl sie gesagt hatte, sie hätte keinen Hunger, hatten die Eier, der Toast und der Kaffee, auf denen Koti bestanden hatte, ihren Magen wieder beruhigt und sie aufgeweckt.

»Was für eine Überraschung. Das Tour-Büro ist auch ein Café. Gibt es etwas in Neuseeland, was man unternehmen kann, ohne dass Kaffee dazugehört?«, fragte Kate. »Warum sind nur alle so gelassen, wenn sie ständig unter Koffein stehen?«

»Weil wir immer nur einen trinken, und es sind kleine Tassen. Wenn ich in den USA bin, kommen die Kellner ständig zurück und schenken einem nach. Beim ersten Mal habe ich mindestens fünfmal ausgetrunken, bevor ich es gemerkt habe. Ich glaube, in der Nacht habe ich kein Auge zugetan.«

»Da könntest du recht haben«, gab sie zu. »Und jetzt, wo ich ein wenig wacher bin, kannst du mir auch sagen, wie viel ich dir für die Tour schulde.«

»Ich bezahle«, sagte er entschlossen. »Ich habe dich eingeladen, oder etwa nicht? Nächstes Mal kannst du mich einladen, und ich werde den Blick abwenden, während du zahlst, versprochen. Zu spät«, erklärte er fröhlich, als sie widersprechen wollte. »Sie rufen uns. Wir müssen los.«

Dunkle Höhle, warmes Herz

Während die Gruppe Neoprenanzüge und Gummistiefel anzog, das allgegenwärtige Schuhwerk im schlammigen Neuseeland, stellte Kate entmutigt fest, dass sich einige mit dem Ellbogen anstießen und miteinander tuschelten. Obwohl ihre beiden Tourführer offensichtlich wussten, wer Koti war, machten sie keinen großen Wirbel darum, und die Kanadier und Japaner in der Gruppe bekamen nichts davon mit. Die drei jungen Australier waren dagegen nicht so zurückhaltend, und es war schon bald offensichtlich, dass sie sich diese Gelegenheit nicht entgehen lassen würden.

»Macht's Ihnen was aus, uns ein Autogramm zu geben?«, fragte einer der jungen Männer, sobald sie im Kleinbus saßen, der sie zur Höhle bringen würde. »Meine Schwester steht total auf Sie.«

Die Frau bei ihnen fügte hinzu: »Wie wäre es mit einem Foto mit mir? Meine Freunde werden so neidisch sein, wenn ich ihnen erzähle, dass Sie bei unserer Tour dabei waren. Ich heiße übrigens Liz.« Sie drehte sich auf dem Sitz in der Reihe vor ihnen um und lächelte Koti einladend an.

»Wir wollen die Tour nicht aufhalten. Vielleicht hat Koti ja danach Zeit, Ihnen ein Autogramm zu geben«, antwortete Kate dem jungen Australier, während sie es bewusst vermied, seine Freundin anzusehen. »Ich jedenfalls will endlich loslegen.«

»Ich habe heute meinen Wachhund dabei«, erklärte Koti ihnen mit einem strahlenden Lächeln. »Ich muss tun, was sie sagt. Sie ist bissig.«

Kate war erleichtert, dass das Thema fallengelassen wurde, nachdem der Kleinbus bei den Höhlen hielt und die Tourführer anfingen, die Gruppe äußerst effizient mit Gurten zu versorgen und ihnen gut gelaunt die Ausrüstung zu erklären.

»Wollen Sie sich als Erstes abseilen, Koti?« Jessica, eine der Führerinnen, war oben geblieben und half den Teilnehmern beim Abstieg, während Ben als Erster in die Höhle verschwunden war, um sie unten zu empfangen. »Es sind fünfunddreißig Meter bis zum Boden. Rufen Sie einfach, wenn Sie Angst bekommen, dann retten wir Sie.«

Er trat bereitwillig in das dunkle Loch, das in die Höhle führte, und ließ sich am Seil in den Abgrund hinab. Es ertönte kein Hilferuf, aber Kate hörte ihn ein paar Mal fluchen.

»Es ist manchmal ein bisschen eng für so breite Schultern«, erklärte Jessica. »Er wird sich ein wenig durchzwängen müssen.«

Sie schien sich keine Sorgen deswegen zu machen. »Ist schon mal jemand steckengeblieben?«, fragte Kate. »Sie haben doch bestimmt auch mal Kunden, die ein wenig … fülliger sind.«

Jessica lachte. »Das stimmt. Die Amerikaner sind oft überrascht, dass es nicht leichter ist. Ich schätze, sie erwarten eine Art Disneyland.«

Kate war ziemlich aufgeregt, als sie schließlich an der Reihe war, in die Dunkelheit abzutauchen. Sie hatte immerhin kein Problem damit, durch die schmaleren Stellen hindurch zu passen, aber als Jessica sie dazu bestimmte, als Erste an einer Seilrutsche über einen tiefen Abgrund zu gleiten, bekam sie doch ein wenig Angst.

»Will vielleicht ein anderer als Erstes gehen?«, fragte sie nervös.

»Willst du wieder kneifen?«, murmelte Koti ihr ins Ohr.

»Nein.« Sie warf ihm in der Dunkelheit einen finsteren Blick zu und nahm ihren ganzen Mut zusammen. »Okay, ich bin so weit«, teilte sie Jessica entschlossen mit. Doch als sie den Griff dann in die Hand nahm, änderte sie ihre Meinung.

»Moment«, setzte sie an, doch es war zu spät. Plötzlich flog sie an der Seilrutsche durch die Dunkelheit und über den klaffenden Abgrund unter sich. Ein Schrei entrang sich ihrer Kehle, während sie dahinsauste und schließlich gegen die Reifen am anderen Ende prallte.

Koti kam als Nächstes rüber und streckte die Beine aus, um sich mühelos abzufangen. »Meinst du, du hast laut genug geschrien? Ich schätze, man hat dich bis in die nächste Höhle gehört.« Das Licht ihrer Stirnlampe erhellte sein nerviges Grinsen, bevor er sich neben sie stellte, um auf die anderen zu warten.

»Sei still«, murmelte sie. »Immerhin habe ich nicht gekniffen.«

Als sie sich schließlich den Reifenschlauch an den Hintern drückte und drei Meter tief in einen Untergrundfluss sprang, war sie entschlossen, nicht wieder zu schreien. Ein Quieken konnte sie trotz größter Mühe nicht verhindern, sobald sie auf das eiskalte Wasser traf und darum kämpfte, auf dem Schlauch zu bleiben. Dann griff sie nach den Seilen, die die Höhle säumten, damit sie nicht stromabwärts gezogen wurde.

»Hier gibt's offensichtlich Mäuse«, ertönte eine Stimme hinter ihr.

»Deine neue Freundin ist mutiger als ich«, sagte sie verärgert. »Sie mag dich auch lieber. Warum paddelst du nicht weiter und belästigst lieber sie statt mich?«

Sie hörte ihn lachen und beschloss, dass es das Beste wäre, wenn sie sich in würdevolles Schweigen hüllte. Allerdings vergaß sie ihn schnell, nachdem sie sich alle unter der Anleitung der Tourführer aufreihten und die Füße auf den Schlauch der Person vor sich legten. Dann wurden die Stirnlampen ausgeschaltet, und jetzt entdeckten sie erst nur ein paar, aber nach und nach ganze Konstellationen heller Lichter an der Höhlendecke über ihnen.

»Diese Lichtpunkte, die Sie sehen, sind Glühwürmchen. Eigentlich die Larven einer Fliege, die es nur in Neuseeland gibt«, hallte Bens Stimme zu ihr zurück. »Sie strahlen aus ihrem Hinterteil Licht ab, um Insekten anzulocken. Sie sind auch der Grund, warum Tausende von Touristen jedes Jahr die Waitomo-Höhlen besuchen.«

Dem musste sie zustimmen. Wenn sie es nicht besser gewusst hätte, hätte sie geglaubt, zum sternenklaren Nachthimmel emporzusehen. Der Eindruck verwirrte und desorientierte sie.

»Da die Akustik hier unten so außergewöhnlich ist«, fuhr Ben fort, »singen wir meistens etwas, und weil es eine Maori-Höhle ist, sollte es ein Maori-Lied sein. Heute haben wir einen Maori bei uns und werden ihn einfach fragen, ob er uns was vorträgt.«

Kate zuckte zusammen. Mussten sie Koti so in Verlegenheit bringen? Er wollte doch ganz bestimmt nicht singen, schon gar nicht vor allen anderen.

Zu ihrer Überraschung sagte Koti bereitwillig: »Wie wäre es mit *Homai o Ringa*?«

Kate überlief ein Schauer, als er anfing. Die eindringliche Melodie erfüllte die Luft um sie herum, erhob sich zur felsigen Decke über ihnen, vermischte sich mit dem Rauschen des Wassers. Selbst die geschwätzigen Australier waren einen Augenblick lang still, bis die letzte, lang gezogene Note verklungen war und die ganze Gruppe applaudierte.

»Herrlich«, rief Jessica anerkennend hinter ihnen. »Danke.«

»Das war wunderschön«, sagte Kate leise. »So bewegend, auch wenn ich es nicht verstanden habe. Worum ging es?«

»Es ist ein Klagelied. Auch ein Liebeslied, das Trost spendet, wenn man traurig ist.«

»Aber was bedeuten die Worte? Kannst du sie mir übersetzen?«

»So was wie: Streck deine Hände aus, und halte mein schlagendes Herz. Flüstere Liebesworte, um meine trauernde Seele zu trösten. Schenk mir Frieden, liebe mich, umarme mich. Gib mir einen Ruheplatz, Schutz auf meiner … meiner schwierigen Reise.«

Sie erschauerte. »Kein Wunder, dass es mich so berührt hat. Die Worte sind wunderschön, aber die Melodie klang so traurig. Ich wusste gar nicht, dass du so singen kannst oder dass du dazu bereit wärest. Das hat mich ganz schön überrascht.«

»Das machen wir hier so. Zu allen Gelegenheiten. Hochzeiten. Zusammenkünften. Ganz besonders zu *tangi*-Beerdigungen. Und zu allem, was dazwischen liegt.«

»Ich habe noch keinen Maori getroffen, der nicht singen konnte«, ertönte Bens Stimme fröhlich. »Oder der nicht bereit wäre, ohne zu zögern, loszulegen.«

»Ich kann mir nicht vorstellen, in den USA irgendjemanden zu bitten, vor einer Gruppe Fremder ein Lied vorzutragen«, sagte Kate. »Jedenfalls nicht ohne eine ganze Menge Alkohol.«

»Man muss aber auch sagen«, erklärte Koti, »dass die meisten *pākehā* – zumindest die Kinder – ein paar der Maori-Lieder können. Ich wette, Sie kennen auch welche, Jessica, wenn Sie hier unten jeden Tag singen.«

»Ein paar«, stimmte sie zu. »Die normalen. Aber nicht so. Wir kommen sonst nicht über *Pokarekare Ana* hinaus. Das heute war etwas Besonderes.«

»Was ist Poke… was sie gesagt hat?«, fragte Kate Koti, als sie sich zurücklehnten, um die Glühwürmchen-Sterne zu betrachten, die hell über ihnen strahlten.

»Noch ein Liebeslied. Du wirst es sicher noch früh genug hören, wenn du zum ersten Mal zu einem Maori-Konzert gehst. Es ist schön, aber unterdessen etwas abgenudelt.«

»Vielleicht singst du es ja mal für mich«, schlug sie vor, noch immer überwältigt von seiner schönen Stimme, voller Trauer und Liebe, den Lichterkonstellationen in der Dunkelheit und dem Rauschen des Flusses. »Denn das hat mir wirklich gut gefallen.«

Erleichtert schüttelte sie die träumerische Stimmung ab, als sie den Fluss verließen und sich von den Reifen befreiten. Der adrenalingeladene Teil ihres Tages kehrte zurück, da sie sich durch die Dunkelheit des mittlerweile recht flachen Flusses mühten, gefolgt von einer letzten Kletterpartie einen Wasserfall hinauf, bei der ihr Herz vor Angst und Anstrengung raste.

Als sie endlich wieder ins Licht traten, Stunden nachdem sie hinabgestiegen waren, zitterte sie trotz des dicken Neoprenanzugs vor Kälte und Erschöpfung.

»Lass uns hinten einsteigen. Weniger Small Talk«, murmelte Koti ihr ins Ohr, bevor sie für die kurze Rückfahrt in den Kleinbus stiegen. Kate ließ sich dankbar in die hinterste Ecke des großen Gefährts sinken. Sie hatte nicht mal die Kraft, Koti zu necken, geschweige denn, sich mit aufdringlichen Australiern auseinanderzusetzen.

»Du frierst.« Er runzelte die Stirn, als er bemerkte, wie sehr sie zitterte. »Werd jetzt nicht zickig, aber ich muss dich etwas aufwärmen.«

Sie drängte sich dichter an ihn, und er legte beide Arme um sie und drückte sie fest an sich, während er ihr mit den Händen fest über Rücken und Arme rieb, damit ihr Blut wieder floss. Ihr war so kalt, dass es ihr völlig egal war, ob das eine gute Idee war oder nicht. Seine Nähe wärmte sie durch die Neoprenanzüge hindurch.

Von ihm gehalten zu werden, musste sie zugeben, fühlte sich so gut an, wie sie immer gedacht hatte. Der neidvolle Blick, den sie von Liz, der australischen Blondine, auffing, war auch nicht zu verachten. Die junge Frau hatte den ganzen Tag lang ihr Bestes gegeben, um sich an Koti ranzumachen, während ihr unglücklicher Freund ganz offensichtlich die zweite Geige gespielt hatte.

Sie wusste, dass das nicht sehr nett war, aber sie konnte das Triumphgefühl nicht unterdrücken. *Da kannst du ruhig vor Neid erblassen, Blondie,* dachte sie, während Kotis Hände sie berührten und sie sich dichter an ihn schmiegte. *Ich hoffe, dir hat die Tour gefallen, denn das ist die einzige, die du heute bekommst. Keine Nahaufnahme von der berühmten Tätowierung für dich.*

* * *

»Ich hab dir einen Tee bestellt«, teilte Koti ihr mit, als sie sich im Café an den Tisch der Gruppe setzte, auf dem gerade auch Schüsseln mit Suppe verteilt wurden, die sie nach der langen Zeit unter der Erde wieder aufwärmen sollte.

Kate trank das heiße Getränk dankbar. »Das war ein wundervoller Ausflug, aber es war auch ganz schön kalt. Ich habe wahrscheinlich das ganze warme Wasser aufgebraucht, so lange war ich unter der Dusche, aber die Hitze hat sich so gut angefühlt. Was ist mit dir? Frierst du gar nicht?«

Koti betrachtete sie einen Augenblick lang. »Nein«, sagte er schließlich mit einem Lächeln. »Ich bin ja auch nicht so zierlich wie du.«

»Kumpel, kann ich jetzt das Autogramm haben?«, fragte einer der Australier, und Kate musste sich wachrütteln. Das hier wurde ihr viel zu behaglich.

Jessica setzte sich neben sie, während Koti auch dem Rest der Gruppe Autogramme gab und für Selfies posierte. Die kanadischen und japanischen Touristen, stellte Kate amüsiert fest, mischten jetzt kräftig mit.

»Macht es Ihnen etwas aus, wenn Sie von mir und ihm auch ein Foto schießen?«, fragte die Tourführerin, während sie Kates Blick folgte. »Das kommt auf meine Facebook-Seite. Es ist bei der Gruppe gut angekommen, ihn dabeizuhaben.«

»Selbst bei denen, die gar nicht wussten, wer er ist«, erwiderte Kate.

»Ich schätze, er ist einfach hübsch anzusehen«, stimmte Jessica fröhlich zu.

Darüber musste Kate lachen, es war schließlich die Wahrheit. Jessicas ehrliche Bewunderung war leichter zu ertragen als die Aufdringlichkeiten der vollbusigen Liz, die sich gerade für ein Foto um Koti wickelte.

Jessica interpretierte Kates finsteren Blick ganz richtig. »Muss schwer für Sie sein, mit jemandem zusammen zu sein, der so beliebt bei den Frauen ist«, sagte sie nachdenklich.

»Oh, nein«, beeilte Kate sich, richtigzustellen, gerade als Koti sich endlich loseiste und zu ihnen zurückkam. »Wir sind nur Freunde.«

»*Gute* Freunde«, korrigierte er sie, bevor er sich auf den Platz ihr gegenüber setzte und ihr sein strahlendes Lächeln schenkte, aber irgendwie wirkte das patentierte Blendwerk anders. Es fühlte sich persönlicher an, als wäre es nur für sie bestimmt. Bei dem Anblick merkte sie, wie etwas in ihr besänftigt wurde.

Sie spürte, wie sich ein Lächeln auf ihrem eigenen Gesicht ausbreitete, während sie in seine braunen Augen schaute und die Wärme und Wertschätzung in ihnen wahrnahm.

Jessica räusperte sich. »Ja, klar. Das sieht man.«

Das riss Kate zurück in die Gegenwart. »Koti, Jessica möchte auch ein Bild mit dir haben. Hast du noch genug Kraft für ein weiteres?«

»Solange wir danach was Richtiges futtern können. Ich will nicht riskieren, dass du mir auf der Heimfahrt den Arm abkaust.«

* * *

Nach einem üppigen Abendessen hasteten sie eine Stunde später durch den prasselnden Regen, und Kate war froh, wieder im Auto zu sitzen.

»Stell die Sitzheizung an«, drängte Koti sie, während er den Motor anließ. »Du frierst immer noch, das sehe ich.«

»Ich bin auf der Tour ganz schön ausgekühlt«, gab sie zu. »Ich werde einfach nicht warm, egal, was ich mache.«

»Hier, nimm meinen Pullover«, bot er an, ehe er ihn sich über den Kopf auszog. »Das sollte helfen.«

Dem Stoff haftete noch seine Körperwärme an und auch sein Duft, stellte sie fest, sauber und ein wenig holzig. Sie atmete tief ein und kuschelte sich tiefer in die Merinowolle.

»Warm genug?«, fragte er ein paar Minuten später. Nachdem sie ihre Zustimmung gemurmelt hatte, fügte er hinzu: »Dir wäre vielleicht nicht so kalt geworden, wenn du nicht deine ganze Kraft damit verschwendet hätten, wie ein Mädchen zu kreischen.«

»Ach, na ja«, erwiderte sie träge. Im warmen Auto, umgeben von seinem Duft und mit den einlullenden Scheibenwischern vor Augen, fühlte sie sich entspannt und schläfrig. »Ich *bin* ein Mädchen.«

Er lachte. »Das habe ich schon bemerkt. Es hat mich allerdings beeindruckt, zu was du alles bereit bist. Du machst so leicht keinen Rückzieher, selbst wenn dir etwas Angst einjagt, oder?«

»Ich habe mir selbst versprochen, dass ich das nicht mehr tun werde. Ich habe genug davon, meinen Ängsten nachzugeben. Ich muss mich den Dingen stellen.« Hier in der Dunkelheit und Vertrautheit des Autos fiel es ihr leichter, ehrlich zu sein. »Ich weiß, dass ich stärker werden muss, also habe ich angefangen, zu einer Therapeutin zu gehen und mit ihr über das zu reden, was passiert ist. Das ist eines der Resultate. Wenn ich nicht mehr ständig in Angst leben will, dann muss ich mich den Herausforderungen stellen, die Ängste bekämpfen. Das ist genauso wie Krafttraining für den Körper, ich arbeite gegen den Widerstand an.«

Er nickte. »Das verstehe ich. Finde ich gut. Was willst du noch versuchen? Fallschirmspringen? Bungee-Jumping?«

»Das wäre ziemlich heftig«, räumte sie seufzend ein. »Da muss ich mich erst hinarbeiten. Aber ich will es nicht ausschließen.«

»Vor ein paar Herausforderungen schreckst du also noch zurück«, sagte er. »Vor mir zum Beispiel.«

»Ich bin bereit, vernünftige Risiken einzugehen, aber keine dummen. Schließlich würde ich auch nicht ohne Fallschirm aus einem Flugzeug springen.«

»So könnte es sich wohl anfühlen, denke ich. Wie im freien Fall«, erklärte er leise.

Die Worte hingen in der Luft zwischen ihnen, und sie war dankbar für die Dunkelheit. Sie suchte nach einer schlagfertigen Erwiderung, aber ihr kam ausnahmsweise einmal nichts in den Sinn. Während die Wärme des übergroßen Pullovers sie umgab wie ein Kokon, betrachtete sie sein Profil, die markanten Züge und den sinnlichen Mund, die im Schimmer der Lichter am Armaturenbrett sichtbar waren, und es überkam sie das überwältigende Bedürfnis, näher zu rücken und seinen festen, warmen Körper wieder unter ihren Händen zu fühlen, wie im Kleinbus vorhin. Ganz egal, was sie sich selbst einzureden versuchte, sie wollte das alles wieder spüren.

Als würde sie auf die aufgeladene Atmosphäre reagieren, wechselte die Musik im Autoradio, und sanfte, träge Reggae-Klänge erfüllten die Luft. Sie schüttelte den Kopf und versuchte, die plötzlich aufkommende Intimität, die Hitze in ihr aufsteigen ließ, abzuschütteln.

»Wir brauchen ein anderes Lied«, erklärte sie mit schwankender Stimme. »Das hilft nicht.«

Er warf ihr in der Dunkelheit einen Blick zu. »Das ist Bob Marley. Ein Klassiker. Gefällt es dir nicht?«

»Ich muss nicht hören, wie er darüber singt, mich zu lieben«, gab sie zu. »Der Tag war zu schön, und du bist viel zu nett zu mir. Dann noch der Song. All das hat wohl meine Abwehr untergraben. Ich muss mir deine weniger bewundernswerten Eigenschaften ins Gedächtnis rufen. Kannst du bitte wieder anfangen, mich zu quälen?«

»Liebend gern. Die ganze Nacht lang. Ich kann an nichts anderes denken. Will nichts anderes tun. Du musst es nur sagen.«

Sie rutschte auf dem Sitz hin und her, während die Hitze des Nervenkitzels durch sie hindurchströmte. Sie musste sich zusammenreißen. Das war viel zu gefährlich. Der Regen, die Musik, seine Worte. Er flirtete nur, das wusste sie, aber im Augenblick war sie viel zu empfänglich dafür. Sie nahm seinen iPod und übersprang bewusst die nächsten Lieder. *Geh weg, Bob Marley,* dachte sie verärgert. *Verwirre jemand anderem die Sinne.*

»Schon besser«, seufzte sie, sobald sie ein schnelleres Lied gefunden hatte.

Er räusperte sich. »Wie lange glaubst du, können wir das noch umgehen? Mir fällt es immer schwerer.«

»Ich weiß es nicht«, sagte sie. »Die Sache mit der Nur-Freundschaft funktioniert nicht besonders gut, oder? Aber können wir vorerst nicht darüber reden? Ich bin verwirrt.«

»Dann sind wir schon zu zweit«, murmelte er. »Verwirrt. Durcheinander. Total scharf.«

Sie lachte, denn sie musste ihm zustimmen, aber sie erwiderte nichts. Sie lauschten schweigend der Musik, die wieder sanft und träge spielte, während die Scheibenwischer rhythmisch hin und her schwangen. Die Wärme und die Dunkelheit lullten sie langsam ein, während die späte Stunde und der aufregende Tag allmählich ihre Wirkung zeigten.

Als sie zum dritten Mal hochschreckte, sagte Koti seufzend: »Schlaf ruhig weiter. Heute Abend musst du dir keine Sorgen machen, versprochen. Ich wecke dich, wenn wir da sind.«

»Würdest du das Lied für mich singen?«, fragte sie müde. »Das, von dem du erzählt hast. Ich möchte es gern hören. Bitte?«

»*Pokarekare Ana?* Klar, warum nicht.«

Er schaltete das Radio aus und lehnte sich wieder im Sitz zurück. Sie drehte sich zu ihm, um ihn zu betrachten, während er mit sanfter, aber klarer Stimme sang. Sie seufzte bei der süßen, einfachen Melodie, kuschelte sich in den Ledersitz und zog den Pullover fester um sich.

Hier war sie sicher, stellte sie fest, und schlummerte langsam ein. Fühlte sich geborgen und warm. Alles war gut.

* * *

»Kate.«

Der vertraute Klang seiner Stimme weckte sie. »Wir sind da«, sagte er, während er hinter sich griff, um ihre Tasche vom Rücksitz zu nehmen.

»Du hast meine Adresse also nicht vergessen«, murmelte sie, nachdem er um das Auto herumgegangen war, um ihr beim Aussteigen zu helfen. Da sie vor Müdigkeit noch immer ganz benommen war, war sie dankbar für den Arm, den er um sie legte. Zumindest hatte es aufgehört zu regnen.

»Das war auch besser so.« Er lächelte zu ihr runter. »Ich dachte schon, ich müsste dich reintragen. Du hast ganz schön fest geschlafen.«

Sie zog ihre Schlüssel aus der Tasche und begann wieder zu zittern, während sie die Stufen zu ihrer Wohnung in der ersten Etage raufgingen.

»Danke.« Sie drehte sich vor der Tür um. »Dass du mich schlafen gelassen hast. Auch für den Tag. Es war großartig.«

»Er endet sogar noch besser, denn ich darf dich jetzt bitten, dich auszuziehen. Mein Pullover«, erklärte er. »Es sei denn, du willst, dass ich ihn mir nächste Woche aus dem Büro abhole.«

»Oh.« Verlegen machte sie sich an dem Pullover zu schaffen. »Richtig. ›Hier hast du deine Klamotten zurück.‹ Das bringt die Gerüchteküche zum Brodeln.« Schließlich gelang es ihr, sich aus dem viel zu großen Kleidungsstück zu kämpfen, und sie gab es ihm zurück. »Noch mal danke.«

»Bonus: Er riecht jetzt nach dir«, bemerkte er, bevor er es sich über den Kopf zog. Sie lief rot an, als ihr klar wurde, dass sie denselben Gedanken gehabt hatte.

»Geh rein, bevor du noch erfrierst.« Er beugte sich vor und gab ihr einen sanften Kuss. »Ich sehe dich dann am Mittwoch beim Schwimmen. Es sei denn, es regnet zu sehr.«

Mit der Hand an der offenen Tür drehte sie sich noch einmal um und sah, wie er zum Auto lief. Sie konnte noch immer die prickelnde Wärme seines Munds auf ihrem spüren.

Er war so schnell verschwunden, dabei hatte er im Auto wirklich aufrichtig geklungen. Was stimmte denn nun? Spielte er mit ihr, oder fühlte er sich zu ihr so hingezogen wie sie sich zu ihm?

Schließlich zuckte sie frustriert und verwirrt die Achseln und schloss die Tür. Sie wusste nicht, was in seinem Kopf vor sich ging, außerdem spielte es keine Rolle. Denn ganz gleich, wie sehr sie sich zu ihm hingezogen fühlte, zu einer Beziehung mit ihm war sie nicht bereit. Wenn sie so weit war, wollte sie klein anfangen. Und Koti James, so viel war klar, spielte in der obersten Liga.

Erinnerungen

»Du siehst so müde aus«, sagte Kate ein paar Tage später zu Hannah. »Wann willst du eigentlich aufhören zu arbeiten?«

Als Hannah angerufen und gefragt hatte, ob sie sich zum Mittag treffen wollten, hatte Kate sofort zugestimmt. Aber nachdem sie ihre Freundin zum ersten Mal seit Wochen sah, war sie beunruhigt. Von dem Bauch abgesehen, der unter der eng sitzenden Tunika deutlich erkennbar war, schien Hannah kaum dicker zu sein als damals, als Kate sie kennengelernt hatte. Eigentlich wirkte sie sogar zerbrechlicher. Obwohl sie sich bemüht hatte, konnte das Make-up die Schatten unter ihren Augen nicht verbergen.

»Du klingst schon wie Drew«, erwiderte Hannah seufzend, während sie sich eine bequemere Stellung auf dem Stuhl suchte. »Mir geht es gut, ich bin nur etwas müde. Bevor du fragst: Ja, das Baby wächst, und die Hebamme sagt, dass alles in Ordnung ist. Ich gehöre nicht zu den Frauen, die während der Schwangerschaft viel zunehmen, schätze ich. Essen und Schlafen fällt mir zurzeit schwer, mehr nicht.«

»Warum arbeitest du dann noch?«, hakte Kate nach.

»Nur noch halbtags, weshalb ich mir etwas gönnen und mich mit dir treffen konnte. Übermorgen werde ich ganz aufhören. Dann werde ich ein Jahr lang pausieren, ist das zu glauben?«

»Du bekommst so viel Mutterschaftsurlaub?«, fragte Kate überrascht.

Hannah nickte. »Ist das nicht fantastisch? Nur drei Monate davon sind bezahlt, aber es ist toll, das erste Jahr fast komplett mit dem Baby verbringen zu können und mir keine Sorgen darüber zu machen, wieder aus dem Haus zu müssen, während es noch so klein ist.«

»Ich bin überrascht, dass du so lange arbeitest. Wäre es nicht besser, wenn du dich zu Hause ausruhst?«

»Danke, Mom. Fang bloß nicht damit an. Mir geht es so besser, als wenn ich zu Hause sitze und warte, auch wenn es nur der halbe Tag ist. Aber den Streit habe ich bereits verloren. Habe ich dir schon erzählt, dass Drews Mom nächste Woche anreist? Nur für den Fall, dass das Baby kommt, wenn er nicht da ist. Und, nehme ich an, um sich ›um mich zu kümmern‹.« Hannah machte Anführungszeichen in der Luft und verzog das Gesicht.

»Ich hoffe, du magst sie. Wenn ihr auf so engem Raum so viel Zeit miteinander verbringen werdet. Ich muss aber zugeben, dass ich froh bin, wenn du nicht alleine bist. Drew ist in Christchurch, oder? Wie ich höre, sind die All Blacks heute Morgen abgereist. Ich bin überrascht, dass er dich allein lässt, so wie du aussiehst.«

Hannah stöhnte. »Erzähl ihm das nicht, er würde dir recht geben. Aber am Sonntag kommt er zurück. Er ist nur drei Tage weg, und das Baby ist erst in ein paar Wochen fällig. Es wäre albern, wenn er zu Hause bleiben würde.«

»Sag Bescheid, wenn du Hilfe brauchst«, beharrte Kate. »Oder Gesellschaft und Ablenkung. Du weißt, dass ich für dich da bin. Du hast so viel für mich getan.«

»Danke, werde ich. Aber, Kate, ich wollte mich noch aus einem anderen Grund mit dir treffen. Vom Gemecker einmal abgesehen, denn davon bekomme ich zu Hause wirklich schon genug zu hören. Ich habe ein paar Neuigkeiten, die dich etwas aufregen könnten«, fuhr Hannah ernster fort und legte Kate eine Hand auf den Arm. »Allerdings hoffe ich, dass sie nicht zu schlimm sind.«

Kate legte die Gabel beiseite, während die vertrauten eisigen Finger der Angst sich um sie legten. »Paul«, sagte sie tonlos.

»Ich fürchte, ja«, erwiderte Hannah. »Ich habe gestern mit Beth im Büro in Kalifornien geredet, und sie hat mir erzählt, dass er da war, um nach dir zu fragen. Und dass er etwas rausbekommen hat.«

»Was denn? Ich dachte, es weiß keiner was.«

»Dass du vielleicht das Land verlassen hast, da du davon gesprochen hattest, bevor es ernst wurde. Es weiß dort aber trotzdem niemand, wo du bist, sie konnten es ihm also nicht verraten. Ich habe nicht mal angedeutet, dass ich von dir gehört, geschweige denn dich gesehen habe. Aber Beth hat mir erzählt, dass Paul ins Büro kam und sich als Privatdetektiv ausgegeben hatte. Er hat dein Foto rumgezeigt und behauptet, er wäre angeheuert worden, um dich wegen Betrugs aufzuspüren. Es tut mir leid, Kate«, fuhr sie fort, nachdem sie den Ausdruck auf Kates Gesicht gesehen hatte. »Aber ich dachte, du solltest es wissen, damit du weiterhin vorsichtig bist.«

»Du hast recht, ich muss es wissen«, sagte Kate finster. »Mach dir um mich keine Sorgen. Rede weiter.«

»Beth hat erst später davon erfahren, sonst hätte sie dafür gesorgt, dass er das Gebäude verlässt. Aber offenbar hat er mit ein paar Leuten vom Kundenservice gesprochen, die ihn nicht kannten, und sie haben ihm erzählt, was sie gehört hatten. Jetzt wissen sie zumindest, dass sie nicht mit ihm reden sollen«, sagte Hannah tröstend, als Kate gequält aufstöhnte. »Dafür hat Beth gesorgt. Außerdem ist die Information nicht sehr nützlich. ›Das Land verlassen.‹ Das deckt ziemlich viel ab. Mit der Information wird er dich nicht finden.«

»Aber er sucht noch«, entgegnete Kate. »Als ich vor ein paar Wochen von meinen Eltern gehört habe, hatte ich gehofft, dass das sein letzter Versuch war. Aber jetzt weiß er etwas. Zum Glück habe ich nicht noch mehr davon erzählt. Bist du sicher, dass du nicht mal Beth gegenüber erwähnt hast, dass ich hier bin?«

»Ich bin mir sicher. Ich habe nur gefragt, ob jemand von dir gehört hat, da ich immer noch an dich denken muss und mir Sorgen mache. Selbst wenn Beth es wüsste, sie würde es nie verraten. Das weißt du.«

»Wenn Leute etwas einfach nicht wissen, kann man sie auch mit Tricks nicht dazu bringen, es zu verraten«, erinnerte Kate sie. »Ich kann im Moment nur untergetaucht bleiben. Früher oder später wird er aufgeben. Sich eine Neue suchen, von der er besessen sein kann, möge Gott ihr beistehen.«

Trotz der tapferen Worte verließ sie die Angst, die die Nachricht ausgelöst hatte, den ganzen Tag nicht. Sie beschäftigte sich, befahl sich, nicht darüber nachzudenken. Sie hatte getan, was sie konnte. Es hatte keinen Zweck, sich weiter Sorgen zu machen.

Allerdings zögerte sie es hinaus, das Büro zu verlassen, denn sie wollte nicht raus in die Finsternis. Sie wünschte sich, es wäre Sommer und die Nacht würde nicht so rasch anbrechen.

Als sie schließlich in der regnerischen Dunkelheit von der Bushaltestelle nach Hause lief, war sie nervös und abgelenkt und sah ständig über die Schulter. Der Anblick eines Mannes, der unter seinem Regenschirm den Weg entlangeilte, ließ sie in einen Laden flüchten, bis er an ihr vorbei war. Natürlich war es nicht Paul. Hätte nie Paul sein können. Er wusste nicht, wo sie war, rief sie sich zum tausendsten Mal ins Gedächtnis. Dennoch atmete sie erleichtert auf, sobald sie endlich in ihrer Wohnung war und den Riegel vorschob.

Den Rest des Abends half ihr eine Liebeskomödie dabei, die Angst zu verdrängen. Nachdem der Film vorbei war, wollte sie noch nicht ins Bett gehen und las noch eine Stunde, bis sie zu müde war, um noch länger wach zu bleiben. Dennoch konnte sie nicht einschlafen. Immer wieder döste sie ein paar Minuten lang ein, schreckte aber beim kleinsten Geräusch mit rasendem Herzen hoch. Von denen gab es eine Menge, weil draußen der Wind wehte, an den Fensterscheiben rüttelte und Äste an den Mauern kratzten.

Schließlich waren ihr Verstand und ihr Körper so erschöpft, dass sie in einen unruhigen Schlaf fiel.

Sie schwamm im Meer. Aus irgendeinem Grund schwamm sie nachts, und es regnete, während die Wellen sich hoch über ihr auftürmten. Da war er, eine dunkle Gestalt neben ihr, die sie festhielt, sie unter Wasser zog, obwohl sie sich wehrte. Er stand über ihr, legte eine Hand auf ihren Kopf, grub die Finger in ihr Haar und drückte sie unter die dunkle Oberfläche. Sie kämpfte gegen ihn und schlug um sich, versuchte verzweifelt, sich zu befreien, nicht einzuatmen, weil sie dann ertrinken würde. Ihre Lunge brannte, aber sie wehrte sich weiter. Doch die Hand hielt sie unbarmherzig fest, tief unter dem kalten schwarzen Wasser.

Dann lief sie. Durch denselben Wind und Regen, die Lunge noch immer kurz vorm Bersten, diesmal unter der Anstrengung ihrer Flucht. Sie spürte seine finstere Präsenz hinter sich. Hörte seine Schritte näherkommen. Er würde sie erwischen, und wenn er es tat, wusste sie, würde er sie umbringen. Trotz aller Mühe konnte sie nicht schneller rennen, spürte stattdessen, wie sie langsamer wurde, wie ihre Beine sie nicht mehr vorwärtstrugen. Als würde sie sich durch Morast kämpfen, kam sie kaum voran. Er näherte sich immer rascher, verringerte die Distanz zwischen ihnen. Rief nach ihr. Streckte die Hände nach ihr aus und griff nach ihr.

Kate wachte keuchend auf, und ihre Hände umklammerten das Laken. Ihr ganzer Körper war schweißgebadet und zitterte vor Angst. Ein Traum, erkannte sie. Es war nur ein schlechter Traum. Aber das Wissen tröstete sie nicht, beruhigte nicht ihr rasendes Herz. Sie setzte sich noch immer zitternd auf und schaltete das Licht an, war aber zu ängstlich, um das Bett zu verlassen, sich in die Dunkelheit zu wagen. Die stille Wohnung jenseits ihres Schlafzimmers schien ihr voller Schatten und Gefahren.

Paul war nicht hier, er würde es nie sein, sagte sie sich wieder. Aber ihr Herz raste noch immer, ihr Atem beruhigte sich nicht. Es hatte sich zu real angefühlt. Sie hatte solche Angst, dass sie sich wie gelähmt fühlte.

Schließlich griff sie nach ihrem Handy, brauchte Kontakt, musste eine freundliche Stimme hören, aber dann zögerte sie. Sie konnte nicht Hannah anrufen. Die Arme brauchte ihren Schlaf, und sie wollte sie nicht noch mehr aufregen.

Also wählte sie eine andere Nummer, aber dann hielt sie sich erneut zurück. Allerdings hatte sie sonst niemanden, den sie anrufen konnte, wie sie feststellte. Ihre Eltern? Nein, sie brauchte die Sicherheit von jemandem, der in ihrer Nähe war. Jemand, der zu ihr kommen konnte, wenn sie Hilfe brauchte. Schließlich traf sie eine Entscheidung und drückte auf den Wählknopf.

Aber als Koti mit verschlafener Stimme ranging, kam sie sich wie eine Närrin vor. Es war Viertel vor drei, wie sie bei einem verspäteten Blick auf die Uhr erkannte. Er würde sie für albern halten, wenn sie ihn nur wegen eines Albtraums weckte. Vielleicht war sogar jemand bei ihm, fiel ihr erschrocken ein. Daran hatte sie nicht gedacht.

»Hallo?«, hörte sie wieder.

»Leg nicht auf«, flehte sie. »Ich bin's, Kate.«

»Kate.« Seine Stimme klang klarer, hellwach. »Was ist los? Alles in Ordnung?«

»Tut mir leid, ich weiß, dass es spät ist, aber … ich habe solche Angst«, sagte sie ihm mit zitternder Stimme. »Ich habe so ein schlechtes Gefühl. Es war nur ein Traum, aber ich habe immer noch das Gefühl, als wäre er hier.«

»Ich komme rüber. Mach nicht die Tür auf, bis ich da bin.«

»Das musst du nicht«, sagte sie entschlossener. »Es ist dumm. Tut mir leid. Er ist nicht hier, das weiß ich. Ich wollte nur deine Stimme hören.«

»Ich bin in fünf Minuten da. Mach nicht die Tür auf«, wiederholte er.

Als er genau sechs Minuten später in ihre Wohnung trat, warf er nur einen Blick auf sie und zog sie in seine Arme. Sie legte ihre Wange an seine Brust und spürte endlich, wie die Anspannung sie verließ und die Wärme in ihre kalten Glieder zurückkehrte. Sie sollte sich bei ihm nicht so beschützt fühlen, dachte sie verwirrt. Aber im Moment brauchte sie die Sicherheit seiner Kraft, seine körperliche Gegenwart.

Sie holte ein paar Mal tief Luft, kämpfte gegen die Tränen an, die nach ihrem Schrecken zu fließen drohten, und atmete seinen warmen Duft ein, als wäre es Sauerstoff.

Schließlich löste sie sich von ihm, nachdem sie sich etwas gefasst hatte, und sah ihn zum ersten Mal an. Dann musste sie lächeln. In dem Trainingsanzug, den er sich offensichtlich hastig übergezogen hatte, und den Schuhen mit den offenen Schnürsenkeln sah er herrlich zerzaust aus. Er war wirklich zur Tür rausgestürmt, um zu ihr zu fahren.

»Danke, dass du so schnell rübergekommen bist«, sagte sie mit einer Stimme, die noch immer nicht ganz ruhig klang. »Ich bin so froh, dich zu sehen. Setz dich.«

Er zog die Schuhe aus und stellte sie neben die Tür, ehe er ihr folgte.

»Das musst du nicht machen«, sagte sie. »Ist okay, wenn du die Schuhe anlässt.«

»Du kommst wirklich nicht oft raus«, erwiderte er mit einem Lächeln. »Hier ist es immer richtig, die Schuhe auszuziehen, wenn du die Wohnung von jemandem betrittst. Du solltest zumindest fragen.«

»Noch so eine Maori-Sache«, vermutete sie.

»Ich fürchte, ja.«

»Danke für die Information.« Sie fühlte sich schon besser. Es war eine Erleichterung, ihn hier zu haben und über andere Dinge reden zu können. Sie ließ sich auf die Couch fallen, zog ein Bein unter sich und klopfte auf den Platz neben sich. »Setz dich zu mir.«

»Sag mir, was passiert ist«, forderte er sie auf, sobald er neben ihr saß.

»Es war nur ein dummer Traum, aber als ich aufgewacht bin, hatte ich solche Angst. Es wirkte so echt. Mir ist niemand anderes eingefallen, den ich anrufen könnte.«

»Ist schon gut«, versicherte er ihr. »Ich bin froh, dass du dich an mich gewandt hast. Aber was hat dich so aufgeregt?«

Sie erzählte ihm, was Hannah ihr mitgeteilt hatte. »Ich weiß rein verstandesmäßig, es ist extrem unwahrscheinlich, dass er mich hier findet«, schloss sie. »Aber nachdem ich das gehört hatte … kehrte die Furcht zurück. Mit aller Kraft, so wie vorher. Ich war mir sicher, dass er mich irgendwie wieder erwischen würde.« Sie zitterte, zog die Beine fest an sich und legte die Arme um sie.

»Es wird Zeit, dass du mir mehr darüber erzählst«, erklärte er. »Ich muss es wissen, damit ich dir helfen kann, falls es nötig ist. Was hat er gemacht?«

»Den ersten Teil kennst du ja schon. Die Anrufe. SMS. E-Mails. Aber … nichts davon war normal. Falls es überhaupt normal wäre, jemanden, der mit einem Schluss gemacht hat, ständig anzurufen und ihm zu schreiben.«

»Manchen fällt es schwer, loszulassen«, stimmte er zu. »Aber das ging weiter als das, oder?«

»Genau. Ich habe ihm immer wieder gesagt, dass es vorbei ist, aber er hat es nicht verstanden. Er hat mir auch fast jeden Tag Blumen geschickt. Anfangs habe ich noch mit ihm geredet, habe ihm gesagt, dass er damit aufhören soll. Dann habe ich der Rezeptionistin gesagt, dass sie sie nicht mehr annehmen soll. Ich habe meine Telefonnummer und E-Mail-Adresse geändert. Die Telefonnummer für mein Büro konnte ich natürlich nicht ändern, aber ich bin nicht mehr rangegangen, wenn ich wusste, dass er es war, und ich habe aufgelegt, wenn er von einer anderen Nummer aus angerufen hat. Ich habe ständig gedacht, dass es irgendwann enden würde. Aber es wurde nur immer schlimmer.«

»Ich habe gesehen, wie du dich konzentrierst, wenn du arbeitest«, sagte er. »Das muss eine ganz schöne Ablenkung gewesen sein. Hat dich bestimmt sehr wütend gemacht.«

»Er ist auch ins Büro gekommen, um mit mir zu reden. Nachdem ich den Leuten gesagt hatte, dass sie ihn wegschicken sollten, hat er vor dem Gebäude auf mich gewartet. Wenn ich am Wochenende einkaufen gefahren bin, habe ich gesehen, wie er mir in seinem Auto gefolgt ist. Denn er hat mein Haus beobachtet. Da bin ich richtig nervös geworden. Ich habe mich nach der Arbeit von jemandem zu meinem Auto bringen lassen. Bin an den Wochenenden bei Freunden geblieben, statt nach Hause zu gehen.«

»Hast du die Polizei gerufen?«, fragte er. »Ist das nicht Belästigung?«

Sie nickte knapp. »Sobald er anfing, mir zu folgen, habe ich endlich erkannt, was passierte. Dass er ein Stalker ist. Dass er gestört ist, und vielleicht sogar gefährlich. Ich dachte, die Polizei könnte ihm klar machen, dass er damit aufhören soll, und dann wäre es vorbei«, sagte sie angewidert. »So naiv war ich. Sie haben mir gesagt, ich soll ein Kontaktverbot verhängen lassen, dann könnten sie ihn verhaften, wenn er dagegen verstößt.«

»Hat das nicht funktioniert?«

»Weißt du, wie viele Frauen jedes Jahr umgebracht werden, obwohl ein Kontaktverbot besteht? Nein, es hat nicht funktioniert. Sie können nichts machen, bis der Typ einen verletzt. Außerdem hat ihn das wütend gemacht. Er hatte diese Vorstellung, dass ich sein Eigentum sei und wir zusammen gehörten. Als ich das Kontaktverbot erlangt hatte und er das Gefühl hatte, er würde mich verlieren, so wie er es sah … da fingen die Drohungen an.«

»Er hat damit gedroht, dir wehzutun?«, fragte Koti stirnrunzelnd.

»Nein, er hat damit gedroht, mich umzubringen. Und er hat angefangen, mir Sachen zu hinterlassen. Tote Sachen. Anfangs waren es tote Blumen. Wenn ich zur Arbeit gehen wollte, lag ein ›Strauß‹ auf meiner Türschwelle. Aber er war tot. Eingewickelt in buntes Papier, mit Schleifen. Innen … tot und schleimig. Dann Vögel.« Sie schauderte, als sie an den Schrecken zurückdachte. »Alles Tote, was er finden konnte.«

Sie stützte das Gesicht in die Hände, atmete tief durch und versuchte, sich zu beruhigen. Schließlich fühlte sie, dass Koti näher rückte und wieder die Arme um sie legte.

»Schon gut«, tröstete er sie. »Es ist vorbei.«

Sie ließ sich von ihm halten, spürte seine beruhigende Stärke und war dankbar für die Sicherheit, die er ihr bot. »Das dachte ich auch, aber jetzt habe ich meine Zweifel. Außerdem habe ich das Schlimmste noch gar nicht gesagt.«

»Es kommt also noch schlimmer, was? Erzähl es mir.«

»Der Grund, warum ich hier bin. Der Grund, warum ich davongelaufen bin. Nach einer Weile hat mein Freund Ron mich morgens zur Arbeit gebracht und mich dann wieder nach

Hause gefahren, denn ich hatte solche Angst, mein Haus alleine zu verlassen. Aber Paul dachte, wir wären zusammen. Er hat mir gesagt, dass er dafür sorgen würde, dass, wenn er mich nicht haben kann, mich niemand haben kann. Eines Morgens«, fuhr sie fort, nachdem sie tief eingeatmet hatte, »habe ich eine dieser Nachrichten bekommen. Eine schlimme. Dieses Mal nicht als E-Mail, sondern auf meinem neuen Handy, das eigentlich hätte sicher sein sollen. Darin hieß es …« Sie schluckte. »Da stand: *Kann es kaum erwarten, dich sterben zu sehen.*«

»Scheiße«, flüsterte er.

»Als ich die Tür aufgemacht habe, um die Zeitung zu holen, lag dort eine Katze.«

»Tot?«

Sie nickte und zwang sich dazu, weiterzureden. »Aber nicht wie die anderen. Sie war nicht überfahren worden. Es war die Nachbarskatze. Paul hatte sie umgebracht, sie erwürgt. Die Schlinge hing ihr noch um den Hals, Koti. Die arme kleine schwarze Katze. Da lag auch eine Nachricht, auf einem Zettel, den er ihr unter den Kopf geschoben hatte. Nur ein Wort stand da drauf: *DU.*«

Sie starrte vor sich hin, während sie sich an den Schrecken erinnerte. »Als ich es gesehen habe, wollte ich nur noch weglaufen, aber ich konnte nicht wegsehen. Ich stand einfach da und starrte sie an. Wie gebannt. Dann wurde mir klar«, sagte sie langsam, »dass er das alles beobachtete und es genoss. Er wollte sichergehen, dass ich Angst hatte, dass ich litt, bevor ich sterbe. Da wusste ich, dass er mich wirklich umbringen würde. Ich erkannte, dass er kommen würde, um mich zu holen. Ich wusste, dass es vorbei war.«

Koti hatte noch immer einen Arm um sie gelegt, während ihre Hand in seiner lag. »Erzähl weiter.«

»Ich wollte die Polizei rufen, aber ich landete in der Warteschleife. Er wollte mich schnappen, mich umbringen, und ich saß in der Warteschleife. Minutenlang. Die ganze Zeit hörte ich, wie er versuchte, in mein Haus einzubrechen, während er auf mich einredete. Ich konnte nur daran denken, dass ich ihn erstechen musste, wenn er es schaffte, reinzukommen. Ich musste ihn umbringen. Entweder würde er sterben oder ich.«

Sie schlug die Hände wieder vor das Gesicht und weinte, obwohl er die Arme um sie gelegt hatte. Er zog sie an seine Brust und hielt sie fest.

»Aber er hat es nicht rein geschafft, oder?«, fragte er, als sie sich etwas beruhigt hatte.

Sie schüttelte den Kopf, griff nach der Box mit den Taschentüchern auf dem Couchtisch und putzte sich die Nase. »Die Polizei ist schließlich aufgetaucht. Natürlich ist er verschwunden, sobald er sie gehört hat, aber ich wusste, dass er zu weit gegangen war und ich nicht mehr bei Freunden bleiben oder zur Arbeit gehen konnte. Ich hatte Angst, dass jemand meinetwegen verletzt werden würde. Was, wenn er Ron umgebracht hätte? Er war nur ein netter Kerl, der mir helfen wollte.

Also habe ich die Stadt verlassen und hab mir in einem Motel ein Zimmer genommen, nachdem ich erst nur ziellos rumgefahren war, immer wieder auf die Schnellstraße und wieder runter, um sicherzugehen, dass er mir nicht folgte. Dort habe ich mich dann versteckt. Ich habe meine Eltern von einem Münztelefon aus angerufen, aber nach ein paar Tagen wusste ich nicht mehr, was ich noch tun sollte, und bin zu ihnen gefahren.

Dort konnte ich allerdings auch nicht bleiben. Es war klar, dass ich wieder fortmusste. Ich musste mich verstecken, aber ich wusste nicht, wohin ich gehen sollte, also habe ich das Einzige gemacht, was mir damals eingefallen ist: Hannah anrufen. Sie war die einzige Person, die ich kannte, die so weit weg lebte. Ich hatte gehofft, dass sie mir dabei helfen könnte, hier Arbeit zu finden, damit ich untertauchen konnte, damit ich wieder sicher war.«

Sie holte tief Luft. »Das hat sie auch«, sagte sie mit fester Stimme. »Wie du ja weißt. Ich bin nie wieder zur Arbeit zurückgekehrt, habe niemanden gesehen und mit niemandem gesprochen, von meinen Eltern einmal abgesehen. Ich war auch nie wieder in meiner Wohnung. Mein Dad und Onkel sind hingefahren und haben meine Sachen geholt. Mein Dad hatte eine Waffe dabei. Er wollte nicht, dass ich das weiß, aber ich wusste es. Ich denke, dass es ihm leidtut, dass Paul nicht aufgetaucht ist. Er wollte ihn umbringen.«

»Natürlich wollte er das«, sagte Koti zustimmend. »Das würde jedem Vater so gehen.«

»Zum Glück hat er es nicht. Paul wäre das Risiko sowieso nicht eingegangen«, erklärte sie mit Verachtung in der Stimme. »Er ist ein Feigling. Er hat mich nur gemocht, weil ich klein bin, da kam er sich ganz groß vor. Mit zwei erwachsenen Männern hätte er es nie aufgenommen, ganz besonders nicht mit welchen, die nur nach einem Grund suchen, ihn zu töten.«

Sie setzte sich auf und sah ihn an. »Jetzt weißt du es. Das habe ich getan, bin einfach davongelaufen. So schnell und so weit weg, wie ich konnte. Tapfer, was?«

»Ja«, sagte er und drückte ihr die Hand. »Ja, ich halte das für tapfer. Ich glaube, dass es beeindruckend ist. Du warst in großer Gefahr, wolltest aber die Menschen beschützen, die dir nahestanden. Ich bin mir sicher, dass es deinen Eltern lieber gewesen wäre, wenn du bei ihnen geblieben wärst, dass sie alles getan hätten, um dich zu beschützen. Stattdessen hast du sie beschützt. Unter diesem Stress so einen Plan zu fassen und alleine herzukommen, um von vorne anzufangen, das erfordert schon Mut. Mehr Mut als die meisten Menschen aufbringen.«

»Danke«, sagte sie. »Das musste ich mal hören, denn besonders mutig hat es sich nicht angefühlt. Es fühlte sich eher so an, als würde ich davonlaufen und ihn gewinnen lassen. Aber es war ja auch nicht zu ahnen, dass ich so lange wegbleiben müsste. Ich dachte, er würde aufgeben, sobald ich verschwunden war. Stattdessen bin ich immer noch hier und verstecke mich. Ich kann mit keinem meiner Freunde reden. Ich habe nicht mal eine Facebook-Seite wie ein normaler Mensch. Wenn ich so etwas wie die Höhlentour mit dir mache, dann will ich anderen davon erzählen, aber ich kann es nicht. Und ich weiß auch nicht, ob ich es je wieder kann.«

»Du kannst es mir erzählen«, erwiderte er. »Ich höre dir jederzeit zu, wenn du mir sagen willst, wie toll ich bin.« Er legte einen Arm um sie und schenkte ihr sein großspurigstes Lächeln.

Sie lachte. Es klang noch immer ein wenig unsicher, aber immerhin war es ein Lachen. »Gut zu wissen, dass ich mich auf dich verlassen kann.«

»Das kannst du«, versicherte er ihr ernst. »Ich bin hier, oder etwa nicht? Obwohl es regnet. Ich habe mir nicht mal die Zeit genommen, mich vernünftig anzuziehen oder mir die Haare zu kämmen. Das nennt man Einsatz.«

»Ist mir aufgefallen. Zum Glück warst du bereit, herzukommen. Ich hatte solche Angst. Ich hätte es überlebt, das weiß ich, aber es kam mir nicht so vor.«

»Ich bin froh, dass du mich angerufen hast«, versicherte er ihr. »Froh, dass ich für dich da sein konnte. Aber wie wäre es, wenn ich uns Tee mache? Es ist mitten in der Nacht, weißt du.«

»Ich komme mit. Ich will nicht allein sein«, gab sie zu. »Nicht mal, wenn du direkt nebenan bist.«

* * *

»Das Ganze muss dich ziemlich wütend gemacht haben«, sagte Koti, sobald sie mit ihrem Tee wieder auf der Couch saßen. »Wenn ich bedenke, wie du so drauf bist. Hat dich bestimmt zur Weißglut getrieben.«

Kate nickte und trank einen Schluck vom Trost spendenden Getränk. »Ich bin davon überzeugt, dass ich nur dank meines Temperaments noch am Leben bin. Paul hat mir nie leidgetan. Ich habe nie zugestimmt, mich noch mal mit ihm zu treffen, um mir anzuhören, was er zu sagen hat. Glaub es oder nicht, das ist ein Fehler, den viele Frauen machen. Und dann sind sie tot. Am Ende habe ich auch auf meine Instinkte gehört. Er hat mich einmal verletzt und danach nie wieder.

Als ich seinetwegen in meiner Wohnung kauerte, hatte ich Angst, aber ich war auch wütend. Ich beschloss, mein Leben wieder in die Hand zu nehmen. Ich würde nicht zulassen, dass er es mir wegnahm, entweder indem er mich umbrachte oder indem er mich nicht normal leben ließ. Ich bin immer noch sauer, weil ich mich seinetwegen hier verstecken muss, aber immerhin bin ich am Leben und muss nicht die ganze Zeit über meine Schulter schauen. Außer heute Abend.«

»Ich bin froh, dass du es mir erzählt hast. Jetzt verstehe ich dich besser. Warum du so bist, wie du bist. Auch, warum du so abgeblockt hast, als ich dich wegen Kevvie ausgefragt hab.«

»Du glaubst nicht, dass ich einfach, wie hast du es genannt? ›Nicht mehr alle Tassen im Schrank habe?‹«

»Kann sein, dass ich das immer noch glaube, aber jetzt weiß ich, warum. Wenn du das nächste Mal loslegst, kann ich ausweichen.«

»Mmmm«, stimmte sie zu. Es war ihr schwergefallen, darüber zu reden, das Ganze noch einmal zu erleben. Aber irgendwie hatte es die Anspannung gelöst, die sie den ganzen Tag über empfunden hatte. Da Koti ihr so beruhigend nahe war, fühlte sie sich endlich sicher und empfand das überwältigende Bedürfnis danach, sich zusammenzurollen und einzuschlafen.

»Kannst du noch ein bisschen bleiben?«, bat sie ihn. »Nur, bis ich eingeschlafen bin?«

»Warum gehst du nicht wieder ins Bett?«, schlug er vor. »Ich schlafe hier draußen. Es sei denn, du willst teilen.«

»Nein, bleib hier bei mir. Nur ein paar Minuten lang. Dann solltest du nach Hause fahren und in dein eigenes Bett zurückkehren. Aber im Moment möchte ich nicht alleine sein.«

Er seufzte. »Okay. Ich will es mir ohnehin nicht entgehen lassen, dich in diesem Schlafanzug zu sehen. Von den flauschigen Socken ganz zu schweigen. Warum hatte ich nur dieses Gefühl, du würdest nicht in einem Nachthemd schlafen?«

Sie lächelte und gab schließlich der Versuchung nach, sich auf die Couch neben ihn zu legen und sich von seiner Nähe trösten zu lassen. »Tut mir leid«, murmelte sie gähnend.

»Wenn wenigstens keine Schäfchen drauf wären«, beschwerte er sich, legte eine Hand auf ihre Schulter und rieb mit dem Daumen über eines der wolligen Tiere.

»Ich mag Schäfchen. Außerdem sind wir in Neuseeland. Neuschafland. Du solltest sie auch mögen.«

»Ich bin unübertroffen in meiner Bewunderung für Schafe, aber ins Bett will ich mit ihnen nicht.«

»An dieser Stelle sollte ich einen Scherz machen«, seufzte sie, beruhigt von seiner warmen Hand und dem Gefühl von ihm neben sich. »Aber ich bin zu müde.«

* * *

Sie wachte davon auf, dass der Wecker klingelte, und war im ersten Moment noch leicht verwirrt. Warum lag sie auf der Couch? Sie taumelte ins Schlafzimmer, um das nervende Klingeln auszuschalten, und die Ereignisse der vergangenen Nacht fielen ihr wieder ein.

Hatte sie Koti wirklich gebeten, bei ihr zu bleiben? Jetzt, wo es hell wurde und die Schrecken der Nacht allmählich schwanden, konnte sie das kaum glauben. Er hatte sie wohl auch zugedeckt, nachdem sie eingeschlafen war, denn sie war unter ihrer Bettdecke aufgewacht. Sie kehrte ins Wohnzimmer zurück, um die Decke zu holen, blieb aber abrupt stehen, als sie sah, wie er noch immer im Trainingsanzug aus der Küche kam.

»Morgen«, grüßte er sie.

Sie hob die Hände an ihr Haar. »Warum bist du noch hier? Entschuldige«, verbesserte sie sich, als er die Stirn runzelte, und richtete sich die Frisur weniger auffällig. Sie sah bestimmt fürchterlich aus. Außerdem trug sie einen zerknitterten, blauen Flanellpyjama mit Schäfchen und Wolken. »Ich meine, danke«, sagte sie leicht verspätet. »Aber du hättest nicht bleiben müssen. Tut mir leid, dass ich deine Nacht so unterbrochen habe.«

»Ich wollte dich nicht allein lassen. Lass deine Haare in Ruhe, du siehst gut aus. Ich habe dich letzte Nacht weinen gesehen. Mit laufender Nase«, erwiderte er mit breitem Grinsen. »Man kann wohl sagen, dass ich mir längst keine Illusionen mehr mache.«

Sie seufzte, ließ sich schwer auf die Couch fallen und zog die Bettdecke über sich. »Das Problem ist, dass du so gut aussiehst. Wie immer eigentlich. Besser sogar, so unrasiert, auch wenn ich das nur ungern zugebe.«

»Unwichtig«, tröstete er sie. »Trink eine Tasse Tee mit mir, bevor ich nach Hause fahre.«

»Das Allheilmittel«, murmelte sie düster. »Für lange Nächte und den unangenehmen Morgen danach.«

»Mir ist er nicht unangenehm. Komm schon, Kate, wo ist dein Kampfgeist?«

»Du hast recht«, beschloss sie. »Aber zuerst putze ich mir die Zähne und kämme mir die Haare. Um meine Würde ein wenig wiederherzustellen.«

* * *

»Wo hast du geschlafen?«, fragte sie, nachdem sie wenige Minuten später wieder in die Küche trat und sich zu ihm setzte. Sie trank dankbar einen Schluck heißen Tee mit Milch.

»Auf dem Teppich«, gab er zu. »Ich habe eine Decke gefunden. Keine Sorge«, fügte er hinzu, als er ihre Bestürzung sah. »Es waren nur ein paar Stunden, alles halb so wild. Ich wollte dich nicht allein lassen, falls du noch einen Albtraum gehabt hättest. Ich wollte nicht noch mal herfahren müssen.«

»Du tust das jetzt so ab, aber es war wirklich lieb von dir, herzukommen und auch noch zu bleiben. Ich weiß nicht, was ich ohne dich getan hätte. Sicher ist, dass ich eine unangenehme Nacht verbracht hätte. Ich hatte noch nie einen so schlimmen Traum, der mir solche Angst eingejagt hat.«

Er streckte den Arm über den Tisch aus und nahm ihre Hand. »Du hattest guten Grund, Angst zu haben. Sieht so aus, als würde dein Kopf dir noch immer sagen, dass du vorsichtig sein musst. Ich schätze, dass das auch stimmt. Halte die Augen auf und die Tür geschlossen. Überleg dir, dir als Mitbewohner einen starken Mann zuzulegen.«

»O ja, das mache ich ganz bestimmt. Aber ich fürchte, du hast recht. Ich bin immer überrascht, wie scharfsinnig du bist.«

»Ich sollte beleidigt sein, aber damit halte ich mich nicht auf, denn ich will dich auch um einen Gefallen bitten. Den schiebe ich am besten hier ein, solange du noch so milde gestimmt bist.«

»Ich werde nicht zum Dank mit dir schlafen«, warnte sie ihn.

»Sag niemals nie. Außerdem hast du das schon, oder? Nein, ich wollte dich fragen, ob du morgen Abend zu mir kommst und dir mit mir das Spiel der ABs ansiehst.«

»Hältst du das für eine gute Idee?«, fragte sie vorsichtig.

Er seufzte. »Es wird nichts passieren, was du nicht willst. Das solltest du mittlerweile wissen.«

»Das tu ich auch«, gab sie zu. »Das ist genau das Problem.«

»Das klingt doch gleich viel besser«, erwiderte er fröhlich. »Das Spiel fängt um halb acht an. Komm nicht so spät, dann können wir noch was essen. Wir werden allerdings was bestellen müssen, fürchte ich, ich kann nicht besonders gut kochen.«

»In Ordnung. Ich schulde dir was für letzte Nacht, das ist mal sicher.«

Sie brachte ihn zur Tür, nachdem er aufgestanden war. »Noch mal danke. Tut mir leid, dass du eine so lange Nacht hattest.«

»Keine Sorge. Ruf mich gern jederzeit an, wenn du willst, dass ich dir einen Besuch abstatte. Ich komme sofort.« Er gab ihr einen Kuss auf die Wange, betrachtete dann ihren Schäfchenpyjama, lächelte und beugte sich vor, um ihr einen richtigen Kuss zu geben.

Bei der vertrauten Berührung seiner Lippen durchströmte sie ein herrliches Prickeln. Er drückte seinen Mund auf ihren, und Hitze erfasste sie. Ohne zu merken, was sie tat, drängte sie sich an ihn, fuhr mit den Händen über seine Arme zu seinen breiten Schultern. Sie zog ihn fester an sich, erwiderte den Kuss und schwelgte im Gefühl seines Munds, seines Körpers, der sich an sie drängte. Er hielt sie fester, zog sie an sich, küsste sie heftiger, und ihr wurde noch heißer.

Schließlich hob er den Kopf, ein wenig benommen, und fuhr ihr mit einer Hand über den Rücken, während er sie noch immer an sich drückte. »Wow. Da hat es doch gerade gefunkt.«

Sie trat zurück und strich sich ein wenig befangen durchs Haar. »Ja. Also …«

»Zeit, das hier weiterzuverfolgen, oder? Wir könnten es morgen noch mal ausprobieren und sehen, was dann so passiert.«

Sie suchte nach einer Erwiderung, aber sie war zu sehr aus der Fassung gebracht. Auch wenn sie gewusst hatte, dass es sich gut anfühlen würde, ihn zu küssen, hätte sie nicht damit gerechnet, dass ihr Körper so heftig reagieren würde. Sie spürte noch immer die prickelnde Wärme, wo sein Mund ihren berührt hatte, spürte noch immer seine Schultern unter ihren Händen, seinen Körper an ihrem.

»Ich weiß nicht«, sagte sie schließlich verwirrt. »Ich werde darüber nachdenken, okay?«

»Ich schätze, wir werden beide darüber nachdenken. Bis morgen Abend. Zieh was Hübsches an.« Er drückte noch einmal seinen Mund auf ihren, dann ging er die Treppe runter zu seinem Auto.

Sie sah ihm nach, sein Anblick selbst im Trainingsanzug herrlich wie immer, dann schloss sie die Tür und lehnte sich einen Augenblick lang dagegen.

Das Gute war, dass sie nicht mehr vor Angst zitterte. Andererseits fiel es ihr schwer, sich daran zu erinnern, warum das hier eine blöde Idee war. Wenn er doch nur nicht so nett gewesen wäre, sich letzte Nacht um sie zu kümmern.

Sie musste sich für die Arbeit fertig machen. Ihr blieb keine Zeit, darüber nachzudenken, ihn zu berühren, oder wie fest und warm seine Lippen sich auf ihren angefühlt hatten.

Sie erschauerte. Morgen Abend. Vielleicht würde er dann nicht mehr so gut aussehen. Vielleicht hatte sie nach einer Nacht Schlaf mehr Willenskraft. Aber sie bezweifelte es.

Mir zu nahe

Kate betrachtete ihr Spiegelbild und zupfte an dem eng anliegenden mangofarbenen Pullover, den sie über einem kurzen, frechen kakaobraunen Rock mit weißen Punkten und einer braunen Strumpfhose trug. Zu bunt?

Nein, beschloss sie. Frische Farben hatten ihr immer Mut verliehen, und genau das brauchte sie jetzt. Die Unterwäsche, die sie ausgesucht hatte, würde diesen Zweck ebenfalls erfüllen. Heute Abend würde sie gut aussehen, ganz gleich, was sie trug. Oder nicht trug.

»Zeit, zu gehen«, sagte sie zu ihrem Spiegelbild. Sie wollte Koti sowieso sehen. Vielleicht war ihm gerade jetzt auch unangenehm zumute, dachte sie hoffnungsvoll. Dann seufzte sie. Wahrscheinlich eher nicht.

Der Anblick von Kotis modernem Haus, wenn auch nicht ganz so prachtvoll wie das von Drew und Hannah, ließ kurz wieder Selbstzweifel in ihr aufkommen, als sie es mit ihrem eigenen winzigen Apartment verglich.

»Ich wusste gar nicht, dass du so nahe am Strand wohnst«, sagte sie nervös zur Begrüßung, als er, nachdem sie geklingelt hatte, an die Tür kam. »Ich schätze, du kannst zu Fuß hingehen, wenn du willst. Ist bestimmt nett.«

Sie merkte, dass sie plapperte. Also atmete sie tief durch und setzte noch mal an: »Lebst du allein hier?« Sie zog die Stiefel aus und stellte sie im Eingangsbereich ab. »Siehst du, ich hab's nicht vergessen.«

»Gut, dass du dich daran erinnerst. Was deine Fragen betrifft: Ja, ich kann zu Fuß zum Strand gehen, und ich lebe alleine. Ich hatte mal Mitbewohner, aber jetzt nicht mehr, deshalb sollst du mir Gesellschaft leisten, damit ich mich nicht so einsam fühle. Du siehst hübsch aus«, fuhr er fort, während er sie ins Wohnzimmer brachte. »Ich mag die Farben, die du trägst, sie machen sofort gute Laune.«

»Du siehst auch gut aus«, erwiderte sie, während sie seinen schwarzen Pullover und die Jeans betrachtete. »Attraktiv. Aber ich bin nervös. Dein Haus ist zu schick. Und das hier fühlt sich zu sehr wie ein Date an.«

»Das hoffe ich doch. Dass es ein Date ist, nicht, dass du nervös bist. Wie kann ich dir helfen, dich zu entspannen? Vom Offensichtlichen einmal abgesehen.«

»Lass uns was essen«, antwortete sie. »Das sollte helfen.«

Er lachte. »Du sollst dich eh wie zu Hause fühlen. Ich habe indisches Essen bestellt. Komm in die Küche.«

Wie sie bemerkte, war dort der Fernseher eingeschaltet. Er sah sich die Analyse vor dem Spiel an, aber in dem Moment, in dem sie sich zum Essen hinsetzten, kam Werbung.

»Wow, du in Stereo.« Jetzt, da sie etwas gefunden hatte, weswegen sie ihn necken konnte, fühlte sie sich besser. »Mach mal lauter.«

Er stöhnte, kam ihrer Bitte aber nach, während die Werbung für Duschgel weiterlief, die ihn in Zeitlupe beim Duschen zeigte.

»Wer ist denn die Zielgruppe?«, fragte sie, während die Kamera auf seinem tätowierten Arm verweilte, mit dem er sich gerade die breite Brust einseifte. »Kaufen Frauen das Zeug? Wie viele heterosexuelle Männer springen darauf an?«

»Keine Ahnung. Ich hoffe nur, dass du darauf anspringst.«

»Ich habe den echten Koti da.« Sie lächelte ihn an. »In 3D bist du viel besser.«

»Da bin ich aber froh.« Sein Lächeln wurde langsam breiter, wärmer. »Ich gebe dir heute Abend gern eine Privatvorführung des Werbespots. Allerdings wirst du diejenige sein, die eingeseift wird.«

Sie rutschte auf ihrem Stuhl hin und her und räusperte sich. »Wir müssen uns noch das Spiel ansehen. Ich werde dich also stattdessen fragen, warum du dich in jeder Werbung ausziehst. Zumindest sind jedes Mal deine Arme unbedeckt. Bei den anderen ist das nicht so.«

»Du hast mich wohl studiert, was?«

»Es ist ziemlich offensichtlich. Also, warum?«

Er zuckte die Achseln. »Ich schätze, mein Körper ist das, was ich zu bieten habe, was die Leute sehen wollen. Deshalb sind die Sponsoren bereit, dafür zu bezahlen.«

»Macht dir das nichts aus?«

»Nein. Das geht schon ziemlich lange so. Wir haben alle unsere Talente. Ich habe Glück, dass meins eines ist, was mich beliebt macht und mir hilft, meinen Lebensunterhalt zu verdienen.«

Sie runzelte die Stirn. »Das ist nicht dein Talent, das ist nur dein gutes Aussehen. Das viele Training schadet dabei allerdings nicht. Wenn dir Rugby nicht so liegen würde, wärst du ein Model oder so was, nur ein weiterer hübscher Typ auf den Reklametafeln, und keiner würde wissen, wer du bist.«

»Das Modeln gefällt mir nicht so, um ehrlich zu sein«, gab er zu. »Ständig werde ich rumgeschubst, oder es wird an mir rumgezupft und mein Haar gerichtet. Es gefällt keinem Maori, wenn ihm die Leute zu nahe kommen. Macht mich nervös.«

Sie hob die Augenbrauen. »Ich dachte, du magst es, wenn dir die Leute so nahe sind. Haben wir nicht immer wieder darüber geredet?«

»Wenn ich sie dazu einlade. Dich lade ich auf jeden Fall dazu ein.«

* * *

Er sah sie an, bemerkte, wie sie den Blick erwiderte, und spürte, wie die Zuversicht in ihm wuchs. »Ich will, dass du mir nah bist«, sagte er. »Aber am meisten will ich dir ganz nahe sein.«

Er stand auf, ging auf die andere Seite des Tisches, stellte sich vor sie und sah zu ihr runter, ehe er sie vom Stuhl hochzog. »Komm her.«

Er legte die Hände unter sie, hob sie von den Füßen und spürte, wie sie die Beine um ihn legte, während er sie fester an sich drückte. Sie so an sich zu pressen, fühlte sich genauso gut an, wie er es sich vorgestellt hatte. Besser sogar. Er senkte den Mund auf ihren, küsste sie, spürte, wie sich ihre Lippen unter seinen öffneten, wie sie den Kuss erwiderte, während sie sich mit den Händen an seine Schultern klammerte, sich mit einer Hitze an ihn drängte, die ihn verbrannte.

Sie fuhr ihm mit den Händen ins Haar und zog seinen Mund auf ihren. Minutenlang küssten sie sich, ihre Lippen und Zungen erforschten einander, als wäre es das erste Mal. Als gäbe es nichts anderes.

»Koti«, hauchte sie, als sie sich schließlich löste. »Dein Spiel. Es geht bestimmt schon los.«

Er lachte ein wenig unsicher. »Du machst wohl Witze.« Ohne ihre Position zu verändern, ging er mit ihr ins Wohnzimmer, ließ sie auf eines der schwarzen Ledersofas gleiten und folgte ihr. Dann legte er eine Hand an ihr Gesicht und küsste sie wieder. Ihm gefiel, wie sie unter ihm aussah.

»Ich hatte mir versprochen, dass ich mir Zeit lasse«, sagte er, während er sich zurücklehnte und auf einem Ellbogen abstützte. Er fuhr mit der Hand über ihren Pullover, ihre Brust, die Taille, das Bein in der braunen Strumpfhose. Ihren ganzen Körper hinab, dann wieder rauf, langsam, während er ihr in die Augen sah. »Wenn ich jemals die Gelegenheit dazu erhalte. Ich hatte dir versprochen, dass ich dich die ganze Nacht lang quäle. Es wird mir so schwerfallen zu warten, aber ich werde es tun.«

Sie griff nach ihm, ihre Hände fanden den Saum seines Pullovers und des Hemds, fuhren darunter und über seine Seiten, strichen in drängender, gieriger Berührung über seine Haut.

»Das ist nicht nötig«, versicherte sie ihm atemlos. »Ich muss dich sehen. Ich muss dich berühren. Dich in mir spüren. Das am meisten. Ich glaube nicht, dass ich noch länger warten kann.«

Er lächelte träge, schob vorsichtig ihren Pullover hoch und enthüllte ein paar Zentimeter ihrer nackten Haut. Dann fuhr er mit dem Daumen darüber, ein wenig höher, streichelte sie unter dem Stoff. Sah, wie sie sich unter ihm wand und wie ihre Augen dunkler wurden, sie sich mit der Zunge über die Lippen fuhr. »So wird das aber laufen. Langsam. Bis du brennst. Bis du schreist.«

»O Gott«, stöhnte sie. »Ich brenne jetzt schon.«

Er beugte sich wieder zu ihr runter, küsste sie erneut, nahm ihre Zunge in seinen Mund. Dann senkte er die Lippen auf ihren Hals, den sie ihm so einladend darbot.

»Ich fühle mich wie ein Vampir«, flüsterte er. »Ich will dich beißen.«

Sie stöhnte, als er seinen Worten Taten folgen ließ. Er küsste sie, biss sie, leckte über die Stelle. Sie drängte sich ihm entgegen, wand sich, während sein Mund immer neue empfindliche Stellen fand. Mit den Händen fuhr sie unter sein Hemd, griff nach ihm, streichelte seine Seiten und seinen Rücken.

»Zieh das aus«, keuchte sie und zerrte an seinen Sachen.

»Nein.« Er zog ihre Hände vor und hielt sie über ihrem Kopf fest. »Noch nicht. Du wirst heute Abend sehr lange nackt sein, bevor ich etwas ausziehe.«

So gefiel sie ihm, beschloss er. Er würde sie noch ein wenig länger auf diese Weise halten. Bis er genug davon hatte, mit ihr zu spielen. Oder bis sie unter ihm dahinschmolz, bis sie zu keinem klaren Gedanken mehr fähig war. Bis sie sich nicht mehr rühren wollte.

»Der Pullover gefällt mir«, erklärte er, während er ihn mit der freien Hand noch ein Stück höher schob. »Das, was darunter ist, auch. Das gefällt mir sehr. Deine Haut ist so schön. Schon als ich dich zum ersten Mal gesehen habe, wollte ich sie spüren. Jeden Tag.« Er sah zu, wie seine Hand träge über die glatte Fläche fuhr, über ihren Körper, ihre Seite, beobachtete, wie sie langsam die Augen schloss, sobald er ihre Brust erreichte.

»Mach die Augen auf, Kate«, verlangte er. »Ich will, dass du mich siehst, dass du siehst, was ich mache.«

Zögernd gehorchte sie. Er schob den Pullover höher, zog ihn über ihre Brüste, schaute zu ihr runter, ihre Hände noch immer über ihrem Kopf, ihr Blick noch immer auf ihm.

»Sehr gut«, lobte er sie. »So hübsch. Ich glaube, du hattest vor, mir das heute Abend zu zeigen.« Er fuhr mit der Hand unter die zarte, bronzefarbene Spitze. Berührte sie und fühlte, wie sie aufkeuchte, als er eine feste Brustwarze fand. Er nahm sie zwischen die Finger, hörte, wie aus dem Keuchen ein Stöhnen wurde, und lächelte.

»Das gefällt dir? Gut zu wissen. Dann mache ich gleich weiter.« Er spielte mit ihr. Minuten verstrichen, in denen er ihr lauschte, beobachtete, wie sie auf ihn reagierte. Schließlich öffnete er den Verschluss zwischen ihren Brüsten und befreite sie aus dem BH, hob ihren Oberkörper an und zog ihr den BH und den Pullover aus.

»Das hat mir gefallen«, verkündete er, nachdem er sie wieder hingelegt hatte. »Aber ich glaube, es gefällt mir noch besser, dass ich ihn ausgezogen habe. Denn jetzt ist es an der Zeit, dass ich dich hier küsse. Noch etwas, was ich schon lange tun wollte.«

Er rutschte über das Sofa, küsste sie auf den Mund, den Hals, knabberte an den empfindlichen Stellen unter ihrem Ohr, streichelte die Haut über dem Schlüsselbein. Seine Hand umfasste wieder eine Brust, neckte die Brustwarze, bevor er seine Lippen darum schloss.

* * *

Kate krümmte sich, als er mit seinen Lippen endlich ihre Brustwarze fand, zuckte unter ihm und schrie auf, als er sanft zubiss. »Zu langsam«, stöhnte sie. »Bitte, Koti. Bitte. Ich brauche dich. Ich sterbe.«

»Du hast mich so lange warten lassen. Jetzt bist du an der Reihe, bis ich sage, dass es reicht. Heute Abend hast du keine Wahl. Es ist alles für mich.«

Sie sollte sich bedroht fühlen. Er kontrollierte sie mit seinen Worten, seinem Mund, seinen talentierten Händen. Aber irgendwie fühlte es sich nicht so an. Sie wusste, dass er sie loslassen würde, wenn sie das verlangte. Sie wollte aber nicht, dass er losließ. Sie wollte nur, dass er weitermachte.

Während er dort blieb, verlor sie jedes Zeitgefühl. Sie versuchte nicht mal mehr, ihn anzufassen. Sie glaubte nicht, dass sie sich überhaupt noch regen konnte. Ihre Welt beschränkte sich nur noch auf die Empfindungen, die er ihr bereitete. Als er schließlich nach dem Reißverschluss an ihrem Rock griff, stöhnte sie erleichtert und bewegte sich, um ihm zu helfen.

»Nein«, sagte er und schob ihre Hände weg. »Ich ziehe dich aus. Das ist jetzt mein Job.« Er warf ihren Rock auf den Klamottenhaufen auf dem Boden und sah zu ihr runter, wie sie nur in Strumpfhose bekleidet da lag.

»Das steht dir«, beschloss er. »Ich sollte dich ein wenig darin rumlaufen lassen, damit ich es besser sehen kann. Ich wette aber, dass die Unterhose zum BH passt. Und wenn das stimmt, muss ich das sehen.«

Langsam streifte er ihr die Strumpfhose von den Beinen. Seine Fingerspitzen glitten über ihre Oberschenkel, die Waden, folgten der braunen Mikrofaser und liebkosten die zarte Haut. Sobald die Strumpfhose bei den anderen Klamotten gelandet war, legte er seine Hände wieder auf ihre Schenkel.

»Du bist so schön. So weich und stark.« Er fuhr mit den Daumen über die Innenseite ihrer Schenkel, drückte ihr die Beine sanft auseinander. »Schon seit Wochen beobachte ich, was du damit alles tun kannst. Aber was ich am meisten will, ist noch nicht geschehen. Ich habe sie noch nicht gesehen, sie noch nicht um mich gespürt, während ich in dir komme.«

Sie erschauerte und drängte sich ihm entgegen. »Dann mach das. Bitte, Koti. Jetzt. Ich tu, was du willst, aber lass mich nicht länger warten.«

Er lächelte. »Du wirst aber noch ein bisschen länger warten müssen. Wir kommen gerade erst zur Sache. Wäre doch eine Schande, wenn wir es jetzt überstürzen würden.« Seine Daumen liebkosten weiterhin die Innenseite ihrer Schenkel. Kamen immer näher, während er sie beobachtete. Ihr Mund stand offen, sie keuchte, und ihre Augen schlossen sich wieder.

»Mach die Augen auf, Kate«, verlangte er. »Ich will, dass du mich siehst.«

Sie zwang sie auf, und er berührte sie endlich mit einer Hand, während der Daumen der anderen sie noch immer liebkoste. Sie schrie bei der Empfindung auf, die sie wie ein Stromschlag durchzuckte.

»Sehr schön«, sagte er anerkennend. »Sehr feucht. Auch die Unterhose ist wunderschön.« Er bewegte die Hand wieder und beobachtete ihre Reaktion. Sie regte sich unter ihm, stöhnte, hob die Hüften.

»Du bist laut«, sagte er. »Das ist gut. Allerdings wird es dann zu einfach, dich zum Schreien zu bringen. Ich werde langsamer machen müssen, damit das noch eine Weile dauert.«

»Bitte«, flehte sie. »Bitte. Ich brauche mehr. Berühre mich. Bitte, Koti.« Sie drängte sich gegen seine Hand, trieb ihn an. »Bitte. Jetzt.«

Er war sich nicht sicher, wie viel länger er noch durchhalten würde. Er war fast schon unerträglich erregt. Wenn er ihr erst mal die Unterhose ausgezogen hatte, würde er nicht mehr warten können. Er würde das so lange wie möglich hinauszögern müssen, beschloss er. Denn er musste zuerst sehen, wie sie kam. Laut. Außer Kontrolle vor Verlangen. Verlangen nach ihm.

Er griff unter die Spitze. Bevor er etwas tat, musste er sie spüren. Spüren, wo er später sein würde.

Er seufzte, als er mit seinen Fingern in sie drang. Oh, das war gut. Warm und feucht und eng. Es würde sich in ihm so gut anfühlen. So gut, wie er es sich immer vorgestellt hatte. Heute Abend würde sie ganz ihm gehören. Er würde sie so nehmen, wie er es wollte.

* * *

Zunächst hörte sie das Klingeln nicht. Sie war eingehüllt in die Empfindungen, ertrank in seinem Blick und hörte nur das Blut in ihren Ohren rauschen und ihre Schreie, während er sie so träge berührte. Aber allmählich drang das melodische Klimpern in ihr Bewusstsein, nachdem es vier Mal geklingelt hatte und jetzt zum fünften Mal ertönte. Es verstummte und setzte von Neuem an.

»Geh nicht ran«, stöhnte er.

»Ich muss.« Sie wollte sich aufsetzen. »Hannah ist praktisch die Einzige, die es sein könnte. Sie ist allein. Ich muss.«

Er fluchte, stand auf und ging in den Eingangsbereich, wo er ihre Handtasche suchte und sie ihr brachte. Sie setzte sich auf, schob sich das Haar aus den Augen, kramte in der Tasche, bis sie das Handy fand, zog es raus und sah auf den Bildschirm.

»Hannah«, sagte sie, dann atmete sie tief durch und ging ran. »Hi. Alles in Ordnung? Schaust du dir das Spiel an?«

»Kate.« Sie versteifte sich alarmiert beim angespannten Klang von Hannahs Stimme. »Bin ich froh, dass du rangegangen bist. Kannst du herkommen? Ich spüre so ein Ziehen. Ich dachte, es wären nur Braxton-Hicks-Kontraktionen, diese Vorwehen, aber jetzt bin ich mir nicht mehr so sicher. Kannst du kommen?«

»Oh. Ach herrje. Natürlich. Ich bin gleich da, brauche aber ein bisschen. Solltest du nicht lieber mit deiner Hebamme sprechen?«

»Hab ich schon. Ich warte darauf, dass sie sich wieder meldet, aber ich möchte nicht alleine sein. Nur für den Fall.«

»Ich breche sofort auf, beeile mich. Halt mich unterwegs auf dem Laufenden, wie es dir geht, okay? Und falls du dir aus irgendeinem Grund Sorgen machst, dann ruf einen Krankenwagen, in Ordnung?«

»Ich glaube nicht, dass es so schnell geht, selbst wenn es Wehen sind«, sagte Hannah. »Aber komm bitte her.«

»Bin schon unterwegs«, versprach Kate. »Sag Bescheid, sobald du von der Hebamme gehört hast.«

Sie legte auf, sammelte ihre Klamotten vom Boden auf und zog sich die Strumpfhose an. »Hannah glaubt, sie liegt in den Wehen. Ich muss sofort los.«

»Ich fahr dich«, sagte Koti, ohne zu zögern. »Falls du sie ins Krankenhaus bringen musst oder einfach nur unterwegs mit ihr reden willst, dann ist es besser so. Auf die Art kannst du dich um sie kümmern.«

Er stand auf, nahm sein Handy vom Tisch und steckte es sich in die Tasche, holte ihre Jacken und warf ihr ihre zu. »Wir können los, sobald du fertig bist.«

Nicht nach Plan

»Tut mir leid«, sagte Kate, während Koti das Auto rasch, aber umsichtig auf die Schnellstraße lenkte und über die Harbour Bridge in die Stadt fuhr. »Das war nicht ganz das, was du im Sinn hattest.«

»Es heißt, Babys kommen immer zum ungünstigsten Zeitpunkt«, stimmte er zu. »Aber ich würde sagen, dass das hier den Vogel abschießt. Egal, wir haben Zeit, das hier ist jetzt wichtiger.«

Als Kates Handy wieder klingelte, griff sie danach. »Was ist los?«, fragte sie Hannah.

»Die Hebamme hat sich gerade gemeldet. Sie will, dass ich ins Krankenhaus komme und mich untersuchen lasse.«

»Hast du schon Drew Bescheid gesagt?«, drängte Kate. »Oder jemandem von der Mannschaft?«

»Das mache ich jetzt«, erklärte Hannah. »Ich war mir nicht sicher, ob es sich lohnt. Ich will ihn nicht beunruhigen, wenn er so weit weg ist, aber wenn ich ins Krankenhaus fahre, sollte ich ihm Bescheid sagen, denke ich.«

»Ganz bestimmt«, erwiderte Kate. »Es geht ihn auch etwas an, und er sollte es so schnell wie möglich wissen.« Sie sah, wie Koti zustimmend nickte. »Leg auf, und ruf ihn an.«

»Noch eine Wehe«, sagte Hannah angespannt. »Beeil dich.«

Sie hörte, wie es in der Leitung still wurde. Dann legte sie das Handy weg und sah zu Koti. »Bist du bereit, ins Krankenhaus zu fahren? Ich habe das Gefühl, dass heute Abend ein Baby zur Welt kommt.«

»Natürlich. Drew wird allerdings eine Weile brauchen, bis er hier ist.« Er runzelte die Stirn. »Es gibt von Christchurch aus keine Nachtflüge. Was ist mit dir? Bist du bereit, Geburtshilfe zu leisten?«

Sie schluckte. »Ich schätze, ich habe keine andere Wahl, oder? Wenn es das ist, was Hannah braucht.«

»Aber es ist doch eigentlich zu früh«, meinte Koti. »Weißt du, wie weit sie schon ist?«

»Es kommt ein paar Wochen zu früh. Ich bin mir nicht sicher, wie schlimm das ist, aber ich weiß, dass sie sich deswegen Sorgen macht.«

Als sie in die Einfahrt des großen Hauses einbogen, sprang Koti mit ihr aus dem Auto, und sie rannten die Stufen hoch. Hannah hatte daran gedacht, die Tür für sie unverschlossen zu lassen, und Kate eilte erleichtert hindurch und rief nach ihrer Freundin.

»Ich bin immer noch hier.« Hannah trat in den Flur und lehnte sich gegen die Wand. »Koti, du bist auch da?«

»Ich bin nur der Chauffeur«, antwortete er. »Alles in Ordnung?«

Hannah nickte, aber Kate konnte die Anstrengung in ihrem Gesicht sehen. »Sie folgen jetzt dichter aufeinander, und sie sind schlimmer geworden. Ich glaube, wir sollten sofort los. Ich bin froh, dass du da bist«, sagte sie zu Koti. »Du kennst vermutlich den Weg zum Auckland City Hospital.«

»Ich fahr dich hin, keine Sorge.« Er half ihr vorsichtig die Treppe runter und ins Auto, während Kate hinten einstieg, von wo aus sie Hannah auf dem Beifahrersitz sehen und erreichen konnte.

»Mach schnell«, verlangte sie von Koti, als sie sah, wie Hannah sich unter einer Wehe versteifte. Sie wusste vielleicht nicht viel über den Geburtsvorgang, aber die Art, wie Hannah geräuschvoll ein- und ausatmete und wie sie sich den Unterleib hielt, war unmissverständlich.

»Keine Sorge«, wiederholte er, dieses Mal verbissen. »Wir sind schon unterwegs.«

»Hast du Drew erreichen können?«, fragte Kate Hannah besorgt, sobald sie spürte, wie sich der Griff der Hand, die ihre umklammerte, lockerte.

»Nein. Ich konnte nur dem Trainer eine Nachricht hinterlassen. Als ich angerufen habe, waren sie wieder auf dem Spielfeld, und es hat niemand abgenommen. Ist das Spiel schon vorbei?«, fragte sie Koti.

Er warf einen Blick auf die Uhr am Armaturenbrett. »Noch nicht. Es sind noch zehn Minuten oder so. Du wirst aber bald von ihm hören.«

»Warum gibst du mir nicht dein Handy, damit ich rangehen kann?«, schlug Kate vor.

Hannah kramte es aus ihrer Handtasche und gab es ihr. Dann presste sie sich ein paar Minuten lang in den Sitz, versteifte sich wieder und griff nach Kates Hand.

»Sollten wir nicht die Abstände messen?«, erkundigte sich Koti, sobald es vorüber war. »Sie scheinen ziemlich dicht aufeinanderzufolgen.«

»Ich bin mir nicht sicher, ob es wichtig ist.« Hannah lachte leise, aber Kate spürte die Anspannung und Angst in den Fingern, die noch immer ihre festhielten. »Ich denke, es ist ziemlich offensichtlich, dass das Baby unterwegs ist.«

»Das wird schon«, versicherte Kate ihr. »Wir sind fast da. Nicht wahr?«, fragte sie Koti.

Er lächelte Hannah zu und antwortete mit ruhiger, ermutigender Stimme: »Absolut. Nur ein paar Minuten noch, dann wirst du das Aufregendste sein, was im ganzen Jahr im Auckland City Hospital passiert. Der Geburtsort des nächsten All Blacks. Es wird ein Junge, oder?«

Hannah erwiderte sein Lächeln, aber sie stand kurz davor, in Tränen auszubrechen. »Richtig. Ich hoffe, es ist alles in Ordnung. Dass er nicht zu klein ist.« Ein Schluchzen entrang sich ihr.

»Es geht ihm bestimmt gut«, versicherte Koti ihr. »Er kann es einfach nur nicht abwarten. Er will seine Mum kennenlernen.«

Hannah schluchzte wieder, und Kate drückte ihre Hand, dann ließ sie sie hastig fallen, um nach Hannahs Handy zu suchen, das endlich klingelte.

»Hannahs Telefon«, sagte sie.

»Wer ist da? Was ist passiert?«, hörte sie Drews Stimme, scharf vor Sorge.

»Ich bin's, Kate. Hannah geht es gut«, teilte sie ihm rasch mit. »Aber das Baby kommt zu früh. Wir sind gerade auf dem Weg ins Krankenhaus. Gleich sind wir da.«

»Ich will mit ihr reden«, drängte er.

»Wir sind direkt vor der Notaufnahme«, erwiderte sie, als Koti vorfuhr. »Ich rufe dich in ein paar Minuten auf dieser Nummer zurück, okay? Ich rufe zurück«, wiederholte sie, bevor sie auflegte und aus dem Auto sprang.

»Gib mir das Handy«, sagte Koti. »Ich rede mit ihm, sobald ich das Auto geparkt habe. Du musst jetzt Hannah helfen. Ich finde euch schon. Los.«

Kate nickte und gab es ihm. *Lass mich bloß nichts falsch machen,* flehte sie, während sie neben dem Krankenpfleger her eilte, der Hannah zur Entbindungsstation schob. Sie wünschte sich, sie hätte wenigstens mal einen Film dazu gesehen. Sie fühlte sich so unvorbereitet.

Hannah wurde rasch in den Kreißsaal gebracht und in ein Krankenhaushemd gesteckt. Wenige Minuten später tauchte ihre Hebamme auf, deren Miene und Auftreten Gelassenheit und Ruhe ausstrahlten.

»Das Baby hat beschlossen, früher zu kommen, was?«, fragte sie Hannah und zog einen Hocker für sich ran. »Schauen wir mal.«

Nach der Untersuchung, die erkennbar unangenehm war, sagte sie zu Hannah: »Früh und schnell. Wir sind schon bei sechs Zentimetern. Wo ist der Vater?«, wandte sie sich auch an Kate.

»Christchurch. Bei einem Spiel«, antwortete sie. »Er versucht, herzukommen, aber ich bin mir nicht sicher, ob er es rechtzeitig schafft.«

»Wahrscheinlich nicht«, stimmte die Hebamme ihr zu. »Aber wir haben dann ein Geschenk für ihn, wenn er auftaucht«, sagte sie zu Hannah.

»Was ist mit dem Baby? Geht es ihm gut?«, fragte Hannah verzweifelt. »Es ist zu früh.«

»Es ist gerade so noch eine Frühgeburt«, bestätigte ihr die Hebamme. »In ein paar Tagen wird er siebenunddreißig Wochen alt sein. Laut dem Wehenschreiber ist sein Herzschlag völlig normal. Er wird ein bisschen klein sein und muss genau beobachtet werden, aber es sollte ihm gut gehen. Leider sind die Wehen schon zu weit fortgeschritten, um Ihnen Schmerzmittel zu geben. So kurz vor der Geburt verabreichen wir sie nicht gern, ganz besonders bei einem so kleinen Baby. Sie werden das hier ganz natürlich durchstehen müssen, fürchte ich.«

»Ich schaff das«, erklärte Hannah entschlossen. »Ich will kein Risiko eingehen, nicht mal ein geringes.«

Die Hebamme verschwand, versprach aber, in ein paar Minuten wieder zurück zu sein. Kate war dankbar, dass eine kompetent wirkende Krankenschwester dablieb. Sie wusste, dass sie hier völlig überfordert war. Sie konnte nur Hannahs Hand halten und sie beruhigen, aber sie hoffte, dass das reichte.

Eine weitere Krankenschwester tauchte mit großen Augen an der Tür auf. »Koti James wartet hier draußen. Der Vater ist am Telefon, aber ich fürchte, Sie können hier drinnen kein Handy benutzen. Nur im Wartezimmer.«

»Lassen Sie ihn rein«, wies Kate sie an. »Er kann ihr erzählen, was Drew gesagt hat, und dann kann er ihn zurückrufen.«

Koti steckte den Kopf vorsichtig durch die Tür und trat nach Kates Aufforderung ins Zimmer, worauf sie ihm gleich berichtete, was die Hebamme ihnen erklärt hatte.

»Wie kommt Drew zurück?«, fragte sie. »Wie sieht der Plan aus?«

»Sie regeln das mit dem Flug.« Koti trat zu Hannah und nahm ihre Hand. »Auf jeden Fall kommt er, so schnell er kann, her, und du weißt, dass er eine Menge kann. Ich soll dir sagen …« Er räusperte sich. »Ich soll dir sagen, dass er dich liebt und dass mit dem Baby alles in Ordnung sein wird. Außerdem soll ich dich daran erinnern, dass du ihm vertrauen sollst, denn er hat immer recht.«

Hannah lächelte zitternd. »Danke.« Sie drückte seine Hand. »Rufst du ihn zurück? Sag ihm, dass es mir gut geht, jetzt, da ich von ihm gehört habe. Sag ihm, dass du und Kate mir helft. Koti«, bat sie, nachdem er sich mit einem Nicken weggedreht hatte. »Sag ihm bitte auch, dass er vorsichtig sein soll. Er soll keine Risiken eingehen, okay?«

»Mach ich«, versprach er. »Keine Risiken.«

* * *

Als Kate sich später daran zurückerinnerte, wusste sie nicht mehr, wie sie die nächsten Stunden überstanden hatte. Sie bewunderte Hannahs Kraft, während sie sich durch die stetig schlimmer werdenden Wehen kämpfte und immer wieder nach dem Baby fragte.

»Ich will nur, dass er auf der Welt ist«, erklärte sie Kate verzweifelt zwischen den Krämpfen. »Damit er hier ist, sicher, und damit wir uns um ihn kümmern können.«

Die Hebamme war wie versprochen zurückgekehrt, und Hannah schien sich bei ihren souveränen Versicherungen ein wenig zu entspannen. Hin und wieder schaute auch Koti herein. Als Hannah hörte, dass endlich ein Flug organisiert worden war, damit Drew nach Hause kommen konnte, schien sich ein Teil ihrer Anspannung zu lösen.

»Sag ihm, dass es mir gut geht«, trug sie Koti jedes Mal auf, auch wenn Kate das so nicht hätte bestätigen können. Als sie endlich pressen durfte, konnte Kate sich nicht vorstellen, dass Hannah erleichterter war als sie.

Zehn Minuten später wünschte sie sich allerdings, dass sie ganz woanders wäre. Sie hatte natürlich gewusst, dass es nicht leicht war, ein Kind zur Welt zu bringen. Aber jedes Mal, wenn sie hörte, wie die sonst so zurückhaltende Hannah vor Schmerzen schrie, wäre sie am liebsten aus dem Kreißsaal gelaufen. Stattdessen biss sie die Zähne zusammen und ermutigte und beruhigte ihre Freundin.

Schließlich, als sie glaubte, Hannahs schlanker Körper könnte es nicht mehr aushalten, erschien endlich der Kopf des Babys, und der Rest folgte gleich darauf. Die Hebamme nahm ihn geschickt in Empfang, und schon bald ertönten die ersehnten Schreie eines Neugeborenen.

»Hier ist dein Sohn, Mum«, sagte die Hebamme zu Hannah und legte ihr das Baby sanft auf den Bauch. »Schön wärmen, während wir die Nabelschnur durchtrennen. Es ist ein wunderschöner Junge.«

Hannah hielt ihn mit zitternden Händen, während sie den kleinen Körper betrachtete. »Oh«, hauchte sie. »Er ist da. Sieh mal, Kate. Er ist da.«

»Das ist er«, sagte Kate und strahlte vor Erleichterung und Freude. »Du hast es geschafft. Gut gemacht.«

»Wir werden ihn ganz kurz mitnehmen müssen«, erklärte die Hebamme Hannah, nachdem das Baby vom wartenden Kinderarzt gewogen, gemessen und untersucht worden war. »Er ist ein bisschen klein, daher wollen sichergehen, dass er warm bleibt, und ihn im Auge behalten.«

»Geht es ihm gut?«, fragte Hannah alarmiert. »Stimmt etwas nicht?«

»Alles in Ordnung«, versicherte die Hebamme ihr. »Es ist ein gesunder Junge. Nur ein wenig leicht, wie alle Babys, die so früh geboren werden. Er ist allerdings vollkommen ausgewachsen – einundfünfzig Zentimeter. Zwanzig Zoll«, fügte sie hinzu, als sie sah, wie Hannah umzurechnen versuchte. »Aber er wiegt nur knapp sechs Pfund. Er hatte noch keine Zeit, Fett anzusetzen, weshalb du darauf achten musst, dass er warm bleibt. Wir bringen ihn auf die Frühgeborenenstation, um ihn zu beobachten. Nur eine Vorsichtsmaßnahme, Hannah.«

Hannah wirkte unglücklich, als die Krankenschwester das Baby behutsam in das Kinderbettchen aus Plexiglas legte und es wegrollen wollte.

»Kate«, drängte Hannah. »Frag Koti bitte, ob er auf ihn aufpassen kann, bis Drew hier ist. Bitte. Er soll zurückkommen und mir von ihm erzählen. Ich muss wissen, ob er okay ist.«

Kate nickte. Zum ersten Mal an diesem Abend ließ sie Hannah allein und ging zu Koti.

Er saß mit zusammengefalteten Händen und gesenktem Kopf im Warteraum, sprang aber sofort auf. »Was ist los? Geht es dem Baby gut?«

»Er ist perfekt«, erwiderte Kate, der vor Erleichterung schon ganz schwindlig war. »Du solltest besser Drew anrufen und ihm sagen, dass er Vater eines gesunden Sohns geworden ist. Aber Hannah möchte, dass du zur Frühgeborenenstation gehst. Sie haben ihn zur Beobachtung dorthin gebracht. Kannst du da ein Auge auf ihn haben? Und hin und wieder herkommen, um Hannah zu berichten, dass alles in Ordnung ist? Sie hat so gekämpft«, erklärte sie mit brechender Stimme. »Und sie hat sich solche Sorgen gemacht, dass etwas nicht stimmen könnte. Jetzt haben sie ihn ihr weggenommen, und sie muss unbedingt wissen, wie es ihm geht.«

»Keine Sorge. Ich ruf Drew an, dann mache ich mich sofort auf den Weg«, versprach er.

* * *

Drew ging gleich beim ersten Klingeln ran. »Koti? Was ist los?«

Koti lächelte. »Du hast einen Sohn, Kumpel. Ihm geht's gut, soweit ich weiß.«

Drew atmete aus. »Und Hannah? Was ist mit ihr?«

»Alles gut«, versicherte Koti ihm. »Wo bist du?«

»Auf dem Weg zur Startbahn«, sagte Drew finster. »Hat verdammt lange gedauert, einen Flug zu organisieren, aber wir sind jetzt unterwegs. Ich bin in ein paar Stunden da. Es ist alles okay mit den beiden? Bist du dir sicher?«

»Alles super«, antwortete Koti. »Das Baby ist auf der Frühgeborenenstation, aber nur zur Beobachtung, wenn ich das richtig verstanden habe. Hannah hat mich darum gebeten, auf ihn aufzupassen. Das mach ich auch gleich.«

»Lass sie nicht alleine«, verlangte Drew. »Bleib bei ihnen, bis ich da bin.«

»Keine Sorge«, erwiderte Koti. »Ich bleibe hier, bis du da bist. Kate auch.«

»Wir fliegen gleich los. Sag Hannah, dass ich sie liebe.«

Er legte auf und steckte das Handy gedankenverloren in die Tasche, bevor er zur Frühchenstation ging, um über Drews Familie zu wachen, bis der es selbst tun konnte.

* * *

Zwei Stunden später war er noch immer da und lehnte an der Wand, als er Drew über den Flur auf sich zukommen sah. Der gewöhnlich so beherrschte, ruhige Mann wirkte jetzt mitgenommen und zerknittert, und das Haar stand ihm vom Kopf ab, als hätte er es mit den Händen zerwühlt. Koti sah, dass er sich nur eine Jogginghose über die Sportsachen gezogen hatte und sofort zum Flughafen geeilt war. Am schlimmsten aber war, dass eine lange Wunde auf seiner Stirn noch immer von Klammern zusammengehalten wurde. Er hatte sich nicht mal die Zeit genommen, sie nach dem Spiel entfernen und es nähen zu lassen.

Koti stieß sich von der Wand ab, als Drew bei ihm war. Er sah, wie sich der frisch gebackene Vater umdrehte und durch das Fenster der Frühchenstation nach seinem Baby suchte, und hörte, wie ihm der Atem stockte, sobald er ihn in dem Bettchen entdeckte, auf dem »Callahan – Junge« stand. Das Baby schlief friedlich, fest in eine Decke eingewickelt, ein blaues Mützchen auf dem winzigen Kopf, und nichts erinnerte an das Drama, das seine Geburt begleitet hatte.

»Geht's ihm gut?«, fragte Drew.

»Keine Sorge, Kumpel«, versicherte Koti ihm. »Sie beobachten ihn. Das heißt aber auch, dass Hannah ihn noch nicht länger gesehen hat. Das war schwer für sie.«

»Wo ist sie?«, fragte Drew hastig. »Ich muss sofort zu ihr.«

Koti ging mit ihm über den Flur zum Zimmer, in das sie Hannah gebracht hatten, und hielt sich zurück, sobald Drew den Raum betrat. Kate saß zusammengerollt auf einem Stuhl neben dem Bett, sprang aber auf, als Drew reinkam.

Drew ging, ohne zu zögern, zu seiner Frau und nahm sie sanft in die Arme. Hannah, die sonst so zurückhaltend war und die Koti vor diesem Abend noch nie anders als nervenstark erlebt hatte, brach in Tränen aus und schlang die Arme um ihren Mann.

»Es tut mir leid«, schluchzte sie. »Ich hätte dich nicht wegschicken sollen. Ich bin so froh, dass du da bist. Wir haben ein Baby. Hast du ihn schon gesehen?«

Während Drew sie hielt und ihr aufmunternde und liebevolle Worte zumurmelte, schlich Kate sich an den beiden vorbei und stellte sich zu Koti.

»Ich würde sagen, das ist unser Stichwort, zu verschwinden«, bemerkte sie leise.

»Absolut richtig.« Koti seufzte erleichtert. »Sollen wir uns noch verabschieden?«

»Ich glaube nicht, dass sie uns hören würden.« Kate lächelte müde. »Lass uns gehen.«

Durchtrainierter Athlet

Sie blieben einen Augenblick lang vor der Frühchenstation stehen, um hineinzusehen.

»Er ist so winzig«, staunte Kate. »Aber ich sag dir, es war anstrengend, ihn zur Welt zu bringen. Richtig, richtig anstrengend. Das war mir gar nicht klar. Mittendrin dachte ich noch: Nein, danke, das ist mir zu heftig. Aber als er dann da war …« Sie seufzte. »Ich schätze, Hannah denkt, dass es das wert war.«

Koti nahm ihre Hand und drückte sie. »Ich schätze, beide denken das. Es war vielleicht nicht so, wie sie erwartet hatten, aber am Ende ist alles gut ausgegangen. Zum Glück. Du warst großartig. Ich wette, du wusstest nicht, dass du das kannst.«

»Ich dachte, ich wüsste, was Angst ist«, gab sie zu. »Aber das hier war etwas völlig anderes. Ich bin froh, dass ich da war. Und ich bin auch froh, dass du da warst. Du warst so gut. So ruhig. Aber ich hatte noch nie in meinem Leben solche Angst.«

»Genau wie ich«, erwiderte er. »Ruhig. Dass ich nicht lache. Ich bin mir noch nie so hilflos vorgekommen.«

Sie sahen einander an und prusteten los. Die Freude darüber, dass alles in Ordnung war, löste die Anspannung der langen, anstrengenden Nacht.

»Aber Drews armes Gesicht«, brachte Kate schließlich raus. »Er sah aus wie Frankenstein. Diese Klammern. Ich kann fast schon hören, wie Hannah sich deswegen aufregt.«

»Er ist doch in einem Krankenhaus«, stellte Koti mit breitem Grinsen fest. »Irgendwie glaube ich, dass er jemanden finden wird, der ihn zusammenflickt. Aber wie ich«, fiel ihm wieder ein, »in das Zimmer einer Frau gegangen bin, die gerade ein Baby bekommt, und versucht habe, nicht hinzusehen. Ich kam mir noch nie so fehl am Platz vor.«

»Ich fand dich wundervoll.«

Sie umarmte ihn, und seine Arme legten sich ebenfalls um sie, dorthin, wo sie hingehörten. Er zog sie auf die Zehenspitzen und presste seinen Mund auf ihren, legte eine Hand auf ihren Hinterkopf und drückte sie mit dem anderen Arm fester an sich.

Er spürte, wie sie dahinschmolz, während sie seine Schultern umklammerte und seinen Kuss mit derselben Leidenschaft wie zuvor erwiderte. In Gedanken waren sie vielleicht woanders, aber ihre Körper schienen sich genau daran zu erinnern, wo sie aufgehört hatten.

Neben ihnen ertönte ein Räuspern und riss ihn zurück in die Gegenwart. Er öffnete die Augen und sah eine Krankenschwester mit einem Aktenstapel auf den Armen, die ihnen einen finsteren Blick zuwarf.

»Sie sollten das nach draußen verlegen«, schlug sie vor. »Und kommen Sie in neun Monaten wieder, wenn Sie so weitermachen.«

»Entschuldigung«, erwiderte Koti mit strahlendem Lächeln. »Wir haben uns mitreißen lassen.« Er nahm Kates Hand und sah sich nach dem Fahrstuhl um.

»Hier drüben«, sagte sie, zog ihn zum Lift und drückte auf den Knopf.

Nachdem sich die Türen geschlossen hatten, zog er sie wieder in die Arme. Sie küssten einander noch immer, als der Aufzug wieder aufging. Sie lösten sich voneinander, liefen durch die Eingangshalle zum Parkplatz und rannten Hand in Hand zu seinem Auto.

Er setzte sich auf den Fahrersitz und griff nach ihr. Keine langsam schwelende Leidenschaft mehr, sie waren jetzt Feuer und Flamme. Er schob eine Hand unter ihren Pullover, legte sie auf eine Brust und zog Kate an sich. Er bekam nicht genug von ihrem Mund, ihrem Hals.

»Ich kann nicht mehr warten«, warnte er sie keuchend und küsste sie weiter. »Wir müssen uns beeilen.«

»Oh, ja«, hauchte sie an seinem Mund. »Bitte.«

Er nickte, riss sich los und ließ den Motor an. Eine Hand legte er ihr aufs Knie, während er schweigend losfuhr, ähnlich angespannt wie zuvor auf dem Weg zum Krankenhaus. Das hier war genauso dringend, sein Körper hatte es mehr als eilig, und er musste gegen das Bedürfnis ankämpfen, viel zu schnell zu fahren. Zu dieser späten Stunde würde er nur zwanzig Minuten brauchen, sagte er sich verzweifelt. So lange konnte er warten. Sie waren fast schon auf der Brücke. Er konnte nicht anhalten.

Schließlich bog er in seine Einfahrt ein und schaltete den Motor aus. Sie sprangen aus dem Auto und liefen ins Haus. Er schloss auf, zog Kate durch die Tür und schlug sie hinter sich zu, war unglaublich froh, Kate endlich da zu haben, wo er sie brauchte. Er hob sie beim Küssen von den Füßen, legte sie auf den Läufer in der Diele und schob sich auf sie.

Ohne jede Finesse. Er zog ihr den Pullover über den Kopf, öffnete ihren BH und warf ihn zur Seite. Der Rest ihrer Kleidung folgte, bis sie nackt unter ihm lag. Sie zerrte an seinem Hemd und Pullover, bis er sie sich über den Kopf auszog und die Schuhe loswurde. Er riss sich die Hose und Unterwäsche vom Leib, dann kniete er nackt vor ihr.

»Sag mir, dass du ein Kondom hier hast«, flehte sie. »Denn ich brauch dich jetzt. Bitte, Koti, keine Spielchen mehr. Ich brauche dich *jetzt sofort.*«

Er griff in die Jeanstasche und holte das Päckchen raus. »Drei«, sagte er und riss es auf. »Wir werden alle drei brauchen.«

Sie erschauerte, als er sich auf sie legte. Ihre Haut an seiner war warm und glatt, und er stützte sich auf einen Ellbogen und berührte sie unten, drang mit den Fingern in sie wie vorhin, spürte die Hitze dort. Sein Daumen liebkoste sie wieder, und sie wand sich unter ihm.

»Bitte.« Sie zog an ihm. »Bitte. Jetzt. Ich brauch das so dringend.«

»Ich muss dich erst sehen«, keuchte er. »Hab ich mir selbst versprochen.« Er rutschte tiefer, umfasste ihre Knie und schob sie rauf, bis sie stöhnte.

»Zu weit?«, fragte er. »Alles in Ordnung?«

»O Gott«, hauchte sie. »Ja. Nein. Bitte. Jetzt.«

Er verharrte kurz über ihr, senkte den Kopf und presste seinen Mund auf sie.

Sie brannte. Und schrie. Und flehte ihn an, es wieder und wieder zu tun. Zuckend wand sie sich unter ihm.

Schließlich hielt er es nicht länger aus. Er glitt an ihr nach oben und spreizte ihre Beine. Ein letzter Rest Selbstkontrolle, als er in sie drang und spürte, wie sie ihn umschloss. Sie war so eng, so heiß.

»Warte«, keuchte er, erstarrte über ihr, bis das Gefühl ein wenig nachließ und er sich wieder gefangen hatte. Dann bewegte er sich. Versuchte, nicht zu schnell, nicht zu viel für sie zu sein. Aber er war jenseits jeder Vernunft. Alles bestand nur noch aus Empfindungen. Seine Arme, die ihre Beine hielten. Wie er in sie stieß, wieder und wieder.

Sie brauchte jedoch mehr, das spürte er. Sie stand kurz davor, aber sie brauchte mehr. »Bitte. Mehr«, keuchte sie. »Fester.«

Er fluchte. Zog sich fast vollständig aus ihr zurück, wartete, bis sie die Augen öffnete.

»Bitte«, flehte sie wieder. »Koti, bitte.«

Hier wollte er sie haben. Mit erweiterten Pupillen, nur noch auf ihre Befriedigung konzentriert, ihn brauchend, offen für ihn. Außer Kontrolle. Langsam, ganz langsam glitt er in sie, während sie ihn begierig aufnahm. Erneut zog er sich zurück, hielt inne, bis sie ihn anbettelte, drang wieder ein. Er sah, wie ihre Erregung wuchs, spürte, wie sie sich unter ihm wand, und Macht durchströmte ihn.

Als sie schließlich aufschrie, bewegte er sich schneller, gab ihr mehr. Schneller und fester, und bei jedem Stoß schrie sie auf. Er spürte sie um sich, als sie schließlich kam. Sie umklammerte ihn, drängte ihn weiter, bis er sich in ihrer und seiner eigenen Befriedigung verlor und mit triumphierendem Schrei ebenfalls seinen Höhepunkt erreichte.

Er brach über ihr zusammen, rollte sich aber rasch zur Seite, um sie nicht zu erdrücken, dann ließ er ihre Beine los und spürte, wie sie über seine glitten. Er zog ihren zitternden Körper fester an sich und bemerkte, dass sie noch immer in seiner Diele waren, auf einem Teppich.

»Alles in Ordnung? Tut dir was weh?«, fragte er, während er sie mit einer Hand streichelte. »Sorry, ich habe dir nicht mal ein Sofa gegönnt. Wir hatten Glück, dass ich überhaupt so lange durchgehalten habe.«

»Nein«, versicherte sie ihm, »ich glaube nicht. Dass mir was wehtut, meine ich. Eigentlich weiß ich es nicht.« Sie lachte unsicher. »Frag mich morgen noch mal.«

»Komm ins Bett«, sagte er, setzte sich auf und zog sie mit sich.

Er ging schweigend mit ihr die Treppe hinauf, und sie schlüpften unter die Decken seines breiten Bettes.

»Keine schlauen Bemerkungen mehr?« Er strich ihr das Haar aus dem Gesicht und küsste sie.

»Ich kann nicht. Ausgelaugt. Überwältigt.«

Er küsste sie wieder sanft. »Kein Wunder. Wie oft schaffst du das?«

»Was?«, fragte sie, ohne die Augen zu öffnen.

»Kate, die meisten Frauen können nicht so häufig hintereinander kommen. Wusstest du das nicht?«

Sie riss die Augen auf. »Nein. Zu anstrengend?«

Er lachte und fuhr erneut mit der Hand über ihren schlanken Körper, um ihre Haut zu spüren, zu spüren, wie sie unter seiner Berührung erschauerte. »Nein. Die schönste Überraschung, die ich je hatte.«

»Gut«, seufzte sie erleichtert. »Ich sollte nach Hause fahren. Ich bin erschöpft.«

»Du bleibst nicht?« Er runzelte die Stirn.

»Ich brauche Schlaf. Und ich muss unter die Dusche. Ich habe nicht mal eine Zahnbürste hier. Außerdem bin ich mir sicher, dass du genauso erschöpft bist wie ich. Wir müssen beide ins Bett.«

»Eine Dusche habe ich. Ein Bett auch. Ich glaube, ich habe sogar eine Zahnbürste. Ich möchte, dass du hier bist, wenn ich morgen aufwache. Wir sind noch nicht fertig.«

»Es ist morgen«, sagte sie. »Ich weiß nicht, ob ich noch mehr aushalte.«

»Das schaffst du«, versprach er. »Ich sorge dafür, dass du es willst. Außerdem ist es zu spät, um nach Hause zu fahren. Komm, lass uns gemeinsam duschen.«

* * *

»Bist du sicher, dass du nach Hause musst?«, fragte er zwölf Stunden später noch mal.

»Ich bin mir ganz sicher«, stöhnte sie, als sie sich vorbeugte, um sich in der Eingangshalle die Stiefel anzuziehen. »Denn ich bin wund. Ich muss mich ausruhen. Deine Schuld«, teilte sie ihm streng mit, als er lachte. »Nicht jeder ist ein durchtrainierter Athlet.«

»Wenn du nicht diese Superkräfte hättest, hätten wir nicht eine so anstrengende Nacht gehabt.«

»Ich dachte, du hättest gesagt, dass es dir gefällt. Beschwerst du dich jetzt darüber?«

»Ganz bestimmt nicht«, versicherte er ihr entschieden. »Ich bin ein Fan davon. Übrigens.« Er räusperte sich. »Wenn ich etwas getan habe, falls ich etwas tue, das zu viel ist, dann musst du mir das sagen.«

»Alles, was du tust, ist zu viel«, erklärte sie und strich ihm mit einer Hand über die glatt rasierte Wange. »Du hättest mich fast umgebracht.«

Er lächelte. »Dann halt, wenn ich etwas tue, was dir nicht gefällt«, korrigierte er sich. »Dann kannst du mir das sagen. Es gibt noch so viel, was ich mit dir anstellen will, und ich werde nicht innehalten, um dich um Erlaubnis zu bitten. Aber ich werde dir nicht wehtun. Ich werde auf dich hören, wenn du Nein sagst.«

»Das weiß ich. Danke, dass du mir das Gefühl gibst, bei dir sicher zu sein. Allerdings machst du mich gerade nervös. Du hast schon so viel mit mir angestellt, dass ich mich frage, was da noch kommen soll.«

»Genau so will ich es haben. Bleib noch etwas länger, dann zeig ich es dir«, schlug er vor, ehe er sie an sich zog und sie von den Füßen hob, damit er sie wieder küssen konnte.

Sie schmiegte sich in seine Arme und lächelte ihn an. »Hmm, verlockend. Aber ich muss nach Hause. Wir sehen uns

Mittwoch früh, falls du schwimmen gehen willst.« Sie entwand sich ihm, gab ihm einen letzten Kuss, nahm ihre Tasche und verließ das Haus ohne weitere Diskussion.

* * *

Koti sah ihr eigenartig betroffen hinterher. Konnte es sein, dass sie es nicht so sehr wollte wie er? Nein, entschied er. Sie hätte nicht begeisterter sein können. Er war einfach nur daran gewöhnt, dass er derjenige war, der aufstand und ging, mehr nicht.

Mittwoch, rief er sich ins Gedächtnis. Plötzlich kam ihm das viel zu lange vor.

* * *

Mit einem Seufzer schloss Kate ihre Wohnungstür auf, durch die sie vor mehr als vierundzwanzig Stunden die Wohnung verlassen hatte. Falls sie jemals einen Tag erlebt hatte, der ereignisreicher war als dieser, so konnte sie sich im Augenblick nicht daran erinnern. Sie brauchte ganz dringend Zeit für sich, um über alles nachzudenken.

Reflexartig zog sie ihr Handy aus der Tasche, um es aufzuladen, und bemerkte, dass es seit ihrer Ankunft im Krankenhaus ausgeschaltet gewesen war. Als sie es wieder einschaltete, stellte sie erschrocken fest, dass sie zwei Nachrichten von Hannah verpasst hatte.

Wie hatte sie das nur vergessen können? Sie hatte nicht mehr an Hannah oder das Baby gedacht, seit Koti sie vor dem Fenster der Frühchenstation geküsst hatte. Sie seufzte erleichtert, als sie die neueste Nachricht las:

Dem Baby geht's gut. Danke für alles. Melde dich.

Was Hannah wohl davon hielt, dass sie so lange nicht geantwortet hatte, dachte Kate schuldbewusst, während sie die Antwort tippte. Sie hoffte, dass ihre Freundin viel zu beschäftigt gewesen war, um es bemerkt zu haben, oder dass es ihr egal war.

Als sie schließlich miteinander sprachen, galt Hannahs Sorge allerdings zunächst Kate. »Bin ich froh, mit dir zu sprechen. Ich habe mir Sorgen gemacht, als ich nichts von dir gehört habe und Drew Koti nicht erreichen konnte. Aber ich schätze, ihr wart beide erschöpft.«

»Oh. Stimmt. Äh …«, setzte Kate an, aber ihr Verstand war zu müde, um sich eine Ausrede einfallen zu lassen.

»Oh, oh«, begriff Hannah. »Warum war er eigentlich gestern Abend mit dir zusammen? Warum war er da, um dich zu fahren, als ich dich angerufen habe?«

»Sollten deine Gedanken sich nicht ausschließlich um dein Baby drehen, statt sich mit mir zu beschäftigen?«, beschwerte sich Kate. »Wie geht es ihm? Wie geht es dir? Und Drew? Ich hoffe, dass man ihm das Gesicht genäht hat, sonst fügt er dem armen Baby noch einen psychischen Schaden zu. Wie heißt er eigentlich? Ich kann ihn nicht ständig ›das Baby‹ nennen.«

Hannah lachte, erfreut über die Ablenkung. »Wir werden beide morgen früh entlassen. Jack Clifton Callahan geht es wunderbar, danke der Nachfrage. Wir haben entschieden, dass er das hübscheste Baby der Welt ist. Natürlich ganz objektiv betrachtet. Er ist jetzt zum Glück inzwischen bei mir, aber sie haben immer noch ein Auge auf ihn. Er schläft und trinkt und lässt sich von Drews Mom verwöhnen. Die ganzen tollen Baby-Dinge. Mich verwöhnt man hier auch. Ich darf nicht mal meinem Sohn die Windeln wechseln. Ich stille ihn nur, esse und schlafe.«

»Das ist gut. Mehr musst du auch nicht tun. Ich bin so froh, dass du daran gedacht hast, mir zu sagen, dass es allen gut geht.«

»Danke euch beiden«, sagte Hannah ernst. »Ich kann dir gar nicht sagen, wie sehr wir eure Hilfe zu schätzen wissen. Ich weiß nicht, was ich getan hätte, wenn ihr nicht da gewesen wärt. Alle beide.«

»Es war mir ein Vergnügen«, sagte Kate. Und sie meinte es auch so. So erschreckend die Erfahrung auch gewesen war, Hannah bei der Entbindung beizustehen, war etwas, was sie niemals vergessen würde. »Ich bin mir sicher, dass es Koti auch so geht.«

»Wo wir gerade von ihm reden«, fuhr Hannah fort. »Sei vorsichtig, okay? Er hat ein gutes Herz, ich weiß. Das haben wir beide gestern Abend gesehen. Aber er ist ein echter Playboy. Ich will nicht, dass er dir wehtut.«

»Keine Sorge, wir sind nur gute Freunde«, versicherte Kate ihr. »Also, nein, das stimmt so nicht. Ich bin mir nicht ganz sicher, was wir sind, aber es ist schön, mit ihm zusammen zu sein.« *Und wie,* dachte sie bei sich.

»Also, wenn du dir sicher bist«, erwiderte Hannah skeptisch. Kate hörte Drews tiefe Stimme im Hintergrund. »Drew bedankt sich auch. Außerdem soll ich auflegen und mich ausruhen. Bis bald.«

»Sag Bescheid, wenn du zu Hause bist und bereit für einen Baby-Besuch«, sagte Kate. »Ich kann es kaum erwarten.«

Kein Schwimmen

»Kate Lamonica?«

Sie nahm die Stimme kaum wahr, riss sich dann aber von der Tabellenkalkulation los, die sie gerade durchging. An diesem Morgen konnte sie sich nicht wie sonst auf ihre Arbeit konzentrieren. Erst nach der Mittagspause – und einer strengen, inneren Gardinenpredigt – hatte sie ihre Konzentration wiedergefunden, die in diesem Augenblick gestört wurde.

Als sie hochschaute, sah sie einen Blumenstrauß, den ihr ein Lieferbote hinhielt. Außerdem bemerkte sie das Interesse ihrer Arbeitskolleginnen. Der Mann stellte die Vase mit einem freundlichen Gruß auf ihren Tisch und verschwand wieder.

Kate griff nach dem Umschlag und öffnete ihn, während sie sich der Blicke bewusst war, die auf ihr ruhten. Bei der Nachricht auf der Karte lief sie rot an.

Alles, was ich mir erhofft hatte. Bis Mittwoch. Koti

»Oh, ein neuer Freund?« Brenda trat neben ihren Schreibtisch, und Kate legte instinktiv die Hand auf die Karte.

»Hübsch«, fuhr die Frau anerkennend fort, während sie den Strauß aus Callas und Rosen in leuchtendem Gelb und Orange betrachtete. »Fantasie hat er zumindest. Keine öden roten Rosen.«

»Wer ist es?«, fragte Heather von ihrem Platz zwei Tische weiter. »So lange geht das ja noch nicht, es sei denn, du bist viel diskreter als wir.«

Kate lachte mit den anderen mit und steckte die Karte in ihre Handtasche. »Tut mir leid. Das behalte ich vorerst für mich«, sagte sie leichthin. »Zu gut, um es zu teilen.« Sie schob die Vase an den Rand ihres Tisches, lächelte Brenda zu und widmete sich wieder ihrem Computer.

Aber es hatte keinen Zweck. Die Zahlen, auf die sie starrte, ergaben einfach keinen Sinn mehr. Zum Glück war heute Montag, und Koti war nicht da. Sie fühlte sich hin und her gerissen zwischen der Freude über die liebe Geste und der Sorge wegen der Neugierde der anderen Frauen hier.

Schließlich gab sie ihrem Impuls nach und schlich sich aus dem Büro. Sie fand einen ruhigen Ort im Foyer und rief ihn an.

»Danke für die Blumen«, setzte sie an. »Sie sind wunderschön.«

»Haben sie dir gefallen? Wegen dem, was du mir erzählt hast, habe ich mir ein wenig Sorgen gemacht, nachdem ich sie geschickt hatte. Ich wollte keine schlechten Erinnerungen wachrufen.«

Das berührte sie. »Das ist nicht das Gleiche. Ganz und gar nicht.«

»Ich fand, dass die Farben zu dir passen«, erklärte er. »Wie der Pullover, den du letztens getragen hast. Ich habe den Pullover lange genug angesehen, um mich daran zu erinnern.«

»Ich finde sie toll«, versicherte sie ihm wieder, gerührt von der Mühe, die er sich gemacht hatte. Andererseits schickte er vermutlich jeder Frau, mit der er schlief, Blumen, erkannte sie plötzlich schmerzlich. Vielleicht sollte sie der Geste nicht zu viel Bedeutung beimessen.

»Aber, Koti«, fuhr sie fort, »ich musste die Karte einstecken, bevor sie jemand sehen konnte. Ich würde das hier lieber geheim halten. Besuch mich bitte nicht mehr im Büro, okay? Ich fürchte, dass es offensichtlich wird, wenn du das tust.«

»Warum ist es ein Geheimnis?« Sie konnte sich das Stirnrunzeln am anderen Ende der Leitung vorstellen. »Wir machen doch nichts Falsches. Keiner von uns geht fremd.«

Sie zögerte. Erst als sie die Blumen gesehen hatte, war ihr klar geworden, wie unangenehm es ihr war, die Veränderung in ihrer Beziehung öffentlich bekannt zu machen, aber sie wusste, warum. Koti hatte eine ausschweifende Vergangenheit, die im Büro der Blues nur allzu bekannt war. Sie wollte nicht beneidet und ausgehorcht werden. Oder als eine weitere Frau auf seiner Liste gelten, dachte sie mit einem Schaudern.

»Ich bin noch nicht soweit, das offiziell zu machen«, sagte sie ihm schließlich. »Seien wir ehrlich, wir wissen noch nicht mal, ob das länger als ein paar Wochen hält. Wir wissen nicht, was wir tun, und ich möchte es erst öffentlich machen, wenn wir uns sicher sind.«

»Aber was ist denn dabei«, wandte er ein. »Wir gehen miteinander aus. Daran ist nichts Besonderes.«

»Abgesehen davon, dass an dir viel zu viel besonders ist«, erwiderte sie. »Das meiste davon ist hier jedem bekannt, glaub mir. Also behalte es bitte für dich, okay? Zumindest im Büro. Ich muss hier arbeiten.«

»Du wirst allerdings feststellen, dass Auckland eine kleine Stadt ist«, warnte er sie. »Es ist schwer, hier etwas geheim zu halten.«

»Dann ist es ja gut, dass bereits alle wissen, dass wir Freunde sind«, sagte sie ihm ernst. »Denn dabei bleibe ich.«

* * *

Kate steckte gerade das Handtuch in ihre Schwimmtasche, als es am Mittwochmorgen an der Tür klopfte.

»Wer ist da?«, rief sie vorsichtig.

»Koti«, hörte sie.

Sie öffnete überrascht die Tür. »Was machst du hier? Ich bin nicht zu spät für unser Treffen, oder? Ich wollte gerade los.«

Er trat ein, schloss die Tür, lehnte sich dagegen und zog sie in seine Arme. »Ich habe drüber nachgedacht, schwimmen zu gehen. Dann habe ich über das nachgedacht, was ich heute Morgen wirklich machen möchte. Keine Frage.«

Ein Lächeln breitete sich langsam auf ihrem Gesicht aus, als sie seinen Kopf zu einem Kuss runterzog. »Ich schätze, einen Tag kann ich mal auslassen. Wenn du versprichst, dass du dafür sorgst, dass ich Bewegung bekomme.«

Er hob sie hoch, und sie schlang die Beine um ihn. »Oh, ich werde dich in Bewegung halten. Das Schlafzimmer ist dort, oder?«

Er legte sie in dem winzigen Zimmer auf das Bett. »Nicht groß genug, um mein Bestes zu geben«, meinte er, »aber ich werde mich damit begnügen.«

Sie kniete sich neben ihn. »Oh, nein, ich glaube, eher nicht. Ich denke, dass ich die Führung übernehme. Du bist in meiner Wohnung, und ich bin dran, denn ich hatte noch nicht die Gelegenheit, mit dir zu spielen.«

Er lächelte, rollte sich auf den Rücken und zog sie auf sich. »Stimmt das? Ich schätze, damit können wir vorerst arbeiten. Ich werde mir Mühe geben, dein Sex-Spielzeug zu sein.«

»Genau.« Sie setzte sich nur mit ihrem Badeanzug bekleidet rittlings auf ihn. »Allerdings hast du viel zu viel an. Darum werde ich mich erst mal kümmern müssen.«

Sie zog ihm den Kapuzenpullover und das T-Shirt aus, dann griff sie nach seiner Shorts. »Keine Unterwäsche, hm. Da hat jemand vorausgedacht.«

»Immer«, keuchte er, während sie ihn liebkoste. »In der Hosentasche ist auch ein Kondom.«

»Gut zu wissen«, erwiderte sie beifällig. »Aber ich glaube, das werden wir erst mal nicht brauchen. Sieht so aus, als müsste ich dich erst noch ein bisschen leiden lassen. In der Hinsicht hast du eine Schuld zu begleichen, meinst du nicht?«

Er griff nach den Trägern ihres Badeanzugs, streifte ihn ihr bis zur Taille runter und setzte sich auf, um ihr beim Ausziehen zu helfen. Er seufzte, umfasste ihre Brüste und fuhr mit den Händen über ihren Körper, während sie wieder auf ihn rutschte. »Du hast recht. Ich bezahle sie gern und werde versuchen, es auszuhalten.«

»Genau«, sagte sie ihm mit zufriedenem Lächeln. »Versuch es. Du kannst damit anfangen, die Arme über den Kopf zu heben, wie du es bei mir gemacht hast. Ich bin nicht groß genug, um sie dort festzuhalten, also muss ich mich auf deinen Sportsgeist verlassen. Du hast doch Sportsgeist, oder?«, neckte sie ihn, als er sich langsam fügte.

Sie legte sich auf ihn und küsste die Maori-Tätowierung. Begann an seinem Unterarm, küsste die Muskelstränge, arbeitete sich dann zu seinem Bizeps rauf, zur glatten Haut unterhalb und erreichte schließlich seine Schulter. Ihre Hände fuhren über seine Brust, fanden die flachen Brustwarzen und spielten mit ihnen, bis er stöhnte und sich unter ihr wand.

»Ich gebe mein Bestes«, brachte er raus. »Kann nichts versprechen.«

»Oh, ich glaube nicht, dass das reicht.« Sie lag jetzt auf ihm, genoss das Gefühl von ihm unter sich. Sie küsste ihn lange auf den Mund, widmete sich seiner Kehle, seinem Hals, biss und leckte. Ohne Eile rutschte sie schließlich ein Stück runter, drückte beide Handflächen auf seine Brust, streichelte ihn langsam und bedeckte seine Haut mit Küssen.

Dann hob sie den Kopf, um ihn anzusehen. »Ich habe beschlossen, dass ich eine feste Zusage von dir brauche, bevor ich weitermache. Du musst mir versprechen, stillzuhalten und das zu tun, was ich will.«

»Versprochen«, brachte er zwischen zusammengebissenen Zähnen raus, während sie seinen Körper küsste und ihm mit den Händen über die Bauchmuskeln und seine Schenkel strich. »Eine Weile. Dann bin ich an der Reihe.«

»Darauf zähle ich«, stimmte sie zu. »Bis dahin musst du still liegenbleiben und das hier ertragen. Aber leg dir ruhig schon einen Plan zurecht. Nur zu. Falls du unter Folter besser denken kannst als ich.«

* * *

Er konnte sie nur mit Mühe verstehen. Je weiter sie sich vorarbeitete, desto mehr wollte er die Arme runter nehmen, ihren Kopf halten und ihr zeigen, wo sie hinsollte, was sie tun sollte.

Aber sie brauchte seine Hilfe nicht, dachte er benommen. Sie kam gut ohne ihn zurecht. Sie machte zu viel ohne ihn. Er brannte, und schon bald würde er sich nicht mehr zurückhalten können. Seine Arme senkten sich, als hätten sie einen eigenen Willen, und dann hielt er ihren Kopf, drückte sie an sich und stöhnte, bis er es nicht mehr aushielt.

»Das reicht«, keuchte er und zog sie zu sich rauf. »Die Zeit des Spielens ist vorbei.«

Er rollte sie herum, bis sie unter ihm lag. Nahm ihren Mund, schmeckte sich selbst auf ihr und fuhr endlich mit den Händen über ihren Körper. »Du hattest deinen Spaß, jetzt bin ich dran. Es wird dir leidtun, dass du mich so gequält hast.«

»Ach ja?« Sie lächelte zu ihm rauf. »Was wirst du mit mir machen?«

»Ich habe mich noch nicht entschieden. Ich weiß aber, wo ich anfangen werde.« Er rutschte nach unten, küsste und streichelte sie. Sie war bereits so feucht und erregt von dem, was sie getan hatte, als sie ihn unter ihrer Kontrolle hatte. Er musste deswegen etwas unternehmen.

* * *

Sie hatte gedacht, es hätte sich gut angefühlt, ihn zu befriedigen, ihn unter sich zu spüren, aber das war nichts im Vergleich zu dem Flächenbrand, den er jetzt in ihr auslöste. Er berührte sie mit Händen und Mund, aber diesmal war er weder langsam noch subtil. Brachte sie zum Höhepunkt, wieder und wieder.

»Koti. Hör auf«, keuchte sie. »Langsamer. Zu viel.«

Er kam zu ihr hoch. »Ich glaube nicht. Sieht eher so aus, als hätten wir gerade erst angefangen. Warum nimmst du nicht das Kondom und ziehst es mir über? Denn ich habe mich entschieden, was als Nächstes kommt.«

Sie tat, worum er sie bat, und schrie überrascht auf, als er sie hochhob und auf den Fußboden legte.

»Ich dachte, ich würde dich heute Morgen im Bett behalten«, sagte er, während er sie so positionierte, wie er sie haben wollte. »Aber du hast meine Meinung geändert. Nach dem, was du mit mir gemacht hast, brauche ich dich auf Händen und Knien.«

»Aber das ist so unanständig«, stöhnte sie, während ihr Körper unter dem Nachbeben und vor Vorfreude kribbelte.

»Sehr unanständig«, stimmte er hinter ihr zu. »Genau das, was ich heute von dir brauche. Das ist hübsch«, sagte er ihr, während er ihr mit der Hand über den Hintern rieb. »Wenn du mich so ansiehst. Mir zeigst, was für ein schlimmes Mädchen du bist.«

Er gab ihr einen Klaps auf den Po, und sie zuckte überrascht zurück und schrie auf. Er schlug noch zwei Mal zu, diesmal ein wenig fester, dann strich er mit der Hand über die Stelle und rieb den Schmerz weg. Dann rieb er noch etwas länger, weil sich ihre Haut so glatt und schön anfühlte.

»Tut mir leid, Baby. Ich konnte nicht widerstehen. Außerdem«, stöhnte er, während er in sie drang, »wollte ich es nicht. Es hat sich so gut angefühlt.«

Sie stöhnte, während er sich in ihr bewegte. »Es hat sich auch für mich gut angefühlt«, brachte sie raus. »Aber das ist so unartig von mir. Du bist so schlimm für mich.«

»Stimmt«, sagte er, bevor er sich schneller, fester in sie schob. Sie keuchte, und er hielt ihre Hüfte mit einer Hand zurück und berührte sie mit der anderen, rieb dort, wo sie ihn brauchte. »Ich bin schlimm für dich. Das ist gut, denn du bist ein unartiges Mädchen. Deshalb brauchtest du das. Deshalb brauchst du das hier.«

Er lächelte, als er die Wirkung spürte, die er auf sie hatte, und stieß noch schneller in sie. Wieder und wieder, lauschte ihr, sah, wie sie unter ihm den Kopf senkte und ihr das Haar ins Gesicht hing.

Er spürte, wie sie sich um ihn zusammenzog, ihn in sich zog, aber dann lächelte er nicht mehr, denn er war ihr Gefangener, er stand am Abgrund, und er schrie unter seinem eigenen Höhepunkt.

Anschließend hob er sie zurück auf das Bett, küsste sie, streichelte sie, beruhigte sie, während sie noch immer zitterte. »Alles in Ordnung?«

Sie schüttelte mit geschlossenen Augen den Kopf. »Du solltest mich das fragen, während du das mit mir machst, denn währenddessen ist nicht alles in Ordnung. Es ist so intensiv, dass ich es nicht ertrage. Aber jetzt …« Sie seufzte und öffnete die Augen. »Irgendwie fühle ich mich jetzt großartig. Verlegen, aber großartig.«

»Warum solltest du verlegen sein?« Er runzelte die Stirn. »Da ist nichts, was einem peinlich sein muss. Wir spielen nur, daran ist nichts verkehrt.«

»Ich wusste nicht, dass ich so … abartig bin«, gab sie zu, während ihr die Röte von der Brust in die Wangen stieg. »Dass ich das genießen würde. Du weißt schon.«

»Das Versohlen?« Er lächelte in ihr Haar. »Ich wusste allerdings, dass ich es genießen würde. Habe schon eine Weile daran gedacht.« Er zog sie fester an sich. »Wir müssen dem, was wir tun, kein Etikett verpassen. Ich werde dir nicht wehtun. Ich will dich einfach nur genießen. Du musst zugeben, dass es sich besser anfühlt als schwimmen zu gehen.«

»Viel besser«, seufzte sie, dann wurde ihr klar, was er gesagt hatte. »O nein. Wie spät ist es?« Sie reckte den Hals, um auf die Uhr zu sehen. »Ich kann es noch schaffen, aber ich muss mich fertig machen.«

Er stand auf und streifte sich seine Klamotten über.

»Ich bring dich noch zum Auto«, sagte sie. »Gib mir nur eine Sekunde, um mir was überzuwerfen.«

»Hier.« Er zog ihr den Kapuzenpullover über den Kopf. »So, fertig.«

Sie sah auf das übergroße Kleidungsstück hinunter, das ihr bis zu den Knien reichte, und lachte. »Zumindest bedeckt.«

Er nahm ihre Hand und zog sie zur Tür hinaus, und sie griff nach ihren Schlüsseln. »Hierfür musst du doch sicher nicht absperren«, wandte er ein.

Sie zuckte die Achseln. »Gewohnheit. Vorsicht.«

Sobald sie an seinem Auto waren, nahm er sie in die Arme und sah zu ihr runter. »Danke, dass du für mich deine Pläne geändert hast. Beste Schwimmverabredung, die ich jemals hatte.«

Sie lächelte zu ihm hoch. »Fand ich auch. Wie dir vielleicht aufgefallen ist.«

»Ich darf dich immer noch nicht im Büro besuchen, oder?« Er runzelte die Stirn. »Wie wäre es, wenn wir heute Abend zusammen ausgehen?«

»Tut mir leid, aber ich will mit Brenda ins Fitnessstudio. Wenn ich absage und sie herausfindet, warum …« Kate schüttelte den Kopf. »Pressesprecherin, schon vergessen? Klatschtante. Wie wäre es mit morgen?« Nachdem er genickt hatte, fügte sie hinzu: »Aber wir treffen uns hier, das ist diskreter. Schreib mir eine SMS, okay? Du darfst mich diesmal sogar von meiner Wohnung abholen.«

»Gute Idee«, stimmte er zu. »Denn deine Wohnung ist jetzt von meiner Anwesenheit durch und durch verdorben.« Er beugte sich runter, um sie noch mal zu küssen.

»Entschuldigen Sie, meine Lieben«, hörte er. Als er aufsah, sah er eine ältere Dame, die auf den Zeitungsschlitz in der Wand neben ihnen zeigte.

Kate zog ihn beiseite. »Oh, hallo, Mrs Ferguson. Äh … ja. Ähm, das ist Koti James.«

»Das sehe ich, Liebes. Guten Morgen, Koti. Ich bin Kates Vermieterin, Janet Ferguson. Freut mich, Sie kennenzulernen. In letzter Zeit habe ich Sie allerdings gar nicht spielen gesehen, oder?«

»Nein, Ma'am. Eine kleine Auszeit, während die Test-Matches stattfinden. Am Samstag fangen wir wieder an.«

»Viel Glück. Mr Ferguson und ich werden nach Ihnen Ausschau halten.« Sie warf dem Paar ein weiteres Lächeln zu und wandte sich mit der Zeitung in der Hand wieder zum Haus.

Kate legte den Kopf an Kotis Brust und stöhnte. »Oje. Jetzt bin ich nicht nur der Ami in der Nachbarschaft, sondern auch noch das Flittchen.«

»Entschuldigen Sie«, hörte er wieder. Diesmal waren es zwei jugendliche Schülerinnen, die gerade ganz aufgeregt Übungshefte und Stifte aus ihren Rucksäcken kramten. »Können wir ein Autogramm haben?«

»Um Himmels …«, setzte Kate an.

»Schon gut«, versicherte Koti ihr. Er gab es den beiden rasch, schüttelte aber den Kopf, als eines der Mädchen ein Handy rausholte, um ein Foto zu schießen.

»Entschuldigt, aber es passt gerade nicht«, sagte er ihnen mit fester Stimme, während Kate sie anfunkelte.

Die Mädchen sahen enttäuscht von ihm zu ihr, dann gingen sie weiter, warfen ihnen aber immer wieder neugierige Blicke zu. Ihm und Kate, die nur seinen übergroßen Pullover trug.

»Ja, sich hier zu treffen ist eine gute Idee«, sagte er mit spitzbübischem Lächeln. »Diskret.«

»Dich kennen sie vielleicht, aber mich nicht«, sagte sie. »Von Mrs Ferguson mal abgesehen. Oh, Mann. Ganz besonders, wenn ich das hier anhabe. Ich könnte genauso gut ein Schild tragen, auf dem steht: ›Ich hatte gerade Sex mit Koti James!‹«

»Ich mag, wie du aussiehst. Zerzaust. Nackt unter dem Pullover. Herrlich.« Er strich mit der Hand über ihren Rücken und beugte sich zu einem weiteren Kuss vor. »Wenn du noch etwas Zeit hättest, würde ich mit dir raufgehen und dir zeigen, wie sehr mir das gefällt. Aber ich verstehe, dass das nicht das Image ist, das du im Sinn hast. Du solltest vielleicht vermeiden, meine Kleidung im Büro zu tragen.«

»Danke für den Tipp, das werde ich. Du solltest jetzt aber wirklich gehen, sonst komme ich noch zu spät.« Sie zog seinen Kopf nach unten und küsste ihn fest. »Lass dir bis morgen Abend noch etwas einfallen, okay? So ungern ich es auch zugebe, das war ziemlich gut.«

Er lachte laut und stieg ins Auto. »Ich arbeite dran«, versprach er. »Hart gegen die Wand nächstes Mal, schätze ich.« Er lachte wieder, diesmal über ihren schockierten Gesichtsausdruck, und fuhr los, das breite Grinsen noch immer im Gesicht.

In Schwierigkeiten

»Hübsch«, sagte er, als sie ihm am nächsten Abend die Tür in einem eng anliegenden jadegrünen Kleid öffnete. »Deine kurzen Röcke gefallen mir. Die Schuhe auch.«

»Darin bin ich größer. Bei dir muss ich jeden Vorteil nutzen, den ich kriegen kann.«

»Quatsch, ich habe dir doch gesagt, dass du mir Angst machst«, versicherte er ihr, ehe er sich endlich zu dem Kuss runterbeugte, den er haben wollte.

»Sicher, dass du zum Abendessen ausgehen willst?«, fragte er, sobald sie wieder zu Atem gekommen waren. »Vielleicht willst du mir nachher etwas zubereiten.«

»Netter Versuch, aber nein. Ich habe mich nicht umsonst schick gemacht. Zeig mir die Stadt, Großer. Wir werden hier ein wenig Vorfreude aufbauen.«

Er lachte. »Was denkst du denn, was ich seit gestern Morgen mache? Aber ich will dich nur ärgern. Du siehst so hübsch aus, dass ich dich einfach ausführen muss.«

* * *

»Wie lief es denn heute?«, fragte sie ihn, nachdem sie sich in ein gemütliches italienisches Restaurant in Takapuna gesetzt hatten. »Ist bestimmt anders, jetzt, da das ganze Team wieder zusammen ist. Intensiver.«

»Ja, wenn die Jungs von den All Blacks wieder da sind, läuft es besser. Aber wegen dem Freilos diese Woche wird es nicht so heftig wie später, das heißt, dass wir beide etwas mehr Zeit miteinander verbringen können. Wir können am Samstag ein Date haben, ganz wie normale Menschen.«

»Ich hatte gehofft, dass wir wieder surfen gehen könnten«, sagte sie. »Ich würde gern weiter trainieren. Ich weiß, dass ich immer noch jemanden brauche, der mir hilft, und es könnte für eine Weile meine letzte Chance sein, diese Hilfe von dir zu bekommen. Brendan hat mir heute gesagt, dass ihr ab nächste Woche wenig Zeit haben werdet. Wie es aussieht, werdet ihr zumindest im Viertelfinale spielen.«

»Brendan?« Er sah sie finster an. »Welcher Brendan?«

»Brendan McKenzie, der Pfeiler. Warum, gibt es mehr als nur einen Brendan in der Mannschaft?«

»Warum hat er mit dir geredet? Wann war das?«

Sie legte die Gabel weg und starrte ihn an. »Er ist wegen irgendwas heute ins Büro gekommen und hat sich mit mir unterhalten«, sagte sie langsam. »Sag mir bloß nicht, dass du damit ein Problem hast. Er ist lustig, ich unterhalte mich gern mit ihm. Ich arbeite im Büro der Blues, Koti. Hin und wieder sehe ich die Jungs. Willst du, dass ich dir jedes Mal einen Bericht erstatte?«

»Hat er sich mit dir verabreden wollen?«, beharrte er.

»Nein. Wenn er mich gefragt hätte, hätte ich abgelehnt. Ich habe keine Karriere als Rugby-Groupie angefangen, so sehr mich das auch reizt, falls du dir deswegen Sorgen machst.«

Er ignorierte ihren Sarkasmus. »Es wird Zeit, dass wir das hier öffentlich machen. Diese ganze Geheimniskrämerei behagt mir nicht.«

»Das hast du nicht allein zu entscheiden«, sagte sie. »Ich bin durchaus in der Lage, mit dem milden Interesse umzugehen, das ich erregen könnte. Um Himmels willen, Koti, ich bin keine blonde Sexbombe. Außerdem hast du mich schon oft darauf hingewiesen, dass ich keine einnehmende Persönlichkeit habe. Was beunruhigt dich denn so?«

»Ich kenne diese Jungs«, entgegnete er. »Ich will, dass sie wissen, dass du zu mir gehörst, und dass ich auf meinen Besitz aufpasse.«

Er sah, wie sie sich versteifte, und merkte, was er gerade gesagt hatte. »Warte, so habe ich das nicht gemeint. Nicht genau.«

»Doch, genau so hast du das gemeint«, widersprach sie, während er in ihren Augen die Warnsignale aufblitzen sah, die er mittlerweile kannte. »Und das werde ich nicht hinnehmen. Diese Einstellung kannst du dir sonst wo hinstecken.«

Sie wollte noch etwas hinzufügen, überlegte es sich offensichtlich anders, warf die Serviette weg und stand abrupt auf, bevor sie sich ihre Handtasche und Jacke nahm und aus dem Restaurant stürmte.

Er fluchte. So schnell er konnte, bezahlte er die Rechnung, eilte zur Tür und sah die Straße rauf und runter, um nach ihr zu suchen. Sie würde nach Hause laufen, dachte er. Allerdings würde sie nicht besonders schnell vorankommen. Nicht in den Stöckelschuhen.

Einen Block weiter erhaschte er tatsächlich einen Blick auf eine wütende kleine Gestalt, die den Bürgersteig entlangstapfte, ihre Empörung in jedem Schritt offensichtlich. Er lief schneller, um sie einzuholen, überholte sie und versperrte ihr den Weg.

»Lauf nicht vor mir weg«, bat er. »Wenn du was zu sagen hast, dann sag es.«

Sie blieb stehen und sah ihn wütend an. »Ich bin viel zu wütend auf dich, ich würde nur explodieren. Ich muss mich erst mal beruhigen, rausfinden, was ich sagen will.«

»Na los, brüll ruhig, ich kann das ab. Kann es auch zurückgeben. Wenn du zu weit gehst, lass ich es dich wissen.«

»Okay. Ich habe dir das schon mal erklärt, aber offensichtlich hast du nicht zugehört. Daher wiederhole ich es noch mal, und diesmal hörst du besser zu, denn es ist mir todernst: Es gefällt mir nicht, wenn du besitzergreifend wirst. Was wir im Schlafzimmer machen, ist eine Sache, aber ich gehöre dir nicht.«

»Ich habe nie behauptet, dass du mir gehörst«, widersprach er.

»Ich glaube, dass du genau das gerade gesagt hast. Das ist nicht akzeptabel. Was macht dir überhaupt Sorgen? Warum sollte ich mein Leben noch komplizierter machen, als es ohnehin schon ist? Um noch mehr Sex zu haben? Ich kann kaum mit dem umgehen, was ich bereits bekomme. Ich habe kein Interesse daran, mit jemand anderem auszugehen, aber das gibt dir nicht das Recht, mich kontrollieren zu wollen. Du kannst mir nicht sagen, was ich tun soll oder mit wem ich reden darf.«

»Es gefällt dir also nicht, wenn ich besitzergreifend werde«, gab er zurück. »Was war dann gestern mit den Mädchen? Das schien dir auch nicht zu gefallen.«

»Weil ich halb nackt war und dich geküsst habe. Sie haben uns gestört, da wäre jeder aufgebracht gewesen.«

»Was ist dann mit der Australierin in den Höhlen gewesen? Die Blicke, die du ihr zugeworfen hast, waren unübersehbar.«

»Ja, klar«, schnaubte sie. »Sie hat sich an dich rangemacht und sich wie eine Würgeschlange um dich gewickelt. Natürlich nervt es mich, wenn eine Frau, die so gebaut ist, dir so ins

Gesicht springt. Es ist ja nicht so, als könnte ich dir das Gleiche bieten.«

»Mir gefällt, was du hast. Ich dachte, das hätte ich mittlerweile deutlich gemacht. Du hast doch nicht gesehen, dass ich sie ermutigt hätte, oder?«

»Nein«, gab sie zu. »Wenn ein Typ mich so anmacht wie sie dich, dann hast du die Erlaubnis, darüber aufgebracht zu sein. Aber das ist hier nicht passiert, und das weißt du auch. Hör auf, daraus etwas zu machen, was es nicht ist.«

»Aufgebracht? Ja, ich wäre aufgebracht. Ich schätze, er wäre auch aufgebracht, wenn ich ihn vermöble. Inwiefern mache ich daraus etwas, was es nicht ist?«

»So ahnungslos kannst du doch gar nicht sein«, setzte sie an, dann hielt sie inne, als sie ihren Namen hörte.

»Kate?« Sie drehte sich um, und Koti sah Hemi und Reka, die auf dem Bürgersteig auf sie zukamen.

»Die Stadt ist zu klein«, murmelte Kate. »Großartig. Tolles Timing für die große Enthüllung.«

Das andere Paar blieb vor ihnen stehen, und Reka sah mit unverhohlener Neugierde von einem zum anderen. »Wie läuft's?«, fragte sie. »Ich dachte, Sie mögen ihn nicht, Kate. Sieht so aus, als hätte sich das geändert.«

»Ganz und gar nicht«, erwiderte Kate mit finsterem Blick. »Ich habe ihm gerade sogar gesagt, was ich von ihm halte.«

»Wir streiten«, sagte Koti mit reumütigem Lächeln. »Keine Sorge. Das gehört dazu.«

»Ich gewinne«, fügte Kate hinzu. »Denn er war ein Idiot.«

Reka wechselte einen Blick mit Hemi. »Ah, der Groschen ist gefallen. Ich wusste nicht, dass ihr beide zusammen seid. Du erzählst mir ja nie was«, beschwerte sie sich bei ihrem Mann.

»Was? Sind wir nicht. Nicht mehr«, sagte Kate. »Es sei denn, er entschuldigt sich.«

Hemi warf Koti einen mitfühlenden Blick zu. »In Schwierigkeiten, was? Vertrau mir, Kumpel, und entschuldige dich. Kannst es genauso gut auch akzeptieren, dass du falsch liegst.«

»Du weißt doch gar nicht, worum es geht«, beklagte Koti sich.

»Muss ich nicht, ich bin lange genug verheiratet.«

Reka stieß ihn an. »He, du liegst einfach fast immer falsch, deshalb musst du dich so oft entschuldigen.«

»Siehst du, was ich meine?«, fragte Hemi. »Akzeptiere es, dann wirst du glücklicher sein.«

»Ja, das wird er. Genau wie du«, teilte Reka ihrem Mann mit. »Denn du bist immer noch mit mir verheiratet. Verheiratete Männer sind glücklicher, wie Studien beweisen. Sie sind glücklicher und leben länger.«

»Bist du dir da sicher? Oder kommt es einem nur länger vor?«, lachte Hemi. Er legte einen Arm um seine protestierende Frau und drückte sie. »Ich habe Glück, dass ich dich habe und dass du dich mit mir abgibst, das weiß ich. Ich führe dich zum Abendessen aus und zeige dir, dass ich es auch so meine. Die zwei können das unter sich ausmachen.«

Reka umarmte Kate. »Lassen Sie ihn nicht vom Haken«, riet sie. »Es tut ihm gut.«

Dann wandte sie sich an Koti. »Du bist ein guter Junge«, erklärte sie. »Aber du brauchst jemanden, der von dir nicht geblendet ist, damit du nicht abhebst. Das habe ich schon immer gedacht.«

»Keine Sorge«, erwiderte er mit einem Lächeln. »Darin ist Kate spitze.«

* * *

»Das war peinlich«, seufzte Kate, nachdem Hemi und Reka weitergegangen waren.

»Ich würde sagen, die Katze ist aus dem Sack«, erwiderte Koti, »zumindest in der Mannschaft. Weshalb unser Streit sinnlos wird.«

»Netter Versuch. Ich warte immer noch auf meine Entschuldigung.« Sie verschränkte die Arme und klopfte mit der Spitze eines Stöckelschuhs auf den Boden.

»Wofür soll ich mich noch mal entschuldigen? Ich habe es vergessen. Erinnere mich daran, damit ich es nicht wiederhole.«

»Sehr lustig. Du entschuldigst dich, weil du dich wie ein besitzergreifender Idiot aufgeführt hast. Was du auch sehr gut weißt.«

Er trat zu ihr, zog sanft ihre Hände auseinander und hielt sie fest. »Es tut mir leid, dass ich dich so sehr mag, dass ich den Gedanken nicht ertrage, ein anderer könnte in deiner Nähe sein. Denn im Moment machst du mir mein Leben absolut unmöglich.«

»Das ist alles? Das ist die große Entschuldigung?«

»Ja, das ist sie«, bestätigte er.

Sie sah ihn noch immer finster an, und er beschloss, dass es das noch nicht war. »In Ordnung«, seufzte er. »Es tut mir leid, dass du meinetwegen wieder die Schutzwälle errichtet hast. Ich verspreche dir, dass ich dich nicht als meinen Besitz betrachte. Ich weiß, dass du eine eigenständige Person bist und dass du das Recht hast, zu reden, mit wem du willst. Aber der Gedanke daran, dass dich jemand anmacht, wird mich nie begeistern, dagegen kann ich nichts tun. So ist das nun mal.«

»Also«, gab sie nach, »mich freut es auch nicht gerade, wenn sich Frauen an dich ranschmeißen, und ich werde mich deswegen viel häufiger aufregen müssen als du. Ich schätze, wir werden uns darauf einigen müssen, dass wir einander vertrauen. Das heißt, dass wir keine Eifersuchtsanfälle in Restaurants bekommen. Wenn es dich stört, behalt es für dich.« Sie sah ihn wieder finster an.

Er hob die Hände und kapitulierte. »Einverstanden. Zumindest werde ich mich bemühen. Können wir jetzt nach Hause? Dann mach ich es wieder gut. Es wird was Besonderes, versprochen. Befriedigung garantiert.«

Sie lachte widerstrebend. »So viel habe ich schon rausgefunden. Ich bin mir aber nicht sicher, ob ich etwas Besonderes ertrage, wir haben kaum etwas gegessen. Was ist mit Dinner? Sollen wir uns was anderes suchen?«

»Ich mach dir ein Sandwich. Komm mit.«

* * *

»Du bist ein teures Date«, beschwerte er sich später, als er nur in Trainingshose gekleidet und mit einem Paar hastig zusammengestellter Sandwiches auf einem Teller ins Schlafzimmer zurückkehrte. »Ich muss dir Abendessen machen, obwohl ich dich bereits zum Essen ausgeführt habe. Weißt du, manche Frauen würden jetzt anbieten, mir etwas zu kochen.«

»Dann solltest du vielleicht mit einer von ihnen ausgehen«, erwiderte sie schnippisch und lehnte sich gegen die Kissen.

»Ich bin noch nicht so weit, aufzugeben«, lenkte er ein. »Selbst wenn ich Sandwiches machen muss.«

Sie lächelte glücklich und biss ab. »In bestimmten Dingen bist du ganz brauchbar, trotz deiner vielen Charaktermängel.«

»Danke. Ich bin froh, dass ich dir etwas zu bieten habe.«

»Es war eine Überraschung, um ehrlich zu sein«, sagte sie nachdenklich. »Ich habe mich immer mit dem Gedanken getröstet, dass du wahrscheinlich schlecht im Bett bist. Jedes Mal, wenn ich deinetwegen ganz heiß war, dachte ich: ›Was soll's, die Fantasie ist ohne Zweifel besser als die Realität.‹ Ich bin davon ausgegangen, dass ich mit Sicherheit enttäuscht werden würde, also war es mir ganz recht.«

»Was?«, fragte er aufgebracht. »Warum solltest du das denken?«

Sie zuckte die Achseln. »Ich habe angenommen, dass jemand, auf den so viele Frauen scharf sind, nie viel dafür tun oder sich Gedanken darüber machen musste, was seine Partnerin braucht. Ich dachte, du wärst selbstsüchtig.«

»Ich bin allerdings selbstsüchtig«, wandte er ein. »Ich mache genau das, was ich will. Ist dir das nicht aufgefallen? Das heißt aber nicht, dass ich … wie war das? Schlecht im Bett bin? Danke dafür.«

»Ich hab dir doch schon gesagt, dass ich mich geirrt habe«, sagte sie. »Tut mir leid, aber jemand, der mich gerade so befriedigt hat, kann nicht selbstsüchtig sein. Zumindest nicht im Bett.«

»Aber genau das fühlt sich gut an. Dich so erregt zu sehen. Dich zu hören. Zu wissen, dass ich das mit dir anstellen kann. Das will ich. Dabei fühle ich mich mächtig, wenn du die Wahrheit wissen willst.«

Sie drehte den Kopf, um ihn anzusehen. »Deshalb kann ich mich nie entscheiden, ob du eine zu hohe Meinung von dir hast, oder ob du dir nicht genug zutraust. Sich am Vergnügen eines anderen zu erfreuen, ist das Gegenteil von selbstsüchtig, selbst wenn du deine Gründe dafür hast. Die im Übrigen berechtigt sind.«

Sie legte ihr angebissenes Sandwich beiseite und rutschte näher, bevor sie ihm einen Kuss auf die Wange gab und mit der Hand über seine Brust fuhr. »Denn du bist mächtig, wenn du das mit mir anstellst. Du machst mich so verrückt, dass ich nicht denken kann. Nicht sprechen kann. So sehr will ich dich.«

»Das wäre dann das Positive an der Sache«, sagte er, bevor er den Teller wegstellte, damit er sie in die Arme nehmen konnte. »Neben dem Temperament. Ich nehme die wilde Seite hin, wenn du sie mir hier zeigst.«

Nicht mehr acht

Koti fluchte, als er am späten Samstagnachmittag das Auto sah, das in seiner Einfahrt stand. »Erwartest du jemanden?«, fragte Kate, als er am Straßenrand parkte.

»Nein, aber es überrascht mich auch nicht. Das werden meine Schwestern sein, das da ist Graces Auto. Aber ich wette, dass sie nicht alleine gekommen ist.«

»Oh.« Kate war plötzlich verunsichert. »Warum lässt du mich nicht einfach zu Hause raus? Dann kannst du dich um deinen Besuch kümmern.«

»O nein. Je mehr, desto besser. Komm.« Er sprang aus dem Auto und nahm ihre Surfbretter vom Dach.

»Ich bin mir nicht sicher, ob das eine gute Idee ist«, erwiderte Kate nervös, während sie zu seinem Haus gingen. »Ich bin ganz zerzaust. Auf jeden Fall bin ich noch nicht bereit, deine Familie zu treffen.«

»Ich dachte, du machst angesichts von Herausforderungen keine Rückzieher mehr«, sagte er. »Und meine Schwestern können eine ganz schöne Herausforderung sein, glaub mir.«

»Das hilft mir weiter, danke.« Sie wünschte sich, sie hätte sich zumindest die Zeit für Make-up genommen, nachdem sie den Neoprenanzug ausgezogen hatte. Sie zupfte sich den Pullover über der Jeans zurecht und atmete tief durch, während Koti die Tür öffnete.

»He, wer ist da?«, rief er, sobald sie drinnen waren, wo sie der köstliche Duft nach gebratenem Fleisch empfing.

»Koti.« Eine große Frau kam strahlend aus der Küche und wischte sich gerade die Hände an einem Geschirrtuch ab. »Wie schön, dich zu sehen, Darling. Hope«, rief sie. »Koti ist zu Hause.«

Koti erwiderte die Umarmung und den Kuss seiner Schwester und zog Kate zu sich, als eine andere Frau das Zimmer betrat.

»Das sind meine Schwestern. Grace.« Er zeigte auf die eher mütterlich wirkende Frau, die sie begrüßt hatte. »Und Hope«, fügte er hinzu, bevor er die andere Frau umarmte und küsste, eine klassische Schönheit mit Kotis bronzefarbenem Teint und dem dichten schwarzen Haar, das wie bei ihrer Schwester zu dem Knoten hochgesteckt war, den Kate mittlerweile als die bevorzugte Frisur der Maori erkannte.

»Das ist Kate«, teilte er den Frauen mit, während er ihre Hand fest umklammerte. »Wir waren surfen, weshalb wir erst mal duschen müssen, bevor wir uns unterhalten können. Ich wusste ja nicht, dass ihr kommt.«

»Du Arme«, sagte Hope mitfühlend zu Kate. »Dass wir euch so überfallen. Wir haben dir geschrieben, Koti«, sagte sie vorwurfsvoll. »Hast du es nicht gesehen?«

»Wie gesagt, wir waren surfen. Wo sind die Kinder?«

»Zu Hause bei den Männern«, antwortete Grace. »Wir haben heute Morgen beschlossen, über das Wochenende herzufahren und shoppen zu gehen. Das war eine ganz spontane Idee. Es war ein schöner Tag, und wir waren in allen Geschäften. Haben sie praktisch leer gekauft. Aber ich bin froh, dass du hier bist. Wir haben natürlich zuerst auf dem Spielplan nachgesehen, daher wussten wir, dass du nicht spielst.«

»Also habt ihr beschlossen, hier einzufallen. Übers Wochenende, nehme ich an«, erkundigte er sich leicht mürrisch.

»Natürlich. Denn wir fehlen dir ganz bestimmt. Außerdem hast du Mum seit drei Wochen nicht besucht. Es ist offensichtlich an der Zeit, dass deine Familie nach dir sieht und sich davon überzeugt, dass dein Kopf noch auf deinen Schultern sitzt. Aber mach erst mal. Bring die arme Frau nach oben, und lass sie ein Bad nehmen, sie sieht halb erfroren aus. Wir haben das Essen bereits aufgesetzt, und bis ihr so weit seid, ist alles fertig. Na los, wärm dich ein bisschen auf«, drängte sie Kate wieder und scheuchte sie und Koti weg. »Wenn ihr runterkommt, können wir ein Glas Wein trinken und uns näher kennenlernen.«

Kate folgte Koti schweigend nach oben, dann ließ sie sich auf das Bett fallen. »Wow.«

»Hab ich dir doch gesagt. Zum Glück ist Joy nicht da. So musst du nur mit zwei von drei Schwestern klarkommen.«

»Deine Schwestern heißen Hope, Grace und Joy?«, fragte sie ungläubig. »Das sind hübsche Namen«, beeilte sie sich, ihm zu versichern. »Es ist nur etwas überwältigend, sie zusammen zu hören.«

Er lachte. »Nicht so überwältigend, wie sie zusammen zu treffen. Sei froh, dass Joy es nicht geschafft hat, sie redet am meisten.«

»Wow. Ich glaub dir das einfach mal. Sind sie alle älter als du oder jünger?«

»Du machst Witze, oder? Sie sind älter. Ich bin das Nesthäkchen, sieht man das nicht? Hope ist die Jüngste und Ruhigste. Grace ist die Älteste. Und die Strengste.«

»Allmählich beginne ich es zu verstehen. Und sie können sich hier ganz zu Hause fühlen, nehme ich an. Ich wette, sie haben alle einen Schlüssel.«

»Stimmt. Ich kann ja auch nicht unbedingt behaupten, ich hätte keinen Platz, oder?«

»Nein. Das ist die Last des Erfolgs. Und der Familie. Also gut«, sagte sie entschlossen und stand vom Bett auf. »Wenn ich mich diesem Tribunal stellen soll, muss ich mich erst mal sauber machen. Ich wünschte allerdings wirklich, ich hätte etwas Hübscheres zum Anziehen.«

* * *

»Was machst du da?«, fragte sie alarmiert, als er ein paar Minuten später zu ihr unter die Dusche kam. »Deine Schwestern sind unten.«

»Ja, das sind sie«, stimmte er zu und nahm sie in die Arme. »Das ist also unsere Gelegenheit, nicht wahr? Hier kannst du ruhig laut sein«, ermutigte er sie, während er sich Duschgel in die Hand drückte und mit den eingeseiften Händen über ihre Haut strich. Er lächelte, als sie den Kopf in den Nacken legte und er das leise Schnurren in ihrer Kehle hörte. »Das wäre für uns beide ein Bonus.«

Nach ein paar Minuten mit der Seife hob er sie unter den Duschstrahl und ließ das Wasser auf sie prasseln. »Außerdem habe ich dir hart gegen die Wand versprochen, schon vergessen? Das habe ich noch nicht eingelöst, nicht wahr? Was du heute kannst besorgen, und so weiter …«

* * *

Als sie sich schließlich in der Küche zu den anderen gesellten, hoffte Kate inbrünstig, dass Kotis Schwestern sich nichts dabei dachten, dass sie so lange geduscht hatten. Ihre Knie waren noch immer ganz weich, und sie wurde bei dem Gedanken an das, was sie dreieinhalb Meter über ihnen getan hatten, rot.

Grace schaute gerade in den Ofen, während Hope auf der großen Kücheninsel in der Mitte einen Salat zubereitete. »Wie ich sehe, geht es euch beiden besser, jetzt, da ihr euch aufgewärmt habt.« Hope lächelte sie an.

Kate errötete wieder und fühlte sich wie ein Schulmädchen, das man bei etwas Verbotenem ertappt hatte.

»Stimmt.« Koti lächelte sie an und zog Kate an sich. »Viel besser. Hunger haben wir auch. Was macht ihr für uns?«

»Lammkeule, gebratenes Gemüse und Salat«, verkündete Grace, die einen Bräter aus dem Ofen zog. »Gieß uns Wein ein, Koti. Wir haben einen schönen Spätburgunder gekauft, er steht drüben auf der Bank.«

»Was kann ich tun?«, fragte Kate.

»Nichts. Bleibt einfach sitzen, und unterhaltet euch ein bisschen, während wir alles vorbereiten«, wies Hope sie an.

»Wie oft kommt ihr beide nach Auckland?«, fragte Kate, als Kotis Schwestern das herrliche Mahl aufgetischt hatten und alle kräftig zulangten. »Geht ihr immer hier shoppen?«

Grace lachte. »Es ist eigentlich nur eine Ausrede, um mal von den Kindern wegzukommen. Und natürlich um ein Auge auf unseren Bruder zu haben.« Sie sah ihn voller Zuneigung an.

»Wie viele Kinder habt ihr?«, fragte Kate.

»Ich habe drei, Hope zwei«, erwiderte Grace. »Ihre Väter kümmern sich gerade um sie, das tut ihnen gut. Meine sind zehn, sieben und fünf Jahre alt, Hopes fünf und zwei. Hin und wieder brauchen wir eine Pause.«

»Du hast also fünf Nichten und Neffen«, sagte Kate zu Koti. »Wow. Das wusste ich gar nicht.«

»Sieben«, korrigierte Hope. »Joy hat auch zwei Kinder. Was ist mit dir, Kate? Wie viele Nichten und Neffen hast du?«

Sie lachte. »Da muss ich passen. Keine. Ich bin ein Einzelkind. Meine Eltern wohnen in Kalifornien. Ich fürchte, ihr würdet mein Familienleben als schrecklich lahm empfinden, verglichen mit eurem.«

»Ja, was für ein Albtraum«, sagte Koti mit unbewegter Miene. »So viel Frieden und Ruhe während der Feiertage.«

»Oh, dir gefällt das«, sagte Grace. »Das weißt du. Schließlich bist du doch der Lieblingsonkel. Du kannst so gut mit den Kindern umgehen, es wird Zeit, dass du eigene bekommst.«

»Ich schätze, ihr wohnt nahe beieinander«, sagte Kate rasch. »Lebt ihr noch dort, wo ihr aufgewachsen seid?«

»Wir wohnen alle in Hamilton«, antwortete Hope. »Alle drei. Nahe beieinander, und in der Nähe unserer Mum und Familie in Cambridge. Wir haben versucht, Koti dazu zu bringen, wieder für die Chiefs zu spielen, nachdem er zurück war.« Sie sah ihn vorwurfsvoll an. »Aber stattdessen ist er nach Auckland gegangen.«

»Warum wohl«, murmelte er, bevor er einen Schluck Wein trank.

»Zumindest spielt er nicht für die Highlander«, sagte Grace. »Er wohnt nahe genug, dass wir ihn besuchen und uns vergewissern können, dass er nicht in Schwierigkeiten gerät.«

»Ich verstehe allmählich, warum du auf Frauen so anziehend wirkst«, teilte Kate ihm mit. »Du hast eine Menge Erfahrung mit ihnen. Anfangs habe ich das allerdings nicht bemerkt«, erklärte sie seinen Schwestern. »Ich sage es nur ungern, aber euer Bruder hat keinen guten ersten Eindruck auf mich gemacht.«

»Auf dich?«, platzte es aus ihm raus. »Ich dachte, bei dir wären ein paar Schrauben locker.«

»›Nicht mehr alle Tassen im Schrank‹, waren, glaube ich, die Worte, die du benutzt hast«, stimmte Kate ihm zu.

»Das war aber später. Zunächst hast du mich des Strandes verwiesen. Ich konnte dich nicht leiden. Na ja, es hat mir immer gefallen, wie du aussiehst«, räumte er ein. »Ich war nur kein Fan von deiner Kratzbürstigkeit.«

Seine Schwestern wechselten Blicke. »Ihr scheint jetzt aber ganz gut miteinander klarzukommen«, stellte Hope fest. »Sieht so aus, als hättet ihr das geklärt. Wie habt ihr euch denn kennengelernt? Klingt, als wäre es ein denkwürdiges Ereignis gewesen.«

»Ich arbeite für die Blues«, sagte Kate. »Koti war einer der ersten Spieler, die ich getroffen habe.«

»Seitdem habe ich versucht, sie davon abzuhalten, andere zu treffen«, warf er ein.

»Noch so ein schwieriges Thema«, erwiderte Kate. »Ganz zu schweigen davon, dass auch hier der berühmte Charme von Koti James versagt hat.«

»Das ist ungewöhnlich«, bemerkte Grace. »Der lässt ihn nicht oft im Stich. Drei ältere Schwestern und eine Mum. Schon seit er auf der Welt ist, bedienen ihn Frauen von vorne bis hinten. Und er weiß auch, wie er es schafft, dass sie das liebend gern tun.«

»Das müsst ihr Kate nicht verraten«, beschwerte Koti sich. »Sie braucht nicht noch mehr Munition. Ich glaube, ich sorge lieber dafür, dass sie keine weiteren Informationen bekommt. Warum geht ihr nicht fernsehen oder so, wir waschen unterdessen ab. Mein Haus, wisst ihr noch?«, rief er ihnen ins Gedächtnis, als sie widersprechen wollten. »So gern ihr das auch vergesst. Na los.«

Er scheuchte seine Schwestern ins Wohnzimmer und schloss erleichtert die Küchentür. »Tut mir leid«, entschuldigte er sich bei Kate. »Du musst mir nicht helfen, wenn du nicht willst, aber ich brauchte mal eine Pause.«

»Sie sind total vernarrt in dich«, sagte Kate, während sie die Reste wegräumte. »Du hast ganz offensichtlich eine herzliche Familie. Sieht so aus, als wärst du der Liebling von allen.«

»Zu herzlich, finde ich manchmal«, murmelte er, während er die Teller in den Geschirrspüler stellte. »Sie überschreiten ein paar Grenzen. Für sie bin ich immer noch der kleine Bruder.«

»Was das betrifft, warum bringst du mich nicht nach Hause, wenn wir hier fertig sind?«, schlug sie vor. »Egal, was du sagst, ich bin mir sicher, dass du etwas Zeit mit ihnen verbringen willst. Ich fühle mich nicht so wohl, bei dir zu bleiben, wenn sie da sind.«

»Warum? Weil es sie überraschen würde, dass du mit mir schläfst? Wir können das Bettzeug im vierten Schlafzimmer zerwühlen, damit du so tun kannst, als hättest du dort übernachtet«, neckte er sie. »Nicht, dass sie es glauben würden. Aber mir wäre es lieber, wenn du bleibst. Wie du sehen kannst, brauche ich die Unterstützung.«

»Genau. Weil sie so streng mit dir sind«, schnaubte sie. »Sie lieben dich.«

Er verzog das Gesicht. »Wenn du hier bist, erinnerst du mich daran, dass ich nicht mehr acht bin und in einem Haus voller Frauen lebe, die mich alle bemuttern.«

»Wo war denn dein Vater?«, fragte sie vorsichtig. »Wenn ich fragen darf.«

»Ist abgehauen«, sagte er knapp. »Als ich acht war, wie gesagt. Da selbst Hope vier Jahre älter ist als ich … ist es ein bisschen schwer, sich wie ein Mann zu fühlen, wenn meine Schwestern mir jahrelang einen Kuss auf den Kopf gegeben haben. Ich kann gar nicht sagen, wie erleichtert ich war, als ich endlich größer war als sie und sie nicht mehr rankamen.«

Kate lachte, aber im selben Augenblick war sie auch gerührt. »Du hast seitdem nichts von deinem Vater gehört?«

»Oh, ich habe von ihm gehört. Sobald ich ein wenig Geld verdient habe und die Journalisten über mich berichteten, hat er davon Wind bekommen. Meine Mum oder Schwestern hat er natürlich nie kontaktiert, nur mich.«

»Ich nehme an, du hast den Kontakt nicht aufrechterhalten.«

»Bloß nicht. Hab ihm gesagt, dass er sich verpissen soll«, antwortete er mit finsterem Blick. »Entschuldige den Ausdruck. Der bloße Gedanke daran macht mich wütend, nachdem er Mum verlassen hat und sie uns vier alleine großziehen musste. Er hat Geld geschickt. Musste er ja. Aber das war alles. Ich schätze, er ist der Meinung gewesen, er hätte das Recht darauf, sich zu amüsieren, und wir waren ihm dabei im Weg. Mum hatte diese Wahl nicht.«

»Klingt, als wäre sie eine starke Frau.«

»Das ist sie. Stark und stolz. Meine Schwestern auch. Sie sind gute Mütter für ihre Kinder. Haben auch ziemlich gute Männer geheiratet. Ich weiß, dass ich eine wundervolle Familie habe, und ich liebe sie, ich wünschte nur, sie könnten sehen, dass ich erwachsen bin. Weshalb ich möchte, dass du heute Nacht hierbleibst, damit ich nicht vergesse, dass ich ein großer Junge bin«, erklärte er mit einem Lächeln, um das ernste Thema abzuschütteln.

Während des restlichen Abends nahm er die Erzählungen seiner Schwestern aus seiner Kindheit gutmütig hin, aber er war offenkundig erleichtert, als er schließlich mit Kate die Stufen zu seinem Schlafzimmer raufging.

»Koti, nein«, zischte sie schockiert, sobald er sie unter der Bettdecke berührte und ihr das Nachthemd über den Kopf ausziehen wollte. »Das können wir jetzt nicht machen. Grace schläft nebenan. Ich würde morgen vor Verlegenheit sterben. Außerdem haben wir es heute schon getan, schon vergessen?«

»Das stimmt. Jetzt werden wir es noch mal machen. Allerdings wirst du diesmal leise sein müssen. Wie ein Mäuschen. Meinst du, du schaffst das?« Er küsste ihren Hals, strich über die Stelle unter ihrem Ohr, die sie so liebte, und biss zärtlich zu.

»Nein«, stöhnte sie, als seine Zähne wieder ihre Haut berührten. »Also musst du aufhören.«

»Hmmm. Du bist eine laute Frau, das ist mir nicht entgangen. Aber ich habe eine Idee: Jedes Mal, wenn du es vergisst, höre ich mit dem auf, was ich tue, und warte darauf, dass du wieder leise bist, bevor ich weitermache. Dann hast du einen Anreiz, dich zu benehmen.«

Er liebkoste sie mit der Hand. »Keinen Ton«, rief er ihr ins Gedächtnis. »Sonst höre ich auf.« Er senkte den Kopf auf ihre Brust und biss zu. Und hielt sofort inne, als sie stöhnte. »Du gibst dir keine Mühe«, warf er ihr vor. »Konzentrier dich.«

»Koti, warte. Nicht«, protestierte sie, als er weitermachte.

»Nicht?«, fragte er und sah hoch, bewegte die Hand wieder.

»O nein«, stöhnte sie. »Hör nicht auf. Bitte.«

»Gibst du dir auch mehr Mühe?«, fragte er ernst. »Denn bis jetzt beeindruckst du mich nicht.«

»Oh«, seufzte sie. »Ja. Ich verspreche es. Bitte. Ich versuch's.«

Eine Viertelstunde später sah er vorwurfsvoll hoch. »Du hast keinerlei Selbstbeherrschung. Ständig muss ich abbrechen. Was soll ich nur mit dir machen?«

»Wir müssen aufhören«, keuchte sie, während ihr Körper erschauerte. »Ich schaff das nicht. Du bringst mich noch um.«

Er lächelte. »Nur noch ein bisschen länger. Streng dich an. Du brauchst nur etwas mehr Disziplin, mehr nicht. Und ich schätze, ich bin der Mann, der sie dir beibringen wird.«

* * *

Am Ende konnte sie sich nicht beherrschen. Als sie aufschrie, spürte sie, wie er die Hand fest auf ihren Mund drückte. Nach der herrlichen Qual der vorangegangenen Minuten war das zu viel, und sie verlor sich in den Wellen der intensivsten Empfindungen ihres Lebens.

»Das reicht, mehr ertrage ich nicht«, stöhnte sie, als er endlich zu ihr rauf kam.

»Oh, ich denke, du erträgst noch mehr«, versicherte er ihr. »Egal. Ich weiß jetzt, wie ich dafür sorge, dass du still bist. Komm schon, Baby. Öffne dich für mich.«

Schluchzend tat sie, worum er sie bat. Und verlor sich wieder. Sie riss erschrocken die Augen auf, als er leise in ihr Ohr sprach, ihr sagte, was er tat, all die Dinge nannte, die er mit ihr anstellen wollte. Sie wand sich wieder und riss ihn mit sich. Als sie schließlich gemeinsam den Höhepunkt erreichten, bedeckte er wieder ihren Mund und vergrub sein Gesicht im Kissen, um seinen eigenen Triumphschrei zu dämpfen.

Erschöpft und erstaunt lag sie in den Kissen. »Du bist ein unanständiger Mann«, sagte sie schließlich. »Ich kann nicht glauben, dass du das zu mir gesagt hast.«

»Es war an der Zeit, zu sehen, wie sehr es dir gefällt. Ich bin kein Experte, aber ich würde sagen, dass es dir sehr gefallen hat. Vermutlich gefällt es dir auch, wenn ich dir die Hand auf den Mund lege. Du bist selbst ein ziemlich schlimmes Mädchen.«

»Wenn du dich hiernach immer noch wie ein Achtjähriger fühlst, musst du ein ziemlich frühreifes Kind gewesen sein«, erwiderte sie ernst.

»Mmm, ich denke, ich kann mich jetzt meinen Schwestern stellen«, stimmte er zu und küsste sie. »Ich muss nur dich ansehen und mir vorstellen, was wir gerade getan haben, damit ich mich wieder wie ein Mann fühle.«

»Großartig. Jedes Mal, wenn du mich morgen anschaust, werde ich rot werden.«

»Ja, auch das wird lustig.«

Ein freundschaftlicher Kuss

»Wir sollten besser gleich aufbrechen«, sagte Grace widerwillig am nächsten Morgen und stand auf, um das Frühstück aus Eiern und Speck vom Tisch zu räumen, das sie ihnen allen zubereitet hatte. »Ich muss noch alles für morgen vorbereiten.«

»Was genau musst du denn vorbereiten?«, fragte Kate.

»Hat Koti dir das nicht erzählt?«, fragte Grace überrascht. »Wir sind Lehrerinnen. Joy, Hope und ich, und unsere Mum auch. Unser Junge hier ist der Einzige, der dem Familienfluch entgangen ist.« Sie beugte sich vor und gab ihm einen Kuss auf den Kopf, während er die Augen verdrehte und Kate ein Lachen unterdrückte. »Seine Talente liegen auf einem anderen Gebiet.«

»Ich wette, dass er gut in der Schule war«, widersprach Kate. »Oder nicht?«, fragte sie Koti.

»Ziemlich gut«, gab er zu. »Ich bin auch zur Uni gegangen. Aber ich habe auch Rugby gespielt, und es wurde zu schwierig, beides unter einen Hut zu bekommen. Ich habe nur ein paar Jahre lang studiert.«

»Sieht für mich so aus, als hätte er jede Menge Talente«, sagte Kate zu Grace. »Aber ihm ist etwas anderes über den Weg gelaufen, das besser zu ihm passte.«

Grace sah überrascht zwischen ihnen hin und her, einen Teller in jeder Hand.

»Da hast du recht, Kate«, warf Hope ein. »Wir sind nicht daran gewohnt, so von ihm zu denken. Allerdings würde es mir auch nicht gefallen, wenn man einen meiner Schüler in eine Schublade stecken würde.«

»Das passiert mir auch«, gestand Kate. »Koti hat es mir einmal vorgeworfen. Weißt du noch?«, fragte sie ihn. »Es hat mich immer überrascht, wenn er etwas Einfühlsames gesagt hat. Manchmal ist es nicht leicht, hübsch zu sein, die Leute unterschätzen dann den Verstand, glaube ich.«

»He«, beschwerte er sich. »Ich sitze hier direkt neben euch. Außerdem bin ich nicht hübsch.«

Die drei Frauen sahen einander an und lachten. »Tut mir leid«, sagte Kate mit einem Lächeln. »Aber dein Publikum ist anderer Meinung. Wir könnten dich umwerfend nennen, wäre das besser?«

»Nein«, erklärte er mit finsterem Blick. »Reden wir von was anderem.«

»Lasst uns davon reden, zu den Kindern zurückzufahren«, entschied Hope, wie immer darauf aus, Frieden zu stiften. »Danke, dass wir dich überfallen durften, Bruderherz«, fuhr sie fort und beugte sich vor, um ihm einen Kuss auf die Wange zu geben. »Auch dafür, dass du uns die Gelegenheit gegeben hast, Kate kennenzulernen.«

Sie stand auf und bemerkte zu ihrer Schwester: »Ich wette, den Abwasch können wir den beiden überlassen. So wie ich Doug kenne, wird es davon zu Hause noch genug geben. Da kann ich mir meine Kräfte genauso gut dafür aufsparen.«

»Wie ich sehe, weiß Hope, wie man die Sachen anpackt«, teilte Kate Koti mit, als sie wieder im Haus waren, nachdem sie den Schwestern hinterher gewinkt hatten. »Noch dazu so diplomatisch. Ich wünschte, ich wäre mehr wie sie.«

»Das wird nie passieren«, erwiderte er. »Aber keine Sorge, im Direktsein bist du Meister.«

»Dann werde ich dir ganz direkt sagen, dass ich auch nach Hause muss. Ich habe noch eine Menge zu tun, bevor die Woche wieder anfängt.«

»Ich auch. Hemi ist einverstanden, sich heute mit mir ein paar Spiele anzusehen.«

»Du hast ihn gefragt«, stellte sie zufrieden fest.

»Ja«, antwortete er mit einem Achselzucken. »Es schadet vermutlich nicht, wenn ich mir ein paar Tipps hole, wo ich mich noch verbessern kann. Ich habe auch mit Drew gesprochen, er hilft mir beim Training.«

»Das war bestimmt nicht einfach«, sagte sie. »Dazu braucht es ganz schön Mut.«

»Das stimmt«, gab er zu. »Aber Drew hat es mir leicht gemacht. Er hat mir für die Hilfe mit dem Baby gedankt und gesagt, er wäre mir was schuldig, da konnte ich das mal gut anbringen.«

»Ich schätze, das Ergebnis werde ich nächste Woche sehen. Du wirst mir aber erklären müssen, worauf ich achten soll, was du anders machen wirst. Nicht, dass ich es erkennen würde. Vielleicht sehen es die Sportkommentatoren ja. Auf die Art kann ich so tun, als wäre es mir aufgefallen.«

»Da sind wir in Canberra«, erinnerte er sie. »Das heißt, dass ich von Donnerstagmorgen bis zum Sonntagnachmittag nicht da bin.«

»Dann bin ich froh, dass wir das Wochenende zusammen verbracht haben«, verkündete sie. »Surfen und … so. Ich bin schon besser geworden, meinst du nicht? Beim Surfen, meine ich. Muss am Trainer liegen.«

»Das, und an dem Pitbull in dir. Du gibst nicht auf, das muss man dir lassen.«

»Ohne Fleiß kein Preis«, stimmte sie zu. »Das hätte mein Dad gesagt. Das und: ›Wennschon, dennschon.‹ Das ist so ziemlich das Motto aller Buchhalter.«

»Erinnere mich daran, niemals mit deiner Familie Brettspiele zu spielen. Eure Scrabble-Abende müssen wahre Albträume sein.«

»Das stimmt«, lachte sie. »Woher weißt du das?«

»Gut geraten. Aber ich habe eine Frage: Warum bringst du morgen nach der Arbeit nicht ein paar Sachen her und bleibst, bis ich abfahre? Wir müssen dringend Zeit aufholen.«

»Meinst du nicht, dass es ein bisschen früh ist, meine Sachen in deinen Schrank zu hängen? Geht das nicht ein wenig zu schnell?«

»Wenn es dir zu viel wird und du Zeit für dich brauchst, kannst du jederzeit für eine Nacht zurück in deine Wohnung«, schlug er vor. »Oder einen Streit vom Zaun brechen, damit ich dich rauswerfe.«

»Beruhigend. Aber ich schätze, wir können es versuchen. Ich muss dich aber warnen: Ich kann nicht besser kochen als du. Ich will in dir keine falschen Hoffnungen wecken und dir das Gefühl geben, du würdest dir eine göttliche Hausfrau an Land ziehen. Ich bin nicht wie deine Schwestern. Ich kann es essen, aber ich kann es nicht zubereiten.«

»Ich dachte, du wärst Italienerin«, seufzte er. »Na ja, da kann man nichts machen. Wir werden gemeinsam daran arbeiten müssen, schätze ich. Wenn es komplett schiefgeht, können wir uns immer noch etwas bestellen.«

»Na gut«, willigte sie ein. »Du bist für den Einkauf zuständig, da du morgen frei hast. Kauf das, was du zubereiten kannst, das passt dann bestimmt auch zu meinen Fähigkeiten.«

* * *

»Also, das war gar nicht mal so schlecht«, verkündete sie am Mittwochabend, während er die Nudeln mit Wurst-Paprika-Soße aufaß, die sie zusammen gekocht hatten. »Wir haben sogar jeden Abend etwas Essbares zustande gebracht. Wer hätte das gedacht?«

»Es ist gut gelaufen«, stimmte er zu. »Jetzt hast du erst mal eine Pause von mir und kannst tun, was du willst. Dich erholen«, sagte er mit einem spitzbübischen Lächeln.

»Was vermutlich heißt, dass ich lesen werde«, gab sie ebenfalls lächelnd zu. »Oder ich werde mir, wenn mir nach etwas Aufregung ist, einen Film im Fernsehen ansehen. Vielleicht versuche ich am Samstag, alleine surfen zu gehen, an einer der leichteren Stellen. Du weißt ja, wie hektisch mein Sozialleben ist, ich werde aber versuchen, mir etwas Zeit zu nehmen, um mir das Spiel anzusehen. Vielleicht schau ich mal, ob Hannah am Samstagabend ein wenig Gesellschaft brauchen kann. Ich würde gern das Baby wiedersehen. Wo wir gerade von Plänen sprechen«, fuhr sie fort. »Ich könnte dich morgen früh zum Flughafen bringen, dann kann ich danach gleich zur Arbeit fahren.«

»Danke. Wenn es dir nichts ausmacht, mich am Samstagnachmittag wieder abzuholen. Hemi nimmt mich sonst immer mit, aber sein Auto ist mit den drei Kleinen auf dem Rücksitz ziemlich voll.«

»Ist das nicht ein wenig öffentlich?«, wandte sie ein. »Wenn das ganze Team da ist?«

»Warum? Kann ein Freund einen anderen Freund nicht abholen? Ich werde dich sowieso sehen wollen. So kannst du gleich mit mir nach Hause kommen und würdest mir den nächtlichen Besuch ersparen«, fügte er mit einem breiten Grinsen hinzu.

»Zauberhaft. Wie kann ich da widerstehen, wenn du mich so nett bittest?«

»Ich bin mir sicher, dass es dir gelingen würde, aber mir wäre es lieber, wenn du nicht widerstehst. Komm schon, Kate, triff dich mit mir. Es wird die Mühe wert sein, versprochen.«

»In Ordnung«, gab sie nach. »Ich schätze, bis dahin werde ich dich auch sehen wollen.«

* * *

Kate fuhr auf einen freien Platz vor dem internationalen Flughafen und eilte hinein. Der Sonntagsverkehr war schleppend gewesen, und sie hoffte, dass Koti noch nicht durch den Zoll war und auf sie wartete. Sie war erleichtert, als sie den Ankunftsbereich betrat und Hannah und Reka in der Menge entdeckte. Die Mannschaft war noch nicht angekommen.

»Kate«, rief Reka erfreut. »Ihr habt euch also wieder versöhnt, Koti und Sie.«

»Haben wir. Ein kleiner Streit«, erklärte sie Hannah. »Was Hemi und Reka natürlich gesehen haben.«

»Wenn Sie sich auf dem Bürgersteig mitten in Takapuna streiten, dann bleibt das nicht aus, dass Sie jemand sieht«, erwiderte Reka.

»Spielt keine Rolle, wo man sich streitet, würde ich sagen«, sagte Hannah mit einem Lächeln, während sie das schlafende Baby auf den anderen Arm nahm. »Manchmal ist es so, als würde man in einem kleinen Dorf wohnen.«

»Ihre Kinder habe ich noch gar nicht gesehen«, sagte Kate zu Reka. »Sieht so aus, als würden sie Sie ganz schön auf Trab halten.«

»Warum, nur weil sie wie Monster durch die Gegend springen? Ich frage mich, wie Sie darauf kommen. Ariana und Jamie«, verkündete sie und zeigte auf die beiden Kinder mit den dunklen Locken, die neben ihr ein Abklatsch-Spiel spielten. »Der im Buggy ist Luke.«

Der Zweijährige im Kinderwagen schaute mit großen braunen Augen ernst zu Kate hoch.

»Hallo«, grüßte sie ihn ebenso ernst und schüttelte die kleine Hand. Er kicherte und sah schüchtern weg.

»Drei. Ich sehe, warum Sie keinen weiteren Platz im Auto haben«, sagte Kate.

»Wir haben jede Menge Platz. Wir haben ein Massentransportmittel«, erwiderte Reka. »Hemi behauptet, er könnte jedes Mal, wenn er einsteigt, spüren, wie sein Testosteron schwindet.«

»Ein Kleinbus«, erklärte Hannah.

»Oh.« Reka dämmerte es, als sie die Überraschung auf Kates Gesicht sah. »Koti hat Ihnen gesagt, dass er eine Mitfahrgelegenheit nach Hause braucht, nicht wahr? Der Junge hat jede Menge Tricks auf Lager.«

Kate lachte. »Ich sollte mich geschmeichelt fühlen, nehme ich an. Aber Sie haben recht, es ist manchmal schwer, ihm einen Schritt voraus zu sein.«

»Wenn es jemand kann, dann Sie, habe ich den Eindruck«, sagte Reka mit einem zufriedenen Lächeln. »Da sind sie ja«, wechselte sie das Thema, als die Männer in ihren blauen Trainingsjacken und mit den Reisetaschen auf den Schultern unter Applaus und Jubelrufen aus der Menge im Eingang auftauchten.

Hannah und Reka machten keine Anstalten, zu ihnen zu eilen. »Warten Sie kurz«, riet Reka Kate. »Sie werden uns in Kürze entdecken.«

Kate beobachtete überrascht, wie eine kleine Gruppe Fans sich um die Spieler scharte. Drew und Koti zogen die meisten Autogrammjäger auf sich, wie sie sah, die anderen Spieler gingen allerdings auch nicht leer aus.

»Das ist noch harmlos«, teilte Hannah ihr mit. »Es gibt aber immer ein paar eingefleischte Fans, die den Reiseplan kennen und herkommen, ganz besonders an einem Sonntag. Bei den All Blacks ist es viel schlimmer.«

»Mir war gar nicht klar, dass Koti so beliebt ist«, sagte Kate überrascht. »Nicht nur bei den Mädchen.«

»Von denen gibt es eine Menge«, lachte Reka, während die Handykameras aufblitzten und Koti seinen Namen auf Zettel schrieb, die ihm unter die Nase gehalten wurden. »Aber die Jungs bewundern sein Können, und die Kinder lieben ihn.«

Ihr stockte unwillkürlich der Atem, als Kotis Blick schließlich ihren fand und sich ein strahlendes Lächeln auf seinem Gesicht ausbreitete. Ihr war vage bewusst, dass sich Drew und Hemi zu ihren Familien gesellt hatten, aber ihre Aufmerksamkeit galt nur dem Mann, der auf sie zukam und die Reisetasche abstellte, um sie in die Arme zu nehmen.

»Ein sehr freundschaftlicher Kuss«, sagte sie, nachdem er sie wieder abgestellt hatte. »Ach, was soll's.« Sie zog seinen Kopf zu sich runter. »Du hast mir gefehlt.«

Schließlich löste sie sich von ihm und bemühte sich, ihn finster anzusehen. »Übrigens, netter Versuch, aber Reka hat mir gerade erzählt, dass sie jede Menge Platz im Auto haben.«

»Stimmt das?«, sagte er. »Da war ich wohl falsch informiert. Vielleicht wollte ich aber nur mein Mädchen früher sehen.«

Sie wandte sich ab, um das alberne Lächeln zu verbergen, und sah, wie Drew Jack von Hannah entgegennahm. Der Anblick des noch immer so kleinen Babys an der breiten Brust seines Vaters rührte sie.

Drew schaute hoch und fing ihren Blick auf. »Er ist gewachsen, während ich weg war«, sagte er mit stolzem Lächeln.

»Ich fasse nicht, wie viel größer er ist«, stimmte sie zu. »Gestern Abend war ich bei euch, für das Spiel, und war beeindruckt. Er muss ganz schön gegessen haben.«

»Da kommt er nach mir, nicht nach seiner Mum«, sagte Drew. »Ist vermutlich auch besser so.«

»Da ich gerade die Gelegenheit dazu habe«, fuhr Kate fort, »wollte ich euch beiden anbieten, dass ich liebend gern auf ihn aufpasse, wenn ihr mal zusammen ausgehen wollt oder so, wo er ein bisschen größer ist und es ihm so gut geht. Ich denke, ich habe den Bogen jetzt raus.«

Drew sah mit hochgezogenen Augenbrauen zu Hannah.

Sie nickte. »Wenn es nur für eine oder zwei Stunden ist. Es würde mir schwerfallen, ihn allein zu lassen, aber wenn Kate auf ihn aufpasst und wir in St. Heliers bleiben und unsere Handys dabei haben …«

»Und eine Babykamera, schätze ich«, sagte Drew. »Oder wir bleiben in der Nähe vom Babyfon. Wir könnten auf der Veranda picknicken.«

Koti lachte. »Meine Schwester Hope meint, die Nabelschnur geht auch nach der Geburt nicht weg, sie ist nur unsichtbar. Sieht so aus, als bliebe sie noch lange bestehen und wird über die Jahre immer dünner, bis es nur noch ein Faden ist. Die Verbindung ist noch immer da, aber die Mum kann loslassen, Stück für Stück.«

Hannah sah ihn verblüfft an.

»Ich weiß«, bemerkte Kate. »Steckt er nicht voller Überraschungen? Er hat sieben Nichten und Neffen, das erklärt es zum Teil.«

»Also da du der Experte bist«, entschied Hannah mit einem Lächeln, »kannst du auch gern vorbeikommen, wenn Kate für uns babysittet. Vielleicht nächsten Montagabend, da ihr an dem Tag frei habt.«

»Danke«, erwiderte Koti. »Da wollte ich sowieso mit ihr ausgehen.«

»Eine Verabredung zum Babysitten hat auch nicht jeder«, bedauerte Hannah ihn.

»Ich war dabei, als der kleine Kerl zur Welt gekommen ist, oder nicht? Ich schätze, dass ich ihn besser kennenlernen sollte. Außerdem trau ich Kate nicht zu, dass sie weiß, was zu tun ist.«

»Natürlich weiß ich das«, widersprach Kate. »Man muss ihn nur füttern und die Windel wechseln, das ist doch nicht schwer.«

Koti und Hannah sahen einander an und lachten. »Ich komme besser mit«, beschloss er. »Nur für alle Fälle.«

Damit es Koti besser geht

»Wir brauchen etwas, das zum Fisch passt.« Kate stand am folgenden Sonntag unentschlossen in der Obst- und Gemüseabteilung im Takapuna New World. »Kartoffeln oder Reis? Was wäre dir lieber? Ich war heute Morgen auf dem Markt und habe frischen Heringskönig geholt. Der Maori bei der Fischbude kann so ein Viech schneller filetieren als jeder, den ich je gesehen habe. Mit dem sollte man sich besser nicht auf einen Messerkampf einlassen.«

»Mir ist heute Abend nicht nach Fisch«, wandte Koti ein. »Ich dachte eher an Steak.«

»Der Fisch hält sich leider nicht. Und ich freu mich darauf, in unserem fortgesetzten Versuch, unsere Kochkünste zu erweitern, etwas Neues auszuprobieren. Ich habe mir sogar Tipps geholt, wie man ihn zubereitet, und kann es kaum erwarten, wie er wird.«

Statt einer Antwort brummte er nur mürrisch. Seufzend schob sie den Einkaufswagen an den Rand des Gangs und drehte sich zu ihm um.

»Hör mal, Koti. Wenn du heute nicht mit mir einkaufen willst, hättest du mir das nur sagen müssen. Ich hätte allein gehen und dich in Ruhe lassen können. Wir müssen nicht mal zusammen zu Abend essen, wenn du lieber allein sein willst. Du wirkst ziemlich müde. Auch ziemlich grantig, wenn ich die Wahrheit sagen soll. Meine Versuche, dich aufzuheitern, funktionieren nicht, und ich kann nicht deine Gedanken lesen, also verrätst du mir besser, was los ist. Liegt es an dem Spiel von gestern Abend, oder hat es was mit mir zu tun?«

»Wenn du kurz darüber nachdenkst, fällt es dir vielleicht ein«, erwiderte er mit finsterem Blick. »Falls es dir nicht aufgefallen ist: Ich war gestern nicht in Form, und wir haben das Spiel verloren. Es ist sowieso nicht leicht zu gewinnen, wenn das Team nur mit halber Kraft spielt und man mit einem Mann weniger auf dem Feld steht, weil ein Trottel schlecht getackelt hat und auf die Strafbank geschickt wurde.«

»Du meinst, dich hat niemand ersetzt?«

»Nein«, sagte er beißend. »Niemand hat mich ersetzt. Hörst du den Sportkommentatoren überhaupt zu? Zehn Minuten mit nur vierzehn Spielern auf dem Feld. Das ist verdammt lange. Die Mannschaftskameraden müssen das ausgleichen, was sie aber nicht konnten. Vielleicht hast du das gemerkt.«

»Schon gut, ich hab's verstanden. Aber pass auf, wie du mit mir redest. Ich verstehe, dass du schlechte Laune hast, aber mir gegenüber unhöflich zu werden, wird dich nicht weiterbringen. Dann gehe ich, nur so als Vorwarnung. Ich stehe kurz davor.«

»Tut mir leid«, murmelte er. »Ich bin heute keine gute Gesellschaft. Du hast recht, ich hätte zu Hause bleiben sollen. Warum versuche ich das überhaupt? Ich soll beim Tackeln aggressiver sein, aber stattdessen bin ich zu weit oben rangegangen und wurde vom Feld genommen.«

»Ist das alles, was du getan hast?«, fragte sie. »Mir ist klar, dass ich nicht genau verstehe, was ich da sehe, aber es kam mir so vor, als hättest du öfter getackelt. Du hast auch öfter einen Pass geworfen, statt einfach mit dem Ball loszulaufen, und bessere Entscheidungen getroffen. Die ganzen Sachen, an denen du gearbeitet hast. Aber du hast einen Fehler gemacht. Warum kannst du das nicht einfach vor den Jungs zugeben und weiter daran arbeiten? Hast du erwartet, dass du sofort perfekt bist? Außerdem bist du nicht aus der Mannschaft geflogen, oder? Du spielst im Viertelfinale nächste Woche.«

»Stimmt«, gab er widerstrebend zu. »Gegen die Stormers in Kapstadt. Hätten wir gewonnen, müssten wir nicht so weit fliegen, dadurch wird es nur schwieriger.«

»Ist denn ein Fehler von einem Spieler – oder auch ein guter Spielzug – matchentscheidend?«, fragte Kate weiter. »Du hast gesagt, dass das ganze Team nicht so gut gewesen ist wie sonst. Bist du der Einzige, der einen Fehler gemacht hat? Kam mir so vor, als hätte ich eine Menge unpräziser Kicks gesehen.«

»Nein, es liegt nicht nur an einem«, gab er zu. »Wie gesagt, wir waren gestern Abend alle irgendwie nur mit halber Kraft dabei.«

»Dann lag es nicht nur an dir. Damit hätten wir also festgestellt, dass es nicht das Ende der Welt ist, sondern nur ein Fehler. Gut. Unser Eis schmilzt. Was willst du jetzt also machen? Soll ich dich nachher zu Hause absetzen? Oder soll ich zu dir kommen, damit wir diesen grässlichen, frisch gefangenen Fisch zubereiten können, auf den du keinen Appetit hast? Was wird dich eher aufmuntern?«

Seine Miene hellte sich ein wenig auf. »Also, wenn du mich wirklich aufmuntern möchtest, dann fallen mir schon ein paar Sachen ein.«

»Das soll wohl ein Scherz sein.« Sie starrte ihn an. »So schlecht gelaunt, wie du heute bist? Wie kannst du daran auch nur denken?«

»Das ist eine Fangfrage, oder? Oder weißt du die Antwort darauf wirklich nicht?«

»Du willst also, dass ich zu dir komme. Verstanden.« Sie schob den Einkaufswagen weiter.

»Oh, nein, es muss mehr als das sein«, erklärte er entschlossen, und seine Stimmung besserte sich zusehends, während er ihr den Wagen abnahm. »Dazu brauchen wir schon etwas ganz Besonderes.«

Sie sah ihn skeptisch an. »Wie besonders?«

Er schaute sich um. »Manuka-Honig«, beschloss er und angelte ihn aus dem Regal. »Medizinisch. Mal sehen, wie er wirkt.«

»Wovon redest du eigentlich?«, wollte sie wissen.

»Ich hätte gedacht, dass das offensichtlich ist. Aber ich weiß ja, dass es dir gefällt, wenn ich dir genau sage, was ich will. Was ich vorhabe.«

Er beugte sich vor und flüsterte ihr ins Ohr: »Du wirst still liegen bleiben, dann werde ich dich mit dem Honig einstreichen. Bei meinen Lieblingsstellen werde ich mir besonders viel Zeit lassen. Dann werde ich alles ablecken. Sehr, sehr langsam. Denn ich will dich wieder schreien hören.«

Er spürte, wie sie sich ihm entgegenlehnte. »Ich mag aber keinen Manuka-Honig.« Ihr Versuch, desinteressiert zu wirken, scheiterte, aber er erkannte, dass sie sich größte Mühe gab. »Was ist mit mir?«

»Ich schätze, du wirst dir selbst was einfallen lassen müssen, wenn du mitmachen willst«, erwiderte er, und ein träges Lächeln breitete sich auf seinem Gesicht aus. »Sieht so aus, als würde das doch noch ein toller Abend werden.«

»Hier.« Er schnappte sich eine Flasche Ahornsirup und legte sie in den Einkaufswagen. »Amerikanisch. Nur für dich.«

»Das ist kanadisch«, korrigierte sie ihn.

»Gut genug. Lass uns gehen.«

* * *

»He, das ist kalt. Und klebrig.« Sie zuckte zusammen, als er vorsichtig die ersten Tropfen bernsteinfarbener Flüssigkeit auf eine Brustwarze tröpfelte.

»Ich bin allerdings sehr gründlich«, informierte er sie, während er den Honig liebevoll mit den Fingern verteilte. »Ich denke, ich kann dir versprechen, dass ich nichts davon auf dir zurücklassen werde. Oder in dir. Wenn ich etwas übersehe, lass es mich wissen, dann fange ich von vorne an. Mal sehen, ob das hier wärmer ist«, sagte er, bevor er sich vorbeugte und die Brustwarze in den Mund nahm. Sie spürte seine Zunge und die Zähne und drängte sich ihm stöhnend entgegen.

»Pause«, keuchte sie einige lange Minuten später. »Ich schmelze. Außerdem gibst du mir gar keine Gelegenheit zur Revanche. Wo ist eigentlich mein Ahornsirup?«

Sorgfältig strich sie die dunkle, zähe Flüssigkeit auf seinen Körper. »Hm. Da sind eine Menge Kalorien drin«, neckte sie ihn, während sie zunächst seine Brust bemalte, ihn massierte, sich dann seinem perfekten Bauch zuwandte. Sie sah zu ihm hoch, und ihr Mund verzog sich zu einem schelmischen Lächeln, als ihre Hände endlich tiefer wanderten und sie den Sirup vorsichtig auf ihm verteilte.

»Vielleicht habe ich meine Meinung geändert, was das Ablecken betrifft«, überlegte sie, während sich ihre Hände noch immer mit ihm beschäftigten. »Vielleicht lasse ich mir besser Zeit, damit ich nichts übersehe. Ganz besonders da unten. Außerdem willst du doch nicht, dass ich fett werde. Du warst ja so freundlich, deine dahingehenden Befürchtungen zu äußern.«

Er stöhnte. »Du kannst ja morgen Diät machen. Komm schon, Baby, leck es ab.«

Er grub die Hände in ihr Haar, und sie spürte das noch nicht allzu schmerzhafte Ziehen, das Drängen in seinem Körper, als er sich ihr entgegenstreckte. »Pass auf, dass du alles erwischst«, stöhnte er. »O mein Gott, ich glaube, ich sterbe.«

»Mmm. Hier oben habe ich etwas übersehen«, erklärte sie schließlich, rutschte höher, glitt über ihn, und der Honig, der noch an ihr klebte, vermischte sich mit dem Sirup und wurde zu einer süßen, klebrigen Masse, die ihre ganz eigene Reibung entwickelte.

»Das ist großartig«, stöhnte er, sobald sie sich langsam auf ihn senkte und sich zu bewegen begann. Sein Blick hielt ihren fest, als er nach ihr griff, sie berührte, sah, wie sie den Rücken durchbog und aufkeuchte. »Zuzuschauen, wie du kommst. Dich um mich herum zu spüren. Mach schon. Zeig es mir. Genau so. Das ist gut«, flüsterte er. »Du bist so schön. Noch mal, Baby. Zeig mir, was du kannst.«

»Koti. Hör auf«, keuchte sie schließlich. »Das ist zu viel.«

Er rollte sie auf den Rücken und beugte den Kopf vor, um sie zu küssen. »Aber du kannst das so gut. Das könnte ich immer wieder beobachten. Oder ich mache einfach das hier. Denn es fühlt sich in dir so gut an.«

Er bewegte sich wieder, langsam zunächst, sah, wie sie auf ihn reagierte, dann erhöhte er das Tempo. Fester und heftiger, gab er ihr mehr, trieb sie weiter, bis sie endlich aufschrie.

Als sie diesmal zum Höhepunkt gelangte, war er bei ihr, erreichte mit ihr einen Gipfel, der ewig zu dauern schien, bis beseligendes Nichts ihn einhüllte.

* * *

»Das war zugleich das Albernste und das Erregendste, was ich jemals getan habe«, entschied sie, während sie einander unter der Dusche einseiften. »Ganz zu schweigen von all den Sachen, die wir waschen müssen.«

»Während wir es getan haben, schienst du es nicht so albern zu finden«, sagte er, während er sich um eine besonders klebrige Stelle kümmerte, worauf sie sich mit einem Stöhnen gegen die

Wand der Dusche lehnte. »Gib's zu, du bist ein schlimmes Mädchen, du weißt es nur noch nicht. Kleine Schritte.«

»Wenn das ein kleiner Schritt war, dann will ich nicht wissen, wie der nächste sein wird«, erklärte sie, während sie sich ebenfalls der Seife widmete. »Ich bin mir nicht sicher, ob mein Herz das aushält.«

»Ich dachte, ich hätte schon hin und wieder ein paar Sachen erwähnt. Dinge, die wir noch nicht gemacht haben.«

»Das hattest du nicht ernst gemeint, oder?«, fragte sie unsicher. »Das wird langsam schrecklich unanständig.«

Er lächelte. »Du bist so ein Baby. Wir haben noch gar nichts Unanständiges getan. Wir fangen gerade erst an.« Er küsste sie, während das Wasser auf sie niederprasselte. »Ich habe dich noch gar nicht gefesselt, oder?«, murmelte er ihr ins Ohr.

Sie trat mit großen Augen einen Schritt zurück. »Das würdest du nicht tun, oder?«

»Oh, doch, das würde ich. Nur, wenn du spielen willst, aber ich glaube, dass du das möchtest. Das heben wir uns aber für eine besondere Gelegenheit auf. Nach einem Streit, denke ich, wenn wir noch immer ganz erhitzt sind. Wenn wir ein paar Stunden Zeit haben. Denn wenn ich dich erst einmal so weit habe, werde ich dich eine Weile da behalten wollen.«

Er strich mit seifigen Händen über sie, spürte, wie sie sich an ihn schmiegte. »Aber jetzt«, beschloss er, als er sie hochhob und sich ihre Beine um ihn schlangen, »bin ich hungrig und brauche mein Essen. Also werden wir uns einem alten Klassiker widmen. Hart gegen die Wand. Das passt mir ziemlich gut.«

»Erzähl bloß nicht meiner Mutter, was ich dich machen lasse«, stöhnte sie, während sie sich fester an ihn klammerte.

»Keine Sorge. Geht niemanden etwas an, was wir tun. Ich werde es deiner Mum nicht erzählen, und du erzählst es nicht meiner.«

Pokarekare ana

»Was sollen wir nur tun?«, heulte Kate zusammen mit dem Baby. Der Abend hatte so gut angefangen. Sie hatte Jacks Windel ohne große Probleme gewechselt, und er hatte wie ein Champion aus der Flasche getrunken. Warum weinte er jetzt? Sie geriet in Panik. »Was will er? Ist er krank? Wie konnte das nur so schnell passieren? Sie sind nicht mal eine Stunde weg. Soll ich Hannah anrufen?«

Das Baby in ihren Armen nutzte die Gelegenheit, um noch lauter zu schreien. »O nein«, stöhnte Kate. »Ich hab ihren Namen genannt. Ich wusste nicht, dass ihn das noch mehr aufregen würde.«

Koti lachte. »Reich ihn mal rüber. Je mehr du dich aufregst, desto aufgebrachter wird er. Komm schon«, überredete er sie. »Gib ihn her.«

Er legte den kleinen Jack vorsichtig auf die große Couch und befreite ihn aus der verdrehten Babydecke.

»Es gefällt ihnen, wenn sie fest eingewickelt werden«, erklärte er. »Beruhigt sie. Erinnert sie an den Mutterleib.«

Kate sah zu, wie er das Baby einpackte und geschickt den Zipfel feststeckte. »Woher weißt du das?«

»Glaubst du, meine Schwestern hätten sich die Gelegenheit entgehen lassen, mir zu zeigen, wie man sich um ein Baby kümmert?« Er hob Jack hoch, der sich schon etwas beruhigt hatte, und drückte ihn fest an seine breite Schulter.

»Vermutlich nicht«, erwiderte sie. »Aber er weint immer noch.«

»Nicht mehr lange«, sagte er zuversichtlich. Er stand auf und ging umher, während er mit einer Hand den kleinen Körper festhielt und mit der anderen den Kopf stützte.

»Wie oft willst du das noch machen?«, fragte sie ihn, als er zum vierten oder fünften Mal durch das Wohnzimmer, das Esszimmer und die Küche lief.

»Bis er aufhört zu weinen. Zum Glück ist das ein großes Haus. Es ist viel langweiliger, wenn man nur zehn Schritte hin und her laufen kann.«

Nach und nach beruhigte sich das Baby, aus den Schreien wurde ein leises Schluchzen, dann herrschte Stille. »Er schläft noch nicht«, erklärte Koti. »Ich will nichts riskieren.« Er setzte sich neben Kate, lockerte seinen Griff um Jack aber immer noch nicht. »Sollen sich seine Eltern um seinen Schlafrhythmus Sorgen machen. Ich werde ihn erst mal festhalten.«

Kate lehnte sich zurück und fächelte sich mit dem Hemd Luft zu. »Ich bin restlos erschöpft. Was auch immer man Babysittern bezahlt, es ist nicht genug.«

»Gut, dass ich hier bin«, stellte er selbstgefällig fest.

»In Ordnung, ich gebe es ja zu. Ohne dich wäre ich völlig aufgeschmissen gewesen. Ich wäre nur nie drauf gekommen, dass du darin gut bist.«

»Und warum sollte ich es nicht sein?«

»Weil du …« Sie hielt inne, zuckte die Achseln. »Du weißt schon.«

»Na los. Du kannst es ruhig sagen. Weil ich ein *Mann* bin, der nichts davon versteht, wie man ein Kind versorgt.«

»Da bin ich wieder über meine Vorurteile gestolpert«, gab sie zu. »Ich hätte aber nie daran gedacht, mir von einem Typen beim Babysitten helfen zu lassen. Nein, das stimmt so nicht«, korrigierte sie sich. »Einmal habe ich das getan.« Bei der Erinnerung musste sie lachen.

»Oh, toll, eine Gute-Nacht-Geschichte. Erzähl sie mir«, forderte er sie auf.

»Okay. Aber ich fürchte, dass ich dabei nicht sonderlich gut abschneide. Ich war in der Highschool und habe regelmäßig für dieses eine Paar babygesittet. Glaub es oder nicht, aber ich weiß, wie man sich um kleine Kinder kümmert. Mir war nur nicht klar, dass Babys so viel anstrengender sind. Jedenfalls hatten sie ein Mädchen. Sie war, glaube ich, zwei Jahre alt, und ihre Eltern sind immer erst gegangen, wenn sie im Bett war, also war es ein ziemlich einfacher Job. Ich musste nie was machen, einfach nur da sein, lesen oder so, bis sie nach Hause kamen. Eines Abends fragte mein Freund, ob er vorbeikommen könnte. Ich weiß«, fuhr sie fort, »das ist die oberste Regel für junge Babysitter: Keine Freunde. Aber was soll ich sagen? Ich habe es trotzdem gemacht. Er ist also aufgekreuzt, und wir saßen nur auf dem Sofa. Wir haben nicht rumgemacht oder so, sondern nur geredet. Plötzlich sehen wir Scheinwerfer in der Einfahrt.«

Sie verdeckte verlegen ihr Gesicht und lachte. »Das eine Mal – das *einzige* Mal –, dass diese Leute früher heimkommen, und es musste ausgerechnet an jenem Abend sein. Mein Freund ist blitzschnell durch die Hintertür verschwunden. Ich habe gehört, wie er mit großem Getöse über den Zaun gehechtet ist, während die Eltern durch die Eingangstür kamen. Ich bin eine lausige Lügnerin, ich weiß, dass sie es mir vom Gesicht ablesen konnten – falls ihnen der ganze Lärm entgangen war. Er muss über eine Mülltonne oder so was gestürzt sein. Es war mir so peinlich. Ich habe mich gefühlt, als hätten sie mich dabei erwischt, wie ich den ganzen Alkohol trinke und Sex habe.«

Sie seufzte. »Ich weiß nicht mehr, warum sie vorzeitig nach Hause gekommen sind. Sie hatten wohl was vergessen. Irgend so was. Ich kann nur sagen, dass sie mich nie wieder darum gebeten haben, für sie zu babysitten.«

Er lachte. »Das ist also dein Leben als Kriminelle. Ich wusste doch, dass du ein schlimmes Mädchen bist. Mir war nur nicht klar, wie schlimm.«

»Es stimmt schon«, gab sie zu. »Eigentlich war ich immer lächerlich tugendhaft. Ich bin Buchhalterin, um Himmels willen. Ich habe nicht mal über die Linien gemalt. Hölle, ich habe die Linien selbst gezeichnet. Mit dem Lineal. Jetzt weißt du, warum. Das eine Mal, dass ich etwas gewagt habe, hat mir das Schicksal einen Denkzettel verpasst. Ich bin auch die Einzige, die ich kenne, die einen Strafzettel dafür bekommen hat, dass sie an der Fußgängerampel bei Rot über die Straße gegangen ist, und einen dafür, dass sie nachts mit einem Fahrrad ohne Licht gefahren ist. Es stimmt«, beharrte sie, während er sein Lachen nicht unterdrücken konnte. »Ich bin eine echte Kriminelle. Ich wurde jedes Mal erwischt.«

»Wenn Hannah und Drew das gewusst hätten«, sagte er, »hätten sie es sich bestimmt noch mal überlegt. Gut, dass jemand mit Verantwortungsbewusstsein hier ist. Der Kleine schläft übrigens«, fügte er hinzu, bevor er das Baby vorsichtig hochhob und aufstand, um es zurück ins Kinderbett zu legen.

»Puh. Das ist alles viel anstrengender, als ich gedacht hatte. Erst die Geburt.« Sie erschauerte bei dem Gedanken. »Und dann muss man sich um das Baby kümmern.«

»Irgendwie scheinen die meisten das aber zu überleben«, stellte er fest. »Sie bekommen sogar noch mehr Kinder. Man muss sich nur daran gewöhnen, schätze ich.«

»Ich würde ja sagen, du hast leicht reden«, erwiderte sie. »Aber da du mehr darüber zu wissen scheinst als ich, nehme ich an, dass es klüger wäre, wenn ich den Mund halte. Da wir laut dem Handbuch für Babysitter die Zeit auch nicht mit Knutschen verbringen können, könntest du mir ja von deiner zwielichtigen Vergangenheit erzählen. Irgendwie glaube ich, dass du anrüchigere Geschichten zu erzählen hast als ich.«

»Durch das Rugby sind es nicht so viele, wie du vielleicht denkst, aber, ja, ich habe als Kind ein paar Süßigkeiten aus dem Milchladen mitgehen lassen. Später habe ich zu viel getrunken. Bin mit meinen Kumpels durch die Gegend geheizt.«

»Was heißt das? Geheizt? Das klingt nicht gut.«

»Kennst du das Wort nicht? Es heißt nur, dass man zu schnell fährt. Das Radio ist zu laut, und man nervt die Nachbarschaft. In meiner Nachbarschaft bestand aber die Gefahr, dass es jemand meiner Mum erzählt. Vermutlich ging es darum. Ich habe rebelliert und wollte nicht mehr der liebe Junge sein. Aber als ich erkannte, dass ich eine echte Karriere haben könnte, bin ich etwas klüger geworden. Man könnte sagen, dass Rugby mich davor bewahrt hat, in echte Schwierigkeiten zu geraten. Außerdem ist man müde, wenn man den ganzen Tag lang trainiert hat.«

»Das ist aber keine sehr interessante Geschichte«, beschwerte sie sich.

»Na gut, ich erzähle dir etwas, das dich glücklicher macht«, beschloss er. »Etwas, wo es richtig knapp war. Als ich zwanzig oder so war und noch an der Uni, bin ich mit Freunden in die Bars von Hamilton gegangen. Ich hatte natürlich nicht vor, zu viel zu trinken, aber am Ende war ich sturzbesoffen. Am nächsten Morgen hatte ich einen höllischen Kater und wusste nicht mehr, wie ich nach Hause gekommen war. Das Auto war da, ohne einen Kratzer. Meine Freunde auch. Hat mir aber einen Riesenschrecken eingejagt. Ich hatte Glück, dass man mich nicht betrunken am Steuer erwischt hatte und auch dass ich keinen Unfall gebaut oder jemanden getötet hatte. So dumm war ich nie wieder. Zum Glück, denn in Neuseeland wird man als Sportler genau unter die Lupe genommen, wie dir vielleicht schon aufgefallen ist.«

»Ist es. Bei uns erwartet man es von professionellen Sportlern fast, dass sie sich schlecht benehmen. Hier scheint das nicht der Fall zu sein.«

»Nein. Das heißt aber nicht, dass sie nicht hin und wieder über die Stränge schlagen und sich komplett zum Narren machen, aber der Öffentlichkeit gefällt das nicht. Sie vergisst es auch nicht. Wenn man so etwas macht, dann wird noch Jahre später darüber geredet. Sobald in einem Artikel darauf hingewiesen wird, dass man gerade nicht in Form ist, wird die alte Geschichte als Beispiel für den Mangel an Charakter wieder ausgegraben. Und jeder hat etwas dazu zu sagen, und dank des Internets nutzt jeder die Gelegenheit, noch mal nachzutreten.«

»Fällt dir da etwas auf?«, fragte sie. »Wir beide haben uns so ziemlich immer an die Regeln gehalten. Ganz gleich, was das über uns sagt, es liegt viel daran, dass wir immer angenommen haben, dass man uns erwischt, wenn wir es nicht tun, und wir dafür bezahlen müssen. In deinem Fall zumindest. Ich *wusste*, dass ich erwischt werde. Trotzdem können manche Leute *alles* machen – sie können so viele Gesetze übertreten, so viel zerstören, und kommen ungestraft davon. Was stimmt an diesem Bild nicht?«

»Du redest von Paul.«

»Ja. Er hat alles getan, um mein Leben zu zerstören, und ich konnte nichts dagegen machen. Ihm ist nichts passiert. Ich war mal netter. Du hättest mich vermutlich besser leiden können, hättest du mich vor einem Jahr kennengelernt. Jetzt habe ich kein großes Interesse mehr daran, höflich zu sein, wenn sich jemand daneben benimmt. Von jetzt an trete ich für mich selbst ein. Ich bin kein Opfer mehr, kein leichtes Ziel.«

»Gut für dich, soweit es mich betrifft. Und wer behauptet, dass ich dich nicht mag? Falls es dir noch nicht aufgefallen ist:

Ich sitze hier an meinem freien Tag neben dir auf der Couch und babysitte für den Kapitän. Warum denkst du, mache ich das? Glaub mir, es gibt wesentlich interessantere Dinge, mit denen ich mir die Zeit vertreiben kann. Einige davon will ich übrigens nachher mit dir ausprobieren, nur dass du's weißt.«

»Aber du beschwerst dich ständig über mich. Du kannst mir nicht weismachen, dass es dir gefällt, wenn ich aus einem Restaurant stürme oder dich anschreie, weil du ein Idiot bist.«

»Oder wenn du aus meinem Auto springst«, rief er ihr ins Gedächtnis. »Vergiss das nicht. Das hat mich ganz schön überrascht. *Mögen* ist vielleicht das falsche Wort. Ich finde dich faszinierend. Eine Herausforderung. Ich wurde von Maori-Frauen großgezogen, schon vergessen? Sie zögern nicht, ihre Meinung zu sagen. Das konntest du vor Kurzem selbst erleben.«

Sie lachte. »Ich gebe zu, das habe ich. Da ist was dran.«

»Mut ist den Maori wichtig, Frauen wie Männern. Der Mut, etwas zu sagen und zu handeln. Unter den Maori-Frauen gibt es nicht viele Mauerblümchen. In der berühmtesten Liebesgeschichte der Maori geht es um Mut, den Mut einer Frau.«

»Erzähl sie mir. Ich wette, sie ist erfreulicher als meine Geschichte vom Babysitten. Das wird bestimmt fast so gut wie die Lieder.«

»Es ist allerdings ein Lied. Das Lied, das ich dir vorgesungen habe, *Pokarekare Ana,* weißt du noch? Das Liebeslied von Hinemoa und Tutanekai. Das Lied ist überall bekannt, weshalb man es auch überall zu hören bekommt. Wenn du wirklich willst, erzähl ich dir die Geschichte.«

Kate machte es sich bequem.

»Hinemoa war die Tochter eines Häuptlings. Sie lebte in einem Dorf am Ufer des Rotorua-Sees. Du hast schon von Rotorua gehört, oder?«

Sie nickte. »Dort gibt es heiße Quellen.«

»Genau. Es ist ein schöner See, mit einer Insel in der Mitte, die Mokoia heißt. Sie liegt vier Kilometer von Hinemoas Dorf Owhata entfernt, was weit ist.«

»Fast vier Kilometer«, stimmte sie zu. »Ein großer See.«

»Ja. Also, Tutanekai lebte auf der Insel in seinem eigenen Dorf. Die beiden sind sich während feierlicher Besuche der beiden Dörfer begegnet und haben sich ineinander verliebt. Aber Hinemoas Familie stimmte einer Hochzeit nicht zu, da Tutanekais Herkunft nicht so gut war wie ihre. Das hielt sie aber nicht davon ab, einander zu lieben. Nachts saß Tutanekai auf der Veranda und spielte für Hinemoa Flöte. Der Klang wurde über das Wasser getragen, und sie wusste, dass er für sie spielte und nach ihr rief.«

»Der Klang wurde vier Kilometer weit getragen?«, erkundigte sie sich skeptisch.

Er warf ihr einen finsteren Blick zu. »Es ist eine Liebesgeschichte. Hör einfach zu. Ihre Verwandten vermuteten, dass die beiden einander noch liebten, selbst nachdem sie es ihnen verboten hatten, und fürchteten, dass sie zu ihm gehen würde. Abends zogen sie also die *waka* – die Kanus – auf den Strand, damit sie das Wasser nicht überqueren konnte.

Doch eines Nachts, als sie Tutanekais Flöte vom Wasser her hörte, konnte Hinemoa nicht länger warten, also ließ sie sich etwas einfallen. Sie band sich Flaschenkürbisse an den Körper, die ihr beim Schwimmen helfen sollten. Dann schwamm sie bis nach Mokoia, während der Klang der Flöte ihr den Weg wies. Damals gab es natürlich noch keine Neoprenanzüge, du hättest das nie geschafft.

Sie war nackt, und als sie die Insel nach stundenlanger Anstrengung erreichte, war sie erschöpft, und ihr war kalt, also stieg sie in eine heiße Quelle am Ufer des Sees, um sich aufzuwärmen. Auch um sich zu verstecken und zu warten. Nach einer Weile hörte sie, wie sich jemand näherte. Sie senkte die

Stimme, damit sie wie ein Mann klang, dann rief sie und fragte, wer da war. Es stellte sich heraus, dass es Tutanekais Diener war, der für seinen Herrn einen Flaschenkürbis mit Wasser füllen wollte. Aus ihrem Versteck riss sie ihm den Flaschenkürbis aus der Hand, als er ihn ins Wasser tauchte, und zerschlug ihn auf den Felsen.

Der Diener eilte zurück zu Tutanekai und erzählte ihm, was passiert war, aber Tutanekai war zu bedrückt, um der Geschichte zu lauschen, und unterbrach ihn. Nachdem der Diener mit einem weiteren Flaschenkürbis zur Quelle zurückkehrte und dasselbe geschah, beschloss Tutanekai, dass er handeln müsse. Er nahm seinen Knüppel und ging hinab, um den Mann zu suchen, der ihn so schwer beleidigt hatte, und um ihn umzubringen.«

»Natürlich«, stimmte Kate zu. »Denn ganz offenkundig steht auf das Zerschlagen von Flaschenkürbissen die Todesstrafe.«

»Nein, aber wenn man einen Krieger so beleidigt, wird man mit dem Tode bestraft«, korrigierte er sie. »Wie ich gesagt hatte, bevor du mich unterbrochen hast: Er ging zur Quelle hinab und rief nach dem Mann, er möge rauskommen und kämpfen. Dann griff er ins Wasser und zog den Mann am Arm raus. Natürlich erkannte er in dem Moment, dass es Hinemoa war. Er wickelte sie in seinen Umhang und brachte sie zu seinem Haus. Am Morgen entdeckte seine Familie sie dort. Angesichts ihrer Liebe und Hingabe – und da es ohnehin zu spät war, aber der Teil wird gern bei der Geschichte ausgelassen – stimmten beide Familien der Hochzeit zu. Im Rotorua Museum kannst du dir Tutanekais Flöte ansehen«, schloss er. »Die Nachfahren von Hinemoa und Tutanekai leben noch immer am Rotorua-See.«

»Wie Romeo und Julia«, sagte Kate. »Aber mit einem Happy End. Was für eine schöne Geschichte.«

»Eine wahre Geschichte«, erklärte er. »Wenn du das nächste Mal *Pokarekare Ana* hörst, weißt du, was es bedeutet. Dass es das Liebeslied von Tutanekai ist, der über das Wasser nach Hinemoa ruft. Ihr sagt, wie sehr er sie liebt, und sie bittet, zu ihm zu kommen.«

Er begann, leise den Refrain zu singen:

»E hine e
Hoki mai ra
Ka mate ahau
I te aroha e.

Das heißt: O Mädchen, kehre zurück zu mir, sonst muss ich vor Liebe zu dir vergehen.«

»Wie romantisch«, seufzte sie.

Er lächelte. »Maori sind überaus romantisch. Lieben, Reden und Kämpfen sind unsere besten Fähigkeiten. In früheren Tagen haben auch die Frauen gekämpft. Ich wette, das hast du nicht gewusst. So lange ist das noch gar nicht her, nur etwa hundertfünfzig Jahre. Manchmal glaube ich, dass es ihnen noch im Blut steckt. Obwohl du unglaublich wild bist, und mutig noch dazu, wärst du natürlich als Maori ein Fehlgriff gewesen«, fuhr er nachdenklich fort. »Zu klein und zu dünn. Du kannst nicht mal über große Seen schwimmen. Nicht mal gut genug zum Essen.«

»Also, *das* ist widerlich. Mir hat man gesagt, dass ich keine Witze über Kannibalismus machen darf, dass es ein heikles Thema ist.«

»Es ist nicht sehr nett«, gab er ihr mit ernster Stimme recht. »Aber es ist passiert. Es hat keinen Zweck, das leugnen zu wollen. Heutzutage möchten wir die Maori-Traditionen bewahren, zum Teil auch, weil sie gut für den Tourismus sind. Aber manchmal heißt das auch, dass die Vergangenheit beschönigt wird. Es ist eine Kriegerkultur, und es gibt viele Bräuche, die damit einhergehen, viele Dinge, die die Leute heute gern vergessen würden. Kannibalismus. Sklaverei. Man kann nicht einfach stolz auf sein *moko* und *hei toki* sein, aber so tun, als hätte es den Rest nicht gegeben.«

»Mit anderen Worten: Es ist okay, wenn du den Witz machst, aber ich sollte davon lieber Abstand nehmen«, sagte sie.

»Ich fürchte, da hast du recht.« Er drehte sich um, als er Jack weinen hörte. »Schon legt er wieder los. Warum wärmst nicht du diesmal das Fläschchen auf? Ich sehe nach seiner Windel.«

»Er kann doch aber nicht schon wieder Hunger haben«, warf Kate ein. »Ich dachte, sie essen alle vier Stunden oder so.«

Er lachte, als er das Baby hochnahm. »Du bist echt hoffnungslos. Sie trinken, wenn sie wollen. Da er so klein ist, muss er öfter was bekommen. Frag Hannah, wenn sie zurückkommt. Ich wette, sie wird dir sagen, dass sie den größten Teil ihrer Tage damit verbringt, ihn zu stillen.«

Kate war erleichtert, als Drew und Hannah eine Viertelstunde später zurückkehrten und sahen, wie Koti einem sauberen und zufriedenen Baby die Flasche gab. Sie war froh, dass sie wieder da waren. Sie war noch glücklicher darüber, dass sie das nicht hatte allein machen müssen. Sie glaubte nicht, dass der Anblick, den sie vorgefunden hätten, sonst genauso friedlich gewesen wäre.

Hannah blieb nicht bei ihr stehen, sondern ging sofort zu Koti und nahm ihm das Baby ab.

»Ich muss ihn stillen«, teilte sie Kate mit, sobald sie Jack zurückhatte. »Komm her, und erzähl mir, wie es gelaufen ist.«

»Auf dem Heimweg war sie ganz unruhig.« Drew lächelte, während Hannah das Baby in ihr Schlafzimmer trug. »Ich denke, das war genug. Es hat aber gutgetan, mal ein bisschen rauszukommen, nur wir zwei. Danke dafür.«

»Keine Ursache«, versicherte Koti ihm.

»Wie lief es bei euch?«, fragte Drew.

»Ich musste auf ein paar meiner Baby-Kenntnisse zurückgreifen. Hatte alles im Griff. Er hatte einen kleineren Weinkrampf, aber wir konnten ihn wieder beruhigen.«

»Ich hoffe, dass es Hannah dadurch etwas leichter fällt, hin und wieder ohne ihn auszugehen«, sagte Drew. »Ich schätze, das erste Mal ist am schwersten. In den ersten Wochen mussten wir ihn aufwecken und dafür sorgen, dass er etwas Nahrung zu sich nahm, aber wenn sie so früh zur Welt kommen, schlafen sie oft viel. Dadurch fällt es ihr noch schwerer, sich von ihm zu trennen. Aber«, räusperte er sich. »Ich wollte mit dir über etwas anderes reden, wo ich dich gerade da habe. Das lässt mich undankbar wirken, nach allem, was du für uns getan hast, in der Nacht, in der er zur Welt kam, und heute Abend, aber Hannah macht sich um Kate Sorgen.«

Koti runzelte die Stirn. »Was? Ich habe Kate nichts getan. Das würde ich nie.«

»Darum geht es. Dein Liebesleben geht mich nichts an, ich weiß, aber du hast einen gewissen Ruf. Kate ist kein Partymensch. Außerdem hat sie viel durchgemacht. Sei ehrlich zu ihr. Lass sie nicht in dem Glauben, das würde etwas bedeuten, wenn dem nicht so ist.«

»Ich weiß noch gar nicht, ob es was bedeutet«, wandte Koti ein. »Ich hatte noch keine Zeit, das rauszufinden.«

Drew nickte. »In Ordnung. Wie gesagt, geht mich nichts an. Abgesehen davon, dass ich mich irgendwie verantwortlich für sie fühle, weil wir ihr geholfen haben, hier Fuß zu fassen. Außerdem möchte ich nicht, dass Hannah unglücklich ist.«

Was, wie Koti wusste, der eigentliche Grund war. Er sah den anderen Mann mitleidig an. Der mächtigste Sportler in Neuseeland war Wachs in den Händen seiner Frau, das war schon irgendwie armselig.

Als Kate die Treppe runterkam, stand Koti erleichtert auf. »Alles klar?«

Sie nickte. »Wir können los. Danke, dass ich ihn babysitten durfte, Drew. Er ist so ein liebes Baby. Aber ich muss ganz ehrlich sagen, dass Koti die meiste Arbeit gemacht hat. Wie sich rausstellt, weiß er viel mehr über Säuglinge als ich.«

Drew warf Koti einen nachdenklichen Blick zu. »Du hast wohl eine sanfte Seite, was?«

»Das versuche ich dir ja die ganze Zeit klarzumachen«, erwiderte Koti mit einem herausfordernden Funkeln in den Augen. »Ich bin kein so übler Kerl. Nett zu Kindern und kleinen Tieren.«

»Manchmal sogar zu Frauen«, stimmte Kate zu und griff nach seinem Arm. »Gute Nacht, Drew.«

Drew gab ihr einen Kuss auf die Wange. »Danke für deine Hilfe heute Abend. Dir auch, Kumpel«, sagte er zu Koti. »Bis morgen. Wir haben noch viel zu tun.«

Wieder im Schäfchenpyjama

»Kate, da bist du ja. Komm her.«

Kate betrat am nächsten Morgen das Büro und sah, dass auf Brendas Schreibtisch die aktuelle Ausgabe des *New Zealand Herald* lag. »Was weißt du darüber?«

Kate sah der Frau über die Schulter. »Worüber?«

Brenda zeigte auf den kurzen Artikel in der Klatschspalte der Zeitung.

Wer war die zierliche Brünette, die am Sonntag im Takapuna New World mit Koti James shoppen war – und sich mit ihm gestritten hat, wie wir hörten? Wir bitten um Einzelheiten.

Kate zuckte die Achseln und versuchte, ungerührt zu klingen. »Hm«, war alles, was sie rausbrachte.

Corinne kam zu ihnen. »Ich habe selbst etwas gehört«, sagte sie und bedachte Kate mit einem Seitenblick. »Brendan hat mir verraten, dass du Koti letztes Wochenende vom Flughafen abgeholt hast, Kate. Meinte auch, dass er dich ziemlich, äh, herzlich begrüßt hat.«

Kate lief rot an. »Also, ich hatte ja schon erzählt, dass wir Freunde sind«, erklärte sie stockend. »Und, na ja …«, kapitulierte sie. »Ja, wir sind jetzt mehr als das. Was?«, beschwerte sie sich, als die Frauen einen Blick wechselten. »Ihr hattet mir doch gesagt, ich sollte es wagen und mir ein Abenteuer gönnen. Jetzt habt ihr beschlossen, mich doch zu hassen?«

»Nein«, seufzte Brenda. »Wir sind nur ein wenig eifersüchtig. Gib mir und meinem enttäuschten Herzen einen kurzen Augenblick.«

Kate setzte sich seufzend an ihren Schreibtisch, zog ihr Handy raus und schrieb Koti: Das Geheimnis ist raus.

Es überraschte sie nicht, als er am Nachmittag ins Büro geschlendert kam, mit Kapuzenpullover und einem strahlenden Lächeln. Sie stützte die Ellbogen auf den Tisch, legte das Kinn in die Hände und beobachtete, wie er durch den Raum lief.

»Nette Show«, lobte sie ihn, sobald er endlich vor ihr stand. »Sehr lässig.«

Er lachte. »Ich wollte mich nur kurz mit dir unterhalten, bevor ich nach Hause fahre.«

»Ja, klar. Gib es auf, ich habe dich durchschaut.«

»Hast du vor, heute Abend mit mir Abendessen zu kochen?«, fragte er. »Wir hatten gestern nichts ausgemacht.«

»Das musstest du mich also persönlich fragen, hm? Aber, ja, liebend gern. Komm zu mir, dann können wir das Steak machen, das du unbedingt haben wolltest, und ich kann dir helfen, dich aufs Viertelfinale vorzubereiten. Damit du dann in der richtigen Stimmung bist.«

»Ja, genau, hilf mir bei der Vorbereitung. Darauf freue ich mich schon. Ich habe ein paar Ideen fürs Training.«

Kate wusste, dass sie albern lächelte, was jeder im Büro sehen konnte, aber sie konnte es nicht ändern.

»Bring mich raus«, bat er sie, und es fiel ihr nicht schwer, dem Wunsch nachzukommen.

»Ich sollte dich nicht auf dem Parkplatz küssen«, wandte sie kraftlos ein, nachdem sie genau das getan hatte. »Das ist sehr unprofessionell.«

»Sehr«, stimmte er zu. »Man wird dich noch aus dem Register streichen, oder was auch immer man mit Buchhaltern macht.«

»Ja«, sagte sie, ehe sie seinen Kopf wieder runterzog und ihn weiter küsste. »Aber was für ein Abgang.«

* * *

»Großartig, du trägst den Schäfchenpyjama«, beklagte er sich, als sie ihm am Abend die Tür öffnete.

»Was?« Sie sah an sich runter. »Ich war nach der Arbeit im Fitnessstudio, und auf dem Heimweg bin ich in den Regen geraten. Ich war völlig durchweicht, und mir war kalt. Der Pyjama ist bequem. Außerdem hast du dich auch nicht gerade hübsch gemacht.« Sie beäugte den Trainingsanzug kritisch.

»Aber ich bin der Junge, ich muss nicht hübsch sein.«

»Dann hast du Pech, dass ich das nicht vorher mitgeteilt bekommen habe«, sagte sie. »Machen wir noch Abendessen, oder wolltest du ausgehen und nach einer glamouröseren Freundin suchen? Dena ist noch irgendwo da draußen. Du kannst drauf wetten, dass sie so angezogen ist, wie es dir gefällt.«

»Ich schätze, ich werde mich mit dir begnügen«, seufzte er, während sie in ihre Küche gingen. »Den kann ich dir später immer noch ausziehen.«

»Guter Plan, ich trage nämlich richtig hübsche Unterwäsche. Willst du sie sehen?«, neckte sie ihn und zog die Schlafanzughose an einer Seite runter, um ihm die grüne Unterhose mit den Bändchen zu zeigen. »Vorne haben sie eine kleine Schleife, aber die hebe ich mir auf.«

»Dann bleibe ich«, beschloss er. »Außerdem«, fügte er sachlich hinzu, »verhungere ich gleich.«

»Es klingt doch gut.« Während er unter der Grillplatte Feuer machte, holte sie die Steaks aus dem Kühlschrank. »Lass mich nur schnell alles wegräumen.« Sie nahm die Akten vom kleinen Küchentisch.

»Woran arbeitest du?« Vom Herd aus warf er einen Blick auf die Tabelle, die noch immer auf dem Laptop offen war. »Machst du Überstunden?«

»Nein, das ist nur mein Haushaltsbudget. Ich geh grad meine wöchentlichen Ausgaben durch. Ich halte mich da gern auf dem Laufenden.«

»Du hast dafür eine Tabelle?«, fragte er überrascht. »Du schreibst alles auf?«

»Warum? Du nicht? Wie machst du das mit deinen Finanzen?«

Er lachte. »Nicht so genau, fürchte ich. Für die wichtigen Sachen habe ich natürlich einen Buchhalter. Ansonsten mach ich mir da keine großen Gedanken.«

»Ich habe auch einen Buchhalter: mich«, sagte sie, bevor sie den Computer runterfuhr und wegbrachte. »Hier bei den kleinen Leuten, zu denen ich gehöre, sind alle Sachen wichtig. Außerdem habe ich gern ein Auge auf das, was reinkommt und was rausgeht. Das befriedigt mich.«

»Mmm.« Er nahm sie in die Arme. »Ich weiß, dass du gern ein Auge auf das hast, was reingeht und was rauskommt. Und ich gebe mein Bestes, dass es befriedigend ist.«

»Wie alt bist du? Fünfzehn?« Sie wollte ihm einen finsteren Blick zuwerfen, aber er hob sie zu einem Kuss hoch. »Das ist wirklich kindisch.« Sie keuchte, als er mit dem Mund ihren Hals berührte und die empfindliche Stelle unter ihrem Kiefer küsste, bevor er schließlich die Lippen auf ihre presste.

»Unreif«, stimmte er zu, während er mit einer Hand unter die unschuldigen Schäfchen fuhr und Kates glatte Haut berührte. »Komm schon, sag mir, was noch alles nicht mit mir stimmt. Währenddessen werde ich hier unten nach der Schleife suchen.«

»Ich dachte, du hast Hunger«, sagte sie.

»Bin am Verhungern«, erwiderte er. »Mal sehen, was du dagegen tun kannst.« Dann konzentrierte er sich darauf, sie zu küssen.

Plötzlich ging ein lautes Kreischen los, und sie fuhren auseinander.

»Mist.« Er eilte zur Grillplatte, fluchte wieder, als er sich die Finger verbrannte, griff nach einem Geschirrtuch und nahm die rauchende Pfanne mit dem Fleisch vom Herd, bevor er ihn ausmachte.

Kate eilte zum Küchenfenster, aber der Rauchmelder verstummte nicht. »Warum ist es immer noch so schlimm?«, jammerte sie, schnappte sich das Geschirrtuch von ihm und versuchte, den Rauch zum Fenster raus zu wedeln. »Du hast es doch ausgemacht.«

Koti öffnete den Ofen. Ein Blick genügte, und er griff wieder nach dem Geschirrtuch. »Könnte hieran liegen«, sagte er, stellte eine brutzelnde Pfanne mit zur Unkenntlichkeit verkohlten Resten auf den Herd und schaltete den Ofen aus.

»Oh, nein.« Sie ließ sich auf einen Küchenstuhl fallen und stützte den Kopf in die Hände. »Mein Gemüse. Ich war so stolz auf mich, weil ich es früh vorbereitet hatte, damit es rechtzeitig fertig ist.«

Er lachte. »Wir sind schlechte Köche. Es wird Zeit, dass wir uns das eingestehen. Hier haben wir wohl endgültig versagt.«

Sie blickte auf die schwarze Masse und musste selbst lachen. »Wir hatten ja schon festgestellt, dass du mich nicht wegen meiner schicken Kleidung oder meiner Kochkünste willst. Ich schätze, das Einzige, was noch bleibt, ist Sex. Aber wir brauchen trotzdem was zum Abendessen.«

»Auf jeden Fall«, stimmte er zu. »Und dann Sex. Was meinst du? Wollen wir was Thailändisches bestellen?«

»Klingt gut. Soll jemand kochen, der auch weiß, wie das geht. Ich rufe an, und du holst es dann ab.«

»Warum soll ich es abholen?«, beschwerte er sich. »Warum kommst du nicht mit?«

»Weil ich hier sauber machen muss«, sagte sie. »Willst du tauschen?«

»Wenn du es so ausdrückst, nein.«

»Hm. Das dachte ich mir.«

* * *

»Also«, sagte er, als sie endlich mit dem perfekt zubereiteten, thailändischen Essen am Tisch saßen. »Dir gefällt dein Beruf, die Buchhaltung.«

Sie sah ihn überrascht an. »Natürlich gefällt er mir. Warum sollte ich ihn mir sonst ausgesucht haben?«

»Keine Ahnung.« Er zuckte die Achseln. »Ich dachte, dein Dad war Buchhalter oder so. Kann mir nicht vorstellen, warum sich jemand freiwillig dafür entscheiden sollte. Ist es nicht irgendwie langweilig?«

»Nein, mir gefällt es. Das Analytische, das Lösen von Problemen, etwas austüfteln. Manchmal ist es wie ein Rätsel. Außerdem ist es viel einfacher, mit Nummern umzugehen, als mit Menschen. Nummern ergeben Sinn.«

»Das verstehe ich.«

Sie lehnte sich gegen die Wand, legte die Beine in seinen Schoß und machte es sich bequem. »Was würdest du jetzt tun, wenn du nicht Rugby spielen würdest? Ich nehme an, dass du kein Model geworden wärst.«

»Ich glaube nicht, dass ich mir das jemals ausgesucht hätte«, sagte er, ehe er eine Hand auf ihren schlanken Knöchel legte. »Aber du würdest lachen.«

»Warum würde ich lachen?«, fragte sie. »Was? Wolltest du Feuerwehrmann werden?« Sie setzte sich aufrecht hin. »Oh, wow. Du wärst auf jeden Fall in einem dieser Feuerwehrkalender aufgetaucht. Den Schlauch über der Schulter, die Hosenträger über der bloßen Brust … Ich habe es schon direkt vor Augen. Was für eine verpasste Gelegenheit.«

»Sei still«, sagte er finster. »Ich dachte, du willst das hören.«

»Das wollte ich auch. Will ich noch«, erwiderte sie reumütig. »Na los. Ich bleibe ernst und stelle mir nicht vor, wie du als Mr Januar aussehen würdest. So gut wie gar nicht. Nein, wirklich«, drängte sie, als er ihr einen weiteren finsteren Blick zuwarf. »Sag es mir.«

»Ich dachte, ich würde mit Kindern arbeiten«, murmelte er. »Mehr nicht.«

»Wirklich? Meinst du als Trainer?«

»Nein.« Er schüttelte den Kopf. »Ich denke, ich wäre Lehrer geworden. An der Universität habe ich Geschichte studiert und dachte, ich könnte das an der Highschool unterrichten.«

»Wow. Du hast recht, das ist eine Überraschung. Ich weiß allerdings gar nicht, warum. Du verstehst viel davon, das hat mich immer beeindruckt.«

»Wirklich?« Er wirkte erfreut.

»Na klar. Du kennst nicht nur die Fakten, du machst dir auch darüber Gedanken, was es bedeutet. Ich kann mir vorstellen, wie du das unterrichtest. Außerdem kannst du gut mit Kindern umgehen. Habe ich zumindest gehört. Ich hab dich ja nur mit Babys gesehen, aber dafür kann ich bürgen.«

»Ich mag Kinder«, bestätigte er. »Es macht mir immer Spaß, wenn wir die Schulen besuchen. Ich rede gern mit ihnen und spiele mit den Älteren etwas Rugby. Außerdem brauchen wir mehr Maori-Lehrer. Ganz besonders Männer, als Vorbilder und so.«

»Aber die Mädchen würden sich alle in dich verlieben«, sagte sie nachdenklich. »Falls du an der Highschool unterrichtest. Es sei denn, du wirst fett und kahlköpfig.«

Er lachte. »Dann würden sie vielleicht nicht schwänzen. Solange ich nicht fett und kahlköpfig bin, meine ich.«

»Eins ist mal sicher: Deine Schwestern wären begeistert. Aber um sie richtig glücklich zu machen«, neckte sie ihn, »müsstest du in Hamilton unterrichten und nebenan wohnen.«

Er stöhnte. »Wir wollen mal nicht übertreiben.«

Ohne Schäfchenpyjama

»Ich muss schon sagen«, seufzte Kate eine Woche später. »Das ist der Vorteil, wenn du so lange weg bist: dass ich dich wieder begrüßen darf.«

»Das hast du auch ganz wunderbar gemacht.« Koti zog sie an sich. »Das war fast so gut wie der Sieg. Aber wir sollten einen Plan machen, da hast du recht. Es war ein wenig schwer, unsere Streitigkeiten und die Spiele unter einen Hut zu bekommen. Warum nimmst du dir nicht ein paar Tage frei, sobald die Saison vorbei ist? Wir könnten wegfahren und vielleicht surfen gehen.«

»Klingt gut«, sagte sie. »Ich habe das Gefühl, dass ich bislang kaum etwas vom Land gesehen habe. Da lebe ich schon im malerischen Neuseeland, und alles, was ich zu Gesicht bekomme, sind mein Büro, der Strand und jede Menge Rugby-Spiele. Darüber beschwere ich mich auch gar nicht, es könnte schlimmer sein. Aber ich würde gern mal verreisen. Wann wäre das denn?«

»Ich würde sagen, in zwei Wochen, nach dem Finale. Das kann sich natürlich noch ändern, falls wir nächste Woche im Halbfinale rausfliegen.«

»Ich dachte, ihr wärt die Favoriten bei dem Spiel. Alle sagen, ihr wärt besser als die Highlanders.«

Er lachte. »Darum wird die Begegnung ja ausgetragen. In den Zeitungen sieht es so aus, als würde es ein Kinderspiel werden, aber so einfach ist es nie. Es hängt von etwaigen Verletzungen, der Vorbereitung, der Einstellung und davon ab, wie gut man an dem Abend in Form ist. Die K.-o.-Spiele sind ganz schön anstrengend. Wir sind bereit. Leider sind es die Highlanders auch. Wir werden sehen, wer nächste Woche gewinnt.«

»Wann auch immer es sein wird, ich schau mal, dass ich frei bekomme. Mein anderer Freund wird allerdings enttäuscht sein«, seufzte sie, »dass ich unsere Samstagverabredung verpasse.«

Er lächelte spitzbübisch. »Ich hätte nicht gedacht, dass du dir die Spiele wirklich ansiehst. Du bist so erschreckend uninformiert.«

»Weil ich von den ganzen Regeln Kopfschmerzen bekomme«, gestand sie. »Außerdem sollte ich es dir lieber nicht sagen, denn es wird dir nicht guttun, aber ich sehe hauptsächlich dir zu.«

* * *

Was ihr am nächsten Wochenende recht schwerfiel.

»Autsch.« Sie zuckte zusammen, als sie ihm am Montagabend die Tür öffnete. »Das sieht schmerzhaft aus.« Sie berührte sanft die Stelle unter dem geprellten Wangenknochen, wo sich auf der verfärbten Haut die frische Naht schwarz abhob. »Ich habe gestern Abend gesehen, wie es passiert ist, aber mir war nicht klar, dass es so schlimm ist.«

»Nein, keine Sorge, es war nur eine kleine Meinungsverschiedenheit zwischen mir und Josiah Mapus Knie im Gedränge.«

»Er hat dich mit dem Knie am Kopf erwischt?«, fragte sie wütend. »Das wusste ich gar nicht. Ich dachte, das wäre gegen die Regeln.«

»Wenn man es absichtlich macht, schon, aber das glaube ich in dem Fall nicht. Der Schiedsrichter im Übrigen auch nicht, was echt schade ist. Mit einer Gelben Karte wäre uns der Sieg vielleicht leichter gefallen, doch was soll's. Aber Mapu ist kein schlechter Kerl. Außerdem haben wir ja gewonnen. Es zählt nur, dass wir zum Finale nach Brisbane fahren.«

»Bist du denn fit genug, um zu spielen? Du scheinst auch zu humpeln.«

»Ich bin nur etwas angeschlagen. Bis Samstagabend bin ich wieder fit wie ein Turnschuh, keine Sorge.«

»Ich verstehe nicht, wie ihr es schafft, jede Woche zu spielen, wenn ihr immer so verletzt werdet«, sagte sie. »Es ist einfach zu viel.«

»Zu diesem Zeitpunkt fühlt es sich immer wie übelste Schinderei an«, stimmte er zu. »Aber du musst die Alternative bedenken: Wir hätten letzte Nacht verlieren können. Dann müssten wir bis zur nächsten Saison kein Spiel beim Super Rugby mehr bestreiten. Du kannst drauf wetten, dass die Highlanders liebend gern mit uns tauschen würden. Ich hatte vor ein paar Monaten drei Wochen lang Pause, weißt du noch? Das hat mir ganz und gar nicht gefallen. ›Pause‹ ist das, wovon man eine Menge bekommt, wenn man verloren hat.«

* * *

»He, du«, grüßte sie ihn am Donnerstag am Telefon. »Ich habe gerade an dich gedacht. Also, ich habe so getan, als würde ich im Bett lesen, aber in Wirklichkeit habe ich an dich gedacht. Bist du im Hotel? Wie geht's dir und den Jungs? Wie lief das Training heute?«

»Ja, ich bin im Hotel, und die Antwort auf deine anderen zwei Fragen lautet: ziemlich gut«, erwiderte er, und allein beim Klang ihrer Stimme musste er lächeln. »Letztes Training heute vorm Spiel. Das ist immer kurz, weil Drew nur sichergehen will, dass alle wissen, was sie im Spiel machen sollen. Ich wünschte allerdings, wir würden morgen in Eden Park spielen. Die Fans der Reds sind immer feindselig.«

»Klingt, als würde es schwierig werden. Immerhin ist es der Abend vor einem großen Spiel, und man kann nicht mehr trainieren, um die Nerven zu beruhigen.«

»Seit ich im Zimmer bin, bin ich schon etwas nervös, weil mich nichts ablenkt«, gab er zu. »Deshalb wollte ich mit dir reden. Du sollst mir helfen, mich zu entspannen.«

»Klar, liebend gern, wenn ich kann«, erwiderte sie skeptisch. »Ich weiß aber nicht, was ich sagen könnte, das dich beruhigt.«

»Du könntest damit anfangen, dass du mir verrätst, was du gerade anhast«, schlug er vor.

»Was? Mir ist egal, wie nervös du bist, ich werde keinen Telefonsex mit dir haben. Ganz besonders nicht, wenn dein Mitbewohner jederzeit reinkommen könnte. Wehe, er ist gerade da.«

»Keine Sorge, er ist mit ein paar der anderen Jungs im Kino. Ich bin hier ganz allein. Einsam. Du fehlst mir. Komm schon«, versuchte er, sie zu überreden. »Sag mir, was du anhast.«

»In Ordnung. Nur für dich sag ich es. Denn leider trage ich dein liebstes Kleidungsstück. Ich könnte mir etwas ausdenken, schätze ich, aber meine Fantasie ist nicht so gut wie deine.«

»Nicht der Schäfchenpyjama«, stöhnte er.

Sie lachte. »Ich fürchte, schon. Was willst du dagegen unternehmen?«

»Du wirst ihn einfach ausziehen müssen. Ich will mich auf das konzentrieren, was du darunter trägst. Du kannst damit anfangen, dass du das Oberteil aufknöpfst.«

Er wartete ein paar Sekunden lang. »Du musst mir schon sagen, dass du es machst«, informierte er sie in der Stille. »Ich kann dich schließlich nicht sehen. Ich brauche Hilfe, wenn ich es mir vorstellen soll.«

»Okay«, sagte sie ergeben. »Das ist eigenartig. Es ist mir peinlich, aber ich tue es.«

»Ganz langsam«, sagte er. »Ich habe einen langen Abend vor mir. Wir müssen das ausdehnen, wenn es mich ablenken soll. Jetzt die Hose. Streif sie dir über deine herrlichen Beine. Stell dir vor, dass *ich* sie dir ausziehe. Wie ich dich dabei berühre. Wie sich meine Hände anfühlen, während sie über deine Schenkel streichen.«

»O Gott. Mir ist schon ganz heiß«, seufzte sie. »Ich weiß nicht, wie du das immer schaffst. Ich zieh die Hose aus, ich lasse sie auf den Boden fallen.«

Er schloss die Augen, lehnte sich gegen die Kissen und fühlte sich schon viel besser. »Was trägst du jetzt? Hast du überhaupt noch etwas an?«

»Das wird dir besser gefallen. Viel, viel besser. Das weiße Unterhemd mit den schmalen Trägern und die passende Unterhose, die mit den rosa Bändchen am Saum oben und der kleinen, pinkfarbenen Rose in der Mitte.«

Er stöhnte. »Die liebe ich. Das wird so gut werden, aber wir gehen es langsam an. In Ordnung. Du kannst damit anfangen, dass du mit der Hand über die Bändchen streichst. Zuerst am Hemd. Fahre unter das Hemd, während du das machst, nur ein kleines Stück. Noch nicht zu weit.«

»Gut«, sagte sie. »Ich berühre das Bändchen. Schlüpfe darunter.«

»Nicht zu weit«, rief er ihr streng ins Gedächtnis. »Du musst warten, bis ich dir sage, dass du weitermachen darfst.«

Er hörte, wie ihr der Atem stockte, als sie ihm gehorchte. »Okay«, seufzte sie. »Erst, wenn du es sagst.«

»Du bist sehr folgsam. Jetzt zur Unterhose. So wie eben. Nur das Bändchen, dann unter das Bändchen. Mehr nicht. Noch nicht.«

»Oh, Koti, es fühlt sich so herrlich an.«

»Das ist gut, Baby, das machst du gut. Geh jetzt mit der Hand unter das Hemd. Ganz langsam. Über den Bauch, dann die Rippen. Über deine herrliche Haut. Bis du dich selbst berührst, mit der Hand über deine Brust fährst, erst die eine, dann die andere. Das machst, was ich machen würde, wenn ich da wäre. Währenddessen, möchte ich, dass du dir vorstellst, meine Hand wäre da. Meine Hand, die dich liebkost. Dich berührt.«

Er hörte nur noch ihren Atem, der jetzt rascher ging. »Du musst mir sagen, dass du das machst«, sagte er wieder in die Stille. »Das ist Vorschrift.«

»Oh«, seufzte sie. »Ich tu es.«

Er lächelte wieder, während er ihr lauschte, sie sich vorstellte. »Es wird Zeit, dass du das Hemd hochschiebst«, beschloss er. »Langsam, vergiss das nicht. Schieb es hoch, bis es unter deinen Armen ist. Streiche dabei mit der Hand über dich. Stell dir vor, mein Mund wäre auf dir. Wie ich dich beiße. Denn du weißt, was das mit dir macht.«

»Ich wünschte, du wärst hier«, hörte er sie sagen, »und würdest das mit mir machen. Aber es fühlt sich trotzdem gut an. So gut.«

»Ich weiß, Baby. Pass jetzt auf, denn du wirst dich konzentrieren müssen. Hör mir zu. Ich will, dass du dir das Hemd ausziehst. Dafür wirst du das Telefon weglegen müssen, denn du brauchst beide Hände. Während du das machst, musst du daran denken, wie langsam ich es ausziehen würde, wenn ich da wäre. Wo ich dich küssen würde, während ich den Saum hochschiebe. Wie du dich gegen mich drängen würdest, mich bitten würdest, dich zu berühren, mich anflehen würdest. Wenn du damit fertig bist, wenn du das Hemd nicht mehr anhast, wirst du nur noch in der winzigen Unterhose daliegen, oder? Dann möchte ich, dass du das Telefon wieder nimmst. Damit ich dir sagen kann, was du als Nächstes tun sollst.«

Er lauschte dem Rascheln des Stoffs, dann hörte er, wie sie das Telefon wieder nahm. »Ich habe es ausgezogen, Koti. Aber ich bin mir nicht sicher, ob ich den Rest auch schaffe. Es fühlt sich so gut an. Aber ich komme mir so … unanständig vor, das hier zu machen, während du zuhörst und mir diese Dinge sagst.«

»Das liegt daran, dass du unanständig bist, habe ich dir das nicht schon gesagt? Du bist ein schlimmes, schlimmes Mädchen. Das weiß ich bereits, schon vergessen? Du musst mir nur zuhören und tun, was ich sage. Genau so, als wäre ich da. Hier sind nur du und ich. Du zeigst mir, wie schön du bist, mehr nicht. Beweist mir wieder, wie sehr ich dich will, was ich alles mit dir anstellen möchte. Wie immer, wie jedes Mal, wenn ich bei dir bin.«

»In Ordnung«, seufzte sie. »Ich tu es für dich. Ich glaube sowieso nicht, dass ich aufhören kann. Du treibst mich in den Wahnsinn.«

Er atmete erleichtert aus. »Du machst das großartig. Du bist so wunderbar, Baby. Aber der nächste Teil wird schwer, du wirst mir also ganz genau zuhören müssen. Ich möchte, dass du zum Slip gehst und dich selbst berührst. Aber nur von außen. Du greifst nicht unter den Stoff. Noch nicht. Sag mir, wenn du es tust. Du musst nur sagen: ›Ich tue es, Koti.‹«

»Ich tue es, Koti«, erwiderte sie leise.

»Das ist gut. Das ist wirklich gut. Mach weiter. Stell dir vor, dass es meine Hand ist. Dass ich dich berühre, dich dort spüre. Dass du dich für mich öffnest.«

Er lauschte ihrem Atem, den Seufzern, die sich ihr entrangen. »Jetzt kommt der Teil, der mir am besten gefällt«, sagte er ihr. »Du wirst die Finger in dich schieben. Dazu musst du die Beine etwas breiter spreizen. Genau so, als würde ich dich berühren. Stell dir vor, wie ich das mache. Wie ich deine Beine halte, sie auseinanderdrücke, damit ich dich sehen kann. Wie ich dich berühre, dich küsse.«

»Oh«, seufzte sie, und er konnte fast spüren, wie ihre Erregung wuchs. »Das ist so schlimm von mir.«

»Richtig, Baby. So schlimm. Du bist ein schlimmes, schlimmes Mädchen. Aber ich weiß genau, was ich mit schlimmen Mädchen anstellen muss. Ich werde dir alles darüber erzählen. Hör nur zu. Berühre dich, während ich dir davon erzähle, dann werde ich dich ganz wild machen.«

* * *

Ihr Herz raste so heftig, dass sie dachte, er müsste es hören. Zum Teil war es ihr immer noch peinlich, als würde jemand ihre Show beobachten. Der Rest aber war beinahe unerträglich erregend, während er ihr sagte, was er mit ihr machen wollte. Was er heute Abend mit ihr machen würde, wenn er da wäre. Was er nächstes Mal machen würde, wenn sie zusammen waren.

Sie antwortete ihm nicht mehr, während sie sich auf seine Stimme konzentrierte, ihren Körper, die Empfindungen, die er in ihr auslöste. Sie spürte, wie sie sich dem Höhepunkt näherte, wie ihr Atem schneller wurde. Als er das hörte, machte er einen letzten Vorschlag, bei dem sie aufkeuchte, bevor sie mit einem Schrei kam.

Als sie schließlich wieder normal atmete, sagte sie seufzend: »Ich glaube jedes Mal, dass ich bereits das Unanständigste mit dir getan habe. Aber jedes Mal irre ich mich.«

»Ganz genau. Denn es gibt noch so viel, was ich mit dir anstellen will. So viele Sachen, die ich mit dir machen muss, wie ich dir schon gesagt habe.«

»Das ist es doch aber. Ich denke immer, dass du nur redest. Ich schätze, jetzt hast du es mir gezeigt.«

»Oh, das denke ich nicht. Ich glaube, ich muss es dir noch immer zeigen. In ein paar Tagen fange ich damit an. Wenn du morgen zusiehst, werde ich einen Versuch durchziehen, und dann lasse ich dich wissen, dass ich an dich denke, da du mir geholfen hast, mich zu entspannen und mich heute Abend besser zu fühlen.«

»Darauf werde ich achten«, sagte sie. »Aber ich werd jetzt schlafen, denn du hast mich auch entspannt. Wenn ich noch länger darüber nachdenke, werde ich entweder wieder heiß oder schrecklich verlegen. Ich weiß nicht mal, welches von beidem.«

Er lachte leise. »Sei nicht verlegen. Du bist schön, und ich will dich so sehr. Ich kann es kaum erwarten, dir zu zeigen, wie sehr. Aber geh schlafen. Gute Nacht, Baby.«

»Gute Nacht«, sagte sie ihm mit einem Lächeln. Dann legte sie auf und schlief mit dem Telefon in der Hand ein.

Gold Coast

»Ich bin so nervös«, gestand sie Hannah am folgenden Abend. »Wie hältst du das nur aus?«

»Um die Wahrheit zu sagen, wird es nie einfach. Es hilft, wenn man es nicht alleine gucken muss. Jack ist für mich immer gute Gesellschaft, aber seine Konversation lässt noch zu wünschen übrig. Danke, dass du hergekommen bist.«

»Andererseits«, sagte Kate nachdenklich, als sich der Kommentar vor dem Spiel langsam dem Ende zuneigte, »fühle ich mich auch, als wäre ich vierzehn und würde dem Jungen zusehen, in den ich verknallt bin.«

Hannah lachte. »Ich weiß, was du meinst. Dir gefällt es wohl nicht, eine WAG zu sein?«

»Nein, fühlt sich komisch an.«

»Ging mir genau so, ganz besonders am Anfang. Ich glaube, die Lösung dafür ist, dass du die Rolle von der Person trennst. Ich bin mit der Person verheiratet, die nach all dem nach Hause kommt, ob sie nun gewonnen haben oder nicht. Einer, der seinen Job macht wie jeder andere auch, ganz gleich, wie bekannt er ist.«

»Ja, aber eine Frau sieht ihrem Mann normalerweise nicht bei der Arbeit zu«, erwiderte Kate. »Der Teil *ist* eigenartig. Als wenn du mit einem Chirurgen verheiratet wärst und ihn bei all seinen Operationen beobachten würdest.«

»Also, es ist vielleicht etwas unterhaltsamer als das«, sagte Hannah mit einem Lächeln. »Du musst schon zugeben, dass es Spaß macht, ihnen beim Spielen zuzusehen, auch wenn es einem manchmal Angst einjagt. Außerdem muss ich ja Drews Spielweise nicht analysieren. Davon bekommt er schon genug, von mir braucht er das nicht. Ich könnte es auch gar nicht, obwohl ich ihn während des gesamten Spiels beobachte. In meinen Augen spielt er immer gut.«

Sie sahen eine Weile relativ still zu. Hannah wusste überraschend viel und konnte die Spielzüge und Strafen erklären, die Kate noch immer verwirrten.

»Woher weißt du das alles?«, fragte Kate schließlich.

»Du hast doch bestimmt schon festgestellt, was Rugby-Spieler in ihrer Freizeit so machen«, erwiderte Hannah. »Ich habe mir mittlerweile oft genug ein Spiel im Fernsehen angesehen, während ich der Analyse eines Experten lauschen durfte.«

Der Punktestand schwankte während der ersten Hälfte hin und her, keine Mannschaft gewann einen Vorsprung. Kates ungeübtem Auge kam es so vor, als würden beide Mannschaften gut spielen. Beide Teams hatten eine starke Defensive, weshalb der Punktestand in der Halbzeit bei Acht zu Sieben lag, denn jede Seite hatte nur einen Versuch durchgebracht.

Hannah stand auf, als Jack anfing zu weinen.

»Was für ein gutes Rugby-Baby«, gurrte sie, während sie ihn aus der Wiege nahm. »Du weinst erst in der Halbzeit.«

»Das musst du Drew erzählen«, stimmte Kate zu. »Da hast du ihn ziemlich gut trainiert.«

Hannah stillte noch immer das Baby, als die Reds mit einem Anstoß gegen die Blues in die zweite Hälfte starteten. Aber das Gastteam beförderte den Ball sofort über das Feld. Kates Herz schwoll vor Stolz an, als Koti einem Spieler neben sich einen seiner scheinbar gelassenen Pässe zuspielte. Sie hielt den Atem an, während er weiterlief, den Ball wieder entgegennahm und zwei Tackling-Versuchen auswich. Sobald er ins Malfeld lief, um zu punkten, war sie auf den Beinen.

Ausgelassen jubelte und tanzte sie, und als Koti leichtfüßig aufsprang und von seinen Mannschaftskameraden umringt wurde, spürte sie, wie sich ein strahlendes Lächeln auf ihrem Gesicht ausbreitete. Dann sah sie ungläubig, wie er sich zur Kamera drehte und sich beide Hände aufs Herz legte. Ihr eigenes schmolz bei der Geste dahin.

»James spielt heute außergewöhnlich gut«, hörte sie einen der Kommentatoren sagen, während sich die Mannschaft wieder aufstellte.

»In den ersten Wochen wirkte er etwas abgelenkt, aber jetzt ist er wieder ganz der Alte«, stimmte ihm der andere zu. »Dieser Spielzug war herrlich anzusehen.«

»Was sollte denn die kleine Showeinlage?«, fragte Hannah neugierig. »Weißt du das? Ich schätze schon.«

Kate errötete. »Möglich. Etwas, das er gestern Abend erwähnt hatte.«

»Hmm, ich dachte mir schon, dass das dir gelten könnte. Ich gebe zu, dass ich nicht genau wusste, was ich davon halten sollte, als ich es rausgefunden habe, aber es scheint zwischen euch gut zu laufen.«

Kate setzte sich noch immer lächelnd hin. »Bis jetzt ja. Es macht meine Zeit in Neuseeland ein wenig aufregender, muss ich sagen.«

»Das freut mich«, erwiderte Hannah ernst. »Ich habe mir so sehr gewünscht, dass du glücklich bist. Du warst so zerbrechlich, als du hier angekommen bist. Das hat mir gar nicht gefallen.«

»Ja, es war am Anfang nicht gerade mein bestes Jahr. Aber es hat sich jetzt doch noch ganz gut entwickelt.«

Nachdem die Blues ihren Sieg mit einem Strafkick nach der achtzigsten Minute besiegelten und der Schiedsrichter bei einem Punktestand von 23 zu 16 abpfiff, umarmten sich die beiden Frauen mit einem erleichterten Seufzer.

»Puh.« Kate ließ sich wieder auf die Couch fallen. »Selbst ohne das Surfen heute Morgen habe ich mein Aerobic-Training gehabt.«

»Willst du hier übernachten?«, fragte Hannah. »Das ist kein Problem.«

»Nein, ich fahre nach Hause. Aber danke für das Angebot.« Kate umarmte Hannah zum Abschied und ging zur Tür, um sich ihre Schuhe anzuziehen.

Es stimmte, stellte sie fest, sie war erschöpft. Aber auch so stolz auf Koti, dass sie platzen könnte.

* * *

Dieses Mal war die Menge am Flughafen viel größer, und sie mussten auch viel länger auf die Mannschaft warten. Kate spürte wieder Stolz in sich aufsteigen, sobald sie sah, wie Koti von eifrigen Autogrammjägern umringt wurde und seine Leistung von gestern Abend ihm einen Heldenempfang bescherte.

»Du warst einfach großartig«, erklärte sie, nachdem er sie nach der herzlichen Begrüßung wieder auf die Füße stellte. »Ich musste nach deinem Versuch tanzen, so gut war der. Ich weiß, dass ihr auf dem Feld nicht allzu sehr feiern dürft, aber zum Glück gibt es für mich keine Regeln. Man hätte mich mit Sicherheit auf die Strafbank gesetzt.«

»Das hätte ich gern gesehen. Hast du gesehen, was ich für dich gemacht habe?«

»Habe ich. Das war auch etwas ganz Besonderes.«

»Irgendwas musste ich ja tun, wenn man bedenkt, wie du mir beim Entspannen geholfen hast und wie gut es funktioniert hat. Ich werde dich wohl dazu bringen müssen, das jedes Mal zu machen.«

»Ha, träum weiter, Großer. Das war eine einmalige Sache. Der bloße Gedanke ist mir schon peinlich. Ich weiß gar nicht, wie du mich jedes Mal zu solchen Sachen überredest.«

Er lächelte. »Ich schätze, ich kann dich noch mal dazu überreden. Denn ich weiß, wie du wirklich bist, nicht wahr?«

* * *

»Ich habe darüber nachgedacht, was wir während unseres Urlaubs machen sollten«, sagte er, während sie zum Auto gingen. »Es fiel mir ein, als wir über den Graben geflogen sind und wieder in den Regen zurückkamen. In Queensland ist das Wetter diese Woche schön, und es soll sogar warm werden. Ein guter Ort für einen Winterurlaub, da wir nur ein paar Tage frei haben. Was hältst du davon, zur Gold Coast zu fliegen, um dort zu surfen? Du warst noch nicht in Australien, oder?«

»Nein, ich war noch nicht viel unterwegs. Ist es dort anders als hier?«

Er lachte. »Das wirst du schon sehen. Du kannst mir dann sagen, was du davon hältst.«

»Also«, erklärte er ihr am Dienstagabend, als sie zu ihrer Kochverabredung auftauchte. »Wer hätte das gedacht? Man hat mich für die Rugby Meisterschaft in den nächsten Monaten in die ABs geholt.«

»Koti, das ist ja wundervoll«, rief sie und warf die Arme um ihn. »Gratuliere. Da hat sich die ganze Mühe ja gelohnt. Das freut dich bestimmt.«

»Nicht besonders. Ich werde nicht spielen, zumindest nicht sofort«, sagte er enttäuscht. »Beim ersten Spiel sitze ich auf der Bank.«

»Das tut mir leid. Aber, he, was für eine Leistung. Schön für dich.«

»Das heißt aber, dass ich ab nächster Woche wieder trainiere und öfter verreise. Manchmal auch etwas weiter weg. Nach Südafrika und Australien, natürlich, aber auch nach Argentinien. Das erste Spiel findet am Samstag in zwei Wochen statt. Zum Glück haben wir unseren Urlaub geplant.«

»Dann ruf ich lieber meinen anderen Freund an und plane meine Samstagsverabredungen.«

»Keine so tolle Sache, was? Man fragt sich, warum man überhaupt mit einem Rugby-Spieler zusammen sein sollte.«

»Ich will aber nicht mit einem Rugby-Spieler zusammen sein«, sagte sie. »Ich will mit dir zusammen sein. Denn du bringst mich zum Lachen und machst mich ganz verrückt. Nur eben nicht an den Wochenenden.«

»Von meinen Kochkünsten ganz zu schweigen.«

»O ja, du bist ein wahrer Meisterkoch. Das bestätigen die Hamburger, die heute Abend auf dem Speiseplan stehen.«

* * *

»Wo findet denn das erste Spiel statt?«, fragte sie beim Essen. »Die sind übrigens ein wenig angebrannt.«

»Du solltest mich halt nicht während des Kochens küssen. In Sidney. Wieder in Australien.«

»Sie werden dir bald die Staatsbürgerschaft aberkennen«, sagte sie, »wenn du dort drüben so viel Zeit verbringst.«

* * *

»Es ist echt zugebaut hier. So viele hohe Häuser und so. Schick.«

Kate reckte den Hals und sah sich um, während sie über den Gold-Coast-Highway nach Broadbeach fuhren. »So hatte ich mir Australien gar nicht vorgestellt. Sollte es hier nicht roten Sand geben? Ich hätte auch gedacht, dass es mehr wie an den Stränden von Neuseeland ist. Ruhig und abgeschieden, weißt du?«

»Und dass hier die Kängurus über die Straßen hüpfen, schätze ich.«

»Ich muss zugeben, dass ich wegen der Kängurus enttäuscht bin. Ich schätze, ich werde auf diesem Ausflug auch keine Koalas sehen.«

»Hier jedenfalls nicht. In Queensland gibt es eine Menge Kängurus und Koalas, und alles andere auch, aber nicht hier an der Gold Coast. Hier geht es allein ums Surfen und den Strand.«

* * *

»Wow«, hauchte sie, als sie eine halbe Stunde später das Hotelzimmer im vierzigsten Stock betrat. »Du hast mir gar nicht gesagt, dass es so edel ist.«

»Wir beide sollten uns einen richtigen Urlaub gönnen. Ich weiß, dass ich mir einen verdient habe. Sieht für mich auch so aus, als hättest du noch keine Auszeit gehabt. Du warst bestimmt nicht sehr entspannt, als du in Neuseeland angekommen bist.«

»Nein, ganz im Gegenteil. Aber warum gibt es in unserem Hotelzimmer eine Küche?«

»Die meisten Hotelzimmer in Australien und En Zed haben Küchen. Ist dir das noch gar nicht aufgefallen?«

»Ich war in Neuseeland noch nicht in einem Hotel. In meinem ganzen Leben war ich noch nie an einem Ort wie diesem. Die Küche allein ist schon toller als alles, wo ich je gewohnt habe. Das heißt aber nicht, dass wir kochen müssen, oder?«, fragte sie, plötzlich alarmiert.

»Nein. Ich glaube nicht, dass wir das riskieren sollten. Ich will hier keinen Feueralarm auslösen.«

»Wow, schau mal.« Sie trat durch eine Tür in der Glasfront auf der Rückseite des Wohnzimmers. »Komm her. Hier gibt es einen riesigen Balkon. Sieh dir diesen Ausblick auf das Meer an. Herrlich.«

»Die Strände in Australien sind nicht so schlecht«, stimmte er zu, während er mit ihr die beeindruckende Aussicht auf den Strand genoss, der sich in jede Richtung meilenweit erstreckte. »Warte, bis du den Sand spürst. Ich muss zugeben, dass der Sand in Australien wundervoll ist.«

Er ging wieder rein und betrachtete sie amüsiert. »Das ist alles ein wenig so, als würde ich mit Cinderella auf den Ball gehen«, beschwerte er sich, während sie die Suite erkundete. »Wenn du mit deiner Tour durch bist und alles mit unserer eigenen bescheidenen Hütte verglichen hast, könntest du herkommen und mir einen Kuss geben.«

»Tut mir leid.« Sie griff nach ihm. »Das ist echt cool. Ich muss nicht mal woanders hingehen, ich wäre glücklich, wenn wir hierbleiben würden.«

Er lächelte zu ihr runter. »Oh, ich denke, dass ich dir garantieren kann, dass wir hier viel Zeit verbringen werden. Aber du wirst dir vielleicht auch einen Ausflug gönnen wollen, nachdem wir schon den ganzen Weg hergekommen sind.«

* * *

»Du hast recht, das ist eine tolle Stelle zum Surfen«, sagte Kate, während sie sich am Sonntagmorgen jenseits der Wellenbrecher auf ihren Brettern ausruhten. »Die Wellen, der Strand, alles. Wundervoll. Es hilft auch, dass das Wasser viel wärmer ist.«

»Ich dachte mir schon, dass dir das gefällt. Das heißt auch, dass du länger hier draußen bei mir bleiben kannst.«

»In Australien müssen die Leute ständig am Strand rumhängen, wenn es hier immer so schön ist.«

»Müssen sie wohl. Queensland wird im Sommer unglaublich heiß. Und schwül. Deshalb haben wir solches Glück, dass wir in En Zed leben. Surfen kann man hier aber gut. Solange man nicht von den Haien oder Quallen erwischt wird. In Australien will einem alles und jedes ans Leder, hast du noch nicht davon gehört?«, erwiderte er ihren verständnislosen Blick. »Fünf der zehn tödlichsten Schlangen der Welt leben in Queensland. Dann gibt es da noch die giftigen Spinnen und Quallen. Ganz zu schweigen von den Krokodilen und den Weißen Haien. Noch ein Pluspunkt für Neuseeland: En Zed ist ziemlich harmlos.«

»Aber sie liegen direkt nebeneinander. Wie kommt es, dass die ganzen furchterregenden Tiere nicht rüberkommen?«

Er lachte. »Ist dir nicht aufgefallen, dass der Flug Stunden gedauert hat? Verglichen mit dem ganzen Wasser, das sich in jede Richtung erstreckt, liegen sie nahe beieinander, aber es sind immer noch tausendfünfhundert Kilometer.«

»Oh, klar.« Sie lachte über sich. »Tut mir leid. Ich weiß allerdings, dass das hier der Strand für Babys ist. So viel habe ich schon rausgefunden. Du kannst gern rübergehen und dir die schweren Wellen vornehmen, wenn du dich etwas fordern willst. Bei all den Leuten hier ist es ja nicht so, als wäre ich allein.«

»Das ist allerdings mein Urlaub. Ich habe mir letzte Woche genug abverlangt, heute bin ich lieber bei dir.«

»Oh, danke. Aber dir beim Surfen zuzusehen, macht fast genauso viel Spaß, wie selbst zu surfen. Ich sehe gern, was du so kannst.«

Das stimmte, dachte sie, während sie zuschaute, wie er mühelos auf einer Welle an den Strand glitt. Es war herrlich, ihm beim Sport zuzusehen. Aber unter den nicht so einfachen

Bedingungen stürzte sie selbst immer noch oft vom Brett. Sie brauchte jede Hilfe, die sie bekommen konnte.

»Bist du bereit fürs Mittag?«, fragte er schließlich.

Sie nickte dankbar und schwamm an den Strand, wo sie erschöpft schwankte, sobald sie das flachere Wasser erreichte und sich hinstellen wollte.

Koti nahm ihr das Brett ab und klemmte es sich unter den Arm. »Du hättest mir sagen sollen, dass du müde wirst. Wir hätten jederzeit aufhören können.«

»Ich habe es auch erst gemerkt, als ich nicht mehr im Wasser war«, gab sie auf dem Weg zu den Duschen zu. »Ich brauche nur eine Pause, mehr nicht. Du bist so fit, dass du vergisst, wie anstrengend das für uns Normalos ist.«

Er half ihr unter der Stranddusche, den Neoprenanzug von den Schultern zu ziehen. »Zumindest darf ich dir jetzt hierbei helfen. Du weißt ja, wie sehr mir das gefällt.«

Sie lächelte zu ihm hoch, während sie unter der kalten Dusche zitterte. »Ich weiß. Hier, ich helfe dir auch. Das ist, als würde man ein Geburtstagsgeschenk auspacken, wenn ich sehe, wie du aus der Verpackung kommst.«

Er lachte. »Komisch, so geht es mir bei dir.«

»Aber müssen australische Frauen so gut aussehen?«, beschwerte sie sich und warf drei jungen Frauen einen finsteren Blick zu, die auf einem Strandweg stehenblieben, um sie zu betrachten und offensichtlich Kotis Anblick so sehr zu genießen wie sie selbst, während er sich aus dem Neoprenanzug schälte. »Du hättest mich vorwarnen können.«

Koti sah zu seinem neugierigen Publikum und lächelte. »Australische Frauen sind verdammt fit, da hast du recht. Hör auf, sie so finster anzusehen, sonst erstarren sie unter deinem Blick noch zu Stein. Ich dachte, besitzergreifendes Verhalten gefällt dir nicht.«

»Sie sehen dich an, als wärst du eine Art Leckerbissen und ihnen würde gerade einfallen, dass sie das Mittagessen ausgelassen hatten. Ich wünschte, es wären nicht so viele von ihnen groß und blond. Da bekommt man ja Minderwertigkeitskomplexe.«

»Oh, bitte, ich bin mir nicht mal sicher, ob groß und blond noch mein Typ ist. Dir ist vielleicht aufgefallen, dass sich mein Geschmack in letzter Zeit geändert hat. Ich werde es dir wohl aber erst nach dem Mittag zeigen können. Jetzt muss ich erst wieder zu Kräften kommen, um mit dir mitzuhalten.«

Teilen

»Das ist echt cool, muss ich sagen.« Kate lehnte sich mit ausgestreckten Beinen an das Kopfende des großen Bettes und betrachtete das blaue Meer unter sich. »Ich sollte mich auf den Balkon setzen und den Anblick genießen, solange ich noch kann. Aber hier ist es auch ziemlich gemütlich.«

»Außerdem müsstest du dir mehr anziehen, was bedeuten würde, dass ich meine Lieblingsunterhose nicht zu sehen bekäme. Ich glaube, die gefällt mir jetzt sogar noch besser. Jetzt muss ich nur noch die kleine pinkfarbene Rose sehen und bin schon ganz heiß. Aber ich habe noch nie jemanden erlebt, der sich so sehr über ein Hotelzimmer freut wie du«, fügte er hinzu, bevor er rüberrutschte und den Kopf in ihren Schoß legte. »In deiner Vergangenheit gab es wohl nicht viele Luxusausflüge, nehme ich an.«

»Nein.« Sie schüttelte gedankenverloren den Kopf und massierte ihm die Kopfhaut, während sie das Gefühl seines dichten Haars unter ihren Fingern genoss. »Bei dir? Ich kann mir nicht vorstellen, dass sich deine Mom einen Urlaub wie diesen leisten konnte, nicht mit vier Kindern.«

»Nein, für uns gab es nur Ferienparks. Das war aber großartig. Jeden Sommer sind wir in den Ferien zur Bay of Plenty oder nach Coromandel gefahren. Immer an den Strand. Wir haben uns eine Hütte mit Stockbetten gemietet. Das war ziemlich eng, aber es hat Spaß gemacht. Es gab jede Menge andere Kinder, mit denen man Rugby oder Cricket spielen, schwimmen oder angeln konnte. Ich hab mich mit den anderen Jungen zusammengetan und bin den ganzen Tag lang rumgerannt.«

»Klingt besser als meine Familienausflüge«, sagte sie. »Eine Küche und Spülklosett, immer her damit.«

»Öffentliche. Nichts Besonderes, aber da hast du recht. Was, bist du in einer Hütte aufgewachsen? Oder einem Flüchtlingslager?«

»Nein. Aber wir waren in den Ferien zelten. Jedes Jahr. So weit weg von dem hier, wie du dir nur vorstellen kannst. In den Augen meines Vaters bestand eine schöne Zeit darin, dass man eine Woche lang zeltete und Forellen angelte. Bis heute kann ich mich nicht mit Campingurlaub anfreunden. Es ist schmutzig, überall sind Mücken, und die Toilette ist draußen«, schloss sie mit einem Schaudern.

»Draußen?«

»Du weißt schon, Toiletten ohne Spülung.«

»Ah«, sagte er. »Plumpsklos.«

»Bitte jetzt keine Witze. Das ist eklig.«

»Du kannst also angeln?«, fragte er. »Wenn ich gewusst hätte, dass du daran Interesse hast, hätten wir nach Taupo fahren können. Da kann man prima Forellen angeln.«

»Nein, danke«, sagte sie nachdrücklich. »Ich war ein paar Mal mit meinen Eltern fischen. Als ich acht oder neun war, meinte mein Dad, dass ich alt genug wäre, meinen Fang zu töten und auszunehmen. Das war das Ende meiner Angelkarriere.«

»Was? Glaubst du etwa, dass das Fleisch aus dem Supermarkt auf Bäumen wächst? Jemand musste das Tier töten.«

»Natürlich weiß ich das«, erwiderte sie verärgert. »Das heißt aber nicht, dass ich diejenige sein will, die der Kuh den Schädel einschlägt und sie schlachtet.«

»Rind«, korrigierte er sie.

»Was auch immer.«

»Warst du nicht einsam, ohne Brüder und Schwestern?«, fragte er nach einer Weile. »Ich kann mir nicht vorstellen, die Ferien alleine zu verbringen. Selbst wenn ich nicht so viele Schwestern hätte, ich habe jede Menge Cousins und Cousinen, sodass ich noch nie alleine war.«

»Nein. Ich habe selbst nur wenige Cousins und Cousinen, und sie leben nicht in der Nähe. Ich schätze, ich kannte es einfach nicht anders. Es hatte auch seinen Vorteil, schließlich kann ich mir selbst Gesellschaft leisten, was sich anfangs als ganz nützlich erwiesen hat. Ein paar meiner Wochenenden waren ein bisschen wie unsere Zeltausflüge, wenn ich es recht bedenke. Ein schöneres Bad, aber genauso viel Zeit zum Lesen. Ich finde auch schnell Freunde, da gibt es schließlich keine Alternative, wenn man keine Geschwister hat, mit denen man spielen kann.«

»Oh, dein beeindruckendes Talent, Freundschaften zu schließen, ist mir aufgefallen. Liegt wohl an deiner lockeren Art.«

»He, ich bin dein erster weiblicher Freund, schon vergessen? Ich würde das eine großartige Leistung nennen.«

»Das ist es. Ganz besonders, da Männer keine weiblichen Freunde haben.«

Sie sah ihn an und runzelte die Stirn. »Natürlich haben sie die. Darum ging es doch schließlich, weißt du nicht mehr?«

»Doch, doch. Es tut mir auch leid, dich enttäuschen zu müssen, aber kein Mann – kein heterosexueller Mann – ist mit einer Frau befreundet, mit der er nichts anfangen will. Oder bei der es ihm zumindest nichts ausmachen würde.«

»Das stimmt nicht. Sieh doch uns an, du mochtest mich nicht mal.«

»Spielt keine Rolle, das hieß nicht, dass ich dich nicht anziehend fand oder nicht darüber nachgedacht habe. Wie jeder andere männliche Freund auch, den du jemals gehabt hast.«

»Ich beschließe, das nicht zu glauben«, erwiderte sie entschlossen. »Denn das wäre total unangenehm. Vielleicht bist du auch einfach nur sexbesessen, schon mal daran gedacht?«

Er lachte. »Das stimmt wahrscheinlich, aber recht habe ich trotzdem. Jedenfalls«, seufzte er, während er es sich bequemer machte, »klingt es so, als hätte deine Familie auch nicht mehr Geld gehabt als meine.«

»Ja, das stimmt. Dad arbeitet für die Post und Mom in einem Versicherungsbüro. Sie haben ein Haus, das sogar abbezahlt ist«, sagte sie stolz. »Aber sie sind trotzdem genügsam. Daher kommt vermutlich auch mein Hang für die Buchhaltung. Du kannst drauf wetten, dass es in meiner Kindheit keine Hotelzimmer am Meer gab. Auch später konnte ich sie mir nicht leisten. Beim Zelten hört es für mich auf, wie dir vielleicht aufgefallen ist, aber ich habe noch nie etwas wie das hier gemacht. Du hast dich bestimmt mittlerweile daran gewöhnt.«

»Ja, aber es ist trotzdem nett. Die ständigen Reisen sind ermüdend, um die Wahrheit zu sagen. Es hilft, wenn man ein hübsches Zimmer hat, zu dem man nachts zurückkehren kann, auch wenn es kein Zuhause ist.«

»Sieht so aus, als würdest du ein Leben führen, das sich enorm von dem unterscheidet, wie du aufgewachsen bist, ob du nun zu Hause bist oder unterwegs«, meinte sie. »Anders als ich.«

»Das stimmt. Das ist ein wenig verwirrend. Es verläuft nicht ganz in der richtigen Reihenfolge, nicht wahr? Normalerweise fängt man pleite an, und es fällt einem schwer, die Rechnungen von seinem mickrigen Gehalt zu bezahlen, wenn man jung ist. Dann arbeitet man sich über die Jahre hoch, nimmt vielleicht eine Hypothek auf, in der Hoffnung, dass man besser lebt, wenn man älter ist. In diesem Geschäft ist es allerdings andersrum. Man ist noch jung, aber plötzlich kann man sich ein schickes Auto leisten, sogar ein Haus. Ganz besonders, wenn man auch Werbeverträge bekommt. Man vergisst ganz schnell, dass diese

Karriere nur zehn, zwölf Jahre andauert und das auch nur, wenn man Glück hat. Das ist eine der Sachen, die mir hier gefallen. Also, in Neuseeland, nicht in Australien. Ich wohne in der Nähe meiner Familie und meiner Freunde. Die Bezahlung ist nicht ganz so gut, aber jeder erinnert dich an deine Wurzeln und sagt dir, dass du nichts so Besonderes bist, wie du vielleicht glaubst.«

Er setzte sich auf und zog sie vom Bett. »Aber ich bin etwas Besonderes, denn ich habe dir eine Massage im Spa unten gebucht. Ich dachte, das wäre was Gutes, nach dem ganzen Surfen. Da gehen wir jetzt hin.«

* * *

»Wow«, sagte sie am Abend, als sie aus der Dusche kam und sah, wie er sich vor dem Spiegel sein Hemd zuknöpfte. »Du siehst viel zu gut aus. Ich glaube nicht, dass ich es riskieren sollte, mit dir in die Öffentlichkeit zu gehen.«

»Was?« Er schaute auf sein dunkelgraues, gestreiftes Hemd und die schwarze Hose, die in dem körpernahen europäischen Stil geschnitten war, der in Australien so beliebt war. »Daran ist doch nichts Besonderes.«

»Nicht?« Sie gab ihm einen Kuss auf die Wange. »Dann muss es wohl daran liegen, wie du darin aussiehst. Wenn wir schick ausgehen und du einen so spektakulären Anblick bietest, dann musst du mir ein wenig Privatsphäre gönnen, damit ich mich hübsch machen kann. Denn ich werde mich ganz schön anstrengen müssen, um da mitzuhalten.«

»Wie lange brauchst du? Der Tisch ist für acht reserviert.«

»Ich werde pünktlich sein«, versicherte sie ihm.

»In Ordnung«, sagte er. »Wir treffen uns in der Lobby, wenn du so weit bist.«

* * *

»Wow.«

Als der Mann neben ihm das sagte, sah Koti von seinem Handy auf, auf dem er gerade seine SMS gelesen hatte. Er wusste kaum, was er tat, während er dastand und zusah, wie Kate durch die Lobby auf ihn zukam.

Ihm hatte immer gefallen, wie sie aussah, aber so hatte er sie noch nie gesehen. Ihr glänzendes Haar umrahmte in einer kunstvoll zerzausten Frisur, die sowohl elegant als auch sexy aussah, ihr Gesicht. Das bronzefarbene Kleid, das aus einem schimmernden Stoff bestand, endete weit über ihren Knien, und schmale Träger hielten das Oberteil. Ihre Beine wirkten in den Stöckelschuhen und dem kurzen Rock endlos, und ihre goldene Haut schimmerte.

Als sie ihn erblickte, ließ sie ihr bezauberndes Lächeln aufblitzen, und sein Herz setzte einen Schlag aus. Die enorme Lebenskraft, die ihr kleiner Körper irgendwie ausstrahlte, überraschte ihn jedes Mal. Aber heute Abend schien die Luft um sie herum zu vibrieren.

Sie blieb vor ihm stehen, während das hinreißende Lächeln noch immer ihr Gesicht erhellte. Er nahm ihre Hand und gab ihr einen Kuss auf die Wange.

»Du bist wunderschön«, sagte er. »Bei deinem Anblick ist mir fast das Herz stehen geblieben.«

Er war sich der Männerköpfe bewusst, die sich nach ihr umdrehten, während sie durch die elegante Lobby gingen. Die ganze Zeit hielt er ihre Hand, aber es gefiel ihr nicht, wenn er Besitzansprüche geltend machte. In Ordnung. Dann würde er es ihr nicht sagen. Aber loslassen würde er sie heute Abend auch nicht.

»Hier ist es schön«, sagte Kate, nachdem sie in dem intimen, kleinen Restaurant an ihrem Tisch Platz genommen hatten und sie sich die vorüber gehenden Menschen ansah, die das lebhafte Nachtleben von Broadbeach genossen. »Ich weiß, dass ich dich oft aufziehe, aber ich will, dass du etwas weißt: Auch wenn es nur ein paar Tage sind, so war das der beste Urlaub, den ich je hatte. Nicht nur, weil er weit jenseits meiner finanziellen Möglichkeiten liegt. Alles daran war wundervoll. Also …«, sie zuckte die Achseln und lächelte, »danke.«

»Ich sollte dir danken«, erwiderte er. »Du hast es zu etwas Besonderem gemacht. Dass ich dich ganz für mich habe, ist ein wahres Vergnügen.« Er griff über den Tisch und nahm ihre Hand. »Danke, dass du mitgekommen bist. Ich wünschte, wir könnten länger bleiben. Es wäre schön, wenn wir eine Weile einfach zusammen verschwinden könnten, nicht wahr?«

»Das wäre es«, stimmte sie zu. »Aber wir müssen beide wieder zur Arbeit. Außerdem gibt es da etwas Wichtiges, zu dem du zurückmusst, vergiss das nicht. Aber zuerst hast du dir diese Auszeit verdient. Ganz ehrlich, du kannst stolz auf dich sein, Koti, auf alles, was du in den letzten Monaten erreicht hast.«

»Du auch. Du hast mehr getan, als ich jemals könnte. Nach allem, was du durchgemacht hast, hast du dir ein neues Leben aufgebaut. Ich habe noch nie jemanden gekannt, der so mutig ist.«

»Ich hatte allerdings Hilfe«, erklärte sie und drückte dankbar seine Hand. »Erst Hannah und Drew, dann dich. Ich hätte es ohne dich überstanden, ich könnte vielleicht auch mein Leben wieder genießen, aber niemals so wie jetzt. Nicht auf dieselbe Art.«

Sie griff nach ihrer Serviette. »Oh, Mist«, sagte sie mit ersticktem Lachen. »Ich weine gleich. Ich habe dich doch gewarnt, dass es gefährlich ist, wenn du so nett zu mir bist. Dann brechen all meine Schutzwälle ein.«

»Heute Abend brauchst du keine«, versprach er ihr. »Denn diese Nacht gehört nur uns.«

Tutira mai

»Ist dir klar«, fragte Koti am nächsten Morgen auf der kurzen Fahrt zum winzigen Flughafen von Gold Coast, »dass wir fast fünf Tage lang zusammen waren, ohne uns zu streiten?«

»Ein Rekord«, stimmte Kate zu. »Du wirst dich bestimmt langweilen. Und die kleine Auseinandersetzung, als es darum ging, dass ich zurückfahre, hast du nicht mitgezählt.«

Er runzelte die Stirn. »Mir ist immer noch nicht klar, warum du darauf bestanden hast. Ich bin es schließlich gewöhnt, auf der linken Seite zu fahren. Außerdem war ich schon mal hier, du nicht.«

»Ja, du riskierst gerade dein Leben. Vielleicht solltest du aussteigen, solange du noch in einem Stück bist. Kannst ja mal sehen, ob du den restlichen Weg per Anhalter fahren kannst. Ich muss üben, Koti«, fuhr sie ernster fort. »Es ist ein wenig beängstigend, in einem fremden Land zu fahren, auch wenn ich mich allmählich daran gewöhne, mich auf der linken Seite zu halten. Daher weiß ich, dass ich das machen muss. Wenn man ein Opfer war und das eigene Leben von Angst bestimmt war, fällt es einem schwer, diese Einstellung abzulegen. Es ist leichter, der Angst nachzugeben, selbst nachdem es vorbei ist. Ehe man sich's versieht, schränkt man sich Stück für Stück ein.

Zuerst fährt man nicht mehr nachts. Dann geht man an keinen unbekannten Ort mehr. Man zieht sich immer weiter zurück, bis man Angst davor hat, das Haus zu verlassen.«

»So weit scheint es bei dir aber nicht gekommen zu sein«, entgegnete er.

»Ich wollte es. Als ich herkam, war ich am Ende. Ich hatte vor meinem eigenen Schatten Angst. Weißt du nicht mehr, wie ich die ersten paar Mal reagiert habe, wenn ich dich am Strand gesehen habe? Wenn du neben mir aufgetaucht bist? Du hast mich zu Tode erschreckt. Ich habe professionelle Hilfe gebraucht, um so weit zu kommen, dass ich weiß, was ich tun muss. Es läuft im Grunde auf Folgendes hinaus: Wenn es mir schwer vorkommt, dann muss ich es machen. Denn danach wird es mir beim nächsten Mal leichter fallen. Somit dehne ich meine Grenzen aus, statt sie einzuschränken.«

Er sah sie mit neuem Verständnis und Respekt an. »Das wusste ich nicht. Auch nicht, dass du Angst vor mir hattest. Jetzt scheint das nicht mehr so zu sein.«

»Ja, na ja, es erschien mir keine gute Idee, schreiend wegzulaufen, weißt du. Ich stand allerdings kurz davor. Jetzt …« Sie verstummte, um darüber nachzudenken. »Ist schon ein Wunder, dass es jetzt nicht mehr so ist. So groß und böse wie du manchmal wirkst. Aber bei dir fühle ich mich sicher.«

»Da bin ich froh. Denn das bist du. So groß und böse ich auch wirke.« Er schenkte ihr sein bestes unanständiges Grinsen. »Schade, dass du mir das nicht alles im Hotelzimmer erzählt hast, statt die Schlüssel zu nehmen und zu verkünden: Ich fahre.«

Sie lachte. »Ich schätze, meine diplomatischen Fähigkeiten sind nicht so gut wie meine Selbsterkenntnis. Danke, dass du mir die Gelegenheit gegeben hast, es dir zu erklären.«

Er nickte. »Jetzt muss ich dir etwas sagen: Ich soll meine Mum besuchen, sobald wir zurück sind. Sie hat mir heute Morgen geschrieben, und ich soll zum sonntäglichen Abendessen kommen, jetzt, da die Saison vorbei ist.«

»In Ordnung«, erwiderte sie bereitwillig. »Ich kann am Flughafen den Bus nehmen, kein Problem. Sonst müsstest du einen ganz schönen Umweg machen.«

»Ich dachte, du könntest vielleicht mitkommen«, sagte er. »Meine Schwestern werden da sein, zusammen mit ihren Familien. Zwei kennst du ja schon, das sollte den Schock lindern.«

Sie runzelte die Stirn. »Das wäre doch aber komisch, oder nicht? Wenn du mich zu deiner Mutter mitnimmst?«

»Warum? Außerdem hätte ich so auch Gesellschaft auf der Fahrt. Ich werde dort nicht übernachten, sondern nur ein paar Stunden bleiben. Es wird lustig. Du lernst die Kinder und die anderen kennen.«

* * *

»Ich hoffe, es ist okay, wenn ich diesmal fahre«, erklärte er knapp, als er auf dem Weg zum Parkplatz des Auckland-Flughafens die Schlüssel aus der Tasche holte. »Da es mein Auto ist und wir zu meiner Mum wollen, deren Adresse du nicht kennst.«

Zwei Stunden später hielten sie vor einem schlichten Haus in einem gutbürgerlichen Viertel an, vor dem eine Gruppe Kinder spielte.

»Koti, Schatz.« Eine ältere Frau kam aus dem Haus gelaufen und zog ihren Sohn in eine feste Umarmung. »Hast du eine Verletzung, von der du mir nicht erzählt hast? Oder hast du dich beim Surfen verletzt?«

»Nein, Mum«, erwiderte er verwirrt. »Warum?«

»Ich habe mich nur gefragt, warum du nicht fährst«, sagte sie, dann drehte sie sich mit einem herzlichen Lächeln zu Kate. »Wie unhöflich von mir. Stell uns doch vor, Koti.«

»Mum, das ist Kate Lamonica. Kate, meine Mum, Amiria James.«

Amiria nahm Kates Hand und gab ihr einen Kuss auf die Wange. »*Haere mai*, Kate. Schön, dass Sie hier sind. Auch, dass Sie gefahren sind, wenn Koti verletzt ist.«

Er seufzte. »Ich bin nicht verletzt, Mum. Es ist eine lange Geschichte. Es hat etwas damit zu tun, sich seinen Ängsten zu stellen. Und damit, dass ich schwer Nein sagen kann, schätze ich. Kate und ich haben es diskutiert, und ich habe verloren. Schon wieder. Deshalb ist sie gefahren, aber mir geht es gut.«

»Zum Glück. Ich mache mir eben Sorgen. Oh, und nenn mich bitte Amiria, Kate. Ich bin so froh, dass du zum Essen gekommen bist. Grace und Hope haben mir natürlich schon von dir erzählt, aber wie schön, dass ich dich jetzt selbst kennenlerne. Komm rein.«

Sie scheuchte sie ins Haus, zog Kate an sich und drückte sie. »Sie ist wirklich süß, nicht wahr?«, fragte sie ihren Sohn entzückt.

»Vorsicht, Mum, du befindest dich auf gefährlichem Terrain, wenn du das S-Wort benutzt. Du sollst sie für eindrucksvoll halten. Denk an Maggie Thatcher.«

Amiria lachte und zwinkerte Kate zu. »Er neckt andere gern. Aber mir ist das egal, du bist süß.«

Kate erwiderte das Lächeln. »Das ist in Ordnung. Danke. Auch dafür, dass ich mitessen darf.«

»Onkel Koti.«

Er lachte, als ein kleines Mädchen auf ihn zustürzte und ihn fast umriss. Er hob sie hoch und gab ihr einen lauten Kuss auf die Wange. »Das ist Ruby«, sagte er zu Kate. »Eins von Graces Kindern.«

»Komm, spiel mit uns«, bettelte Ruby. Die anderen Kinder, die zu ihnen gerannt kamen und eifrig an ihm zerrten, wiederholten die Bitte.

»Wir haben *ewig* auf dich gewartet«, warf ein älterer Junge ein. »Ich bin in meiner neuen Mannschaft Flügelstürmer, Onkel Koti, wusstest du das schon? Letzte Woche hab ich auch die Tackle-Man-Trophäe gewonnen. Komm, ich zeig dir, was ich gelernt habe.«

»Mach mal langsam, ich komm ja gleich«, versprach er. »Ist es in Ordnung, wenn ich dich hier allein lasse?«, fragte er Kate. »Meine Anwesenheit wird verlangt, wie du sehen kannst.«

»Es muss schwer sein, wenn man so beliebt ist«, sagte sie. »Geh schon. Du hast lange genug gesessen. Ich wette, du hast genauso einen Bewegungsdrang wie sie.«

Amiria lachte. »Sie kennt dich schon zu gut, wie ich sehe. Geh schon, Koti. Hier sind genug andere, die Kate Gesellschaft leisten können.«

Sie hatte nicht gelogen, wie Kate sah, als sie das Haus betraten. Sie hatte gewusst, dass Koti eine große Familie hatte. Dennoch war sie nicht auf die geballte Wirkung seiner drei Schwestern, ihrer Ehemänner und der jüngeren Kinder gefasst gewesen, die das Wohnzimmer mit Geplauder und Gelächter füllten. Sie waren auch alle ziemlich groß, weswegen sie sich furchtbar klein vorkam, wie Gulliver im Land der Riesen.

Hope und Grace schrien auf, sobald sie sie sahen, sprangen auf die Füße und umarmten und küssten sie, bevor sie sie der dritten Schwester Joy vorstellten. Sie zogen sie mit sich auf die Couch, und Kate spürte, wie ihre ungewohnte Befangenheit verpuffte, als sie sich von der lebhaften Unterhaltung mitreißen ließ.

Koti kehrte ins Wohnzimmer zurück und brachte fünf plappernde Kinder mit, während seine Mutter und Schwestern das Essen auf den Tisch stellten.

»Wascht euch die Hände.« Amiria scheuchte sie zum Badezimmer. »Du auch, Koti. Du bist ganz schmutzig.«

»Nana, rate mal. Wir sind alle auf Onkel Koti gesprungen«, kicherte Ruby. »Wir haben ihn getackelt, und er ist hingefallen.«

»Er ist nur hingefallen, weil er es wollte«, teilte ihr ihr zehnjähriger Bruder von oben herab mit. »Er ist zu stark, um sich von Kindern tackeln zu lassen.«

»Das kann ich so nicht sagen«, erwiderte Koti und legte dem Jungen eine Hand auf die Schulter. »Sieht so aus, als würdest du selbst recht kräftig werden. Ich werde bald schon aufpassen müssen.«

Der Junge strahlte zufrieden, und Kate hörte, wie er seinem Onkel von seiner eigenen Rugby-Saison erzählte, während die zwei losstiefelten, um sich zu waschen.

»Ich werde mir nie alle Namen merken können«, entschuldigte Kate sich, als sie sich zum Abendessen hinsetzten. »Es sind zu viele Kinder.«

»Es werden noch mehr«, sagte Joy. »Hat Mum es dir schon gesagt, Koti? Sowohl Hope als auch ich sind wieder schwanger, ist das zu fassen?«

»Wir haben einen ganz schönen Vorsprung, Kumpel«, sagte ihr Ehemann Jonah zu ihm.

»Irgendjemand muss doch der lustige Onkel sein«, warf Koti ein. »Ich schätze, das ist meine Aufgabe.«

»Sieht so aus, als würdest du den Anschlusstreffer ins Visier nehmen«, sagte Joy mit einem Blick auf Kate.

»Joy.« Ihre Mutter sah sie streng an.

»Tut mir leid«, sagte Joy reumütig. »Das war unangebracht.«

»Es ist schön, dass du mal wieder hier bist, Koti«, fuhr seine Mutter nahtlos fort. »Ich mache mir Sorgen darum, was du isst. Hope und Grace haben mir erzählt, dass es letztes Mal nicht viel bei dir im Kühlschrank gab.«

»Da habe ich mich aber gebessert«, sagte er. »Kate und ich haben geübt. Kochen«, fügte er hastig hinzu, als er sah, wie Jonah ein Grinsen unterdrückte.

»Du bringst ihm das Kochen bei?« Grace sah Kate anerkennend an. »Das haben wir nie geschafft.«

Kate lachte. »Glaubt mir, ich bringe ihm nichts bei. Wir lernen zusammen, probieren Verschiedenes aus und erleiden eine Menge Rückschläge. Aber wir mussten nur einmal ein Abendessen wegwerfen, und auch das ist schon eine Weile her, nicht wahr, Koti? Ich würde sagen, dass wir Fortschritte machen. Uns brennt so gut wie nichts mehr an.«

»Als Nächstes will ich lernen, wie man Lamm zubereitet«, teilte Koti seiner Mutter mit. »Wir sind vielleicht schon so weit, unseren Horizont zu erweitern. Können wir dich diese Woche anrufen, damit du uns hilfst?«

»Natürlich, Schatz.«

»Du wirst wohl häuslich, was?«, erkundigte Doug sich mit einem breiten Lächeln. »Pass auf, wenn man einmal anfängt …«

»Einer von uns muss ja«, erwiderte Koti. »Und Kate ist hoffnungslos.«

»He, ich bin auch nicht schlechter als du«, verteidigte sie sich.

»Wie gesagt, hoffnungslos. So schlecht wie ich«, gab er zu.

»Die Männer können auf die Kinder aufpassen«, verkündete Amiria, nachdem alle aufgegessen hatten. Dann stand sie vom Tisch auf und räumte ab. »Wir waschen ab, dabei können wir uns unterhalten.«

Kate fragte sich, wie gesprächig die Frauen noch werden wollten. Sie fand es schnell raus, während ihr liebevolles Necken und Lachen die warme Küche füllten.

»Wie ich höre, bist du jetzt schon seit sechs Monaten in En Zed«, sagte Amiria zu Kate, während sie gemeinsam den Geschirrspüler einräumten. »Wie findest du es bis jetzt? Bist du schon ein wenig rumgekommen und hast dir das Land angesehen?«

»Leider nicht. Ich habe vorwiegend gearbeitet. Der einzige Urlaub, den ich bisher hatte, war der mit Koti. Ich weiß jetzt, dass Australien ganz anders ist als Neuseeland, ich werde also keine peinlichen Vergleiche ziehen.«

»Das ist vermutlich eine gute Idee«, erwiderte Hope mit einem Lächeln. »Das mögen wir nicht besonders.«

»Das verstehe ich«, versicherte Kate ihr. »Ich habe hier aber schon ein paar Abenteuer erlebt. Koti hat mir gezeigt, wie man surft, was eine ziemlich große Herausforderung war – für uns beide. Er ist auch mit mir nach Waitomo auf eine dieser Höhlentouren gefahren. Das hat mir vermutlich von allem am besten gefallen.«

»Du bist ganz schön mutig«, bemerkte Hope bewundernd. »Das habe ich noch nie gemacht. Die Höhlen machen mir nichts aus, aber runterspringen und raufklettern möchte ich nicht. Hattest du keine Angst?«

»Ein wenig«, gab Kate zu. »Aber es war trotzdem beeindruckend. Wenn ich so zurückdenke, dann hat es mir unten in der Dunkelheit mit den Glühwürmchen und Kotis Gesang am besten gefallen. Die Maori-Lieder – die paar, die ich gehört habe – sind wunderschön, auch wenn ich die Worte nicht verstehe. Er kann so gut singen. Ich habe mir immer gewünscht, ich könnte das auch.«

»Sie haben doch sicher mit Ihrer Familie gesungen«, sagte Amiria.

»Nur wenn ›Happy Birthday‹ oder Weihnachtslieder zählen. In letzter Zeit habe ich nur in einer Karaoke-Bar gesungen, und das ist beinahe in einer Katastrophe geendet.«

»Das heißt nur, dass du mehr üben musst«, sagte Grace. »Möchtest du ein Lied lernen?«

»Was, jetzt? Ich kann aber wirklich nicht singen. Nicht alleine. Das sage ich nicht nur so.«

Grace lachte. »Du musst nicht alleine singen. Darum geht es ja, wir singen alle zusammen. Wir bringen dir *Tutira mai nga iwi* bei«, beschloss sie. »Das Lied kennen alle Maori. Du wirst die Leute beeindrucken, wenn du mitsingen kannst. Es ist auch ganz leicht zu lernen.«

Ohne ihr eine Chance zu geben, Einspruch zu erheben, begann sie, eine Zeile nach der anderen zu singen, und ermutigte Kate dazu, jede davon nachzusingen. Die Melodie war einprägsam und einfach, und Kate stellte überrascht fest, dass Grace recht hatte. Auch wenn sie die Worte nicht verstand, waren sie leicht zu lernen.

»Jetzt bringen wir alles zusammen«, verkündete Grace, nachdem der Unterricht zusammen mit dem Abwasch zu einem Ende kam.

»He.« Sie klatschte in die Hände, als sie ins Wohnzimmer zurückkehrte. »Holt die Kinder. Wir werden mit Kate ein Lied singen. *Tutira mai nga iwi.*«

Sie sangen alle mit, stellte Kate erfreut fest, als Männer, Frauen und Kinder bereitwillig und hingebungsvoll mitmachten, während sie sich im Takt auf die Schenkel oder auf die Tische klopften.

»*Hi aue hei*«, rief Kate die letzte Zeile zusammen mit den anderen und brach mit ihnen in Gelächter aus, während alle applaudierten.

»Aber was bedeutet es?«, wollte sie wissen. »Das Lied ist nicht traurig, so viel kann ich sagen.«

»Es geht um Einigkeit«, sagte Joy. »Der Text lautet: ›Reiht euch ein, alle zusammen. Denkt wie einer, handelt wie einer. Liebt euch, lernt zusammen. Alle zusammen.‹ Das ist die Zeile *tatou, tatou, e*, die wir immer wieder gesungen haben – alle zusammen.«

»Aha. Das hat was mit der Ehre der Maori zu tun, oder?«, fragte Kate nickend.

»Genau«, stimmte Joy zu.

»Ich schätze, ihr braucht keine Karaoke-Bar, um den Mut zum Singen aufzubringen«, sagte Kate nachdenklich.

»Nein«, erwiderte Graces Ehemann Tane mit strahlendem Lächeln. »Wir brauchen keinen Alkohol oder Hintergrundmusik. Singen gehört zu unserer Kultur, von klein auf bis ins hohe Alter. Wenn du nicht aufpasst, werden wir die ganze Nacht weitermachen, jetzt, da wir einmal angefangen haben.«

»Wo wir gerade davon reden.« Koti stand auf. »Wir sollten dann mal losfahren. Es ist schon nach halb sieben, und Kate muss morgen arbeiten. Mach's gut, Mum.« Er umarmte sie fest und gab ihr einen Kuss. »Ich komme, so bald ich kann, wieder.«

Das Herz einer Maori

Die gesamte Familie kam nach draußen, um ihnen nachzuwinken, als sie abfuhren. Kate machte es sich mit einem zufriedenen Seufzer auf dem Sitz bequem.

»Zumindest haben wir uns diesmal nicht um die Autoschlüssel gestritten«, sagte Koti erleichtert. »Das war total peinlich, wie wir angekommen sind.«

»Ich bin froh, dass ich nicht zurückfahren muss, um ganz ehrlich zu sein«, sagte sie. »Im Moment bin ich so voll wie eine Python, die eine Ziege verschlungen hat. Ich bleibe hier sitzen und konzentriere mich aufs Verdauen. Jetzt weiß ich auch, wo deine Schwestern ihre Kochkünste herhaben. Vielleicht schafft es deine Mom sogar wirklich, uns das mit dem Lamm zu erklären.«

»Jetzt weißt du, warum ich nicht in Hamilton lebe. Ich würde sofort alle meine Werbeverträge verlieren. Niemand würde mich mehr halb nackt sehen wollen.«

Sie legte eine Hand auf seinen flachen Bauch. »Fühlt sich noch ganz gut an. Ich schätze, wir haben dich gerade noch rechtzeitig da weggeschafft. Übrigens ist es ein Wunder, dass du nicht noch verzogener bist, denn ich habe noch nie jemanden gesehen, der so verhätschelt wird. Ich habe mich immer gefragt, wie diese Mütter es fertigbringen, zu schwören, dass ihre Lieblinge niemanden umgebracht haben können, wenn man bei ihnen fünf Leichen im Keller gefunden hat. Jetzt weiß ich es.«

»Wieso, weil ich ein Serienmörder bin? Nett von dir.«

»Nein, ich meine nur, dass sie dich trotzdem noch in den höchsten Tönen loben würden, wenn du einer wärst. Sie machen dir nicht gerade Feuer unter dem Hintern, oder?«

Er runzelte die Stirn. »Ist das schlimm?«

»Das habe ich noch nicht entschieden«, gestand sie.

»Nur raus damit. Ich hätte wissen müssen, dass du mir deine Meinung nicht verschweigst.«

»Willst du wirklich nicht, dass ich dir sage, was ich denke? Denn ich kann es auch für mich behalten, wenn du es nicht hören willst.«

»Nein«, beschloss er. »Sag es mir besser, jetzt, da du schon damit angefangen hast. Ich muss dir ja nicht zustimmen.«

»Nein, musst du nicht. Okay. Dir schlägt eine ganze Menge bedingungsloser Liebe entgegen. Nicht nur von deiner Mom, sondern auch von deinen Schwestern. Das ist toll, aber auch ziemlich ungewöhnlich. Allerdings bekommst du auch bedingungslose Zustimmung. Dabei bin ich mir nicht so sicher.«

»Was soll das heißen?«

»Hast du das vorhin gehört? Wenn die Jury dich diesmal nicht ausgewählt hätte, dann wäre mit ihnen was nicht in Ordnung gewesen. Es hätte keinen anderen Grund dafür geben können – zum Beispiel, dass du nicht hart genug trainiert hast oder dass jemand anderes besser war. Denn du bist perfekt, so wie du bist, es bedarf keiner Verbesserung. Du hast es offensichtlich verdient, ausgewählt zu werden«, fuhr sie hastig fort, als sie seinen finsteren Blick sah. »Ich sage nicht, dass du es nicht verdient hast. Du hast hart trainiert, und du bist der Beste. Ich weiß das. Du *bist* ziemlich gut, meiner unparteiischen Meinung nach. Aber ehrlich gesagt überrascht es mich, dass du so gut geworden bist und so weit gekommen bist, während zu Hause diese Verlockung zur Bequemlichkeit auf dich wartet. Jemand muss dich angetrieben haben. Wer war es?«

»Ich wünschte, du wärst nicht so schlau«, seufzte er. »Mein Coach in der Highschool. Und mein Onkel Nepia. Der, der mir den Anhänger geschenkt hat. Er ist der Bruder meiner Mum. Sie haben dafür gesorgt, dass ich an mir arbeite, und haben es mir gesagt, wenn ich mich nicht angestrengt habe. Falls es dir nicht aufgefallen ist, das bekomme ich von den älteren Spielern und den Trainern immer noch zu hören.«

Sie nickte zufrieden. »Ich wusste, dass es da jemanden gegeben haben muss. Klingt aber für mich, als ob das vorwiegend aufs Rugby-Spielen zutraf, aber nicht, wenn es um das alltägliche Leben ging. Gut, dass deine Mutter und Schwestern so anständig sind, somit hattest du Vorbilder, die aus dir den guten Menschen gemacht haben, der du bist. Sonst wärst du vermutlich vollkommen unerträglich. Total anmaßend. Ich nehme an, dass es trotzdem ein Problem war, zumindest in der Vergangenheit.«

»Was soll das jetzt wieder heißen? Dass ich glaube, ich hätte ein Recht auf das, was ich will, nur weil ich es will?«

»Also, ja. Bin ich etwa die Erste, die das jemals zu dir gesagt hat?«

»Zumindest die Erste, die es so unverblümt tut.«

»Du glaubst nicht, dass du eine Art Freikarte hast? Dass du mit mehr durchkommst, weil du gut aussiehst, ganz zu schweigen von deinem wunderbaren Talent? Denn Frauen halten dich für besonders charmant und wundervoll, selbst wenn du dich daneben benimmst.«

»So sehr benehme ich mich aber nicht daneben. Sag mir, wann ich mich bei dir daneben benommen habe.«

»Nicht oft«, gab sie zu. »Außer am Anfang. Aber ich denke, das liegt daran, dass ich es dir nicht durchgehen lasse.«

»Warum führen wir eigentlich diese Unterhaltung«, wollte er wissen, »wenn du mich so in die Schranken weist? Bei dir bekomme ich diese bedingungslose Zustimmung nicht.«

»Ich fand es einfach interessant, mehr nicht. Das ist wieder die Buchhalterin in mir. Ich muss alles analysieren. Vielleicht übertreibe ich manchmal.«

»Meinst du?«

»Okay«, sagte sie reumütig. »Ich bin zu weit gegangen. Tut mir leid. Lass mich zurückrudern. Ich mag deine Mutter und deine Schwestern sehr. Sie sind warmherzig, freundlich und lustig. Ich habe mich wie zu Hause gefühlt, und das ist wichtig, wenn man von seinem eigenen Zuhause so weit weg ist wie ich. Jetzt habe ich mich dafür revanchiert, indem ich sie dafür kritisiere, dass sie dich zu sehr lieben. Nächstes Mal schreibe ich das alles in mein Tagebuch, statt es dir zu sagen. Wie wäre es damit?«

Er seufzte. »Nein, ich muss zugeben, dass es interessant ist, mal eine andere Meinung zu hören. Du bist zumindest ehrlich.«

Sie lachte. »Das bin ich, fürchte ich. Aber lass uns das Thema wechseln. Erzählt mir von deinem … deinem *iwi*, richtig? Dein Stamm. Sind deine Vorfahren auch aus diesem Gebiet?«

»Ja. Diese ganze Gegend hinter dem Fluss, an dem wir gerade vorbeifahren, ist der Waikato-Distrikt. Davon hast du schon gehört.«

»Ja. So viel weiß ich schon.«

»Die Waikato sind auch mein *hapū*, mein Unter-Stamm, aber der *iwi* ist eine größere Gruppe. Die Waikato sind Teil des *Tainui-iwi*, der vom *Tainui-waka* abstammt, der Großen Flotte.«

»Die Kanus, die anfangs nach Neuseeland kamen.«

Er nickte wieder. »So lautet die Legende. Dass die acht großen *waka* von Hawaiki, der Heimat, vor sechshundert Jahren kamen und in der Bay of Plenty landeten. Von da aus breiteten sich die Stämme aus, und jeder segelte in ein anderes Gebiet, um sich dort niederzulassen. Die Tainui landeten an der Westküste und fuhren den Waikato-Fluss hinauf. Mit der Zeit entwickelten sich die verschiedenen *hapū*, die Unter-Stämme, aus den größeren *iwi*. Die Waikato waren diejenigen, die sich hier im Inland in der Nähe des Flusses ansiedelten.«

»Aber es gibt mehr als *iwi* und *hapū*«, bemerkte Kate. »Das Wort, das ich immer wieder in der Zeitung lese, ist *whānau*. Da heißt es immer wieder, dass die *whānau* von jemandem im Krankenhaus ist oder dass sich die *whānau* von jemandem bei einer Beerdigung verabschiedet. Das verwirrt mich. Es ist die Familie, das weiß ich, aber es scheint, als wäre es mehr als das.«

»Es ist die Großfamilie, die sich bis zu den Cousins und Cousinen zweiten und dritten Grades erstreckt. Jeder, der mit einem verwandt ist. Es muss aber keine Blutsverwandtschaft sein. Ein Maori kann Hunderte von Cousins und Cousinen haben, die alle Teil der *whānau* sind und die ihm alle wichtig sind. Wir wissen, wer sie sind, denn wir wachsen damit auf, unseren *whakapapa* zu kennen, unseren Stammbaum, zumindest bis zu einem gewissen Grad.«

»Ich verstehe allmählich, warum es dir so seltsam vorkommt, wenn jemand ein Einzelkind ist«, erklärte sie. »Ich muss dir sagen, dass deine Familie vorhin schon ziemlich überwältigend war. Ich kann mir nicht mal vorstellen, wovon du redest.«

Er lachte. »Du solltest uns im *marae* sehen, dem Versammlungshaus. Die Kinder toben rum, die Tanten und Onkel sind da. Einen Mangel an Familie hat ein Maori zumindest nie. Familie und das Land, das ist uns am wichtigsten. *Whatungarongaro te tanga toi tu whenua*«, zitierte er. »›Wenn der Mensch verschwindet, wird das Land bleiben.‹ Nicht so wie die *pākehā* meinen, dass wir es besitzen, sondern dass wir darin leben, dass wir ein Teil davon sind und dass es ein Teil von uns ist. Deshalb hat jeder *iwi* eine spirituelle Verbindung zu einem bestimmten Berg und einem bestimmten Gewässer.«

»Lass mich raten: Euer Gewässer ist der Waikato.«

»Genau«, sagte er anerkennend. »Das stimmt.«

»Waikato-taniwha-rau.
He piko, he taniwha.
He piko, he taniwha.

Waikato der hundert taniwha.
An jeder Biegung ein taniwha.«

»Die *taniwha* sind mächtige Geister, manchmal auch Ungeheuer. Man kann das Wort aber auch für einen Häuptling verwenden. Die *taniwha* der Waikato sollen mächtige Häuptlinge, Wächter des Stamms, sein. Der Fluss ist Teil unseres *mana*, unserer spirituellen Kraft. Denn wenn du eine *tangata whenua* bist – ein Mensch des Landes, ein Maori –, dann ist dir deine Verbindung zum Land genauso wichtig wie deine Vorfahren, deine Verbindung zu deinem Volk.

Wir glauben nicht, dass wir allein auf der Welt sind, oder getrennt von ihr, so wie die *pākehā* es tun. Jeder von uns ist, man könnte sagen, ein Faden im Netz. So wie wir mit dem Land verbunden sind, so sind wir auch mit jenen verbunden, die vor uns da waren, unseren Vorfahren. Auch mit unserer *whānau*, unseren Familienbanden. Wir wissen, dass diejenigen, die nach uns kommen, ebenso mit uns verbunden sein werden.«

»Das ist auch heute noch wichtig, diese traditionellen Werte?«, fragte sie. »Das überrascht mich, muss ich sagen, dass es so zentral in eurem Leben zu sein scheint.«

»Es steckt tief in uns drin, dass wir Maori sind. Selbst wenn wir die *te reo* nicht fließend beherrschen, so kennen wir doch die Lieder, die Legenden und die Sprichwörter. Da die Familie uns so wichtig ist, wachsen wir mit diesen Werten und Überzeugungen auf, bis sie ein Teil von uns werden.«

»Ihr seid auch ein Teil von Neuseeland, zumindest teilweise«, stellte Kate fest. »Das Glück hatten die Ureinwohner in anderen Ländern nicht unbedingt. Ich frage mich, warum das so ist.«

»Weil wir nicht verloren haben. Unsere Geschichte ist anders. Das Gründungsdokument von Neuseeland ist keine Verfassung, es ist der Vertrag von Waitangi. Ein Vertrag unter Gleichen, bei dem sich die Maori-Häuptlinge nicht der Krone unterworfen haben.«

»Von dem Vertrag habe ich natürlich gehört«, sagte sie. »Dass er noch immer gültig ist. Dieser Teil war mir allerdings nicht klar.«

»Maori lassen sich nicht so leicht besiegen. Wir hatten eine Menge Übung, nachdem die ganzen Stämme über Jahrhunderte hinweg miteinander gekämpft hatten. Wir waren schon immer gut darin, in den Krieg zu ziehen. Ganz zu schweigen davon, dass alle dieselbe Sprache gesprochen haben. Das war eine große Sache, dass die Stämme miteinander kommunizieren und zusammenarbeiten konnten. Selbst nach dem Vertragsschluss 1840 gab es hier Widerstand, den Waikatokrieg der Neuseelandkriege, den die Maori gegen die Bodenenteignung führten.

Das letzte Stück der Eisenbahnstrecke wurde hier verlegt, denn ein endgültiger Friede herrschte erst in den 1860ern, und erst da durften *pākehā* hier siedeln. Jedenfalls ist das der Grund, warum *te reo* eine der beiden offiziellen Sprachen von *aotearoa* ist, und warum *maoritanga* so fest in der Kultur verwurzelt ist. Weil wir damals nicht verloren haben. Seitdem haben wir es vermieden, jemals zu verlieren. Es gibt natürlich immer noch Probleme. Maori sind immer noch größtenteils ärmer, weniger gebildet und haben eine geringere Lebenserwartung, und es gibt die damit verbundenen sozialen Probleme. Aber wir sind auch keine Randerscheinung.«

»Ist es dann aber kein Problem«, fragte sie zögernd, »mit jemandem auszugehen, der kein Maori ist, wenn man so mit der Kultur verwurzelt ist? Alle haben mich heute so herzlich empfangen. Sind sie eigentlich verärgert, ohne es zu zeigen? Ganz besonders deine Mutter. Zumindest bin ich nicht blond, aber eine Maori bin ich auch nicht.«

»Du hast aber das Herz einer Maori, das Herz einer Kriegerin. Wie gesagt, Verwandtschaft ist nicht immer Blutsverwandtschaft. Ich bin auch nicht durch und durch Maori. Mum und Dad sind es auch nicht. Etwa zwei Drittel der Maori-Kinder, die heutzutage zur Welt kommen, sind gemischt. Über die Jahre hat es so viele gemischte Ehen gegeben, nicht nur mit *pākehā*, sondern auch mit den Insulanern. Ich habe samoanisches Blut, von der Seite meiner Mum, was ganz gut ist, dadurch bin ich größer. Zu einem Viertel oder mehr bin ich auch *pākehā*, weshalb mein Nachname nicht Maori ist.«

»Woher kommt das? Diese gemischten Ehen? Kommt mir für eine so stolze Kultur ungewöhnlich vor.«

»Warum wohl? Falls es dir noch nicht aufgefallen ist: Wir sehen gut aus.«

Sie lachte. »Da hast du recht. Dem kann ich nicht widersprechen.«

»Wo wir gerade von gutem Aussehen sprechen«, fuhr er fort. »Am nächsten Samstag gibt es ein Bankett und eine Preisverleihung für die NZRFU. Möchtest du mitkommen, damit ich allen zeigen kann, was für eine wunderschöne Freundin ich habe?«

»Was ist … wie auch immer du es genannt hast?«

»Die En Zed Rugby Football Union. Der Sportverband vergibt die Auszeichnungen der Saison. Es ist eine große Angelegenheit, und ich würde dich gern mitnehmen.«

Sie schüttelte bereits den Kopf. »Dann wird es bestimmt auch in der Zeitung stehen, oder? Mit Fotos, wette ich. Tut mir leid, ich würde gern mitkommen, aber ich kann nicht.«

»Warum nicht? Ich dachte, wir halten das nicht mehr geheim. Du machst dir doch sicher keine Gedanken darüber, wie du aussiehst. Wenn du das Kleid von gestern Abend trägst, dann verspreche ich dir, wirst du wunderschön sein.«

»Danke, aber ich kann es nicht riskieren, dass mein Name – ganz zu schweigen von meinem Foto – in der Zeitung auftaucht. Ich habe mich zu sehr darum bemüht, mich zu verstecken, um das jetzt zu riskieren.«

»Machst du dir Sorgen, dass Paul es sehen könnte? Wie wahrscheinlich ist das? Außerdem bin ich ja hier, oder nicht? Selbst wenn er ein Foto sieht und hergeflogen kommt, so unwahrscheinlich das auch ist, wird er dich nicht attackieren, solange ich da bin.«

»Ja, aber du wirst nicht da sein, nicht wahr? Du kannst mich nicht beschützen, wenn du in Argentinien bist. Du bist sowieso nicht immer bei mir, selbst wenn du hier bist. Er ist ein Stalker, Koti. Das heißt, dass er einen beobachtet und auf seine Gelegenheit wartet. Das heißt auch, dass er wie besessen ist. Ich bin jetzt seit über sechs Monaten weg. Eine lange Zeit. Vor zwei Monaten hat er immer noch nach mir gesucht, wie du weißt. Ich werde nicht einen großen roten Pfeil auf die Karte malen und ihm zeigen, wo er mich findet.«

»In Ordnung«, seufzte er. »Ich gehe alleine. Aber es wird ziemlich langweilig werden. Wenn du deine Meinung änderst, lass es mich wissen.«

Sie betrachtete ihn mit einem verdutzten Stirnrunzeln. »Du willst doch nicht, dass ich mich in Gefahr bringe, nur damit du dich nicht bei einem Bankett langweilst, oder?«

»Nein«, brummte er. »Natürlich nicht. Wenn du wirklich glaubst, dass noch Gefahr besteht, dann solltest du natürlich zu

Hause bleiben. Aber ich will keine geheime Freundin, mit der ich nie ausgehen kann.«

»Du willst mich nicht«, fragte sie überrascht, »wenn ich nicht mit dir ausgehen kann?«

»Das habe ich nicht gesagt«, seufzte er. »Tut mir leid. Es fällt mir nur schwer zu glauben, dass noch Gefahr besteht. Nach all der Zeit. Ich denke, dass du vielleicht überreagierst, meinst du nicht?«

»Du klingst wie all die anderen. Ich dachte, dass du es besser verstehst. Der durchschnittliche Stalker hält das zwei Jahre lang durch, Koti. Dieser Typ ist nicht normal, und man kann ihn nicht nach normalen Maßstäben einschätzen. Er wollte mich umbringen, und er will es noch immer. Ich weiß es. Ich kann es fühlen. Ich will am Leben bleiben, selbst wenn das heißt, dass du allein zu dem Dinner gehen musst.«

»Tut mir leid«, entschuldigte er sich wieder. »Du hast recht, auch wenn ich es mir schwer vorstellen kann. Ich wollte dich dabeihaben, mehr nicht. Wollte dich rumzeigen.«

»Ich hätte dich auch gern gesehen«, versicherte sie ihm. »Du wirst einfach danach zu mir kommen müssen, um mir vorzuführen, wie wunderbar du in dem hübschen Anzug bist. Und für ein kleines Techtelmechtel.«

Er lachte zögernd. »Stimmt. Ich schätze, ich werde einfach eher gehen. Aber es gibt eine Kleiderordnung: Keine Schäfchenschlafanzüge.«

»Ich schau mal, was sich da machen lässt. Ich werde dich überraschen.«

»Vorfreude«, stimmte er zu. »Meine liebste Freude.«

Überraschung

Koti rutschte ruhelos auf der Bank hin und her. Er hatte gewusst, dass er nicht von Anfang an auf dem Feld stehen würde, aber er hatte sich mehr als ein paar Spielminuten in diesem ersten Match gegen die Wallabies erhofft. Das waren nicht die Fortschritte, die er sich vorgestellt hatte. Die Fortschritte, die er machen musste, wenn er seine Anwesenheit hier rechtfertigen wollte.

Er dachte unzufrieden an das Gespräch, das er vor ein paar Tagen mit seinem Agenten geführt hatte.

»Ich habe von Leicester und Northampton gehört, die dich beide in der nächsten Saison dabeihaben wollen«, hatte Bruce ihm erzählt. »Genau wie Perpignan, die ich vorhin erwähnt hatte. Ein französisches Team wird dir wahrscheinlich mehr bieten, aber jede dieser Mannschaften wird dich gut bezahlen. Hast du Interesse?«

»Ich glaube nicht. Ich bin hier ganz gut untergekommen. Aber lehne noch nicht ab«, beschloss Koti. »Ich will erst sehen, wie es die nächsten Wochen läuft.«

»Warte nicht zu lange«, hatte Bruce ihm geraten. »Du bist in letzter Zeit gut in Form, ganz besonders deine Leistung im

Finale. Je länger wir warten, desto schwächer stehen wir in den Verhandlungen da.«

»Das weiß ich«, erwiderte Koti verärgert. »Aber ich brauche Zeit, um darüber nachzudenken.«

Jetzt, während er dem Spiel zusah und auf seine Chance wartete, dachte er wieder darüber nach. Verschwendete er hier seine Zeit? Endlich trug er das Trikot, aber wie viel war es wert, wenn er so selten spielte? Würde er nicht in einem Jahr – oder zehn – daran zurückdenken, dass er nur fünfzehn Minuten auf dem Feld war und fünfundsechzig Minuten auf der Bank?

In England war er nicht glücklich gewesen, aber immerhin gut bezahlt worden. Wie würde es sich anfühlen, wenn er hierblieb und für die nächste Saison nicht ausgewählt werden würde? Er hatte es in die Mannschaft geschafft, aber glich es das aus, was er dafür aufgab?

Es stimmte, er hatte Verbindungen hier, Verbindungen, die er vermissen würde, wenn er wegging. Aber würden ein paar Jahre auf lange Sicht so viel ausmachen? Vielleicht war es dumm von ihm, wenn er diese Chance ausschlug. Er konnte es sich zumindest mal genauer ansehen. Das hieß ja nicht, dass er etwas unternehmen würde.

»Hör dir an, was sie anzubieten haben«, sagte er Bruce am Montag. »Wir sollten es zumindest wissen. Ich habe noch keine Entscheidung getroffen, aber ich denke darüber nach.«

* * *

»Was ist los?«, fragte Kate ihn abends. »Du bist sonst nicht so still. Du hast mich noch nicht mal gescholten, weil ich die *kūmara* zu lange gekocht habe.«

»Keine Ahnung«, sagte er mit einem Schulterzucken. »Ich glaube, ich bin müde. Jetlag.«

»Jetlag«, sagte sie tonlos. »Klar. Der Flug hat nur drei Stunden gedauert, Koti. So habe ich dich noch nie erlebt. Also komm schon, sag es mir. Es liegt an der Spielzeit, nicht wahr? Weil du auf der Bank gesessen hast.«

»Ja«, gab er zu. »Man scheint mir keine Chance geben zu wollen.«

»Das stimmt doch aber nicht, oder? Du warst auf dem Feld. Sah für mich auch so aus, als hättest du gut gespielt. Was hat denn der Coach gesagt?«

Er zuckte wieder die Achseln. »Für das nächste Spiel in Johannesburg bin ich immerhin noch in der Mannschaft, aber ich werde wieder nicht von Anfang an spielen. Dieselbe alte Leier.« Er öffnete den Mund, um ihr von seinem Gespräch mit Bruce zu erzählen, schloss ihn aber wieder.

»Was?«, fragte Kate. »Was wolltest du sagen?«

»Nichts. Ich habe nur nachgedacht.«

Wie konnte er mit ihr darüber reden? Sie würde nicht verstehen, wie frustrierend er den Mangel an Fortschritt fand, würde nicht verstehen, warum er daran dachte, wieder zu gehen. Sie würde wissen wollen, was das für sie beide bedeutete. Aber darüber wollte er jetzt nicht nachdenken. Er hatte noch genug Zeit, sich das zu überlegen. Er wusste ja nicht mal, ob er überhaupt wirklich gehen würde, und es hatte keinen Sinn, sie wegen etwas aus der Fassung zu bringen, was vielleicht nie geschehen würde. Besser, es erst mal nicht anzusprechen.

* * *

»Bin ich froh, dass ich dich erwische, bevor du zur Arbeit gehst«, sagte Hannah am folgenden Mittwoch zu Kate. »Denn ich hatte eine tolle Idee. Willst du Freitagabend mit mir nach Wellington kommen? Es ist meine erste Reise mit Jack. Da Drew letzte Woche nach Südafrika geflogen ist und demnächst nach Buenos

Aires muss, dachte ich mir, dass ich mich ruhig trauen soll, Jack mitzunehmen. Das ist was, was wir mit Sicherheit schaffen. Selbst wenn er die ganze Zeit weint, ist es doch nur eine Stunde. Wenn du mitkommst, dann können wir am Samstag vor dem Spiel etwas unternehmen, und ich könnte dir die Stadt zeigen. Was hältst du davon? Klingt das nicht wunderbar?«

»Allerdings«, sagte Kate vorsichtig. »Aber ich bin mir nicht sicher, ob es eine gute Idee ist, wenn ich mitkomme. Etwas ist eigenartig.«

»Inwiefern?«, fragte Hannah besorgt. »Meinst du mit Koti?«

»Ja. Er ist … Ich weiß nicht. Distanziert. Es ist mir aufgefallen, nachdem sie aus Australien zurückgekommen sind, aber ich dachte, er wäre nur müde und verärgert, weil er kaum gespielt hat«, erklärte sie. »Da er in wenigen Tagen schon wieder nach Johannesburg abreisen musste, konnte ich das nicht beurteilen. Aber seit er aus Südafrika zurück ist … hat er sich verändert. Er scheint noch Zeit mit mir verbringen zu wollen, aber es ist nicht dasselbe, wenn wir zusammen sind. Ich kann es nicht genau benennen, doch da ist was.«

»Hast du ihn deswegen angesprochen?«

»Machst du Witze? Wir reden hier von mir. Natürlich habe ich ihn darauf angesprochen. Aber eine richtige Antwort habe ich nicht erhalten. Zumindest keine, die mich zufriedengestellt hat. Ich weiß, dass es nicht immer um mich geht, er könnte wegen etwas anderem verärgert sein. Aber wenn das der Fall wäre, würde er mir das doch sagen, denke ich.«

»Es sieht so aus, als wärt ihr euch in letzter Zeit näher gekommen«, stimmte Hannah zu. »Befürchtest du, dass es an *dir* liegt? Dass seine Gefühle für dich nachlassen?«

»Ja, das befürchte ich.« Es tat weh, das zuzugeben, aber es war irgendwie auch eine Erleichterung. Sie hatte das Thema in der letzten Woche gemieden, wollte sich ihm nicht direkt stellen. Aber jetzt war es an der Zeit.

»Ich verstehe es nicht«, sagte sie langsam. »In Australien lief es so gut. Dann hat er mich seiner Familie vorgestellt. Nein, das ist so nicht richtig. Er wollte zum Abendessen zu seiner Familie und hat mich mitgenommen.«

»Das ist nichts Beiläufiges«, sagte Hannah. »Das bedeutet etwas, ob er es nun geplant hat oder nicht. Habt ihr euch seitdem gestritten?«

»Nein, wie gesagt, alles lief großartig. Kam mir zumindest so vor. Aber seit die Meisterschaft angefangen hat, ist er distanziert. Als würde er sich von mir zurückziehen. Ich weiß nicht, aber vielleicht hat er in Australien eine kennengelernt, die er lieber mag als mich«, versuchte sie zu scherzen.

»Das bezweifle ich«, erwiderte Hannah ernst. »Aber es kann sein, dass er kalte Füße bekommen hat, dass er das Gefühl hat, es geht alles zu schnell, und sich jetzt zurückzieht. Er weiß vielleicht gar nicht, dass er das macht.«

»Du könntest recht haben. Wenn das der Fall ist, ist es vielleicht keine gute Idee, wenn ich nach Wellington fliege. Ich werde ihm nicht nachjagen, wenn er kein Interesse mehr hat. Ich würde es ja ansprechen, aber ich habe es bereits versucht, ohne Ergebnis. Im Moment glaube ich, dass es das Beste ist, wenn ich mich zurückhalte. Wenn er sich unter Druck gesetzt fühlt, dann werde ich den Druck von ihm nehmen. Wir kennen uns erst seit sieben Monaten, und ich brauche keine feste Beziehung. Wenn wir uns trennen«, zwang sie sich zu sagen, »na ja, darum kümmere ich mich, wenn es so weit ist. Lieber jetzt als später. Ich habe das Gefühl, dass schon bald etwas passieren wird. Entweder wird es besser, oder es wird noch viel schlimmer.«

Sie fühlte sich mutlos, nachdem sie das gesagt hatte. Sie wusste, dass es logisch war, aber es tat weh, es laut auszusprechen. Zunächst war sie verwirrt gewesen, nachdem er sich zurückgezogen hatte, dann wütend. Jetzt aber musste sie es wissen, so oder so. »Wenn es nächste Woche noch genauso ist«, beschloss sie, »dann werde ich es vielleicht wirklich noch mal ansprechen. Ich kann ihn nicht ständig mit Samthandschuhen anfassen.«

»Das halte ich für eine gute Idee«, sagte Hannah nachdrücklich. »Wenn der Typ nicht erkennt, was für ein Schatz du bist, dann hat er dich sowieso nicht verdient. Du findest was Besseres.«

»Oh, Hannah«, sagte Kate mit zittrigem Lachen, »das glaube ich nicht. Aber danke, du bist eine gute Freundin.«

* * *

»Hast du Samstagabend das AB-Spiel gesehen?«, fragte Brenda am Montag während der Mittagspause im Café des Gebäudes.

»Mhm«, nickte Kate und schluckte einen Bissen von ihrem Sandwich runter. »Es war ziemlich gut, fand ich. Argentinien spielt mit viel Leidenschaft, oder? Einige von den Männern sehen unfassbar gut aus. Es wäre vielleicht einen Ausflug nach Wellington wert gewesen, um sie persönlich zu begutachten, meinst du nicht?«

»Ja. Leider liegt Argentinien so weit weg. Das ist selbst mir eine zu große Distanz für eine Fernbeziehung«, beklagte Brenda sich. »Sie müssen noch ein paar weitere gut aussehende Männer für die Wallabies auswählen. Jedes Mal, wenn ich mir diese Kerle ansehe, wünschte ich mir, ich hätte es sein lassen. Nach Australien könnte ich allerdings pendeln. Schade fand ich auch die Sache mit Koti«, fuhr sie ernster fort. »Ich schätze, das war eine ziemliche Überraschung. Es sei denn, ihr zwei habt andere Pläne.«

Kate legte das Sandwich weg, und ihr Mund wurde trocken. »Was?«, fragte sie. »Was war eine Überraschung?«

Brenda stockte. »Das mit der Fernbeziehung meine ich. Das mit England.«

Sie sah den erschrockenen Ausdruck auf Kates Gesicht. »Du weißt es noch gar nicht«, erkannte sie. »Und ich bin direkt ins Fettnäpfchen getreten. Ich hab davon gehört, deshalb dachte ich, dass das für dich keine Neuigkeit ist.«

Kate schweifte mit den Gedanken ab, als würde ihr Kopf über ihrem Körper schweben. Sie zwang sich dazu, sich zu konzentrieren, um die Frage zu stellen. »Du musst es mir jetzt sagen. Was hast du gehört? Was weiß ich nicht?«

»Es könnte auch nur ein Gerücht sein«, sagte Brenda hastig. »Aber ich habe gehört, dass Koti mit ein paar englischen Teams verhandelt, dass er vorhat, nächste Saison zurückzugehen.«

»Wo hast du das gehört?« Vielleicht irrte sie sich, dachte Kate, während das plötzliche Frösteln und die kribbelnde Angst, die ihr über die Haut jagten, etwas anderes sagten. Sie verschränkte die Arme, um sich aufzuwärmen, sich gegen den Schlag zu schützen, den sie kommen sah.

»Die Gerüchteküche der Pressesprecher«, sagte Brenda mit Mitleid in den Augen. »Sie reden. Ich glaube nicht, dass er etwas unterschrieben hat, davon hätte ich gehört, aber es hat Kontakt gegeben, nicht nur von den Mannschaften aus.«

»Das geht schon seit einer Weile so?«, fragte Kate tonlos.

»Ich fürchte, ja. Ein paar Wochen mindestens.«

Kate nickte. »Entschuldige mich, ich muss zurück zur Arbeit.«

Sie lief blindlings aus dem Café und auf die Damentoilette, schloss die Kabinentür zu, hängte ihre Tasche vorsichtig an den Haken, stützte sich mit den Händen an der Wand ab und versuchte, diese überwältigende Fassungslosigkeit abzuschütteln. Damit sie die Sache mit klarem Verstand durchdenken konnte.

Wenn es stimmte – wenn Koti mit Mannschaften im Ausland verhandelte, und das schon seit geraumer Zeit –, dann hatte er genug Gelegenheiten gehabt, um es ihr zu sagen. Wie viele Abende hatten sie in den vergangenen Wochen gemeinsam verbracht? Wie oft hatte sie ihn gefragt, was ihn beschäftigte? Aber er hatte es nie auch nur angedeutet. Sie wusste, dass ihn seine begrenzte Spielzeit frustrierte, aber diese Option hatte er nie erwähnt. Warum?

Nicht, weil sie kein Interesse gehabt hätte, so viel war klar. Nein, es lag daran, dass er sich mit ihr amüsierte und nicht wollte, dass der Spaß so schnell endete. Er wusste, dass es so weit kommen würde, wenn er ihr sagte, was er vorhatte.

Sie hatte gedacht, sie würde ihm etwas bedeuten, dass ihre Beziehung sich weiterentwickeln würde. Also, er entwickelte sich weiter, aber sie nahm er dabei nicht mit.

Ihr Herz zog sich bei dem Gedanken, er könnte sie verlassen, schmerzhaft zusammen. Nein, korrigierte sie sich. Bei dem Gedanken, dass sie ihn verlassen würde. Denn sie würde nicht einfach auf das Ende warten. Sie würde ihn zur Rede stellen. Wenn es stimmte, dann war es besser, wenn sie es bald hinter sich brachte, sich rasch von ihm trennte.

Eine leise Stimme flüsterte ihr voller Hoffnung zu, dass es vielleicht ein Irrtum war. Sie würde die Stimme flüstern lassen. Aber irgendwie wusste sie, dass es nicht so enden würde.

Plötzlich hatte sie das Gefühl, als würde sie auf sich runtersehen. Mitleiderregend. Eingeschlossen in einer Toilette lehnte sie an der Wand und war den Tränen nahe. Sie zitterte vor Schock und Enttäuschung, denn ihre Welt war plötzlich eine ganz andere.

Schließlich drückte sie das Kreuz durch, nahm die Tasche vom Haken und öffnete die Tür. Dann wusch sie sich Gesicht und Hände und ließ sich das warme Wasser über die kalten Finger laufen, bis sich die Anspannung allmählich löste. Sie umklammerte die Ablage und betrachtete sich im Spiegel.

»Reiß dich zusammen«, befahl sie ihrem Spiegelbild, und in ihren Augen glänzten keine Tränen mehr. »Sei ein großes Mädchen, und komm damit klar.« Dann nahm sie ihre Tasche und marschierte ins Büro zurück, um den Arbeitstag hinter sich zu bringen.

* * *

»Hi, Baby.« Koti schenkte ihr sein übliches spitzbübisches Lächeln, als er am Abend ihre winzige Wohnung betrat. »Hast du mich vermisst?«

Er beugte sich zu einem Kuss vor, aber Kate trat rasch zurück und wich ihm aus. Sie griff hinter ihn und schlug die Tür zu.

»Komm rein«, sagte sie, ohne zu lächeln. »Wir müssen reden.«

Sein Lächeln verblasste. »Was ist los? Ist was passiert?«

Sie lief ins Wohnzimmer, drehte sich zu ihm um und verschränkte die Arme. »Ich habe heute interessante Neuigkeiten erfahren. Neuigkeiten, die mich überrascht haben.«

Ein gehetzter Ausdruck trat in Kotis Blick. »Oh, Mist. Was hast du gehört?«

»Dass du mit Mannschaften in England verhandelst und dass du überlegst, dorthin zurückzugehen. Je eher, desto besser, schätze ich. Was meinst du? In einem Monat? In zweien?«

»Ich habe noch nichts unterschrieben, aber, ja, ich habe ein paar Gespräche geführt.«

Sie nickte, als sie im Geiste die Tür hinter ihrer letzten Hoffnung zuschlagen hörte. »In den letzten Wochen, nehme ich an. Wann wolltest du mir davon erzählen?«

Er hielt die Hände hoch. »Warte mal, bevor du wütend wirst. Ich wollte dich nicht aufregen, wenn ich noch gar nichts weiter mache, als zu verhandeln. Ich nahm an, dass ich dir davon erzählen würde, wenn es etwas zu erzählen gibt.«

»Nein.« Sie schüttelte den Kopf und warf ihm einen finsteren Blick zu. »Das ist nicht der Grund. Du hast es mir nicht gesagt, weil du unsere hübsche, kleine Regelung nicht gefährden wolltest. Deine kleine Freundin, die immer für Sex zu haben war. Oder für etwas Spaß oder Mitgefühl, wenn du einen schlechten Tag hattest. Du hast beschlossen, mich einfach so lange hinzuhalten, wie du kannst. Wer weiß, vielleicht wolltest du es ja jemand anderem überlassen, es mir zu sagen. Ich hätte ja auch in der Zeitung davon lesen können, wie wäre es damit? Dann hätte ich mich vielleicht einfach nur davongeschlichen. Du hättest den ganzen Spaß gehabt, und keinen dieser nervigen Gefühlsausbrüche von mir.«

Er lief vor Wut rot an. »Was ist so schlimm daran, dass ich warten wollte? Was soll's, wenn ich gehe? Du hast ja auch kein Geheimnis daraus gemacht, dass du maximal ein oder zwei Jahre hier sein wirst. Darüber habe ich mich auch nicht aufgeregt.«

»Genau«, sprang sie darauf an. »Ich habe nie ein Geheimnis daraus gemacht. Normalerweise, und das sage ich dir nur, weil du es nicht zu wissen scheinst, legt man kein Ende fest, wenn man mit jemandem ausgeht. Man schaut, wohin die Beziehung führt. Man ist der Möglichkeit gegenüber offen, dass sie sich weiterentwickeln könnte. Dann, dreimal darfst du raten, hält man vielleicht daran fest und ändert seine Pläne. Aber wenn es keine Zukunft gibt, weil du in einem Monat abreist, dann ist das keine Beziehung, es ist eine Freizeitbeschäftigung.«

»Ich wollte dir nicht wehtun«, warf er ein.

»Ja, klar«, schnaubte sie. »Denn es tut überhaupt nicht weh, wenn du mich verrätst. Wenn du mich einfach nur mitschleifst, während du genau weißt, wie ich für dich empfinde. Während du weißt, dass du mich fallenlässt, sobald es dir in den Kram passt, sobald du mich nicht mehr brauchst.«

»Warte mal, ich habe dir nie etwas versprochen.«

Sie starrte ihn an. »Wow, das ist ganz schön kaltherzig. Aber du hast natürlich recht, du hast mir nur eine schöne Zeit versprochen. Außerdem gab es ja eine Menge Warnsignale, nicht wahr? Selbst Hannah hat mir erzählt, dass du ein Aufreißer bist, und dass ich mich nicht auf dich einlassen sollte. Das ist doch nett, oder?«, fuhr sie fort, als sie den überraschten Ausdruck auf seinem Gesicht sah. »Das hält deine Traumfrau von dir. Dann war da noch Dena.«

»Dena? Was hat sie denn damit zu tun?«

»Sie dachte auch, sie wäre mit dir in einer Beziehung, schon vergessen? Ich bin so selbstgefällig gewesen. Ich hielt es sogar für lustig, der Himmel steh mir bei. Denn jetzt verstehe ich, dass du dir nie die Mühe gemacht hast, ihr zu erklären, dass sie sich irrt. Gott behüte, dass du ihr etwas sagen musst, das sie nicht hören will, und dadurch deinen Titel als Mr Charmant verlierst. Stattdessen finden sie es auf die harte Tour raus. Dann kannst du dich einfach verdrücken. Keine Verpflichtungen, kein Schmerz. Du bist wie Teflon, nichts bleibt an dir haften. Es ist ja ihr Problem, dass sie dachten, da wäre mehr, als da wirklich war. Du lässt sie nicht nur allein zurück, du machst sie lächerlich. Denn versprochen hast du ihnen nichts.«

Sie verstummte ernüchtert. Schließlich redete sie von sich selbst. *Sie* war allein. *Sie* fühlte sich lächerlich. Weil sie ihn so sehr gewollt hatte. Sie hatte sich etwas eingebildet, was nie wirklich da gewesen war.

»Ich schätze, du kannst nichts dafür, dass sich die Frauen in dich verlieben«, fuhr sie ruhiger fort. »Du hast mich außerdem in einer Zeit erwischt, in der ich angreifbar war. Ich wusste es besser und bin trotzdem darauf eingegangen. Ich Arme, ich habe einen Fehler gemacht. Ich dachte, bei dir steckt mehr dahinter, bei *uns* steckt mehr dahinter, aber ich habe mich geirrt.« Sie schüttelte den Kopf. »Aber es ist egal, dass du mich enttäuscht hast. Du hast dich selbst enttäuscht. Das tut fast genauso weh. Ich dachte, das wäre dein Traum. Aber jetzt, weil du einen oder zwei Rückschläge erlitten hast, weil du dich etwas mehr anstrengen musst und vielleicht keinen Erfolg hast, läufst du einfach davon und gehst all dem aus dem Weg? Wow, du machst es dir wirklich leicht, was?«

»Woher willst du wissen, was ich will oder was richtig für mich ist?«, gab er zurück. »Es ist eine vollkommen vernünftige Entscheidung, ins Ausland zu gehen, wo ich mehr Geld verdiene. Ich bin jetzt vermarktbar. Ich habe vielleicht nur noch fünf oder sechs Jahre, in denen ich Rugby spielen kann. Das ist meine Gelegenheit, mir eine Zukunft aufzubauen. Ich wäre ein Narr, wenn ich sie nicht ergreifen würde.«

»Es wäre vollkommen vernünftig, wenn es das wäre, was du willst, aber das ist es nicht. Das hast du mir gesagt. Dass du hier leben möchtest, in deinem eigenen Land, in der Nähe deiner Familie. Dass du ein All Black sein möchtest. Was ist mit all dem geschehen? Deinem Traum?«

»Ich habe es doch versucht. Ich habe es das ganze Jahr lang versucht. Spielzeit habe ich dafür nicht bekommen, das hast du selbst gesehen. Warum sollte ich mit dem Kopf durch die Wand rennen, wenn ich meinen Traum nicht verwirklichen kann?«

»Aber was, wenn du es kannst? Vor ein paar Monaten warst du nicht mal ausgewählt. Daran hast du gearbeitet, und jetzt bist du im Team. Du bist also nicht von Anfang an auf dem Feld. Trotzdem spielst du. In meinen Augen hast du eine Menge Fortschritte gemacht. Letztens hast du fast vierzig Minuten lang gespielt. Warum willst du aufgeben, wenn du so kurz davor stehst, dein Ziel zu erreichen? Es ist, als würdest du tief im Innern nicht daran glauben, dass du etwas erreichen kannst, was nicht in Reichweite liegt. Du bist besser als das, Koti.«

Sie sah eindringlich zu ihm hoch, hoffte entgegen jeder Hoffnung, dass sie ihn erreichte. Dass sie ihn dazu bringen konnte, das zu sehen, was sie in ihm sah. »Du kannst mehr von dir verlangen. Es steckt in dir, du schaffst das.«

»Du scheinst eine wahre Expertin zu sein und weißt, wer ich bin und was ich tun soll«, sagte er. »Aber das kaufe ich dir nicht ab. Das ist nicht das, was dir Sorgen macht. Du willst nur nicht, dass ich dich verlasse.«

»Nein, das stimmt nicht«, sagte sie ruhig, während ihr Mut sie verließ. Es war also hoffnungslos. »Denn wenn du wirklich so empfindest, dann glaube ich nicht, dass ich dich noch will. Vergiss, dass du dich unter Wert verkaufst und dich nicht antreibst, um zu sehen, ob du es bis nach ganz oben schaffst, nur weil du Angst hast, du könntest versagen. Selbst wenn ich einen solchen Mann haben wollte, so will ich doch ganz sicher keinen, der mich auf diese Art betrügt. Der nicht den Mumm hat, ehrlich mit mir zu sein. Und, das wollen wir auch nicht vergessen, der vorhat, mich sitzenzulassen.«

»Darum geht es doch eigentlich: dass ich nicht bereit bin, fest mit dir zusammen zu sein.«

»Oh, ja«, erwiderte sie. »Ich hab's echt schwer. Da muss ich wohl mein Abo für die Hochzeitsmagazine stornieren. Du hältst ja wirklich ziemlich große Stücke auf dich. Ich habe dir doch gerade gesagt, dass du mir dein wahres Ich gezeigt hast, und an dem habe ich kein Interesse.«

»Das denkst du also von mir. So siehst du mich.«

»Genau. Wenn es dir also nichts ausmacht, möchte ich, dass du meine Wohnung verlässt. Ich bin fertig mit all dem hier. Ich bin fertig mit dir.«

Sie erlaubte es sich nicht, die Tür hinter ihm zuzuschlagen. Dann lehnte sie den Kopf dagegen und gab den Tränen nach, die sie den ganzen Tag lang zurückgehalten hatte. Sie weinte, bis ihre Augen geschwollen waren und ihr die Nase lief, schluchzte, bis ihr die Brust wehtat. Dann ging sie ins Bad, sah im Spiegel, wie schlimm sie aussah, und weinte noch mehr.

Denn trotz allem, was sie gesagt hatte, trotz all seiner Schwächen, die sie ihm aufgezählt hatte, liebte sie ihn noch immer. Sie wollte mit ihm zusammen sein. Wollte ihn unterstützen, ihr Leben mit ihm teilen. Aber er liebte sie nicht. Hatte sie nie geliebt. Sie hatte ihn verloren, auch wenn er ihr nie wirklich gehört hatte.

Zerrissene Bande

Koti hörte, wie sich die Tür hinter ihm schloss. Er konnte noch immer nicht fassen, was passiert war. Er hatte so gute Laune gehabt und sich darauf gefreut, sie zu sehen, ihr vom Spiel zu erzählen, mit ihr zu kochen und die Nacht mit ihr zu verbringen. Jetzt stand er hier, auf der anderen Seite der Tür. Ausgesperrt.

Wie auf Autopilot fuhr er nach Hause, blieb im Wagen sitzen und starrte auf sein Haus. Es erschien ihm zu groß und leer, und er ertrug den Gedanken nicht, den Abend dort drinnen zu verbringen. Aber ausgehen wollte er auch nicht. Schließlich stieg er aus und ging zum Strand. Es war Ebbe, und er konnte das Kap umrunden. Bis nach North Head, wenn er wollte.

Eine Stunde später hatte er genau das getan und stand auf dem windigen Gipfel, von wo aus er einen Blick auf das dunkle Wasser darunter hatte. Ein beinahe voller Mond warf sein Licht auf das Meer. Schade, dass das Leben einem nicht auch einen hell erleuchteten Pfad mit einem deutlichen Zeichen am Ende bot, das einem verriet, ob man den richtigen Weg gewählt hatte.

Er wusste, dass er sich bei dem Gespräch nicht mit Ruhm bekleckert hatte. Seine Schuld. Was sollte er in den nächsten Wochen nur ohne sie tun? Es würde ziemlich öde werden.

Allerdings hatte sie jetzt Zeit gehabt, sich zu beruhigen. Vielleicht konnte er es ihr erklären, sich entschuldigen, das hatte schließlich schon mal funktioniert. Er holte das Handy raus, um es zu versuchen.

Zu seiner Erleichterung ging sie ran, aber sie begrüßte ihn nicht mal.

»Ich halte es für keine gute Idee, wenn wir reden«, sagte sie. »Zwischen uns ist es vorbei.«

»Kate, leg nicht auf. Ich muss mit dir reden. Es tut mir leid. Du hast mich überrascht, und dann habe ich die Beherrschung verloren. Ich habe nicht das gesagt, was ich sagen sollte. Jetzt möchte ich das tun.«

»In Ordnung. Ich höre«, erwiderte sie argwöhnisch.

Er holte tief Luft und wählte seine Worte diesmal mit Bedacht: »Ich habe dir nicht erzählt, dass ich darüber nachdenke, fortzugehen. Das war falsch von mir. Ich stand immer wieder kurz davor, aber ich war mir nicht sicher, was das für uns bedeuten würde, und ich wusste, dass es dich aufregen würde. Also habe ich es hinausgezögert. Aber ich habe dich nicht hingehalten. Nicht absichtlich.«

»Ich schätze, es ist gut, das zu wissen. Aber das ändert am Ende nicht viel, oder? Du hast mir nichts Neues gesagt.«

»Doch, das habe ich«, beharrte er. »Ich sage, dass wir nicht Schluss machen müssen. Warum können wir nicht einfach weitermachen wie bisher? Wer weiß, was wir in ein paar Monaten empfinden werden? Das mit uns läuft doch gut. Ich will mit dir zusammen sein, Baby.«

»Zunächst einmal kannst du mich nicht mehr so nennen, das ist vorbei. So wird das nicht funktionieren. Ich soll also abwarten und darauf hoffen, dass du dich in mich verliebst? Dass du so sehr mit mir zusammen sein willst wie ich mit dir? Das werde ich nicht machen, Koti. Du willst keine Freundin, du willst jemanden, mit dem du rumhängen und schlafen kannst.

Das ist okay, such dir eine. Es wäre vermutlich anständig von dir, wenn du ihr sagst, dass es nichts Langfristiges ist, aber das geht mich nichts mehr an.«

»Ich will aber nicht irgendeine Frau«, widersprach er. »Ich will dich.«

»Mich kannst du nicht haben«, sagte sie traurig. »Zugegeben wünschte ich, es wäre möglich, denn das hier fühlt sich schrecklich an, aber das war deine Entscheidung. Falls es dir dadurch besser geht: Ich bin mir ziemlich sicher, dass du mir das Herz gebrochen hast. Aber ich glaube nicht, dass deins gebrochen ist. Ich nehme an, dass du viel schneller darüber hinwegkommst als ich, aber ich muss es jetzt abbrechen.«

Stille. Sie hatte aufgelegt, stellte er fest. Er fluchte laut, steckte das Handy wieder in die Tasche und lief den langen Weg nach Takapuna zurück.

* * *

Kate schleppte sich am nächsten Morgen nach einer fast schlaflosen Nacht zur Arbeit. Die Intensität des Schmerzes hatte sie überrascht, als sie um vier Uhr früh wach lag und ihn genau studierte. Wie war Koti nur so wichtig für sie geworden? Es musste an den Umständen gelegen haben. In den vergangenen Monaten hatte sie sich so sehr auf seine Freundschaft verlassen. Anfangs weil sie keine anderen Freunde gehabt hatte, dann, weil es so viel Spaß gemacht hatte. Ihn zu verlieren, hatte ein Loch hinterlassen, das sie nicht füllen konnte.

Wieder einmal war sie dankbar, dass sie vorwiegend alleine arbeitete. Zum Glück gab es heute keine Meetings, nur viel zu tun, in dem sie sich verlieren konnte. Sie war vielleicht nicht so produktiv, aber es war besser, als wenn sich ihre Gedanken immer wieder um dieselbe Sache drehten, was nutzlos und zudem sinnlos wäre.

»Kate, wollen wir zusammen Mittagessen gehen?« Sie hob den Blick und entdeckte Corinne, Brenda und Heather neben Ihrem Schreibtisch.

»Nein, danke, mir ist heute nicht nach reden. Ich esse später, geht ruhig ohne mich.«

Ihr fielen die Blicke auf, die sie wechselten. Sie hatten Mitleid mit ihr, das war kaum zu übersehen.

»Ihr alle wisst davon, oder? Wer weiß es noch?«, fragte sie Brenda resigniert.

Die Frau wirkte betreten. »Ich bin Pressesprecherin«, erklärte sie. »Das ist es, was ich mache: Ich spreche. Tut mir leid.«

Kate sah sich um. Einige hatten den Kopf ebenfalls zu ihr gedreht, ganz offenkundig an ihrem Gespräch interessiert.

Sie würde das ein für alle Mal hinter sich bringen, beschloss sie. Die mitleidigen und neugierigen Blicke wären zu schwer zu ertragen, es sei denn, sie stellte sich ihnen direkt. Sie richtete sich zu ihrer vollen Größe auf. »Ich habe gerade beschlossen, selbst etwas publik zu machen.«

Brendas Augen weiteten sich alarmiert. »Bist du sicher, dass das eine gute Idee ist?«

»Spielt keine Rolle, ich mache es trotzdem.« Mit erhobener Stimme wandte sie sich an den Raum voller Büroangestellter. »He, hört mal alle her, ich habe etwas zu verkünden.« Sie nahm ihr Lineal und schlug damit auf den Tisch.

Sobald sie sicher war, dass sie die Aufmerksamkeit aller besaß, sagte sie: »Ich schätze, ihr wisst, dass ich seit einer Weile mit Koti James ausgehe. Ihr werdet es also hier als Erste hören: Es ist vorbei. Wenn jemand den Job will, die Stelle ist frei. Sie ist zwar nur befristet, aber ihr werdet euren Spaß haben. Erwartet nicht zu viel, dann werdet ihr auch nicht enttäuscht.« Sie hielt sich davon ab, weiterzureden. »Das war's«, endete sie lahm und ließ sich wieder auf den Stuhl fallen. Es war ihr peinlich, aber sie fühlte sich dennoch irgendwie erleichtert.

»Himmel«, hauchte Corinne. »Das hatten wir noch nie.«

»Geht Mittag essen«, sagte Kate zu ihnen. »Ich bin heute keine gute Gesellschaft.«

Die anderen nickten und wandten sich zur Tür, warfen aber einen Blick zurück zu Kate, die an ihrem Schreibtisch saß und versuchte, sich wieder auf die Arbeit zu konzentrieren. Sie sah, wie eine ungewöhnlich hohe Anzahl an Mitarbeitern ebenfalls ihre Schreibtische verließ, sicherlich, um sich über ihre interessante Enthüllung auszutauschen.

Bethany, die Büroleiterin, kam als Nächstes in ihr Blickfeld. »Kommen Sie mal kurz mit ins Besprechungszimmer«, sagte die ältere Frau streng.

Kate folgte Bethanys geradem Rücken und kam sich vor, als wäre sie zum Schuldirektor bestellt worden. Etwas, das ihr noch nie passiert war. War das nicht faszinierend? Dieses Jahr sammelte sie allerlei neue Erfahrungen. Vielleicht würde sie es jetzt auch erleben, wie es war, gefeuert zu werden. In ihrer derzeitigen Stimmung kam ihr das wie der nächste, unvermeidliche Felsbrocken vor, der auf sie niederkrachen würde.

»Also.« Bethany sah sie ernst an, sobald sie im Besprechungszimmer saßen. »Das war interessant.«

»Und unprofessionell«, stimmte Kate zu. »Andererseits sorgt ein kurzer Ausraster dafür, dass es schnell vorbei ist, statt dass die Leute die ganze Woche lang tuscheln.«

»Das ist wohl wahr«, gab Bethany zu. »Aber es war trotzdem nicht angemessen. Ich verstehe, dass Sie gerade eine schwere Zeit durchmachen, aber ich muss Sie darum bitten, Ihr Privatleben zu Hause zu lassen.«

»Natürlich«, erwiderte Kate erleichtert. Sie wurde also nicht rausgeworfen. Nicht heute. Zumindest ein Teil ihres Lebens zerbrach nicht in Stücke. »Es wird nicht wieder vorkommen, versprochen.«

»Es war das erste Mal, deshalb lasse ich es Ihnen auch durchgehen. Reißen Sie sich zusammen, und arbeiten Sie so gut wie bisher weiter, dann schaffen Sie das schon. Vielleicht sollten Sie auch mit jemandem darüber reden, sich Hilfe holen.«

»Ich glaube nicht, dass das nötig ist. Ich habe mir einfach nur den falschen Typen ausgesucht, mehr nicht. Aber danke.«

»Man sollte aufpassen, was man sich wünscht, was?«, sagte Bethany mit einem kleinen Lächeln.

»Genau«, pflichtete Kate ihr mit einem humorlosen Lachen bei. »Vielleicht ist das auch eine Lektion für alle anderen. Ich jedenfalls habe meine gelernt.«

* * *

»Am Freitagabend führen wir dich aus«, sagte Brenda ihr am nächsten Tag. »Wir haben beschlossen, dass du eine Ablenkung brauchst. Vielleicht auch Trost-Sex.«

»Ich weiß nicht«, sagte Kate zweifelnd. »Also, das mit dem Trost-Sex lehne ich auf jeden Fall ab. Das ist so ziemlich das Letzte, was ich im Sinn habe. Aber ich bin mir auch nicht sicher, ob ich in der Stimmung für Gesellschaft bin.«

»Deshalb brauchst du uns«, beharrte Corinne. »Du musst ja nicht reden, nur zuhören.«

»Und trinken«, fügte Brenda hilfreich hinzu. »Komm schon. Wenn du nicht mitgehst, glaube ich, dass du immer noch sauer auf mich bist, weil ich die Neuigkeit verbreitet habe.«

»Ich bin auch sauer auf dich.« Kate sah sie finster an. »Gewissermaßen. Vielleicht bin ich auch nur sauer. In Ordnung«, kapitulierte sie einen Augenblick später. »Warum nicht? Es ist besser, als zu Hause zu sitzen und mich selbst zu bemitleiden. Aber diesmal trinke ich nicht so viel. Als ich das letzte Mal mit euch dreien aus war, war die Busfahrt über die Brücke ein Albtraum. Ich habe die ganze Zeit gebetet, dass ich mich nicht übergeben muss.«

Der Gedanke an den Abend und den Morgen danach tat weh. Wie Koti mit ihr darüber gescherzt hatte, wie er sie schlafen ließ und ihr Frühstück gekauft hatte, um ihren Magen zu beruhigen. Diesmal würde das nicht passieren. Was ein guter Grund war, auszugehen. Wenn sie keinen Spaß hatte, konnte sie zumindest den Anschein eines Soziallebens wahren, denn sie hatte eine Menge Zeit totzuschlagen und wollte das nicht alleine tun.

* * *

Sie war vielleicht nicht für Trost-Sex zu haben, dachte Kate am Freitagmorgen, während sie in ihrem Kleiderschrank kramte, aber ein wenig männliche Aufmerksamkeit konnte nicht schaden. Ihr Stolz hatte einen schweren Schlag einstecken müssen. Ganz gleich, wie sehr sie sich das Gegenteil einredete, ein Teil von ihr flüsterte ihr noch immer zu, dass Koti sie nicht so schnell hätte gehen lassen, wäre sie bloß schöner oder glamouröser.

Also würde sie heute Abend dafür sorgen, dass sie verdammt gut aussah. Auf einem Poster würde man sie vielleicht nicht abdrucken, aber sie konnte ein paar Blicke auf sich ziehen, wenn sie wollte.

»Du hast es heute in die Zeitung geschafft«, sagte Brenda ihr, sobald Kate das Büro betrat, und reichte ihr eine Ausgabe. »Ich wollte es dir sofort sagen und dir außerdem versichern, dass ich es nicht war. Sie müssen die Info von jemand anderem bekommen haben. Vermutlich von jemandem aus dem Büro.«

Wie wir hören, hat sich Koti James gerade öffentlich von seiner neuesten Eroberung, der im Büro der Blues angestellten Kate Lamonica, getrennt. Die beiden sind seit Monaten zusammen gesehen worden und wirkten ziemlich vertraut miteinander. Der Spaß nahm jedoch mit einem Streit im Büro der Blues ein jähes Ende. Gute Nachrichten für seine zahlreichen Fans: Der beliebte Innendreiviertel ist wieder auf dem Markt.

»Verdammt«, hauchte Kate entmutigt. »Sie liegen auch noch falsch. Daran hatte ich nicht gedacht, als ich meine Ankündigung vorgetragen habe. Genau das hatte ich vermeiden wollen. Das steht bestimmt schon bald im Internet.«

»Ich fürchte, ja«, sagte Brenda mitfühlend. »Aber ich nehme an, es wäre früher oder später sowieso in der Zeitung erschienen. En Zed ist allerdings weit von Kalifornien entfernt. Ich glaube kaum, dass irgendjemand nach all der Zeit diese lange Reise auf sich nehmen würde, egal, wie wütend er ist.«

»Du kennst ihn nicht«, erwiderte Kate. »Er ist zu allem fähig, und ich weiß, dass er immer noch nach mir sucht. Allerdings ist es ein kleiner Artikel, und ich bin bestimmt nicht die einzige Kate Lamonica auf der ganzen Welt.«

»Richtig«, bestätigte Brenda aufmunternd. »Er wird es gar nicht bemerken.«

Kate hoffte, dass das stimmte, aber sie konnte nicht darauf zählen. In den letzten Wochen hatte sie sich endlich allmählich wieder wie ein normaler Mensch gefühlt. Eine, die nicht jeden Ausgang prüfen, jedes Gesicht beäugen und in jeder Situation aufmerksam sein musste. Koti hatte eine Menge dazu beigetragen. Wenn er mit ihr zusammen war, konnte sie sich entspannen. Aber das war ja keine Option mehr.

»Ich pass auf«, sagte sie entschlossen. »Mehr kann ich nicht machen. Ich hoffe und bete einfach, dass er endlich das Interesse verloren hat. Dass er aus meinem Leben verschwunden ist.«

* * *

Koti saß in der Umkleide auf einer Bank und stopfte nach einem weiteren enttäuschenden Training seine Sachen wieder in die Sporttasche. In den letzten Tagen hatte er versucht, den Streit mit Kate zu vergessen, dennoch war er nicht ganz bei der Sache, seine Pässe nicht so knackig wie sonst, seine Leistung während des Trainings langsamer und weniger genau.

Vielleicht lag es am Schlafmangel oder an der plötzlichen Veränderung. Er hatte sich noch nicht daran gewöhnt, mehr nicht. Ein Dutzend Mal hatte er nach dem Handy gegriffen, die Finger über der Schnellwahltaste schweben lassen und es wieder weggelegt. Es hatte keinen Zweck, oder? Er musste das hinter sich lassen und sich auf das konzentrieren, was wichtig war.

»Du warst diese Woche nicht bei der Sache.«

Er sah überrascht auf und entdeckte Drew, der mit einem Stirnrunzeln zu ihm runter sah.

»Tut mir leid«, murmelte Koti. Er dachte daran, sich rauszureden oder zu erklären, aber er wusste nicht mal, wo er anfangen sollte.

Drew seufzte und setzte sich auf die Bank neben ihm. »Ob du nun ins Ausland verschwindest, um dort zu spielen, geht mich nichts an, jeder muss diese Entscheidung für sich selbst treffen. Aber du musst dich konzentrieren, darfst dich während der Spiele nicht ablenken lassen. Für dich selbst und für die Mannschaft. Du hast an deiner Form gearbeitet, das kann jeder sehen, weshalb du dieses Mal auch ausgewählt wurdest. Aber du musst jeden Tag die gleiche Leistung bringen, egal, was in deinem Leben vor sich geht. Ich habe eine ziemlich genaue Vorstellung von dem, was passiert ist, hab gehört, was zwischen dir und Kate vorgefallen ist. Ist nicht gerade ein Geheimnis.«

Koti zuckte zusammen. Er hatte natürlich von der Ankündigung gehört, die Kate im Büro gemacht hatte. Mehr als einer war so zuvorkommend gewesen, es zu erwähnen.

»Hannah hat mir gesagt, dass Kate deswegen ziemlich niedergeschlagen ist«, fuhr Drew fort. »Wie ich sehe, geht dir das genauso. Ich will dich nicht treten, während du am Boden liegst, aber ich hatte dich darum gebeten, ehrlich zu sein, damit sie nicht glaubt, es würde mehr bedeuten. Sieht so aus, als hättest du ihr von deinen Plänen erzählen können. Muss schwer für sie gewesen sein, es so zu erfahren. Du hast es vermasselt, Kumpel.«

Koti rutschte unruhig hin und her. »Ich wollte es ihr erklären. Hab es versucht, nachdem sie es rausgefunden hat, aber du weißt, wie sie ist. Sie ist auf mich losgegangen, bevor wir es klären konnten, und jetzt will sie nicht mehr zuhören. Jedenfalls muss ich mich jetzt auf meine Karriere konzentrieren und das machen, was für meine Zukunft am besten ist. Ich kann nicht zulassen, dass meine Gefühle für eine Frau mir im Weg stehen. Es gibt Wichtigeres im Leben, was?«

Drew sah ihn mitleidig an. »Nein, Kumpel, gibt es nicht.« Er schüttelte enttäuscht den Kopf und stand auf. »In den letzten Monaten hast du gezeigt, wie diszipliniert du sein kannst. Tu, was du tun musst, um dich zu konzentrieren. Ich sehe dich dann im Hotel.«

* * *

Koti blieb mitten auf dem Bürgersteig der Queen Street abrupt stehen. Sie hatten noch eine Stunde bis zur Ausgangssperre der Mannschaft um halb elf, also hatten er und sein Mitbewohner beschlossen, ein wenig das nicht ganz so wilde Nachtleben zu genießen, bevor sie ins Hotel zurückkehrten. Aber jetzt stand er wie festgewurzelt auf dem Gehweg.

Colin lief ein paar Schritte weiter, dann kehrte er um, nachdem er gemerkt hatte, dass Koti nicht mehr neben ihm war.

»Was ist los?«, fragte er, dann folgte er Kotis Blick. »Siehst du dir die Schönheiten an?«

Koti hörte ihn nicht. Er blieb stehen und wartete, bis die vier Frauen vor ihnen standen und Kate in jener trotzigen Geste das Kinn reckte, die er schon so oft gesehen hatte. Sie trug das bronzefarbene Kleid, das sie auf ihrem Ausflug nach Australien dabei gehabt hatte, und Schuhe mit sehr hohen Absätzen. Dazu hatte sie sich einen dünnen Wickelpullover aus einem metallisch schimmernden Material umgebunden, wodurch ihre Taille unfassbar schmal wirkte. Heute Abend hatte sie sich ein paar glitzernde Haarnadeln ins Haar gesteckt, die ihr auf einer Seite das glänzende, brünette Haar aus dem Gesicht hielten.

Sie sah gut aus, besser als je zuvor. Und sie war in der Stadt. Vier Tage nachdem sie ihm den Laufpass gegeben hatte, ging sie wieder aus.

»Wie läuft's, Koti?«, fragte Brenda schließlich, nachdem Koti kein Wort gesagt hatte. »Was für eine Überraschung, dich hier zu treffen.«

»Ja«, erwiderte er geistesabwesend, dann riss er den Blick von Kate los, als Colin ihn in die Seite stieß. »Ja«, wiederholte er. »Brenda und, tut mir leid, der Name ist mir entfallen«, entschuldigte er sich bei den anderen beiden Frauen.

»Heather und Corinne«, half Brenda ihm auf die Sprünge. »Und Kate kennst du ja.«

»Kate.« Er sah sie wieder an.

Das Kinn ruckte noch ein kleines Stück höher. »Koti. Wie geht's?«

Wieder spürte er den Ellbogen in den Rippen. »Tut mir leid. Das hier ist mein Zimmergenosse Colin Thompson.«

»Freut mich, Sie kennenzulernen.« Colin schenkte den vieren ein strahlendes Lächeln, aber sein Blick blieb an Kate hängen. »Haben Sie was Bestimmtes vor, oder dürfen wir Ihnen einen Drink ausgeben?«

»Oh, das halte ich für keine gute Idee«, sagte Brenda. »Kate ist schon so lange nicht mehr unter Menschen gewesen, es wird Zeit, dass sie ein paar neue Leute kennenlernt.«

»Ich bin neu«, warf Colin ein.

»Nicht neu genug«, teilte Brenda ihm mit. »An Ihnen hängen zu viele Altlasten. Wir müssen dann mal weiter. Bis bald, Jungs.«

Colin und Koti traten beiseite, um die Frauen vorbeizulassen, dann sahen sie ihnen nach, während sie die Straße raufgingen.

»Willst du mir das erklären?«, fragte Colin, sobald er und Koti weitergingen. »Gemeinsame Vergangenheit?«

»Ja«, gab Koti zu.

»Also, wenn es vorbei ist, macht es dir vielleicht nichts aus, wenn du mir ihre Nummer gibst. Ich mag so zierliche Frauen. Sie ist wirklich hübsch.«

Koti warf ihm einen finsteren Blick zu.

»Was?«, fragte Colin. »Du willst sie doch nicht mehr. Aber wenn ich das so sagen darf: Du bist ein verdammter Narr. Allzu begeistert schien sie von dir auch nicht. Ich dachte, du hättest eine bessere Technik. Was hast du getan, per SMS Schluss gemacht?«

»Ich habe nie behauptet, dass ich sie nicht mehr will«, sagte Koti. »Oder dass ich Schluss gemacht hätte. Ich teile sie nicht, also lass die Finger von ihr.«

»Oh, verstehe. *Sie* hat mit *dir* Schluss gemacht.« Colin lachte. »Tut mir leid, Kumpel, das muss ich mir auf der Zunge zergehen lassen. Ich wette, das ist noch nicht oft passiert. Sie sah verärgert aus. Was hast du gemacht? Sie betrogen?«

»Nein, ich bin nicht fremdgegangen«, knurrte Koti. »Hör auf, mich so auszufragen. Wollen wir nun was trinken gehen? Ich dachte, das wäre der Plan.«

Colin sah ihn mitleidig an. »Dich hat's echt schlimm erwischt. Ich schätze, dass wir uns lieber an der Hotelbar bedienen. Ich bin mir nicht sicher, ob du im Moment für was anderes taugst. Kann sein, dass du dich in Schwierigkeiten bringst.«

* * *

In der Bar saßen viele Spieler, die sich noch mal vor dem Match am nächsten Abend entspannen wollten. Ein paar junge Frauen hatten sich zu ihnen gesellt, wie Koti feststellte. Er setzte sich an einen Tisch, trank seinen Softdrink und beobachtete geistesabwesend Colin dabei, wie er sich an eine attraktive Blondine ranmachte.

Kate würde sich mit niemandem abgeben, sagte er sich. Ganz sicher nicht, nicht so bald. Sie wollte sich nur ablenken, mehr nicht. Dennoch war er beunruhigt. Sie hatte viel zu gut ausgesehen. Außerdem war sie so sauer auf ihn, dass sie zu allem fähig war.

»Hallo, Darling.«

Er drehte sich um, als er eine vertraute Hand auf der Schulter spürte, und rutschte weiter, damit Dena sich neben ihn setzen konnte. »Ich dachte mir schon, dass ich dich heute Abend hier sehe«, sagte sie. »Gratuliere, dass du wieder ausgewählt worden bist.«

Er antwortete ihr höflich, aber noch immer zerstreut, und sie rückte ein Stück näher.

»Ich habe gerade noch etwas Interessantes gehört«, schnurrte sie. »Dass du mit jemandem zusammen warst, aber jetzt wieder Single bist. War es die Frau, die mit dir im Mac's war?«

»Ja«, antwortete er unwillig. »Genau die.«

»Mmm, das überrascht mich nicht, muss ich sagen«, sagte sie mit Bedacht, während sie mit einem Finger über ihr Weinglas fuhr, dann mit der Hand über ihr Schlüsselbein strich und sich die schweren roten Haare über die Schulter warf.

Koti beobachtete das Schauspiel mit distanziertem Interesse, aber wenig Enthusiasmus. Er wusste nicht mehr, warum er sie mal attraktiv gefunden hatte. Ihre Gesten waren verführerisch, wirkten aber einstudiert. Dena hatte nichts Spontanes an sich, sie überließ weder ihr Aussehen noch, wie sie sich selbst darstellte, dem Zufall. Dena würde man niemals in einem Schäfchenpyjama erwischen.

»Ich will ja nicht zickig sein«, fuhr sie fort, während sie mit den Wimpern klimperte, »aber sie schien mir nicht dein Typ zu sein. Ich sollte das wissen. Wir hatten eine Menge Spaß zusammen, nicht wahr?«

»Das hatten wir«, stimmte er zu. »Aber das ist schon eine Weile her, Dena.«

Sie schmollte, strich ihm mit der Hand durchs Haar und ließ sie dann an seinem Gesicht ruhen. »Aber was hast du in der Zwischenzeit gemacht? Du hast eine Menge verpasst, würde ich sagen. Die Frau … Wie war ihr Name?«

»Kate.«

»Richtig, Kate«, sagte sie angewidert. »Ich habe nie verstanden, was dich an ihr interessiert hat. Es überrascht mich nicht, dass du sie leid bist. Sie war so klein und dünn, und ich weiß doch, wie sehr du es magst, wenn du etwas zum Festhalten hast.« Sie drückte eine Brust an seine Seite. »Ich fand sie nicht mal besonders hübsch.«

Er stand abrupt auf. »Sorry, aber mein Geschmack hat sich verändert. Ich muss los.«

»Mach dir nichts draus.« Colin setzte sich auf den Stuhl, von dem Koti gerade aufgestanden war. »Er ist gerade nicht ganz bei der Sache. Ich schon. Ich bin Single und zu haben. Und froh, dass du hier bist.«

* * *

Koti öffnete die Tür mit der Schlüsselkarte und ließ sich auf das Hotelbett fallen.

Er musste diese Gedanken vertreiben. Es war klar, dass Kate über ihn hinwegkam. Er musste dasselbe mit ihr tun.

Unruhig wälzte er sich hin und her. Es frustrierte ihn, dass er hier allein war. Er wollte mit jemandem reden. Jemanden anrufen. Kurz entschlossen griff er nach dem Telefon, ließ die Hand aber wieder fallen. Denn die einzige Person, mit der er reden wollte, war Kate.

Te rerenga Wairua

»He, Cousin«, sagte Hemi überrascht, als er sich am Montagnachmittag auf dem Parkplatz der Blues zu Koti stellte. »Was machst du hier?«

»Oh. Äh …« Er suchte nach einem Grund. »Ich wollte nur was holen.«

»Komisch, drinnen habe ich dich gar nicht gesehen«, sagte Hemi. »Dabei war ich gerade dort, um selbst ein paar Papiere zu unterschreiben.«

Er befühlte mit der Hand eine große Delle an der hinteren Stoßstange von Kotis Auto. »Wow, Junge, was ist denn hier passiert? Ganz schöner Kratzer.«

Koti zuckte die Achseln. »Ich bin auf dem Parkplatz vom New World rückwärts rausgefahren, allerdings war ich abgelenkt und bin in jemanden reingekracht, der ebenfalls gerade rausfahren wollte.«

Hemi nickte. »Mir ist aufgefallen, dass du abgelenkt bist. Darum solltest du dich kümmern, es sei denn, du willst das nächste Spiel auf der Bank verbringen.«

Koti überlegte kurz, dem zu widersprechen, aber er wusste, dass Hemi recht hatte. Hemi setzte zu einem Vorschlag an, aber Koti hörte ihm nicht mehr zu. Er hatte Kate entdeckt, die gerade das Gebäude verließ und zu ihrem kleinen Auto ging. Das war seine Chance. »Warte kurz«, sagte er und ließ Hemi mitten im Satz stehen.

»Kate.«

Sie kramte in ihrer Tasche nach ihren Schlüsseln, wirbelte aber beim Klang seiner Stimme rum. »Koti«, sagte sie vorsichtig. »Was willst du? Ich muss los.«

Das fing ja gut an. »Ich muss mit dir reden. Können wir das nicht klären? Willst du mit mir zu Abend essen?«

»Ich weiß nicht, was es da noch zu klären gibt. Was hat sich denn geändert?«

»Ich verstehe einfach nicht, warum wir nicht wenigstens noch Freunde sein können. Ich weiß, dass ich Mist gebaut habe, dass es eine böse Überraschung war. Es tut mir leid, dass ich dir wehgetan habe, aber du hast mir auch wehgetan. Du fehlst mir. Ich will mit dir zusammen sein.«

Er sah, wie die Wut in ihren Augen aufblitzte, hörte, wie sie Luft holte, und dann ging sie auf ihn los. »Du bekommst eben nicht immer, was du willst, hast du noch nicht davon gehört? Nicht mal du, egal, wie toll du bist. Ich hätte nie geglaubt, dass du so selbstsüchtig sein kannst. Ich dachte einfach, dass du nur viel zu lange damit durchgekommen bist, dass du an niemand anderen denken musstest als an dich.«

»Was meinst du damit, dass ich nicht immer bekomme, was ich will?« Auch in ihm stieg die Wut hoch. »Das weiß ich. Darum geht es doch. Deshalb gehe ich doch weg, weil ich nicht habe, was ich will.«

»Und wessen Schuld ist das?«, forderte sie ihn heraus. »Dir wird eben nicht alles auf dem Silbertablett serviert, ob du es nun verdient hast oder nicht. So funktioniert das im Leben nun mal nicht. Und was mich betrifft«, sie reckte das Kinn und sah zu ihm hoch, »ich habe mich in dich verliebt. Deswegen werde ich mich nicht mehr fertigmachen. Ich kann es nicht ändern.

Doch du erwiderst meine Liebe nicht, da habe ich Pech. Aber auch daran kannst du nichts ändern. Wir sind nicht auf demselben Level, das verstehe ich jetzt. Folgendes musst du einsehen: Ich bin keine Puppe, mit der du erst spielst und sie dann weglegst, wenn du fertig bist. Ich habe mehr verdient. Ich bin nicht dumm. Diesem Kummer werde ich mich nicht noch mal aussetzen. Ich habe keine Zeit, die ich mit dir verschwenden will, Koti. Du kannst mir nicht geben, was ich brauche, also werde ich mein Leben ohne dich führen. Irgendwann werde ich einen erwachsenen Mann finden, der die Liebe einer erwachsenen Frau sucht und bereit ist, diese Liebe auch zu erwidern.«

Er trat zurück, als hätte sie ihn geohrfeigt. »Wenn es das ist, was du empfindest, dann schätze ich, hast du recht. Ich kann mir auch jemand anderen suchen. Ich brauche dich nicht.«

Er sah, wie ihr die Tränen in die Augen stiegen, bevor sie in ihrer Tasche kramte, die Schlüssel rauszog und mit Mühe die Autotür öffnete. Sie schlug sie hinter sich zu und fuhr mit abrupten Bewegungen los. Dann war sie fort.

Koti marschierte mit wütendem Gesichtsausdruck zu Hemi zurück. »Hast du das gesehen?«, platzte es aus ihm raus. »Sie will nicht mal mit mir sprechen. Ich hab keine Ahnung, was sie von mir erwartet. Ich habe die ganze Zeit getan, was sie wollte, und jetzt kann sie nicht mal mehr mit mir befreundet sein. Sie redet vielleicht einen Mist.«

»Ist es das, was du für sie empfindest?«, fragte Hemi. »Hast du deshalb einen Wutanfall? Weil du mit ihr befreundet sein willst, sie aber nicht mit dir?«

»Natürlich«, warf er zurück. »Sie ist verrückt. Ständig ändert sie ihre Meinung. Wie soll ein Mann damit umgehen?«

»Ich schätze, du wirst dir eine andere Freundin suchen müssen«, sagte Hemi mit einem Schulterzucken. »Oder nicht. Du hast schon genug Kumpel, soweit ich weiß. Warum brauchst du sie? Warum ist das überhaupt wichtig? Ich habe gehört, dass du für England spielen wirst.«

»Ich habe noch nichts unterschrieben«, murmelte Koti. »Ich will sie einfach nur nicht verlieren.«

»Warum nicht?«, drängte Hemi. »Was ist an ihr so besonders? Hier gibt es genügend Frauen, die liebend gern deine Freundin wären, wenn das alles ist, was du willst.«

»Nicht wie sie«, gestand Koti. »Sie macht mich so wütend, aber ich vermisse sie. Ich will sie sehen, mit ihr reden. Einfach nur mit ihr zusammen sein«, endete er lahm.

»Aber du liebst sie nicht?«

Koti zuckte die Achseln. »Ich hatte in letzter Zeit gedacht, dass wir etwas weitergehen würden. Aber jetzt ist das Gegenteil der Fall, und ich kann es nicht wiedergutmachen.«

»Hm, es hat sich ganz schön geändert, was? Wann war das? Als sie rausgefunden hat, dass du sie verlassen wirst?«

»Ja, aber ich bin doch noch nicht weg. Soll ich ihr etwa sagen, dass ich für immer bei ihr bleiben werde? Was ist so schlimm daran, eine Freundin zu haben, so lange man eben kann?«

Hemi schüttelte den Kopf. »Es ist reine Zeitverschwendung, mit dir zu reden.« Er wandte sich zum Gehen.

»Warte«, rief Koti. »Wenn du mir was zu sagen hast, dann sag es.«

Hemi drehte sich wieder um. »In Ordnung, aber es wird dir nicht gefallen. Letzte Saison wurdest du nicht für die ABs ausgewählt, also hast du an deinen Fähigkeiten gearbeitet und hast es diesmal geschafft. Gut für dich. Aber zur selben Zeit fängst du an, mit Mannschaften im Ausland zu verhandeln. Du willst es dir immer noch leicht machen, statt dir ein Bein auszureißen und der Jury zu zeigen, dass du alles tun wirst, was nötig ist.

Dann ist da noch diese Frau«, fuhr er fort. »Sie liebt dich, das kann jeder sehen, aber du bist nicht mal Manns genug, darüber nachzudenken, wie sich das für sie anfühlt. Du brichst ihr das Herz, und dann verschwindest du einfach ohne sie nach England. Dich interessiert nur, ob sie für dich da ist, wenn dir nach Sex ist oder du dich bei ihr über etwas ausheulen willst. Was soll das?«, knurrte er angewidert.

Koti trat mit erhobenen Händen und vor Wut über die Beleidigung ganz rot im Gesicht einen Schritt auf ihn zu. Hemi wich nicht zurück, sondern starrte ihn an, bis sein fester Blick den jüngeren Mann dazu zwang, wegzusehen.

»Du kannst gern gegen mich ausholen«, fuhr Hemi mit ruhiger Stimme fort. »Wir können uns auf dem Parkplatz prügeln. Vielleicht gewinnst du sogar, spielt keine Rolle, denn ich werde es dir trotzdem sagen: Es wird Zeit, dass du dich entscheidest, ob du ein Junge oder ein Mann bist. Wenn du etwas haben willst, dann reiß dich zusammen und arbeite dafür. Das Talent ist dir angeboren, du bist kräftig und schnell, aber auch gut aussehend und charmant. Du kannst weglaufen, reich werden und der strahlende Star sein. Du kannst alle Frauen haben, die du willst. Aber *mana* hast du nicht. Denn die besten Sachen, die wichtigsten Sachen, sind nicht so leicht zu haben. Du willst die Frau, du willst ein AB sein, dann musst du dich reinknien und die nötigen Opfer bringen. Ansonsten bist du kein Verlust, weder für sie noch für das Team.«

Er schwieg kurz, dann redete er leiser weiter: »*Kaua e mate wheke. Me mate ururoa.* Denk mal drüber nach. Es ist deine Entscheidung.«

Dann ging er und ließ Koti allein auf dem Parkplatz zurück, hochrot und wütend.

* * *

Ich habe keine Zeit, die ich mit dir verschwenden will, Koti. Du kannst mir nicht geben, was ich brauche.

Mana *hast du nicht.*

Die Worte hallten in Kotis Kopf wider, als er in sein Auto stieg und die Tür zuschlug. Ohne nachzudenken, lenkte er den Wagen auf die Fernstraße Richtung Takapuna, nach Hause, rauschte dann allerdings, ohne es zu merken, an der Ausfahrt vorbei.

Nachdem er eine Stunde lang Richtung Norden gefahren war, setzte der Regen ein. Die Winternacht umhüllte das Auto, und die Scheibenwischer gaben ihr Bestes, die Windschutzscheibe freizuhalten, während Wind und Regen zunahmen. Er dachte daran, Musik anzumachen, aber das schien ihm zu viel Mühe. Er war müde, und die anstrengende Fahrt durch die regnerische Finsternis und die Emotionen der vergangenen Woche forderten ihren Tribut.

Als er an Kaitaia vorbeikam, wusste er, dass er an diesem letzten Außenposten anhalten und sich ein Zimmer suchen sollte, doch er tat es nicht, sondern brachte die letzten hundert Kilometer zur Nordspitze der Insel, zum Kap Reinga hinter sich. Das war sein Ziel, hier musste er hin.

Es war nach zweiundzwanzig Uhr, als er auf den verlassenen Parkplatz einbog und steif aus dem Auto stieg. Der Regen hatte aufgehört, aber der Wind wehte noch immer kräftig. Es war eine milde Nacht für diese Jahreszeit und so hoch im Norden, dennoch zitterte er in seiner Trainingsjacke, während er in die Dunkelheit sah, Richtung Meer.

Langsam ging er zu den Klippen, stellte sich dem Wind entgegen, der kräftig landeinwärts wehte, und lauschte den Wellen, die unter ihm gegen die Felsen krachten, wo die Tasmansee auf den Pazifik traf.

Te rerenga wairua, der »Absprungplatz der Geister«. Der Legende nach verließ nach der Beerdigung hier die Seele eines Maori die Welt. Sie reiste durch das Land an diese Stelle, den Hügel des Abschieds, sprang über die Klippe zum uralten

Pōhutukawa-Baum, der an der Spitze des Kaps stand, und rutschte eine Wurzel hinab ins Meer darunter. Dann tauchte sie für einen letzten Blick auf die Heimat auf, bevor sie Manawatawhi erreichte, die größte der Drei-Königs-Inseln. Der finale Atemzug, wenn der Geist zum endgültigen Abschied innehielt, bevor er zu seinen Vorfahren im Jenseits ging.

Mana hast du nicht.

Während er im Wind stand und den Wellen lauschte, die gegen die Felsen schlugen, dachte er schließlich über das nach, was Hemi gesagt hatte. Die Verachtung im Gesicht des Mannes, zu dem er aufgesehen hatte, dem er unbedingt hatte nacheifern wollen, war beinahe schlimmer gewesen als die strengen Worte.

Wenn er sich von Neuseeland verabschiedete, dann würde er all das hinter sich lassen. Würde seine *whānau*, sein Zuhause, sein Geburtsrecht verlassen. Er gehörte hierher wie sonst nirgendwohin. Seine Seele war in den Jahren, die er in England verbracht hatte, nie zur Ruhe gekommen. Das würde sich nicht ändern. Es würde nur noch schlimmer werden.

Denn er wollte ein All Black sein. Das war sein Kindheitstraum, und das Verlangen nach diesem Ziel brannte stärker als je zuvor in ihm. Plötzlich sehnte er sich so heftig danach, das schwarze Trikot und den Silberfarn auf der Brust zu tragen, dass es fast unerträglich war. Er konnte diesen Traum nicht aufgeben. Wenn er sich ändern musste, dann würde er das tun. Er würde alles tun, was nötig war.

Was war mit Kate? Würde er sie gehen lassen? Er hatte den Gedanken beiseitegeschoben, als er daran gedacht hatte, die Angebote der ausländischen Mannschaften in Betracht zu ziehen. Selbst da hatte es sich nicht richtig angefühlt, aber er hatte sich gesagt, dass der Schmerz vorübergehend wäre. In der vergangenen Woche hatte er endlich erkannt, wie sehr es wehtun würde. Wie sehr es bereits wehtat.

Wann war sie ihm so wichtig geworden? Er war sich nicht sicher, es hatte sich langsam an ihn rangeschlichen. Er wusste nur, dass er sich ein Leben ohne sie nicht vorstellen konnte. Er wusste auch, dass es schwieriger werden könnte, als ein All Black zu werden, aber er würde einen Weg finden.

Er spürte, wie ihn die Kraft dieses besonderen *tapu*-Ortes umfing, als er seinen Entschluss fasste. Er konnte das schaffen. Er würde es schaffen.

Kaua e mate wheke. Me mate ururoa.

Stirb nicht wie ein Tintenfisch. Stirb wie ein Hammerhai.

Hemi hatte recht, er würde nicht kampflos aufgeben. Wenn er versagte, wenn er stürzte, so wusste er doch, dass er kämpfend unterging, so wie es jeder Krieger tun sollte. Er würde all seine Kraft und seinen Mut aufbringen, bis zum bitteren Ende.

Er drehte sich um, erfüllt von einer Gewissheit und Entschlossenheit, die er so noch nie empfunden hatte, und kehrte zu seinem Auto zurück. Es war eine ganz schöne Strecke bis zum ersten Hotel an der Straße Richtung Süden. Dort würde er ein paar Stunden schlafen und dann zum Training zurückfahren und von vorne anfangen.

Entschluss

Kate öffnete die Augen. Ein neuer Morgen. Mittwoch, fiel ihr ein. Schwimmtag. Sie blieb etwas länger im Bett liegen, beschloss dann jedoch, lieber aufzustehen und sich dem Tag zu stellen. Allerdings war sie jetzt spät dran, und das Wasser war bestimmt kalt. Und eigentlich war ihr auch gar nicht danach, schwimmen zu gehen. Aber sie würde sich überwinden, wenn auch nicht für lange.

Lustlos machte sie sich Tee und schmierte sich ihr Brot. Dann zog sie sich den Badeanzug an, darüber einen langen Pullover und Shorts, bevor sie ihre Tasche mit dem Neoprenanzug und dem Handtuch nahm, die Schlüssel holte und sich zur Tür wandte.

Im einen Moment schob sie die Tür auf, im nächsten warf sich jemand auf sie, stieß sie zurück und rammte sie gegen die Wand.

Betäubt vom Schlag mit dem Kopf gegen die harte Oberfläche nahm sie kaum wahr, wie sie zu Boden fiel. Wie sich etwas auf sie stürzte und heftig an ihren Haaren zerrte. Sie schrie vor Schmerzen auf, bis ihr Kopf auf den Boden geschlagen wurde. Einmal, zweimal.

Ganz benommen von den Stößen und dem Schmerz sah sie hoch und keuchte erschrocken auf, als sie Paul über sich entdeckte, der noch immer mit einer Hand an ihrem Haar zog und sie mit wahnsinnigem Blick anstarrte. Er sagte etwas. Sie konzentrierte sich. Was sagte er? Was ging hier vor sich?

»Du hast die ganze Zeit einen anderen gevögelt, hab ich recht? Hab ich recht? *Hab ich recht?*«, brüllte er. Sie zuckte zusammen, versuchte, sich aus seinem Griff zu befreien. Er riss heftiger an ihrem Haar, und sie schrie auf.

»Er wird dich nicht bekommen. Ich bring dich um. Ich bring dich vorher um.« Paul keuchte, sein Gesicht war hochrot, und seine Augen traten vor.

Dann legte er die Hände um ihren Hals und drückte zu. Würgte sie. Der Schmerz erfüllte sie, Panik stieg in ihr auf. Es war ihr Albtraum. Keine Luft. Sie bekam keine Luft. Sie musste atmen. Verzweifelt hob sie die Arme, griff nach seinen Händen und versuchte, sie von sich zu ziehen. Ohne Erfolg.

»Wie fühlt sich das an? Tut es weh? So hast du mir wehgetan. Das hast du mir angetan. Du hast mich dazu gezwungen.«

Schmerz und Angst brüllten in ihrem Kopf, eine unerbittliche Flut, die sie überrollte, sie ertränkte. Sie musste von ihm weg. Musste atmen. Sie hob die Hände zu seinem Gesicht, kratzte panisch nach ihm. Dass sie noch immer ihren Schlüssel festhielt, erkannte sie erst, als er zurückzuckte und nach seinem Auge griff.

Lauf, schrie die Stimme in ihrem Kopf. Sie rollte auf die Füße und wollte zur offenen Tür. Fast hatte sie sie erreicht, als sie die Hand an ihrem Arm spürte, die sie zurückriss.

Er heulte jetzt, schrie vor Wut und Schmerz. »Schlampe! Du dämliche Schlampe! Ich bring dich um!«

Er wirbelte sie herum, und sie stieß wieder gegen die Wand. Sie spürte, wie etwas knackte, als sich ihr Arm hinter ihrem Rücken verdrehte, und schrie beim Aufprall und dem plötzlichen Schmerz erneut auf. Wieder stürzte sie zu Boden und riss die Stehlampe mit sich, während er sie mit seinem Körper niederdruckte, dieses Mal mit dem Gesicht nach unten. Er presste sie mit dem Knie im Rücken auf den Boden. Seine Hand auf ihrem Hinterkopf schob sie mit Nase und Mund in den weichen Teppich, erstickte sie, während er weiterhin hinter ihr wütete.

Wieder legte er die Hände um ihren Hals. Sie steckte unter ihm fest. Konnte ihren Kopf nicht bewegen. Konnte sich nicht wehren. Sie war sich vage bewusst, dass er brüllte, während Schmerz und Dunkelheit sie einhüllten. Dann … nichts mehr.

* * *

Koti lief am Strand auf und ab. Kate ging am Mittwoch immer schwimmen. Selbst in der vergangenen Woche hatte er sie im Wasser gesehen. Warum war sie also nicht hier? Hatte sie ihn gesehen und war wieder gegangen? Nein, er hätte sie bemerkt, da war er sich sicher.

Mit jeder Minute wurde er unruhiger. War sie krank? Oder nur unglücklich? Wenn etwas nicht stimmte, musste er für sie da sein. Wenn alles in Ordnung war, dann musste er mit ihr reden. Er musste versuchen, sie davon zu überzeugen, dass er sich geändert hatte, damit sie ihn wieder in ihr Leben ließ. Er konnte nicht länger warten.

Nachdem er seinen Entschluss gefasst hatte, stieg er ins Auto. Das Gefühl, dass etwas nicht stimmte, nagte an ihm, aber als er merkte, dass er zu schnell fuhr, zwang er sich, auf die Geschwindigkeitsbegrenzung runterzubremsen. Es war alles in Ordnung. Sie gönnte sich nur eine Pause, mehr nicht. Er sollte sich darauf konzentrieren, wie er sie davon überzeugen konnte, ihn reinzulassen. Das würde der schwerste Teil werden.

Erleichtert stellte er fest, dass ihr Auto noch immer auf der Straße vor dem Haus parkte. Sie war nicht weggefahren, er würde heute Morgen also mit ihr reden können. Der erste Schritt, um sie zurückzugewinnen.

Aber als er am Haus um die Ecke bog und die Treppe zu ihrer Wohnung rauf sah, stellte er fest, dass ihre Tür offen stand.

Er runzelte die Stirn. Kate war stets vorsichtig. Selbst wenn sie den Müll rausbrachte, hätte sie ihren Schlüssel genommen und die Tür hinter sich abgeschlossen. Er hatte sie deswegen geneckt, aber er wusste, dass diese Vorsichtsmaßnahme aus ihren Erfahrungen mit Paul stammte und eine Angewohnheit war, die sie nur schwer ablegen konnte.

Er zögerte, sah sich nach ihr um und wurde wieder unruhig. Dann hörte er ein Krachen aus der Wohnung über sich und Kates Stimme, die aufschrie. Ihm war nicht mal klar, dass er losrannte, wie er die Stufen raufsprang und durch die Tür stürmte. Er sah sie mit dem Gesicht auf dem Teppich. Sah den Mann, der auf ihr saß, sie nach unten drückte und die Hände um ihren Hals legte.

Koti brüllte vor Wut laut auf, griff nach dem Hemd des Mannes, riss ihn in einer raschen Bewegung von Kate und zerrte ihn auf die Füße. Er schlug ihm zweimal rasch in die Rippen, bis er sich krümmte, und verpasste ihm dann einen Kinnhaken, der ihn von den Füßen riss und bewusstlos zu Boden krachen ließ.

Kate lag noch immer reglos mit dem Gesicht nach unten auf dem Boden. Er konnte es nicht riskieren, dass der Mistkerl zu Bewusstsein kam und sie wieder angriff. Rasch zog er sich den Kapuzenpullover und das T-Shirt aus, rollte den Mann auf den Bauch und band ihm mit dem T-Shirt die Hände, so gut er konnte, auf dem Rücken zusammen. Das musste für den Moment reichen.

Dann kehrte er zu Kate zurück, und sein Atem kam vor Angst in raschen Zügen. Er hockte sich neben sie und drehte sie vorsichtig um. Atmete sie? Er wusste es nicht. Als er nach ihrem

Handgelenk griff, sah er, wie verdreht der Arm war. Schließlich schluckte er seine Angst runter und ging auf ihre andere Seite, um nach ihrem Puls zu fühlen.

Erleichtert spürte er das schwache, aber rasche Pochen. Sie lebte, er war gerade noch rechtzeitig gekommen. Er setzte sich neben sie, stützte den Kopf in die Hände und die Ellbogen auf die Knie und atmete ein paarmal tief durch. Dann nahm er sein Handy und wählte mit zitternden Fingern den Notruf.

* * *

Kate öffnete die Augen und sah Koti neben sich. Sie sah verwirrt zu ihm hoch. Was war passiert? Warum lag sie auf dem Boden, und warum war Koti hier? Ihre Kehle brannte, ihr Hals tat weh und ihr Arm … etwas stimmte nicht damit. Sie versuchte, ihn zu bewegen, um zu sehen, was passiert war, schrie aber vor Schmerz auf.

»Beweg dich nicht«, drängte Koti sie. »Bleib liegen. Hilfe ist unterwegs.«

»Was …«, krächzte sie leise mit heiserer Stimme. »Was?«

»Ich schätze, das war Paul«, sagte Koti und strich ihr das Haar aus dem zerschlagenen Gesicht. Er saß ohne Hemd neben ihr auf dem Boden und hielt ihre heile Hand. »Er hat dich wohl gefunden.«

Kate riss die Augen auf. Als die Erinnerung zu ihr zurückkehrte, überkam sie eine Welle aus Furcht und Sorge. »Wo ist er?«, fragte sie panisch. »Er wird dich umbringen.«

»Nein, er ist k. o. Er wird auch nicht abhauen, und er wird dir nie wieder wehtun.«

»Hast du ihn umgebracht?«

Er schüttelte den Kopf. »Hab ihn bewusstlos geschlagen, mehr nicht.«

Sie schloss die Augen wieder. »Schade.«

»Ich könnte ihn jetzt umbringen, wenn du möchtest«, schlug er vor. »Bevor die Polizei hier ist.«

Sie lächelte schwach. »Nein, bleib bei mir.« Sie schluckte schmerzhaft. »Es tut weh.«

»Ich weiß, Baby. Hilfe ist unterwegs. Sie werden sich um dich kümmern. Halt durch.«

Sie spürte, wie ihr wieder schwindlig wurde, und erneut kroch die Angst in ihr hoch. »Lass mich nicht allein. Lass mich nicht mit ihm allein«, flüsterte sie drängend, und der Schmerz kehrte zurück. »Bleib bei mir.«

»Keine Sorge. Ich bin hier. Ich bleibe bei dir.«

* * *

Wo steckt die Polizei?, fragte Koti sich verzweifelt. Er sah zu Paul rüber. Der Mann regte sich. Es behagte Koti nicht, seine Füße ungebunden zu lassen, aber um ihn fester zu verschnüren oder wieder zu schlagen, was er viel lieber machen wollte, müsste er Kate verlassen.

Beim Klang der Sirenen sah er erleichtert auf. Der Krankenwagen kam zuerst, rasch gefolgt von der Polizei. Zwei Polizisten sahen sich kurz um und näherten sich dann ihm, dem einzigen unverletzten Beteiligten.

»Was ist passiert?«, wollte einer wissen.

Koti erklärte es, so knapp er konnte, während er besorgt zusah, wie Kate auf eine Trage gehoben wurde.

»Ich schätze, Sie haben ihm ein paar Rippen gebrochen«, sagte einer der Sanitäter, der über Paul kniete. »Aber er kommt zu sich.«

»Schade«, murmelte Koti. »Hätte fester zuschlagen sollen. Hören Sie«, sagte er zum Polizisten. »Sie können mich alles fragen, was Sie wollen, aber im Krankenhaus, denn ich werde mit ihr mitkommen.«

»Selbstverständlich«, stimmte der Mann zu. »Wir werden auch sie befragen müssen. Dafür werden wir eine Polizistin mitschicken, damit es leichter für sie ist.«

Kate gab ein verängstigtes Geräusch von sich. »Bleib bei mir«, flehte sie Koti an. »Lass mich nicht allein.«

»Ich bin hier«, versprach er ihr erneut. »Ich bleibe bei dir.«

Als sie allerdings beim Krankenhaus ankamen, stellte er fest, dass die Polizei andere Pläne hatte. Während Kate eilig weggebracht wurde, wurde er in ein Zimmer mit einem Polizisten in Zivilkleidung geführt, der darauf bestand, mit ihm noch mal die Ereignisse des Morgens durchzugehen.

»Sie sind also zu ihrer Wohnung gegangen. Warum?« Der Ausdruck im Gesicht des Mannes wirkte unbeteiligt, sein kühler Blick gelassen.

»Das habe ich dem anderen Polizisten schon gesagt«, erwiderte Koti unruhig. »Sie geht mittwochs immer schwimmen. Ich wollte mich mit ihr treffen, aber sie ist nicht aufgetaucht.«

»Wollten Sie schwimmen gehen?«, fragte der Beamte.

»Nein, ich wollte mit ihr reden.«

»Über was?«

»Wir mussten da etwas klären«, antwortete Koti. Was spielte das für eine Rolle?

»Weil Sie sich gestritten hatten?«, fragte der Mann.

»Ja, wir haben uns gestritten. Wie mittlerweile jeder weiß.«

»Dann sind Sie zu ihrer Wohnung gefahren, aber dort war jemand anderes bei ihr.«

»Ja. Wie ich schon gesagt habe.« Koti verlor die Geduld. Was sollte das alles? »Ich habe sie schreien gehört, sah, dass die Tür offen stand, und bin reingerannt. Der Mistkerl kniete auf ihr und war dabei, sie zu erwürgen.«

»Vielleicht ja auch nicht«, überlegte der Beamte. »Vielleicht sind Sie dort angekommen und haben sie mit einem anderen erwischt. Da würde jeder Mann rotsehen. Was haben Sie dann gemacht?«

Koti starrte ihn an. »Was? Was wollen Sie damit sagen? Dass *ich* sie gewürgt habe?«

»Sie waren wütend. Sie hatte mit Ihnen Schluss gemacht, und dann haben Sie sie mit einem anderen Mann gesehen. Das muss ein ganz schöner Schock gewesen sein. Also haben Sie reagiert. Sie haben ihn geschlagen und sind dann auf sie losgegangen. Sie wollten sie vielleicht nicht würgen, sondern nur schütteln.«

»Das ist doch Blödsinn.« Koti stand auf. »Wir sind hier fertig. Ich habe Ihnen gesagt, was ich gesehen und was ich getan habe. Fragen Sie sie, was passiert ist. Sie wird Ihnen dasselbe erzählen.«

»Das werden wir«, sagte der Beamte ernst. »Aber ich muss Sie darum bitten, im Wartezimmer zu bleiben, während wir das machen. Verlassen Sie nicht das Gebäude.«

»Keine Sorge«, sagte Koti ihm angewidert. »Ich gehe nirgendwo hin.«

Stunden später saß er noch immer im Wartezimmer und starrte auf den Boden. Er rief sich zum hundertsten Mal ins Gedächtnis, dass Kate bei Bewusstsein gewesen war und geredet hatte. Das musste ein gutes Zeichen sein. Aber seitdem war niemand willens oder in der Lage gewesen, ihm zu sagen, wie es ihr ging. Als er sah, wie der Beamte wieder auf ihn zukam, sprang er auf und versuchte, im Gesicht des Mannes zu lesen.

»Wir haben alles geklärt«, sagte der Beamte noch immer ernst. »Sie können gehen.«

Koti starrte ihn ungläubig an. »Ich gehe nirgendwo hin, außer um nach Kate zu sehen. Ich dachte, das hätte ich deutlich gemacht. Genau das werde ich jetzt auch machen. Wo ist sie? Wie geht es ihr?«

Erleichterung ließ ihn beinahe zusammenbrechen, als er endlich ihr Zimmer betrat und sie äußerst lebendig sah. Sie versuchte, aus dem Bett zu klettern, aber eine strenge Krankenschwester hielt sie zurück. Sie weinte.

Er ließ sich auf den Stuhl neben dem Bett fallen und nahm ihre Hand. »Ganz ruhig, Baby. Ganz ruhig. Alles ist gut. Alles wird wieder gut.«

Sie drehte sich zu ihm und weinte noch heftiger. »Du bist hier. Ich dachte, sie hätten dich verhaftet. Sie haben mir so viele Fragen gestellt. Sie dachten, du hättest das getan. Ich hatte solche Angst.«

»Schon gut.« Er nahm ein Taschentuch und tupfte ihr sanft die Tränen ab. »Ich bin hier. Mich haben sie auch befragt. Haben mich ganz schön auf die Palme gebracht. Ich schätze, sie wollten alles überprüfen. Aber unsere Geschichten werden übereinstimmen, und es muss eindeutig genug gewesen sein, sobald ihnen das klar war. Alles ist wieder gut.«

»Aber Paul ist hier.« Sie umklammerte seine Hand fester, und ihre noch immer heisere Stimme klang panisch. »Hier im Krankenhaus. Sie haben ihn eingewiesen, das haben sie mir erzählt. Ich weiß nicht, wo.«

»Ist nicht wichtig«, sagte er ihr nachdrücklich, während er seine eigene Wut für den Augenblick beiseite drängte. Sie brauchte ihn jetzt. »Denn ich bin auch hier. Ich werde dich nicht allein lassen.«

»Versprich es mir. Versprich es«, flehte sie. »Ich hab solche Angst.«

»Himmel.« Er zog die Schuhe aus und kletterte zu ihr ins Bett, dann warf er der Krankenschwester einen herausfordernden Blick zu, während er einen Arm um Kate legte und sie an sich drückte.

»Ich habe keine Einwände«, versicherte die Schwester ihm, sobald sie sah, wie Kate sich bei Kotis tröstender Stimme und

Berührung beruhigte. »Ich schätze, Sie sind eine gute Medizin. Klingeln Sie nach mir, wenn Sie mich brauchen.«

Kate schmiegte sich an Koti und hatte sich endlich beruhigt, als sie eilige Schritte auf dem Flur hörten, die Hannah und Drew ankündigten.

»Oh, Liebes.« Hannah durchquerte das Zimmer. »Es tut mir so leid. Wir sind so schnell gekommen, wie wir nur konnten, nachdem wir Kotis Nachricht erhalten haben. Was ist passiert? Oh, dein armes Gesicht.«

Koti beschrieb die Ereignisse so kurz wie möglich, denn er wollte Kate nicht mit den Einzelheiten aufregen.

»Wie schrecklich«, sagte Hannah erschrocken. »Oh, Koti, ich bin so froh, dass du da warst.«

Er nickte. »Jetzt, da ihr bei ihr seid, kann ich Kates Eltern anrufen und ihnen sagen, was passiert ist.«

Er gab Kate einen sanften Kuss und verließ das Bett. Dann sah er zu Drew und zeigte mit dem Kopf zur Tür. Der Mann nickte und folgte ihm den Flur entlang außer Hörweite des Zimmers. Koti blieb stehen und drehte sich zu ihm um.

»Ich wollte das nicht vor Kate sagen, aber ich wollte dich darum bitten, sie im Auge zu behalten. Sie hat eine Gehirnerschütterung und einen gebrochenen Arm, aber das ist nicht der Grund, warum sie sie hier behalten. Es ist ihr Hals. Er ist schwer verletzt, aber sie können nicht genau sagen, wie schwer. Wenn sie Schwierigkeiten beim Atmen hat oder sich über eine Schwellung im Hals beklagt, dann ruf sofort eine Krankenschwester.«

Drew nickte. »Das werde ich Hannah auch gleich sagen.«

»Noch etwas: Der Mistkerl ist auch hier im Krankenhaus. Sie sagen, er würde von der Polizei bewacht werden, aber wie vorsichtig werden sie sein? Er ist nicht besonders groß und sieht nicht gefährlich aus. Aber ich habe ihn gesehen, er ist völlig Amok gelaufen. Hat versucht, sie umzubringen. Ich bin mir sicher, er würde es wieder versuchen, wenn er die Gelegenheit dazu bekommt. Er hätte es fast geschafft.« Koti lehnte sich gegen die Wand und rieb sich bei dem Gedanken daran aufgebracht mit den Händen über die Oberschenkel. »Wenn ich nur eine Minute zu spät gewesen wäre … Ich dachte, sie wäre tot. Dachte, ich wäre zu spät.«

»Das ist aber doch genau der Punkt«, sagte Drew ruhig. »Du bist nicht zu spät gewesen.«

»Aber es ist meine Schuld«, fuhr Koti elend fort. »Ich bin schuld daran, dass er wusste, wo sie ist, dass dieser Artikel in der Zeitung war und dann im Internet, wo er ihn finden konnte. So hat er sie aufgespürt. Es war auch meine Schuld, dass sie an jenem Morgen alleine zu Hause war.«

»Aber sie war nicht alleine«, widersprach Drew. »Mir ist zwar immer noch nicht klar, warum du da warst, aber du warst es.« Er legte Koti tröstend eine Hand auf die Schulter. »Du hast sie gerettet, Kumpel. Es ist vorbei.«

»Der schlimmste Morgen meines Lebens«, sagte Koti. »Dieser Augenblick. Dann das Warten, ohne jegliche Informationen. Ich schätze, ich weiß jetzt, wie du dich gefühlt hast, als du in der Nacht, in der Jack zur Welt kam, versucht hast, zurückzukommen, ohne die geringste Ahnung, was du vorfinden würdest, wenn du ankommst.«

»Stimmt, willkommen im Club. Für diese Mitgliedschaft steht niemand Schlange«, stimmte Drew zu. »Aber ich werde mich für den Gefallen revanchieren, den du mir getan hast, und auf sie aufpassen. Er muss erst mal an mir vorbei.«

»Eins noch«, sagte Koti. »Ich werde heute Abend nicht nach Argentinien fliegen. Ich werde natürlich Pete noch anrufen, aber ich wollte es dir sagen. Tut mir leid, wenn ich das Team enttäusche, aber ich lasse sie nicht allein, bis ihre Eltern hier sind. Bis sie nicht mehr in Gefahr ist und dieser Mistkerl verhaftet ist.«

Drew nickte. »Natürlich. Ich bin mir nicht sicher, wie das passiert ist, aber allem Anschein nach liegen deine Prioritäten endlich richtig. Geh schon, erledige deine Anrufe. Lass dir Zeit, Hannah und ich passen auf Kate auf, während du weg bist. Und, Kumpel«, fügte er hinzu. »Geh frühstücken. Du siehst ganz schön mitgenommen aus.«

Koti lachte zittrig. »Das stimmt. Meinst du, Kaffee wird helfen?«

»Schaden kann er nicht.«

* * *

Koti stellte erleichtert fest, dass Kate ruhiger und gelassener wirkte, als er in ihr Zimmer zurückkehrte. »Ich habe deine Eltern angerufen«, sagte er ihr. »Sie kommen, so schnell sie können, her. Außerdem habe ich dir eine Zahnbürste geholt. Ich weiß ja, wie wichtig dir Zahnhygiene ist.«

Hannah lächelte, dann stand sie auf und gab Kate einen Abschiedskuss. »Wir gehen dann mal, da du offensichtlich in guten Händen bist. Ich ruf dich morgen an, sobald du wieder zu Hause bist. Pass auf sie auf, Koti.« Hannah umarmte ihn. »Ich bin so dankbar, dass du da warst.«

Drew schüttelte Koti die Hand und klopfte ihm auf die Schulter. »Gut gemacht, Kumpel. Bis nächste Woche.« Er ging auf die Tür zu, drehte sich noch mal um und fügte mit einem Lächeln hinzu: »Übrigens: Dein Training gehört besser auch zu diesen neuen Prioritäten, sobald Kate wieder auf den Beinen ist. Wir brauchen dich.«

* * *

»Ich bin so müde, ich will einfach nur schlafen«, sagte Kate, sobald sie Koti wieder an ihrer Seite spürte. »Aber ich muss wissen, warum du da warst. Ich verstehe es nicht. Ich sollte dir sagen, dass du mich in Ruhe lassen sollst, aber ich will dich hier bei mir haben.«

Er drückte ihre Hand. »Ich will hier bei dir sein. Ich will mit dir zusammen sein. Das wollte ich dir heute Morgen sagen. Ich habe am Strand auf dich gewartet, aber als du nicht gekommen bist, wusste ich, dass etwas nicht stimmt. Also musste ich nach dir sehen.«

»Zum Glück hast du das getan. Das war wirklich knapp.«

»Zu knapp«, stimmte er zu. »Aber jetzt ist es vorbei.«

»Ist es das? Ich hoffe, dass er diesmal ins Gefängnis kommt. Aber er wird nicht für immer dortbleiben. Was, wenn er wieder rauskommt?«

»Er wird zur Persona non grata erklärt und in die Staaten abgeschoben. Er wird nie wieder nach En Zed reingelassen, das kann ich dir versprechen.«

»Aber ich werde dann nicht mehr hier sein«, warf sie ein. »Wie soll mir das helfen?«

»Ich hoffe, dass du dann noch hier bist. Hier oder da, wo ich bin. Auch das wollte ich dir sagen. Ich weiß, dass ich der größte Idiot der Welt war. Ich habe erst jetzt erkannt, was ich für dich empfinde. Aber jetzt weiß ich es. Ich gehe nirgendwo hin, ohne mit dir darüber zu reden und alles durchzusprechen. Von jetzt an werde ich alles geben, darauf kannst du dich verlassen. Auf dem Feld und bei dir. Ich muss dich also fragen: Bist du bereit, es noch mal zu versuchen? Mir noch eine Chance zu geben?«

Sie sah ihn durchdringend an. »Ja«, sagte sie schließlich. »Das bin ich. Denn ich habe dich so sehr vermisst. Ich wusste auch nicht, wie viel du mir bedeutest, bis du nicht mehr da warst. Bist du wirklich deshalb zurückgekommen, um mir das zu sagen?«

»Ja.« Erleichterung überkam ihn, während er sie hielt. »Oh, und um dir das hier zu geben.« Er kramte in seiner Tasche und holte einen kleinen Beutel aus Leinen raus. »Das habe ich gestern nach dem Training für dich gekauft. Ich musste in drei Geschäfte, um zu finden, was ich wollte.«

»Du wirst es aber für mich aufmachen müssen«, sagte sie. »Ich habe nur eine Hand.«

Er öffnete vorsichtig den kleinen Beutel und holte einen Knochenanhänger mit gewundenem Design hervor, an dessen gebogenem Rand die eingelegten Schalen der Paua-Schnecke glänzten.

»Das ist wunderschön«, hauchte sie. »Was bedeutet es?«

»Das kommt darauf an, von welcher Ebene du redest. Es ist ein Unendlichkeitssymbol. Es bedeutet, dass es zwischen uns ein Band gibt, ganz gleich, wie weit wir voneinander entfernt sind, und dass sich unsere Pfade wieder kreuzen werden. So kannst du es betrachten, wenn ich weg bin, und dann weißt du, dass ich an dich denke und dass ich immer zu dir zurückkommen werde. Hier ist auch ein *koru*, siehst du? Diese Krümmung hier, die steht für Neubeginn, dafür, von vorne anzufangen, weißt du noch? Das schien mir genau richtig. Auf der anderen Ebene«, sagte er ihr ernst, »bedeutet es: *E ipo, e iti noa ana, na te aroha.*«

Er schob ihr Haar nach hinten und berührte mit dem Handrücken sanft ihre Wange. »Meine Süße, auch wenn mein Geschenk klein ist, so steckt darin doch meine ganze Liebe. Ich schätze, dass das nicht das Letzte war, was ich dir schenken werde, aber ich dachte, wir könnten damit anfangen.«

»Es ist wunderschön«, wiederholte sie, während ihr die Tränen kamen. »Ich weiß nicht, was ich dazu sagen soll. Und dann weine ich auch noch. Tut mir leid. Kannst du es mir jetzt umlegen?«, fragte sie, während sie sich die Tränen wegwischte. »Ich will es tragen.«

Er hob den Anhänger am schwarzen Lederband sanft über ihren Kopf und legte ihn vorsichtig um ihren verletzten Hals.

»Wie sieht es aus?«, fragte sie.

»Wunderschön. Richtig.«

»Aber, oh, Koti«, fiel ihr wieder ein. »Hannah hat mir geholfen, mich etwas herzurichten, und ich weiß, wie ich aussehe. Wie kannst du meinen Anblick nur ertragen? Ich bin …«

»Übel zugerichtet«, stimmte er zu, beugte sich vor und gab ihr einen sanften Kuss auf die Stirn. »Ja, das bist du. Jedes Mal, wenn ich dich ansehe, wünsche ich mir, ich hätte bei dem Mistkerl noch ein paar Mal zugeschlagen. Gib dem Ganzen eine Woche, dann bist du wieder so schön wie sonst auch. Aber es spielt keine Rolle, denn ich habe mich nicht in dein hübsches Gesicht verliebt. Nicht mal in deinen hübschen Körper. Ich liebe den Menschen, der du bist. Dein Kriegerherz und das Leben, das aus dir leuchtet, wenn du lächelst. Die Art, wie du bei allem, was du tust, alles gibst, was du hast. Ich liebe die wundervolle Person, die du bist, innen wie außen. Durch und durch.«

»Oh. Das ist … oh. Wirklich?«

Er nickte und drückte ihre Hand. »Ganz und gar.«

Sie spürte, wie ihr wieder die Tränen kamen und ihr über die Wangen liefen. Dann schniefte sie. »Taschentuch, bitte.«

Er lächelte, gab ihr ein Taschentuch aus der Packung und sah zu, wie sie sich die Nase putzte und die feuchten Augen betupfte.

»Also«, sagte sie und setzte trotz der Kopfschmerzen ein großes, albernes Lächeln auf. »Also, dito.«

Er starrte sie an. »*Dito?* Das ist alles? Was Besseres fällt dir nicht ein? Das sehe ich anders. Ich muss es auch von dir hören, dann kannst du schlafen.«

»Also gut.« Sie sah ihn voller Liebe an. Heute hätte sie beinahe alles verloren. Ihr Leben hätte enden können, aber stattdessen hatte sie etwas Wertvolles gewonnen. Etwas, das sie bereits verloren geglaubt hatte.

Ihr schwoll das Herz, während sie sagte: »Also gut. Ich kann nicht so gut reden wie du, aber ich sage es dir: Ich habe mich nicht in dein hübsches Gesicht verliebt. Nicht mal in deinen hübschen Körper.« Sie lächelte wieder, als er eine Grimasse schnitt, dann sah sie ihm in die Augen und sprach direkt aus ihrem überfließenden Herzen: »Ich liebe dich auch. Liebe durch und durch die wundervolle Person, die du bist, innen wie außen. Jede wundervolle Zelle, die dich ausmacht.«

Epilog

Kate war voll und ganz in ihre Arbeit vertieft und konzentrierte sich auf den Finanzbericht, den sie vorbereitete, als ihr nach und nach bewusst wurde, dass das übliche geschäftige Treiben im Büro verstummt war. Sie sah von ihrem Computer hoch und drehte sich zur Tür. Und starrte.

Koti schritt wie immer durch den Raum. Er sah sich allerdings nicht um, grüßte die anderen Frauen nicht mit seinem üblichen Grinsen. Er hatte nur Augen für sie.

Das war jedoch nicht das, was so anders war. Es war der Kapuzenpullover.

Pink. *Grellpink.* Mit … Sie blinzelte. Warum glitzerte er? Waren das *Pailletten*?

Er ging weiter, ohne den Blick von ihr zu nehmen, aber auch, ohne zu lächeln. Schließlich blieb er vor ihrem Schreibtisch stehen und schaute zu ihr runter, wo sie wie erstarrt sitzen blieb.

»Warum?«, fragte sie schließlich.

»Ich bin hier, um dir zu sagen, dass ich verloren habe«, erklärte er.

»Du hast verloren. Was? Die Wette? Ich dachte, die hätten wir beide vor Monaten verloren.«

»Nein, du hast gewonnen, denn ich kann nicht länger mit dir befreundet sein. Ich will auch nicht mehr nur dein Liebhaber sein. Ich brauche mehr, und jetzt habe ich auch etwas zu bieten. In den Novemberspielen in Europa spiele ich von Anfang an für die All Blacks. Ein Ziel habe ich erreicht. Es wird Zeit, dass ich das andere erreiche. Dass ich mich zusammenreiße und darum bitte.«

»Oh, Koti«, sagte sie. Dann stand sie auf, legte die Hände auf seine pink verhüllten Unterarme und schaute ihm in die Augen. »Du hattest immer schon etwas zu bieten. Weißt du das denn nicht?«

»Was soll das heißen? Was für eine Antwort ist das denn?«, fragte er, und ein beunruhigter Ausdruck schlich sich in seinen Blick.

»Keine Ahnung. Wie war die Frage? Warum trägst du einen pinkfarbenen Pullover, um sie zu stellen?« Sie lachte, obwohl sie spürte, wie ihr die Tränen kamen.

»Weil ich will, dass du weißt, dass ich hier alles riskiere. Sieg oder Niederlage. Keine Schande. Ich gehöre ganz dir und werde immer dir gehören. Ich liebe dich und will mein Leben mit dir verbringen. Ich will Kinder mit dir haben und sehen, wie sie aufwachsen. Ich will alt mit dir werden. Wenn ich sterbe, will ich, dass du meine Hand hältst.« Er atmete tief durch. »Also, meine Frage lautet: Wirst du hier bei mir bleiben? Wirst du meine Frau werden?«

»Ja«, sagte sie einfach, und Tränen strömten ihr über das Gesicht. »Natürlich werde ich das. Denn ich liebe dich auch. Du bist wundervoll.«

Er legte die Arme um sie, hob sie von den Füßen und küsste sie. Schließlich legte sie die Arme um seine Schultern, spürte die Pailletten des albernen, pinken Kapuzenpullovers unter den Händen und erwiderte den Kuss, während der ganze Raum Beifall klatschte.

Als er sie endlich wieder absetzte, klang seine Stimme nicht mehr so gelassen. »Das hatte ich gehofft, war mir aber nicht sicher, weshalb ich erst mal an deinem Schutzwall vorbei musste.«

»Aber Koti«, sagte sie und wischte sich mit einer Handvoll Pink die Augen trocken. »Ich habe doch auch verloren, ist dir das nicht klar? Ich habe gerade vor dem ganzen Büro gesagt, dass du wundervoll bist. Außerdem habe ich dich geküsst. Ich fürchte, wir haben beide verloren. Was für ein Paar.«

»Schätze, dass wir auch beide gewonnen haben«, erwiderte er lachend, während er sie weiterhin fest an sich drückte. »Du machst besser Schluss, denn ich werde dich jetzt mitnehmen, und wir werden gemeinsam einen Ring kaufen. Ich habe mich nicht getraut, ohne dich einen zu besorgen.«

»Das ist gut, denn ich will ihn mit dir aussuchen. Aber unter einer Bedingung.«

»O nein«, stöhnte er. »Ich sehe schon, dass ich ein neues Poster vermarkten muss, um mir das leisten zu können. Oder in Unterwäsche posieren.«

»Nein, das hier kostet nichts«, versicherte sie ihm. Sie drückte ihn auf den Stuhl, griff den Saum des pinken Pullovers, zog ihn ihm über den Kopf und stopfte ihn in den Papierkorb.

»Es ist fast Sommer«, sagte sie. »In diesem grässlichen Ding nehme ich dich nirgendwohin mit. Wenn wir die Straße entlanggehen, kann dich jeder anstarren, so viel er will. Ich werde sie alle mit finsteren Blicken bedenken, denn du gehörst jetzt mir.«

»Das stimmt«, erklärte er mit strahlendem Lächeln. »Von jetzt an wirst du meine Tugend verteidigen.«

»Von jetzt an«, stimmte sie liebevoll zu, »werde ich genau das tun.«

Glossar

Zur Aussprache der Maori-Ausdrücke:

- Die Betonung liegt normalerweise auf der ersten Silbe.
- Alle Vokale werden einzeln ausgesprochen, nicht zusammengezogen.
- Alle Vokale sind kurz. Nur Vokale mit einem Makron, dem Strich über dem Vokal (wie in ›ā‹), werden verlängert. Das ›u‹ wird auch verlängert und liegt in der Aussprache zwischen ›u‹ und ›ü‹.
- Die Buchstabenfolge ›wh‹ wird wie ›f‹ ausgesprochen.

ABs: All Blacks.

All Blacks: neuseeländische Rugby-Union-Nationalmannschaft.

aotearoa: Maori-Bezeichnung für Neuseeland, bedeutet ›Land der langen, weißen Wolke‹.

Außendreiviertel (englisch *wing*): Position im Rugby Union. Der linke (Nummer 11) und rechte Außendreiviertel (Nummer 14) sind die Spieler in der Hintermannschaft, die mit dem Ball in Richtung Mallinie rennen, um einen Versuch zu erzielen, sobald die anderen Spieler genug Raum gewonnen haben. Außendreiviertel sind daher oft sehr schnell und wendig.

Aussie: Australien, wird ›Ossie‹ ausgesprochen. Auch ein Australier kann als *Aussie* bezeichnet werden.

Bank (englisch *bench*): bezeichnet in Neuseeland auch Arbeitsflächen wie den Küchentresen.

Blues: Aucklands Rugby-Union-Mannschaft, die in der internationalen Super-Rugby-Liga spielt.

Brumbies: die Rugby-Union-Mannschaft aus der australischen Hauptstadt Canberra.

En Zed: kurz für New Zealand. So bezeichnen Neuseeländer ihre Heimat. Im Deutschen wird es in etwa wie ›En Sed‹ ausgesprochen.

Flügelstürmer (englisch *blindside/openside flanker*): linker und rechter Flügelstürmer. Positionen im Rugby Union. Sind die flexibelsten Spieler und müssen als Allrounder schnell und stark sein, das Tackling sowie das Passspiel beherrschen. Während des Angeordneten Gedränges spielen sie ebenfalls eine wichtige Rolle. Der linke Flügelstürmer trägt die Nummer 6, der rechte die Nummer 7.

Gedränge (englisch *scrum*): Eigentlich wird hiermit nur ein Angeordnetes Gedränge bezeichnet, nämlich die Standardsituation im Rugby Union, wenn nach einem kleinen Foul (z. B. wenn der Ball nach vorne geworfen statt nach hinten gepasst wird) das Spiel wieder neu gestartet wird. Hierbei ordnen sich die Stürmer beider Mannschaften zu einem Pulk an, die Mannschaft, die den Regelverstoß nicht begangen hat, wirft (in den Pulk) ein, und beide Mannschaften versuchen dann, den Ballbesitz für sich zu entscheiden. Im Vergleich dazu gibt es im Rugby Union noch das Offene Gedränge (Ruck), das Teil des offenen Spiels ist.

Gedrängehalb (englisch *scrum-half* oder *halfback*): Verbindungsspieler zwischen Vorder- und Hintermannschaft. Ist recht klein, reaktionsschnell und ballsicher. Bildet meist die erste Verteidigungslinie und steht hinter dem Gedränge, um den Ball aus der Gefahrenzone rauszubringen. Darf bei der Gasse (Einwurf) weiter vorne stehen und erobert den Ball zurück, wenn er zu Boden fällt.

Glühwürmchen (Arachnocampa luminosa): eigentlich eine Art Pilzmücke, die nur in Neuseeland heimisch ist und u. a. in feuchten Höhlen vorkommt.

Graben (englisch *the Ditch*): So bezeichnen Neuseeländer und Australier die Tasmansee, die Wasserfläche zwischen Australien und Neuseeland.

haere mai: Maori-Begrüßung, Herzlich willkommen!

haka: ritueller Maori-Tanz. Begrüßung wie auch Kampfansage zur Einschüchterung von Gegnern vor einer kriegerischen Auseinandersetzung. Die All Blacks führen vor jedem Länderspiel den haka auf.

hapū: Unter-Stamm eines iwi.

hei toki: Schmuck in der Form eines Maori-Werkzeugs zur Holzbearbeitung, steht für Kraft, Autorität, guten Charakter.

Highlanders: die Rugby-Union-Mannschaft aus der neuseeländischen Stadt Dunedin.

Hintermannschaft (englisch *backs*): Rugbyspieler, die nicht am Ruck oder am Paket beteiligt sind. Ihre Aufgabe ist es, den von den Stürmern eroberten Ball aufzunehmen, mit dem Ball zu laufen, den Ball zu passen und zu kicken. Spieler der Hintermannschaft erzielen dann mit diesen Spielzügen meist die Punkte. Die Hintermannschaft ist nicht zu verwechseln mit beispielsweise Defensivspielern im American Football, da beim Rugby Hintermannschaft und Stürmer sowohl Defensiv- als auch Offensivaufgaben übernehmen. Spieler der Hintermannschaft sind im Allgemeinen schneller, wendiger, schlanker und weniger muskulös als Stürmer.

iwi: Stamm auf Maori.

Jury (engl. *selectors*): Gruppe von drei (u. a. der Coach), die jede Saison die Spieler für die All Blacks auswählen.

Kiwi: Eigenbezeichnung der Neuseeländer und Bezeichnung für alles Neuseeländische. Nach dem Vogel, nicht der Frucht. Letztere wird immer Kiwifrucht genannt.

koru: (Maori) Spiralförmiger Kringel, der auf einem sich entfaltenden Blatt des Silberfarns basiert. Ein ikonisches neuseeländisches Symbol für Hoffnung, einen neuen Anfang, den Beginn eines neuen Lebens. In stilisierter Form ist es auch das Logo von Air New Zealand.

kūmara: Maori für die heimische Süßkartoffelart.

Malfeld: Das Tor im Rugby besteht aus den sogenannten Malstangen, die H-förmig angeordnet sind. Die Malstangen stehen hinter einer Linie, der sogenannten Mallinie, und der Bereich des Spielfelds hinter dieser Linie nennt sich Malfeld.

mana: Eigentlich mit Macht zu übersetzen, beschreibt dieser polynesische Ausdruck aber mehr eine Art spiritueller Energie. Ein Mensch mit einem bedeutenden mana zeichnet sich durch Autorität, Integrität, Selbstvertrauen und besondere Fähigkeiten aus und genießt dementsprechend hohes Ansehen und Macht.

Maori: Eigentlich Māori, aber mittlerweile hat sich im Englischen wie im Deutschen Maori durchgesetzt. Indigene Einwohner Neuseelands. Die Maori (auch im Plural ohne s) haben von Ost-Polynesien aus ungefähr im dreizehnten Jahrhundert Neuseeland besiedelt.

marae: Zeremonialstätte der pazifischen Kulturen. In Neuseeland gewöhnlich ein umgrenzter unbebauter Bereich vor dem Versammlungshaus (wharenui). Die meisten Stämme, Unterstämme oder sonstigen Maori-Gemeinschaften haben heutzutage ihre eigenen marae.

New World: neuseeländische Supermarkt-Kette.

Offenes Gedränge: siehe Ruck.

pākehā: Nicht-Maori, Neuseeländer mit europäischen Vorfahren (statt mit polynesischen Vorfahren), ursprünglich Maori-Bezeichnung für Fremder.

Paua: eine Schnecke aus der Gattung der Seeohren.

Pōhutukawa-Baum (Metrosideros excelsa, auch: New Zealand Christmas Tree (Neuseeländischer Weihnachtsbaum)): blüht zwischen Dezember und Januar rot und erhielt daher den Namen ›Weihnachtsbaum‹. In der Mythologie der Maori werden viele Legenden mit dem Pōhutukawa verbunden, z. B. reisen die Geister der Toten auf dem Weg nach Hawaiki durch einen alten Pōhutukawa, der am Kap Reinga steht.

pounamu: Im neuseeländischen Englisch auch als Greenstone bekannt, bezeichnet pounamu die nur auf der Südinsel Neuseelands vorkommende Nephrit-Jade. Pounamu hat für Maori eine ganz besondere Bedeutung, und Schmuck aus Nephrit-Jade ist bei den Neuseeländern sehr beliebt. In Souvenirläden werden allerdings häufig billigere Nachahmungen aus asiatischer Jade verkauft.

Ruck: englische Bezeichnung für Offenes Gedränge, wobei um den Ball gekämpft wird, nachdem der Ballträger durch ein Tackling zu Boden gebracht wurde. Bleiben beide Spieler auf den Beinen, bilden die beiden Spieler und weitere Mitspieler ein sogenanntes Paket.

Rugby-Meisterschaft (englisch *Rugby Championship*): jährlich stattfindendes Turnier mit den vier besten Rugby-Union-Nationalmannschaften der südlichen Hemisphäre: Argentinien, Australien, Südafrika und Neuseeland. (Hieß bis 2011 noch *Tri Nations*, da Argentinien erst seit 2012 dabei ist.)

Rugby Union: Es gibt verschiedene Rugbyversionen. Rugby Union ist eine Variante mit fünfzehn Spielern. Es gibt zum Beispiel auch noch Rugby League (13er-Rugby) oder 7er-Rugby.

Safa: Abkürzung für Südafrika.

Strafkick (englisch *penalty kick*): Nach einem schweren Foul der gegnerischen Mannschaft darf ein Spieler der Mannschaft, die nicht den Regelverstoß begangen hat, von einem bestimmten Punkt aus auf die Malstangen kicken.

Stürmer (englisch *forwards*): sind am Offenen Gedränge und am Paket beteiligt. Ihre Hauptaufgabe ist die Ballsicherung, oft aus Standardsituationen wie dem Angeordneten Gedränge und der Gasse. Im Allgemeinen stärker und muskulöser als Spieler der Hintermannschaft. Erste-Reihe-Stürmer: Nummern 1-3 (die beiden Pfeiler und der Hakler), Zweite-Reihe-Stürmer: Nummern 4 und 5 (die beiden Locks). Man nennt diese fünf auch die *Tight Five*. Nummern 6 und 7 (der linke und der rechte Flügelstürmer) drängen am Rande. Sie sind freier beweglich und werden deshalb auch *Loose Forwards* oder *Loosies* genannt.

Super Rugby: Rugby-Union-Meisterschaft mit derzeit fünfzehn Franchise-Mannschaften der südlichen Hemisphäre (jeweils fünf aus Neuseeland, Australien und Südafrika).

Tackling: im Deutschen auch Tiefhalten. Eine Spieltechnik im Rugby, um den gegnerischen Spieler aufzuhalten und damit vom Raumgewinn abzuhalten. Geht der Ballträger dabei zu Boden, muss er den Ball loslassen, und es gibt als Nächstes ein Ruck (auch Offenes Gedränge genannt), bleiben beide Spieler auf den Beinen, gibt es ein Paket.

tall poppy: zu Deutsch wortwörtlich hochgewachsene Mohnblume. So bezeichnen Neuseeländer eine arrogante Person, die sich als etwas Besseres sieht und buchstäblich glaubt, sie wäre herausragend und etwas Besonderes. Da in Neuseeland im

Allgemeinen die Einstellung großgeschrieben wird, dass alle Menschen gleich sind, man anderen auf Augenhöhe begegnen sollte und Bescheidenheit eine Tugend ist, sehen es die Kiwis als ihre Aufgabe an, tall poppies zurechtzustutzen, also regelrecht kleiner zu machen. Etwas bekannter als Fachausdruck in der Psychologie ist das daraus abgeleitete Tall-Poppy-Syndrom (Neidsyndrom), bei dem Menschen, die Herausragendes geleistet haben, aufgrund dieser Leistung runtergemacht werden.

tā moko/moko: ist die dauerhafte Verzierung des Körpers und Gesichtes der Maori und wurde mit Kratz- und Schabwerkzeugen in die Haut geritzt. Heutzutage sind Tätowierungen verbreiteter.

Tangata Whenua: Eigenbezeichnung der Maori. Bedeutet Volk des Landes.

tapu: etwas Heiliges oder Geweihtes in den polynesischen Kulturen. Es gilt als unantastbar, weshalb Dinge oder Orte, die tapu sind, nicht berührt oder besucht werden dürfen.

Test Match: Als Test Match bezeichnet man im Cricket und im Rugby ein internationales Spiel, das zwischen zwei Auswahlmannschaften ausgetragen wird. Im Rugby Union bedeutet das, dass mindestens einer der Verbände der am Spiel teilnehmenden Mannschaften der Mannschaft vollen Länderstatus zuerkennt, was heißt, dass sie die Mannschaft mit den besten Spielern des Landes darstellt und somit das Land repräsentiert.

ÜE – Übersee-Erfahrung (englisch *OE – overseas experience*): neuseeländische Bezeichnung für einen längeren Auslandsaufenthalt junger Leute direkt vor oder nach dem Studium.

Versuch (englisch *try*): Im Rugby kann eine Mannschaft fünf Punkte mit einem Versuch erzielen, wenn der Spieler den Ball im Malfeld ablegt. Danach bekommt die Mannschaft die Chance, weitere zwei Punkte durch eine Erhöhung zu erzielen.

WAG: das Akronym von Wives and Girlfriends (Frauen und Freundinnen). Das bezieht sich auf die Frauen und Freundinnen von Spitzensportlern, also sogenannten Spielerfrauen, insbesondere im Fußball. Ursprünglich wurde der Begriff für die Frauen und Freundinnen von Spielern der englischen Fußballnationalmannschaft während der WM 2006 verwendet und verbreitete sich danach weltweit, auch als Bezeichnung von Frauen und Freundinnen von Spielern anderer Sportarten.

Wallabies: die australische Rugby-Union-Nationalmannschaft.

waka: ein Boot, üblicherweise ein Kanu. Die Maori kamen der Legende nach in großen waka nach Neuseeland. Einzelne iwi und hapū gehören zu einem gemeinsamen waka, das nach dem Kanu benannt ist, aus welchem ihre Vorfahren stammen.

whakapapa: Stammbaum der Maori und ihre tiefe Verbundenheit mit ihren Vorfahren und Familienmitgliedern, den iwi, hapū und whānau.

whānau: Maori, erweiterte Familie.

Anmerkung der Autorin

Die Blues und All Blacks sind tatsächlich neuseeländische Rugbymannschaften. Ich habe mich bemüht, die berühmte Geschichte der All Blacks richtig darzustellen. Leider existieren die Figuren in diesem Buch aber nur in meiner Fantasie, und Ähnlichkeiten mit real existierenden Personen, ob lebend oder tot, sind unbeabsichtigt.

Danksagung

Mein ganz besonderer Dank gilt Dean Morier, Ph.D., Professor of Psychology, Mills College, Oakland, CA, für seine Beratung zur Psychologie von Stalkern.

7886421R00232

Printed in Germany
by Amazon Distribution
GmbH, Leipzig